黑龙江省教育厅人文社科研究项目成果，编号：12534106
牡丹江师范学院青年学术骨干项目成果，编号：G201204

小说家的批评和批评家的小说

——英国第二代学院派小说家的理论与实践研究

张荣升 丁 威 赵天民 等著

黑龙江大学出版社

HEILONGJIANG UNIVERSITY PRESS

图书在版编目（CIP）数据

小说家的批评和批评家的小说：英国第二代学院派
小说家的理论与实践研究 / 张荣升等著． -- 哈尔滨：黑
龙江大学出版社，2013.7（2021.9重印）
　　ISBN 978-7-81129-602-0

　　Ⅰ．①小… Ⅱ．①张… Ⅲ．①小说家－作家评论－英
国 Ⅳ．① I561.074

中国版本图书馆 CIP 数据核字（2013）第 094661 号

小说家的批评和批评家的小说——英国第二代学院派小
说家的理论与实践研究
XIAOSHUOJIA DE PIPING HE PIPINGJIA DE XIAOSHUO——YINGGUO
DI-ER DAI XUEYUANPAI XIAOSHUOJIA DE LILUN YU SHIJIAN YANJIU
张荣升　丁　威　赵天民等　著

责任编辑	张怀宇
出版发行	黑龙江大学出版社
地　　址	哈尔滨市南岗区学府三道街 36 号
印　　刷	三河市春园印刷有限公司
开　　本	880 毫米 ×1230 毫米　1/32
印　　张	9.375
字　　数	248 千
版　　次	2013 年 7 月第 1 版
印　　次	2022 年 1 月第 2 次印刷
书　　号	ISBN 978-7-81129-602-0
定　　价	48.00 元

前　言

　　随着英美大学普及率的不断提高，大学师生已成为日益庞大的社会群体，以大学校园、学术界为题材的学院派小说应运而生，成为英美小说重要类型之一。然而，目前国内有关英国学院派小说的研究成果在数量、广度和深度上都明显不足，研究视角也过于单一，并且许多方面仍处于空白状态。有鉴于此，本书旨在填补这方面的空白，抛砖引玉，为推动英国小说研究向纵深方向发展尽微薄之力。

　　英国第二代学院派小说的主要代表作家有马尔科姆·布雷德伯里、戴维·洛奇、安·苏·拜厄特和克里斯蒂·布鲁克－罗斯。他们既是著名的文学批评家，又是自觉意识很强的学者型小说家。和第一代学院派小说相比，第二代学院派小说的思想深度和艺术手法更为突出，对学者文人和学院生活的讽刺挖苦也更为痛快。作品在主题揭示、创作技巧、理论批判、文化冲突与融合等方面的影响和贡献都要远远超过第一代学院派小说。

　　1. 主题揭示。西方的人文主义传统、知识分子的历史使命感，使布雷德伯里、洛奇、拜厄特和布鲁克－罗斯的作品有着深层的哲理性和批判性。这四位学者都集多重身份于一身：大学教授、小说家和批评家。他们的小说多以知识分子为主人公，以大学或学术界为背景，语言轻松明快，故事雅俗共赏而又不乏深意。小说主要描写一批活跃于高校和批评界的学者、教授，他们参加各种学术会议，名义上是为了学术交流，实际上却是为了观光旅游、追名逐利、寻欢作乐。从表面上看,这些学院派小说记录了校园内发生的各种逸事,描述了校园内外知识分子的世相与百态,如对西方大学校园的学生骚乱和暴动事件的描述等,实际上却包含了对20世纪70—80年代整个英国社会文化的发展过程和精神风貌的描写,反映了变动的社会现实以及历史和文化的变迁,揭露了整个西方社会价值观念的堕落与道德信仰体系的崩溃和缺失。

2. 创作技巧。英国第一代学院派小说家大都遵循现实主义写实传统,强烈抨击现代派作家,将现代派形式风格上的创新斥为一种通过瞬间的感觉来表达混乱的体验手法。相对而言,虽然布雷德伯里、洛奇、拜厄特和布鲁克 - 罗斯在人物刻画、情节安排、环境和细节的设置上也沿袭了英国现实主义的创作传统,然而经过20世纪60年代轰轰烈烈的实验主义的洗礼,英国第二代学院派小说则以兼容并蓄为主要特征,具有写实和实验相互融合的特点。他们一方面充分继承并遵循现实主义的基本原则,另一方面又大胆地采用后现代实验主义写作手法。第二代学院派小说家的成功实践也预示了当代英国小说创作的发展趋势:兼容并蓄,在写实与实验的对话中探索新的发展道路。

3. 理论批判。20世纪后半期,在耶鲁大学、芝加哥大学、霍普金斯大学、剑桥大学等西方各个大学校园中,随着新批评被摈弃,各种非实证的或带有更明显的意识形态色彩的文学理论,如神话原型批评、接受反应批评、解构主义批评、女权主义批评、新马克思主义批评、新历史主义批评、后殖民主义批评、生态批评等蜂拥而起。当代文学批评的蓬勃发展吸引了众多专家学者的目光,同时也给第二代学院派小说家带来了巨大的机遇和挑战。集教授、小说家和批评家三者于一身的布雷德伯里、洛奇、拜厄特和布鲁克 - 罗斯对批评理论具有深入的理解和把握,在小说中对理论的探讨更加系统、更加具有理论思辨的力度。作为小说家的学者,他们都有自己的理论见解,都有专门著作问世;作为学者的小说家,他们在具体的小说创作中自觉运用理论观念,具有浓郁的学院气息。

他们自觉地在创作中融合了大量的批评话语,表现出强烈的批评意识,他们的小说也成为小说创作与批评实践相结合的经典范本。实践表明,批评和创作是在一种动态的互动关系中共同发展的。批评通过小说话语可以得到更广泛的传播;小说通过融合批评可以丰富自己,谋求发展。

4. 文化冲突与融合。布雷德伯里、洛奇、拜厄特和布鲁克－罗斯共同关心的一个主题是不同价值观念之间的差异和碰撞,包括学术界和非学术界、英国和美国、激进与保守、革新与传统、现在与过去、历史与现实之间等等。英国的第二代学院派小说家在更广阔、更深刻的文化语境下寻求不同文化价值观念的相互理解与沟通,他们的小说也成为雅俗共赏的典范、学院派小说中的精品,既使普通读者感到愉悦,又令学者文人掩卷深思。

本书试突出以下特点。(1)理论性:本书试将英国第二代学院派小说家的创作思想进行系统梳理,重点审视四位学院派代表作家对于小说创作理论、创作技巧和不同流派思想的观点。(2)学术性:本书紧扣英国第二代学院派小说家作品的喜剧嘲讽特色对作品进行较为深入的挖掘,从作品的主题思想、创作技巧、理论批判以及不同文化价值观念的相互理解与沟通这四个方面进行系统、详细的阐述。(3)新颖性:本书从理论和实践两个方面对四位代表作家进行分析。集大学教授、小说家和批评家三者于一身的布雷德伯里、洛奇、拜厄特和布鲁克－罗斯都对小说创作有自己的理解,并形成了重要的理论思想。同时,他们以校园为题材,以知识分子为主要人物,在作品中从微观到宏观,以学术的"小世界"反映了校园外的大千世界,揭示了学术界的阴暗,展示了文人学者们的劣根性,反思了整个当代文明的危机和所有当代人面临的困境。

在本书出版之际,由衷感谢黑龙江省教育厅人文社会科学研究项目和牡丹江师范学院青年学术骨干项目的基金资助以及黑龙江大学出版社的大力支持。本书是承担本项研究的合作成果,作者全部来自牡丹江师范学院,具体包括张荣升(副教授,硕士)、丁威(讲师,硕士)、赵天民(讲师,硕士)、梁中贤(教授,博导)、赵祥凤(教授,硕导)。他们身兼繁重的教学任务及科研任务,将自己有限的闲暇时间奉献给了本书的写作。鉴于此项研究属于边缘学科,特别是本书作者的水平有限,书中的种种不妥与错谬,敬请专家及读者批评指正。

本书写作具体分工如下:

张荣升负责策划、材料收集及统稿;张荣升撰写前言、导言、第二章、第六章、共计 11.1 万字;丁威撰写第三章、第四章、第七章,共计 6.2 万字;赵天民撰写第一章、第五章、结语,共计 6.1 万字;梁中贤撰写第八章第一、二节,共计 0.6 万字;赵祥凤撰写第八章第三节,共计 0.4 万字。

张荣升

2013 年 1 月于牡丹江

目　录

下篇:实践篇

导言:英国学院派小说发展概述

英国文学源远流长,经历了长期、复杂的发展演变过程。其文学内部遵循自身规律,历经盎格鲁－撒克逊、文艺复兴、新古典主义、浪漫主义、现实主义、现代主义和后现代主义等不同历史阶段。而英国学院派小说是伴随着牛津—剑桥人文传统的建立出现的。英国学院派小说在英国文学发展史上的流变,顺应的是大学教育从精英化向大众化过渡的历史现实。英国的大学可以分为以下几类:第一类是历史悠久的古老学府,包括 12 世纪创建的牛津大学,13 世纪创建的剑桥大学,以及 15 世纪、16 世纪在苏格兰开办的圣安德鲁斯大学、格拉斯哥大学、阿伯丁大学、爱丁堡大学等。第二类是地方大学,包括伦敦大学、曼彻斯特大学、伯明翰大学、利兹大学等市立大学,创建于 1850—1930 年间,由于校舍均用当时流行的红砖建成,因此被称为"红砖大学"。第二次世界大战结束后,为了适应战后国际科技和经济剧烈竞争的局势,英国又开创了第三类大学,即基尔大学、苏塞克斯大学、东英吉利大学、沃里克大学等"新大学"。此外,还有由原来的高级技术学院升格的 10 所"技术大学"和通过电视、广播、函授教学的"开放大学"。英国学院派小说以大学校园为背景,以大学师生为主要研究对象,并以学院的"小世界"映射校园外的大千世界,为英国文学史留下了一道独特的风景。

第一节 英国学院派小说的形成与特点

随着英美大学普及率的不断提高,大学师生已成为日益庞大的社会群体,以大学校园、学术界为题材的学院派小说应运而生,成为英美重要的小说类型之一。当代著名的学院派小说家有马尔科姆·布雷德伯里、戴维·洛奇、安·苏·拜厄特和克里斯蒂·布鲁克－罗斯。他们既是著名的文学批评家,又是自觉意识很强的学者型小说家。他们的学院派作品揭示了英美学术界的众生相,既使普通读者感到愉悦,又令学者文人掩卷深思。在主题方面,学院派小说揭示了学术界的风云变幻,对学院的体制以及学者、教授们进行了犀利的批判;在技巧方面,当代学院派小说家在继承并发展了现实主义的写实传统的同时,又大胆地运用了多种现代、后现代实验主义写作的创作手法,丰富了小说的艺术表现手段,为在十字路口徘徊的当代小说家指出了一条继承、融合、超越之路。然而,英国的学院派小说的发展却有着相当久远的历史。

一、杰弗里·乔叟

英国文学中对大学校园和学生的描述可以追溯到1395年,杰弗里·乔叟(Geoffrey Chaucer,1343—1400)在他的《坎特伯雷故事集》里讲述了"高贵的尼古拉斯"的故事。尼古拉斯是一名牛津大学生,也是一个风流才子。他爱唱歌,喜欢弹吉他,身上散发着迷人的苹草和甘草汁的香味。有关他的学业情况我们知之甚少,我们了解得更多的是有关他冒险的爱情。尼古拉斯作为房客跟一位木匠住在一起,老木匠约翰新娶了一位年轻貌美、婀娜多姿的姑娘爱丽森为妻。爱丽森天性轻佻多情,而寄宿在木匠家的书生尼古拉斯偏偏是位聪明伶俐、文质彬彬的情场中人。风流多情的尼古拉斯窥准木匠离家之际,频频向爱丽森倾诉爱慕之情。爱丽森起初故作冷漠之态,后来答应了他的求爱。为了尽情偷欢,两人密谋设计欺骗木匠。头脑简单的木匠相信了洪水将至的谎言,竟将三只大浴盆悬挂在屋梁上,并和爱丽森、书生尼古拉斯钻进各自的浴盆中祈祷;而书生尼古拉斯和爱丽森乘木匠熟睡之际,双双溜进卧室寻欢作乐。尼古拉斯的做法特别可爱和机灵,他是一个学院派花花公子的典型。也许马克斯·比尔博姆在创作《朱莱卡·多布森》时就是受到乔叟刻画的这位牛津书生的启发吧。与这位牛津学生相比,《坎特伯雷故事集》中另一个知识分子也值得我们关注。他是一位消瘦文弱、朴实无华的牛津学者。他学识渊博却不通世故,一心钻研学问而无暇顾及娱乐。他最大的财富就是二十卷哲理书。① 乔叟不愧为英国文学史上一位开创性的艺术大师,他对牛津学生和学者的刻画栩栩如生、跃然纸上,充分体现了人物的性格和言语特征。

二、托马斯·哈代

1895 年,托马斯·哈代在《无名的裘德》中为我们描写了一位勤奋好学的裘德。裘德出身低微,但勤奋好学的他一心想走出黑暗贫困的家庭,通过求学改变自己卑贱的社会地位。裘德学习非常刻苦,他不仅要求生存,更想谋求发展,寻求事业进步和爱情幸福。他以惊人的毅力自学希腊文,他的梦想就是步入学者的天堂——克利斯敏斯特学院(意指牛津大学),但他的申请却遭到了牛津大学所有学院的拒绝。悲痛之余的裘德最终只能放弃进入牛津大学学习的念头,转而投身宗教,期望通过这扇大门走向成功。故事结尾,裘德带着始终未能跨进学院和宗教两扇大门的满腹遗憾离开了人世。可以说,裘德直到生命的最后一刻都在为自己的理想而顽强奋斗,希望做一个有学问的学者或大主教。然而,像裘德这样既没有钱又没有关系的人,想进入牛津大学的希望是如此渺茫。裘德的奋斗和反抗实质上体现了被压迫的年轻人对不合理

---

① 参见侯维瑞主编:《英国文学通史》,上海外语教育出版社 1999 年版,第 36 页。

的教育制度的挑战。裘德的悲剧正是一个下层青年在阶级社会里壮志难酬的悲剧。他有才华,顽强奋斗,但教育等诸方面的等级制度为他设置了难以逾越的重重障碍。哈代自己曾坦言,小说描写了一个穷苦学生为争取上大学而努力奋斗的故事。这部关于青年学者勤奋好学,却无法实现学业梦想的小说读来催人泪下,主人公令人同情。小说更是将矛头直指社会道德观念、习俗偏见、婚姻制度等陈规陋习的桎梏对青年人自由意志和愿望的扼杀。细心的读者会发现,出身贫寒而顽强奋斗的年轻学者形象在后来的第一、二代学院派小说中屡屡出现,构成了英国学院派小说的一道亮丽风景。

三、马克斯·比尔博姆

1911 年,马克斯·比尔博姆(Max Beerbohm,1872—1956)以牛津大学学生为题材创作了其唯一的长篇小说《朱莱卡·多布森》。这部作品以虚构的方式描写 19 世纪 90 年代牛津大学在校学生因疯狂迷恋可爱的朱莱卡·多布森而集体自杀的故事。一方面,从某种意义上说,它是牛津大学学生生活的一幅漫画。另一方面,它也是对牛津大学随处可见的虚假矫饰、荒诞可笑的行为的无声讽刺。比尔博姆这部作品开 20 世纪英国学院派小说的先河。在英国众多的古老大学中,牛津大学近 800 年以来作为向天才和有才干的人开放的高等学府的地位不容置疑。它是绅士们理想的堡垒,是梦想者和学者的麦加,是未来政治家和议员们的试金石。然而,一位美貌女郎出现在这个著名学府的大学生中,引起一场轩然大波。小说中的女主人公名叫朱莱卡,她是貌如天仙的美女,所有的男人都爱她,竭尽全力减少她的痛苦。而朱莱卡却想找一个对她的魅力无动于衷的男人,她感到和这种男人在一起才能幸福。她勇敢地承受着牛津大学全体学生的毫不掩饰的竭力谄媚。由于她的冷淡,牛津大学本科生一起投水自尽,集体殉情,这不能不算是牛津大学的巨大损失。比尔博姆的幽默情怀与讽刺技巧可见一斑。比尔博姆笔下的多塞特公爵是另一个学院派花花公子的典型。实际上，多塞特公爵这个人物形象是基于比尔博姆在牛津大学的经历创造的。在查特豪斯公学毕业后，比尔博姆进入牛津大学最古老的莫顿学院学习。比尔博姆总是穿着硬高领衣服、戴着手套，提着手杖，丝质礼帽恰到好处地朝一边倾斜，纽孔上别着一朵花，礼服大衣饶有品位地突起，配一条上宽下细的裤子。在19世纪90年代，这些都是最入流的时尚公子的基本装束。比尔博姆笔下的多塞特公爵也是个成功的时尚公子。作为尤达斯学院的一名贵族学生，多塞特公爵主持了一个被称作"詹特"的老式牛津俱乐部的秘密聚会。俱乐部极其排外，能加入这个俱乐部的牛津学子一般都是家财万贯的富家子弟。曾经一连两年，公爵一直是唯一的成员。多塞特公爵和只有他一个人的俱乐部，无疑是自从小说家萨克雷研究英国的势利庸俗之后最使人厌恶的一个形象。通过对多塞特公爵和其他学校纨绔子弟行为的描述，比尔博姆对牛津大学纨绔子弟的势利和庸俗进行了讽刺。《朱莱卡·多布森》是一本技巧非常完美、文笔极为精彩的小说，在美国兰登书屋的《当代文库》编辑小组评选的"二十世纪百大英文小说"中，《朱莱卡·多布森》榜上有名（排名第59位），足见其经久不衰的学术地位。作为20世纪初期为数不多的以牛津大学为题材的学院派小说之一，比尔博姆笔下的多塞特公爵无疑为伊夫林·沃在《重访布莱兹海德》中成功刻画另一位牛津贵族学生塞巴斯蒂安铺平了道路。

四、伊夫林·沃

伊夫林·沃（Evelyn Waugh，1903—1966）是英国著名讽刺小说家、文体家。沃从小受到良好的教育，早在入学之前就受到了英国诗文经典的熏陶。在牛津大学学习期间，沃对艾略特的现代诗歌和弗朋克的讽刺小说产生了浓厚的兴趣。沃从艾略特等现代派作家那里学到了以含蓄冷峻的口吻将悲哀与滑稽相结合的方法；从弗朋克那里，吸取了语言通俗而富有暗喻意义的幽默风格。1928

年的《衰亡》和 1945 年的《重访布莱兹海德》都是沃的经典作品。这些作品显示出了英国学院派小说的雏形，以学院为背景，以大学生为主要人物，讽刺、批判了校园中的各种丑恶、欺诈，并以校园的小世界折射出现代英国社会一幅幅衰败的图景。讽刺是沃小说的显著特色，也是沃时至今日仍在读者和评论界中享有盛誉的原因所在。沃继承了英国文学中从斯威夫特、菲尔丁、奥斯丁到萧伯纳一脉相承的讽刺传统，以犀利的笔锋剖析了一战后的英国现实，为我们描绘了一幅幅政治、文化、教育、社会风俗等方面的生动画卷。

1928 年，沃发表了第一部长篇小说《衰亡》，从此一举成名，英国首相丘吉尔曾把这部学院派小说作为圣诞礼物赠送朋友。曾在牛津大学求学的沃在描写大学生活时，常常将其生活经历与文学创作紧密相连，许多时候，我们甚至可以找出两者的对应关系。沃由于整日酗酒、荒废学业，以致未获学位便离开了牛津大学的荒唐逸事，以及随后在私立学校当教师的经历在其成名作《衰亡》中均有所体现。《衰亡》以戏谑的笔触描述了牛津大学学生保尔·彭尼菲泽荒唐的经历。小说的开始，保尔被一群酗酒闹事的学生捉弄，扒光了衣服，结果他却因为行为放肆、有伤风化的不实指控被逐出校园。声名狼藉的保尔只得到一所私立学校谋职。保尔惊讶地发现，这所私立学校完全是一个虚伪野蛮的世界，周围的同事不是怪人便是伪君子，整个学校乌烟瘴气，混乱不堪。后来保尔与一个学生的母亲玛戈热恋，却不知这位妖艳的贵妇竟然在从事贩卖妇女的勾当。在新婚之日，警察前来捉拿玛戈。不忍看到他的情人锒铛入狱，保尔甘愿承担了全部罪名，替玛戈坐牢。然而，他的情人却另嫁英国交通大臣。凭借其丈夫的权势，玛戈使保尔获准保释就医，随后又精心策划，采取移花接木的手段使保尔"死于"手术台上，继而伪造文件，让他以新的姓名，带着新的胡子回到牛津大学的绿茵场上和尖塔影下，去继续未竟的学业。于是，这场始于牛津大学的荒唐闹剧终于又在牛津大学演完了它的最后一幕。《衰亡》向读者展示了一场地地道道的人间闹剧，评论家将它视为一部极为夸张并具有强烈讽刺意义的滑稽剧。作者本人也声称,"它旨在逗乐"①。在作品中,沃巧妙地将通俗的语言和故意的夸张交织为一体,使幽默与荒谬彼此交融,从而使读者在忍俊不禁的同时对小说的意义与内涵进行思考和回味。

《衰亡》中的保尔是英国教育制度的牺牲品,一个"无辜的主角"。他单纯、不够成熟、逆来顺受,易受到别人的捉弄和利用。在小说中,保尔先是被大学的同学算计,以莫须有的罪名被逐出校园;后又因替情人顶罪而被判入狱,在爱敦荒原的劳改营默默承受着命运的折磨,而他那位妖艳迷人的情人却另嫁他人。在塑造人物方面,沃对笔下的保尔没有细致的心理分析,是漫画式的,不够丰满,因而属于爱德华·摩根·福斯特定义下的"扁平人物"。实际上,沃对刻画丰满的人物形象并不感兴趣,他认为心理学是骗人的东西,写小说不是为了"探究人物心理,而是操练如何使用语言"②。因此,他反对在小说中对人物心理进行细致的分析,这也是沃不认同劳伦斯、伍尔夫、乔伊斯等现代主义作家之处。在谈及劳伦斯的作品时,沃十分苛刻地说道:"从哲学上看,他在胡说八道……作为艺术家而言,他是可怕的。"③沃喜欢采用"展示"的手段,通过对话和行为来表现人物的性格特征,很少涉及人物的心理描写。这一创作手段的好处是给读者一个自由想象、评判的空间,而不是把作者的观点强加给读者。尽管人物相对而言刻画得不够丰满,沃却巧妙地利用保尔这个无辜、单纯的扁平人物对那个善恶不分的社会进行了犀利的讽刺。将无辜的主人公当作讽刺手段使用,好比是一把双刃剑,常常具有双重作用。正如一位评论家所言:"运用这一技巧,他(沃)既能揭露社会是如何腐败,又能暴露那

---

① 转引自侯维瑞、李维屏:《英国小说史》,译林出版社 2005 年版,第 591 页。
② 转引自高继海:《伊夫林·沃小说艺术》,河南大学出版社 1997 年版,前言第 11 页。
③ Calvin W. Lane, *Evelyn Waugh*, Boston: Twayne Publishers, 1981, p. 145.

种幼稚的善良和天真的人道是如何无济于事。"①保尔被逐出牛津大学而前往一所私立学校当教师时,他的单纯与诚实得到了充分的表现。门房希望保尔将来当上校长,并且说道,"那是因行为不轨而遭开除的先生们"经常担任的职务。闻听此言,忠厚老实的保尔第一次感到恼怒起来:"'见他妈的鬼去吧,'保尔温和地暗自说,一边开车前去车站。然后他感到惭愧起来,因为他还从未骂过人呢。"②一个年轻人不慎骂了一句,并且只是"温和地暗自"骂了一句,却因此而感到惭愧不安。这样一个老实人竟被学校当局以行为放肆、有伤风化的不实指控逐出校园,这无疑是对英国教育制度的极大讽刺。保尔的单纯与忠厚非但不能给他带来幸福,反而使他一次次地遭受欺骗和打击。这种品性优劣和命运好坏的倒置促使读者思考其中的缘由,进而领会到作者对英国教育制度和社会现实的讽刺与不满。在作品中,沃还通过将不同的人物并置,在反差中取得戏剧化的讽刺效果。保尔这个无辜、单纯的人受尽了命运的捉弄,还背上了行为放肆、有伤风化的不实指控。相比之下,那个极端腐化堕落的"白奴贩子"玛戈却被冠之以"美貌高贵、洁白无瑕的女士"。这不禁让我们想起哈代笔下的苔丝。《德伯家的苔丝》一书的副书名是"一个纯洁的女人"。如果说哈代把当时舆论界称为"淫乱的杀人犯"的苔丝歌颂为"一个纯洁的女人"是对传统的伦理道德的公开挑战,那么,沃将玛戈这个靠出卖贫苦姑娘的贞操和眼泪来获取暴利的"白奴贩子"冠以"美貌高贵、洁白无瑕的女士",则是对那个善恶不分的社会的极大讽刺与控诉。故事结尾,哈代不无讽刺地写道:"'正义'伸张了,那众神之首结束了他跟苔丝玩的游戏。"③在《衰亡》中,保尔虽已回到牛津大学,然而这个单

---

① Stephen Jay Greenblatt, *Three Modern Satirists: Waugh, Owell and Huxley*, New York: Yale University Press, 1965, p. 8.

② 侯维瑞:《现代英国小说史》,上海外语教育出版社 1985 年版,第 343~344 页。

③ Thomas Hardy, *Tess of the D'Urbervilles*, Beijing: The Commercial Press, 1996, p. 508.

纯、无辜的主角又将经历怎样的起起伏伏,这场小人物的闹剧将如何继续,读者却不得而知。在《衰亡》中,通过对保尔和玛戈在品质、命运等方面的对比,沃表达了对这个荒诞世界的讽刺与批判。小说中人物命运并非"善有善报,恶有恶报"。无辜的保尔常常处于虽生犹死的悲惨境地,受尽了命运的捉弄;而一身罪恶的玛戈却并未受到应有的惩罚。小说揭示了这样一个事实:生活"好象是游乐场中供人乘坐的大转轮","你越近轮的中心就越旋转得缓慢,也就越容易停留,越容易生存下去"。① 只有那些有权有势、属于社会中心的人,才能身处乱世而安然无恙。而那个腐化堕落的玛戈被吹捧为"美貌高贵、洁白无瑕的女士"也正是这个原因。在沃的笔下,不仅是《衰亡》中的保尔,《罪恶的躯体》中的亚当和《一捧尘土》中的托尼也都是典型的"无辜的主角",他们天真、单纯、纯朴、忠厚,却总是遭遇苦难和不幸。这些"无辜的主角"好似一面镜子,通过他们的单纯反衬出其他人物的卑鄙、虚伪和奸诈;通过他们的不幸遭遇控诉了社会上形形色色的邪恶和腐败。

英国的教育制度是《衰亡》这部学院派小说的一个重要讽刺对象。在小说中,牛津大学教职员工的失职、渎职现象屡见不鲜。《衰亡》开篇适逢牛津大学贵族子弟的年度闹宴,这是个不易管理的狂欢之夜,校方负责人皆避之犹恐不及,只剩下小主任和舍监在校内照看。而小主任和舍监居然希望这些贵族子弟尽早惹出事端,越严重越好,其目的竟然是为了罚款,因为罚款额到了五十镑就可以取出地窖里的陈年老酒。另外,将"温和地暗自"骂一句都会感到惭愧不安的保尔以行为放肆、有伤风化的不实指控逐出校园,更是对学校当局失职、渎职的绝好讽刺。作者对保尔这个"无辜的主角"的不幸遭遇深表同情,然而,却对这个英国教育制度下的"反英雄"不无讽刺之处。在一连串不可思议的事件中,在这个令人头昏目眩的世界上,无论是因行为放肆、有伤风化的不实指控

---

① 转引自侯维瑞:《现代英国小说史》,上海外语教育出版社1985年版,第338页。

被逐出校门,任教于一所私立学校,还是被保释就医,移花接木,后来重返大学校园,保尔都是被动的。他逆来顺受,浑浑噩噩,仿佛提线木偶一般任人摆布。在私立学校教书时,保尔虽然根本不知道如何教学生,却被委以重任。他第一次上课时,十个男孩依次说"早上好",并都称名叫"坦琴特",便把保尔弄得不知所措。等风波终于平息后,保尔让学生写一篇题为《自我放纵》的作文,写得最长的作文,不管优劣如何,就可以获得一先令三便士的奖励。对这个曾被选入牛津大学的"精英"的讽刺性刻画,是对英国的教育制度的极大讽刺。教育上的传统目标已遭到抛弃,牛津大学,这个知名学府培养的学生尚且如此,道德水准和教学质量下降的普遍性就更可想而知了。更为荒唐滑稽的是保尔任职的那所私立学校。在那里,教师大都对教书不感兴趣,只热衷于打情骂俏,惹是生非。这所学校的校长奥古斯塔斯·费金虽为哲学博士,却是个十足的骗子,"他在文学上的原型就是狄更斯笔下的费金(Fagin)"①。沃的父亲有着强烈的狄更斯情结,经常在晚上为家人朗读狄更斯的作品。沃少年时代就阅读了大量的狄更斯作品,这一经历对他以后的创作产生了重要影响。除了《衰亡》中的奥古斯塔斯·费金,在沃的其他作品中,如《罪恶的躯体》中的洛蒂·克伦普、《独家新闻》中的西奥多等,都可以发现狄更斯笔下人物的影子。《雾都孤儿》中的费金是一个年纪很老的干瘪犹太人,他那可憎可厌的面孔被一头蓬乱披散的红发遮盖着,就连他堆起的笑脸都是令人作呕的。费金住的地方其实是个贼窝,专门把流浪儿和孤儿培养成窃贼。而现代版的费金校长又把学生培养成了什么样的人呢?在这所学校里,从校长到教师无一称职。费金校长对教师放任自流。校内有个名叫格兰姆斯的教师,是个同性恋,却被委派管教小男孩。学校的另一人物菲尔布里主管伙食,此人信口雌黄,一会儿称

---

① Jeffrey Heath, *The Picturesque Prison*: *Euelyn Waugh and His Writing*, London: Mcgill – Queen's UP, 1982, p. 67.

自己曾是船主,一会儿又说是小说家,转眼又把自己说成盗贼,后因案发遭到警察追捕,但早已逃之夭夭。这所学校的设立,完全是受了经济利益的驱动。学校最关心的不是知识的传授,而是如何把学生管得服服帖帖。在这所学校里,即便是原本有益于学生身心健康的体育运动会也充满了欺诈行为和敌对情绪。在校运动会上,家长们争强好胜,互相谩骂,最可怕的是用作发令的一把旧军用左轮手枪打中了坦琴特的一只脚。当保尔替情人顶罪进了监狱时,令人啼笑皆非的是,他发现学校的许多教师也先后被关在这里。教师本应教书育人,为人师表,却被关进监狱加以改造,教育的成功与否不言自明,沃的讽刺之犀利可见一斑。在《衰亡》中,无论是在牛津大学这个世界知名学府,还是保尔任职的那所私立学校,学校当局失职、渎职的现象都屡见不鲜:有能力的教师无所事事,无能力的教师则滥竽充数;教师关心的不是学术,而是名利;学校注重的不是培养学生,而是谋取经济利益。作为人类文明标志之一的学校教育彻底失败了,这无疑是对英国教育制度最辛辣的讽刺。

《衰亡》为沃赢得了讽刺小说家的名声,并为他以后的创作定了基调。《衰亡》这个题目不仅适用于沃的第一部小说,也适用于他的其他小说。如果说艾略特的诗歌为我们展现的是现代社会精神的"荒原",那么,沃的作品则向我们描绘了一个"衰亡"的,"无望的,不可救药的社会"[1],正如其在小说《独家新闻》中所描述的"举目四顾,到处是变动和颓败"[2]。沃的作品多取材于英国上层社会和贵族生活,以滑稽和幽默著称,笔锋非常犀利,批评家们认为他是英国继狄更斯之后最值得重视的滑稽小说家。而《衰亡》就是这样一部以滑稽和闹剧的形式表现第二次世界大战前英国社会的荒诞、虚伪、近乎混乱的现实,并揭露和讽刺英国上流社会的腐败

---

[1]　Christopher Hollis, *Evelyn Waugh*, London: Longman, 1971, p. 5.
[2]　转引自侯维瑞:《现代英国小说史》,上海外语教育出版社1985年版,第334页。

与丑恶的小说。作为一个有着强烈社会意识的作家,沃通过对学校教育体制以及学生荒诞可笑生活的揭露折射出整个社会的动荡不安、混乱衰落,因为"对于他的讽刺锋芒来说,现代学校集中体现了当今时代所患疾病的各种症状和病因"①。因此,通过对学校这一小世界的讽刺性描写,沃对现代社会,尤其是英国上层阶级进行了无情的嘲讽。沃的讽刺还时时触及英国的政治生活。在小说中,政权频繁更迭,政局动荡不安,政府的权贵糜烂腐化。上周首相刚下野,本届政府已告垮台。在《衰亡》中,沃成功地向读者展示了一幅英国现代社会生活的讽刺画。这部作品读来令人忍俊不禁,但同时也体现了沃讽刺中严肃的一面,尽管批评家们对沃的创作众说纷纭,但对他的小说中蕴含着犀利的社会批评这一点却是公认的。实际上,《衰亡》在嘲弄社会腐败和道德虚伪方面与萧伯纳的《华伦夫人的职业》相比,实在是有过之而无不及。难怪《衰亡》当初曾遭到有关部门的审查和出版商的拒绝,最终不得不由沃的父亲所主管的出版社出版。在《衰亡》中,牛津大学和保尔所任职的私立学校是整个社会的缩影,通过对学校进行讽刺性的刻画,沃让我们看到了现代英国社会里的全部贪婪、虚伪、欺诈、荒唐和丑恶。英国文学的讽刺传统可谓源远流长,在不同的历史时期,每当社会不良现象盛行,各种失望情绪蔓延之时,总会有作家以幽默、讽刺和揶揄的笔触来针砭时弊。以危机和战争为时代特征的19世纪三四十年代的社会现实为讽刺文学的复兴提供了适宜的条件,产生了一批以伊夫林·沃、奥尔德斯·赫胥黎和乔治·奥威尔为代表的社会讽刺小说家。他们把注意力转向迫在眉睫的现实问题,并在作品中,从道德、社会、政治等方面反映了这一动荡变化的年代。讽刺是沃小说的显著特色,也是沃时至今日仍在读者和评论界享有盛誉的原因所在。沃继承了英国文学中从斯威夫特、菲

---

① Paul D. Farr, *The Success and Failure of Decline and Fall*, Etudes Anglaises, 1971 (24), p.257.

尔丁、奥斯丁到萧伯纳一脉相承的讽刺传统,以犀利的笔锋剖析了一战后的英国现实,为我们描绘了一幅幅政治、文化、教育、社会风俗等方面的生动画卷。

　　沃的讽刺才能不仅反映在他的敏锐观察中,还表现在他精湛的技巧之中。在《衰亡》中,沃运用了不同的讽刺技巧,除了将无辜、单纯的保尔与腐化堕落的玛戈并置,在反差中取得戏剧化的讽刺效果,作品的文体风格与思想内容故意造成的不和谐也是小说中的另一重要技巧。在英国文学中,用典雅的文体风格描写庸俗、琐屑内容的不乏其人。1712 年,英国古典主义诗人蒲柏发表了英国第一部讽刺史诗《卷发遇劫记》。宫廷里的一个花花公子强行剪去了漂亮的未婚侍女贝琳达的一缕卷发。这一事件导致了两个家庭之间的争端,成为了伦敦街头议论的焦点。蒲柏抓住这一机会写下了这部讽刺史诗,以史诗这一宏大、典雅的文体描绘了当时的宫廷生活,包括纸牌游戏、聚会晚宴、观赏巴儿狗、饮茶、吸鼻烟以及上层社会只知道纠缠于琐事的无聊及愚蠢。诗歌的文体与内容大相径庭所产生的艺术张力赋予了《卷发遇劫记》独特的讽刺效果,从而确立了蒲柏在诗歌和讽刺文学方面的大师地位。18 世纪的简·奥斯丁在《傲慢与偏见》中也用凝重的笔触描写了庸俗的思想,开卷第一句便是有意运用文体风格与思想内容不一致,造成强烈的讽刺效果的典范:"凡是有钱的单身汉总想娶位太太,这已经成了一条举世公认的真理。"[①]沃继承了英国文学的讽刺传统,在《衰亡》中有意采用牧歌的抒情诗风格来描绘庸俗丑恶的人物形象,这种手法在描写贩卖妇女、一身邪恶的玛戈时运用得尤为出色:玛戈"小睡之后又起身出来,象一首十七世纪的抒情诗那样清新、华美。她从电梯走向鸡尾酒桌,脚步过处,绿色玻璃做成的草原一般的地上顿时绽开了无数的鲜花"[②]。作者以抒情的语言和优

---

① Jane Austen, *Pride and Prejudice*, New Jersey: Watermill Press, 1981, p.1.
② 转引自侯维瑞:《现代英国小说史》,上海外语教育出版社 1985 年版,第345 页。

美的风格将玛戈描绘成"一首十七世纪的抒情诗",她走过处"绿色玻璃做成的草原一般的地上顿时绽开了无数的鲜花"。这里"绿色的草原"、"绽开的鲜花",使人不禁想起田园诗和牧歌的意境。然而令人不解的是,这样一种优美的风格却用在一个浑身每一个毛孔都流淌着肮脏血液的女人身上。显然,语言风格与内容意义上的互相矛盾和不协调造成强烈的讽刺效果,使读者感到在一层绚丽多彩的薄纱之下涌动着一片讽刺的波澜。《衰亡》的另一个讽刺技巧是超然的叙事态度。作品中有不少情节是相当残忍的,但沃在描绘荒诞恐怖的事件时却极其平静,不动声色,漫不经心。沃是要让读者感到震惊,让他们明白现代人的残酷无情。作品中,学生坦琴特的死亡便是个很好的例子。上文我们提到过,在校运动会上,坦琴特的一只脚被发令枪打中。好多页之后,作者顺便谈到他的脚肿得很大,伤口也变黑了。后来,在保尔婚礼的热闹气氛中,作者又以漫不经心的口气传达了一个可怕的消息,坦琴特的脚在当地的一家医院锯掉了。50 多页之后,坦琴特的母亲在谈论别人的婚礼时埋怨说:"真是疯了,坦琴特偏偏要在这个时候死去,别人会以为我是借口这个原因有意不去(参加婚礼)的。"①一个孩子的不幸去世,竟用这样一种不动声色、漫不经心的方式零零碎碎地透露出来,而且书中的人物竟没有一句表示同情哀悼的话,有的只是他母亲怪他死得不是时候。这一切赤裸裸地反映了现代人的冷漠与无情。在这样的社会里,正如一位评论家在评论坦琴特之死时所说的,"最骇人听闻的不公正也不过像早晨喝茶一样,是生活中的一部分"②。在作品中,沃以冷漠、客观的态度,居高临下地俯瞰芸芸众生的喜怒哀乐,客观地叙述人物的言行,尽量避免对人物做出任何评判。"他的人物往往被抛进一个自己无力改变处境的环境里,被迫进行无望的拼搏,从多愁善感变得对于一切事物都无动

① 转引自侯维瑞:《现代英国小说史》,上海外语教育出版社 1985 年版,第 346 页。
② Eric Linklater, *The Art of Adventure*, London: Macmillan, 1947, p. 46.

于衷，最后灰溜溜地退出人生的竞技场。"①在这个过程中，沃以极其平静的笔触塑造着人物形象，讲述着故事情节。除了《衰亡》外，沃的许多早期小说也同样采用了超然的叙事态度。如在小说《恶作剧》中，沃描写了一个人吃人的事件，一个年轻的英国人吃了他女朋友的肉，自己却一无所知。在叙述的过程中，作者娓娓道来，好像是在介绍伦敦的时髦晚宴。超然的叙事态度使读者与小说中的人物拉开距离，人们不再忘情地投入到故事的情境之中，不再被不幸、令人震惊的事件或场景所俘虏，而是冷眼旁观人物的种种荒唐、滑稽的行为和不幸遭遇，从而更加客观冷静地分析小说情节和人物形象。另外，作者不做道德评判所形成的空白点成为了引发读者思考的"召唤结构"，使读者不只是单纯地阅读文本，同时积极地参与文本构建，通过对人物言语、行为的审视，做出自己的价值评判。值得注意的是，超然的叙事态度并不代表作者的冷漠无情，表面的一泓清泉下隐藏着的是奔涌的暗流。这种超然的叙事态度在形式上给人一种漫不经心、无动于衷的印象，实际上却是作者以一种极度的轻蔑态度嘲弄和挖苦着所要讽刺的对象，在冷漠之下，却暗含着道德评判、对无辜者同情的涓涓细流。

　　黑色幽默的运用是这部小说讽刺技巧的另一个显著特色。《衰亡》以近似于黑色幽默的手法对二战前英国社会的精神危机和虚无主义进行了犀利的讽刺，并为其他黑色幽默小说家的创作奠定了基础。面对荒诞的世界，不同的作家采用了不同的态度和表现手法。荒诞派戏剧试图以喜剧手法处理荒诞而痛苦的人生；卡夫卡采用隐喻象征的手法表现人类处境的荒诞和人自身的异化；萨特认为，在荒谬的世界中，人可以进行自由选择；黑色幽默文学则以戏谑、嘲笑、幽默、调侃的态度表现人性的沦落和世界的荒谬。沃是一个有着强烈荒诞意识的作家，他认为荒诞感是健康人的一个本质属性。沃生活的时代充满了动荡和喧嚣，他本人先后经历

---

① 　高继海：《伊夫林·沃小说艺术》，河南大学出版社1997年版，第302页。

了两次世界大战。当时整个西方世界处于战争结束后价值体系全面解体的状态,而沃本人在牛津大学的读书经历以及后来四处漂泊的人生遭遇又强化了他的荒诞意识和对社会混乱、衰落状况的不满。在沃看来,世界是如此荒诞,难以理喻,讽刺便成为他应付生活中非理性冲突的本能方式,像狄更斯一样,沃创造了一种黑色幽默、一种狰狞的笑声,他用这笑声对抗当代噩梦般的世界。沃将现代生活中的荒诞可笑和悲哀透彻糅合在一起,揭示了社会的荒诞和荒芜,并实现了内心荒诞感的释放。《衰亡》就是这样一部充满疯狂和荒诞色彩的喜剧作品。读者在小说中看到的是一片混乱、虚伪和荒诞。过去的小偷摇身一变成了国会议员,"洁白无瑕"的贵妇人却是贩卖娼妓的老手,而本应治病救人的医生却替"病人"摘除早已不复存在的阑尾,并通过捏造"手术死亡事故"来帮助"病人"改变身份,如此这般,不一而足。"与现代主义作家笔下的人物一样,他们也已经异化为非人,失去了人的价值,已经成为'死者',徒然一副躯壳,有身而无灵;他们处在一个疯狂的、荒谬的、冷酷无情的世界里,也就蜕化成只想追求感官享乐的行尸走肉。"①小说以一种近似于黑色幽默的讽刺手法描绘了生活中一系列荒诞可笑的人和事,滑稽可笑的背后却隐藏着无奈和痛苦,让读者体味宇宙人生的矛盾和荒诞。

在《衰亡》中,沃通过主人公保尔的荒唐逸事,以一种戏谑的笔触将牛津大学大学生的荒唐生活和学校迂腐的教学制度一幕幕展现在读者面前。作者成功地运用了多种讽刺手法,将喜剧与悲剧、幽默与荒唐以及嘲弄与鞭挞交织一体,使读者对英国的教育体制和校园生活有了更为清晰的认识。但是,小说情节的安排存在着任意编造的痕迹,故事中包含了许多离奇和非现实的成分。离奇情节的设置也许是为了突显现代社会的混乱,然而讽刺小说的社

---

① 姚君伟:《伊夫林·沃早期讽刺小说中的现代主义倾向初探》,载《镇江师专学报》(社会科学版)1998 年第 4 期。

会意义在很大程度上取决于情节是否真实可信,取决于被讽刺的行为和事情与现实生活之间是否有令人信服的联系。缺乏生活真实的荒唐、离奇虽能引起一场哄笑,却削弱了小说应有的思想深度和批判性。尽管存在以上不足,《衰亡》这本学院派小说仍显示了沃杰出的讽刺和批判才能并为他下一部学院派小说《重访布莱兹海德》的创作奠定了重要的基础。

在《重访布莱兹海德》中,沃通过对牛津大学大学生塞巴斯蒂安的描述,以戏谑的笔触将牛津大学大学大学生的荒唐生活和学校迂腐的教学制度一幕幕展现在读者面前,使读者对英国的教育体制和校园生活有了更为清晰的认识。小说以二战为背景,以查尔斯·莱德上尉第一人称回忆的方式叙述,描写了伦敦近郊布莱兹海德庄园一个天主教家庭的生活和命运。在《重访布莱兹海德》中,沃对牛津大学进行了讽刺性刻画。在沃的笔下,著名学府牛津大学的学生大都行为放肆,言语失常,并且爱好杯中之物。查尔斯在牛津大学的同窗好友、出身望族的塞巴斯蒂安更是放荡不拘,嗜酒成性,并有同性恋倾向,终因行为不检而被学校开除。小说充满了观察入微的细节,使读者对牛津大学学生无聊、荒唐的生活有了一个更为清晰的认识。实际上,《重访布莱兹海德》具有浓厚的自传色彩,小说的许多情节直接来自于沃本人的生活经历。沃曾在牛津大学的赫特福德学院学习,然而,求学期间,他行为散漫,成绩不佳,终因整日酗酒、荒废学业而自动退学。这些经历都在这部作品中有所体现。马奇梅因夫妇的长期分居和他们生活的丑闻,给塞巴斯蒂安身上打下了耻辱的印记。马奇梅因夫人表面上极为虔诚,笃信上帝,并设法使周围的人皈依天主教,然而她却过着荒淫糜烂的私生活。马奇梅因侯爵的奢侈和道德败坏更是为人所不齿。他在伦敦有豪华的府邸,在郊区有极为典雅的布莱兹海德庄园,在威尼斯还有漂亮的大厦,养着一个终身情妇。整个家族的铺张浪费已使这个外表繁华富有的家族如《红楼梦》里的荣宁二府一样,"外面的架子虽未甚倒,内囊却也尽上来了"。对塞巴斯蒂安来说,母亲是他精神上的沉重负担,她以种种手段要塞巴斯蒂安接受宗教的束缚,这使他十分痛苦。加之父母的丑闻,塞巴斯蒂安便用酒精麻醉自己,以逃离这个令人窒息的家庭。在牛津大学求学期间,塞巴斯蒂安与查尔斯是同窗好友,两人无所不谈,视彼此为知己。后来查尔斯从牛津大学退学进入美术学校学习建筑绘画,精神空虚的塞巴斯蒂安更以酒精来麻醉自己,终因行为不检而被学校开除。圣诞节,查尔斯应马奇梅因夫人之邀去庄园度假,此时,塞巴斯蒂安的健康状况已因酗酒大受影响,而且其本人对人越发不信任。查尔斯给予他很大的同情和理解,并希望帮助他摆脱思想上的负担,却遭到了拒绝。塞巴斯蒂安一生坎坷,最后漂泊到北非突尼斯一个修道院,被收留当一个下等仆人,病死他乡。塞巴斯蒂安的一生无疑是个悲剧。他的酗酒,据称是由于遗传,他的父亲年轻时就是一个酗酒者,但是更主要的是为了逃避,逃避他的母亲、他的家庭、他周围的世界。他的悲剧是震撼人心的,反映了受良好教育的一个青年知识分子在荒芜的社会和家庭中,精神压抑、空虚、迷惘到了十分惊人的程度。在《重访布莱兹海德》中,对塞巴斯蒂安的刻画体现了沃无限的悲哀,一个牛津大学的学生能荒唐、空虚、迷惘到如此程度,实在令人震惊。

英国的教育制度是《重访布莱兹海德》这部学院派小说的一个重要讽刺对象。在对牛津大学的描写中,上到校长,下到教师、舍监,无不表现出失职、渎职和自私的特征,学校当局失职、渎职的现象屡见不鲜。有能力的教师无所事事,无能力的教师则滥竽充数;教师关心的不是学术,而是名利;学校注重的不是培养学生,而是谋取经济利益。牛津大学,这个知名学府,这个神圣的象牙塔本应是精神上的富饶之地,应为迷茫的芸芸众生提供精神指南和道德准则,然而,牛津大学的才子佳人的荒诞、空虚、迷茫使人想到的却是艾略特《荒原》所体现的那种精神上的衰亡与颓废。作为人类文明标志之一的学校教育彻底失败了,这无疑是对英国教育制度最辛辣的讽刺。沃十分重视讽刺的社会作用,通过对牛津大学的讽刺性刻画,不仅讽刺了英国的教育制度,更表现了对现代人和现代社会的失望,这种悲观主义反映了战后西方知识分子对社会前途信心的丧失。在《重访布莱兹海德》中,不仅塞巴斯蒂安等牛津学生放荡不拘,嗜酒成性,就连这部小说的叙事者、故事的观察者和记录者查尔斯,在牛津大学也不时胡闹、荒唐一番。在作品中,沃描写了现代人生存的荒诞,他认为这个充满危机和恐惧的社会已经支离破碎、腐败透顶,根本无法获得新生,这反映出作者对现代社会及现代人的彻底的绝望。

在《重访布莱兹海德》中,沃不但批判了英国的教育制度,还以犀利的笔锋讽刺了千疮百孔的英国社会,尤其是上层阶级的腐朽和堕落。通过在牛津大学结识的朋友,沃步入上层阶级的圈子,参加碌碌无为的社交生活。然而,在这些人中间,沃看到的却是空虚、荒诞、势利与狡诈。通过追溯一个贵族家庭衰败的过程,沃无情地揭示了战后西方世界的荒唐与可笑,同时向人们传递了一种悲观乃至虚无的气氛。正如一位评论家所指出的那样,沃的作品中"潜伏着一种哀切而使人不安的音调,有力地奏出了英国现代生活的残忍、紧张、不幸和无情"①。小说从查尔斯上尉的视角以第一人称表达了对社会的失望。沃对英国政府也不寄希望,小说中雷克斯为了得到朱莉娅用尽手段,还隐瞒了自己已婚的事实。但他追求朱莉娅并非出于爱情,而是想要获得一大笔嫁妆以增加政治资本。然而,这样一个卑鄙无耻的骗子,后来在战争中却当上了部长,成了有名的风云人物,这无疑是对英国政府极大的讽刺。沃的作品多取材于英国上层社会和贵族生活,他创造出了众多上层阶级的人物形象,但不无遗憾的是未能描绘出一个完整的工人阶级形象,这与沃保守的政治观点是不无关系的。实际上,沃的思想深处具有保守的资产阶级传统观念,他对资本主义社会出现的腐败、衰落、荒诞进行嘲弄,甚至是非常尖刻的嘲弄,但是一旦面对革命

① G. S. Fraser, *The Modern Writers and His World*, London: Penguin, 1955, p. 99.

力量,他就会立即暴露出保守,甚至反动的一面。因此,《重访布莱兹海德》这部小说在对社会的道德沦丧进行批判的同时,也是关于二战后日益没落的英国上流社会的一曲挽歌。像赫胥黎一样,沃敏锐地意识到了西方现代文明的堕落和道德的沦丧,并以讽刺的笔触描述了这个正在衰亡的世界。《重访布莱兹海德》这部小说整体的基调是讽刺的,然而又有一种怀旧的伤感和无奈。讽刺之中蕴含着无言的哀婉,这是一种难能可贵的技巧,用到成功处,往往会使读者含着眼泪笑。

沃的文学成就令人瞩目,他是英国文学史上卓越的讽刺大师和文体家,被誉为他那一代最有才能的小说家之一。沃继承并发扬了英国文学从斯威夫特、菲尔丁、奥斯丁到萧伯纳一脉相承的讽刺传统,并以学院为背景为英国后来的第一代和第二代学院派小说家开拓了新的领域。与艾米斯的愤怒激昂、洛奇的调侃逗乐相比,沃的讽刺可谓笔墨简练而含意深刻。在《重访布莱兹海德》中,沃以戏谑的笔触将牛津大学大学生的荒唐生活和学校迂腐的教学制度一幕幕展现在读者面前,并以校园的小世界折射出现代英国社会的全部虚伪、荒唐、丑陋、贪婪和无聊。总体而言,沃的学院派小说不仅使读者充分感受到了他的讽刺锋芒,而且为后来的英国学院派小说家的创作奠定了重要的基础。

五、奥尔德斯·赫胥黎

奥尔德斯·赫胥黎(Aldous Huxley,1894—1963),英国著名的讽刺小说家、散文家、剧作家、诗人。他出身于一个极富名望的书香门第,祖父是《天演论》的作者、著名博物学家托马斯·赫胥黎,父亲是一位出色的编辑和诗人,母亲是文学评论家马修·阿诺德的侄女,家中常常群英荟萃,高朋满座。赫胥黎继承了家族传统,从小爱好自然科学和文艺。他早年在伊顿公学读书,后入牛津大学攻读文学,毕业后不久开始文学创作。赫胥黎是英国资产阶级知识分子的典型代表,他知识渊博,著述颇丰,一生创作了五六十卷作品,体裁涉及小说、诗歌、戏剧、传记、评论等,除了文学作品外,还有音乐、美术、科学、宗教等方面的著述。赫胥黎的小说以冷嘲热讽的笔触揭示了第一次世界大战之后英国青年知识分子的精神危机,反映了现代人的徒劳、迷惘和厌世情绪。他的讽刺小说《旋律与对位》标志着其小说艺术的顶峰,评论家据此称赫胥黎为"当代最有才华的讽刺家"①。如果说以艾米斯和韦恩为代表的第一代学院派小说家在作品中成功地塑造了一批来自中下层的知识青年形象,表达了一群"愤怒的青年"对社会的不满与谴责,那么,在《旋律与对位》中,赫胥黎以冷嘲热讽的笔触表现了英国中上层阶级知识分子的精神危机和精神面貌,作品因对小说家、编辑、评论家等知识分子的关注而具有学院派小说的特色。

《旋律与对位》内容非常复杂,涉及人物繁多,作品展示了一幅形形色色的堕落和怪僻人物的群像图,巧妙地描绘出英国知识分子在第一次世界大战后的迷茫状态。主人公菲利普·考尔斯是一位小说家,正在为创作而冥思苦想。考尔斯与妻子埃莉诺出国旅行,但他沿途只顾搜集小说素材,对妻子无动于衷。埃莉诺无法忍受丈夫的冷漠,便同一个鼓吹墨索里尼思想的法西斯主义者埃弗拉德·威伯利暗中来往。小说的其他人物也都在一片虚无之中穷奢极欲,过着荒淫无度的生活。埃莉诺的兄弟沃尔特与一个有夫之妇同居,同时又与另一个有性虐待症的女人露西勾搭。《文学界》杂志主编伯莱普表面上道貌岸然,实际上内心异常贪婪。虚无主义者斯潘德雷尔由于怨恨母亲再婚,加之在生活中屡遭挫折,变得心灰意懒,于是纵情淫逸,近乎疯狂。在《旋律与对位》中,作者通过这些人物的骄奢淫逸反映了一个堕落和无望的世界,而与此相对立的是正常的生老病死和爱情。值得一提的是,赫胥黎在小说中有意刻画了一位提倡以健康的方式接受性爱的画家马克·拉

---

① Donald Watt, *Aldous Huxley: The Critical Heritage*, London: Routledge, 1975, p.14.

姆品。和劳伦斯一样,马克认为只有发挥人的自然本性,尤其是性的欲望,才能使暗淡无光、郁郁寡欢的现代生活发出照人的光彩,才能使人与社会和人与人之间恢复和谐的关系。小说结尾,埃莉诺的幼子病死,生性凶暴的斯潘德雷尔杀死了他的政敌埃弗拉德,最后受良心的谴责而自杀身亡。

赫胥黎发扬了英国文学的讽刺传统,在《旋律与对位》中,以冷嘲热讽的笔触表现了英国的社会问题,对颓废堕落的英国中上层阶级知识分子做了无情的嘲弄。小说家考尔斯虽然诚实、正派,也很有天赋和才华,但性格孤僻,感情冷漠。在旅行时,他只顾观察周围的人物,搜集写作素材,而对妻子漠然置之。他终日关在象牙塔里为构思小说而冥思苦想,很少有时间去体验感性生活,使得他与妻子感情淡漠。与之相反,农民画家拉姆品和贵族出身的妻子玛丽相亲相爱,生活颇为美满。拉姆品主张过合乎自然的简朴生活,对现代工业化社会的各个方面和周围的每一个人都进行嘲讽和谴责。实际上,这里可以隐约看到劳伦斯的影子。"这部小说之所以出名,是因为它用同情的笔调将 D. H. 劳伦斯刻画成马克·拉姆品。"[1]赫胥黎20世纪20年代曾遍游欧洲,在意大利结识劳伦斯后两人成为莫逆之交。劳伦斯死后,赫胥黎为他编辑出版了《书信集》(Letters,1932),由他撰写的序言至今仍为研究劳伦斯的重要资料。除拉姆品外,小说中许多人物都是以真实人物为原型创作的,如《文学界》杂志主编伯莱普便以批评家、政论家、《文学界》杂志的编辑约翰·默里为模板,斯潘德雷尔的原型是波德莱尔,而作家考尔斯既是小说中的一个人物,同时又充当了作者的代言人。与赫胥黎一样,考尔斯在试图创作一部以小说家为主人公的小说,而考尔斯笔下的主人公也想塑造一位小说家的形象。考尔斯观察着自己周围的事物,在此基础上构思自己的作品。当赫胥黎在小说中

---

① 安德鲁·桑德斯:《牛津简明英国文学史》上,谷启楠等译,人民文学出版社2006年版,第582页。

从一组人物移向另一组人物时,考尔斯也同时在赫胥黎所描写人物的生活基础上设计自己小说的情节。其结果是:现实与想象、事实与虚构之间的界线已不复存在。《旋律与对位》就是这样一部小说中有小说的作品,这种创作方法在当代著名作家多丽丝·莱辛的代表作《金色的笔记本》中也有体现。除考尔斯外,《旋律与对位》还刻画了一大批道德低下、腐败堕落的英国中上层阶级知识分子。之所以选择"旋律与对位"为篇名,大概是因为不同家庭的种种堕落情形归根结底是人类性本能的主旋律和变奏曲,其展开形式同平行交错的音乐形式极为类似。在赫胥黎笔下,知识分子大都是一群唯我独尊、精神瘫痪、感情空虚、回避现实的人,他们只会终日高谈阔论,对艺术、教育、宗教、社会问题等发表时髦的看法。如考尔斯的父亲锡德尼·考尔斯声称自己在写一部历史书,但除买了办公设备之外,其他毫无进展。他借口去伦敦大英博物馆查阅资料,实际却与一名女子暗中私通,最终落得声名狼藉的下场。埃莉诺的兄弟沃尔特是个多愁善感的新闻记者,他与有夫之妇马乔丽关系暧昧,同时又勾引有性虐待狂倾向的女子露西,但水性杨花的露西不久便弃他而去,到巴黎去寻欢作乐。最令人厌恶的是那个表面上道貌岸然,以满口仁义道德掩饰自己堕落行径的文学编辑伯莱普。他标榜自己办的杂志为时代做出了贡献。沃尔特是他的主要撰稿人,却得不到应有的稿酬。对此伯莱普总能讲出种种理由来解释,最后竟使沃尔特为自己提出增加稿酬的要求而感到羞愧。伯莱普还热衷于同各种女人建立他美其名为"精神恋爱"的关系。这些颓废堕落的人物构成了20世纪30年代迷惘的、具有强烈失落感的知识分子的典型代表。由于赫胥黎对知识分子的刻画,《旋律与对位》这部作品令众多青年和知识分子为之激动,他们把赫胥黎视为文化英雄,认为赫胥黎的作品充分反映了他们的精神状态,表达了战后的基本社会精神和情绪。

霍夫曼(Frederick J. Hoffmann)认为,赫胥黎早期小说反映了20世纪20年代知识分子的困惑和迷茫,是对这一时期的杰出描写,它们至少反映了知识分子阶层的兴趣和习惯。如果说艾略特稍后发表的《荒原》以诗歌形式描绘了现代社会精神上的荒芜,那么,赫胥黎则以小说的形式揭示了现代知识分子的迷惘与徒劳。《旋律与对位》深刻地揭示了战后英国知识分子的堕落行径和病态心理,正如小说中的农民画家拉姆品对考尔斯所说的,小说应当把现代社会描绘成一座"充满道德堕落者和性欲变态者的疯人院"。这部作品深刻地揭露了战后英国社会,特别是中上阶层的道德沦丧和生活目标的缺乏,传神地捕捉到了整个社会的气息和情绪。为了进一步强调他的讽刺意图,赫胥黎有意在充满死亡的气氛中安排了文学杂志主编伯莱普与他的情人赤身裸体在浴缸中嬉水的场面。他们像"两个孩子面对面地坐在一只老式的浴缸里。他们玩得多么开心! 浴室中充满了他俩溅泼的水珠。这简直是人间天堂"①。这就是一群活跃在《旋律与对位》的舞台上的现代知识分子。他们过着毫无意义、没有目标的生活;他们对生活的幻想都已破灭,终日沉溺于声色之中,到头来只有肢体的衰朽和灵魂的死灭。他们的沉溺声色是对现实的逃避,他们的荒淫无度是社会道德沦丧的标志。在赫胥黎的笔下,知识分子对现实的逃避还体现在对回到过去的时代,回归自然生活的渴望。在《旋律与对位》中,上流人士和知识分子终日高谈阔论的一个重要问题是对社会的所谓挽救。他们认为工业化的实现和生活的机械化会引起战争和革命,而要避免这样的灾难,只有回到过去的时代或回归自然,这也体现出赫胥黎超尘脱俗、逃避现实的思想。实际上,和伊夫林·沃以及艾略特一样,赫胥黎最后皈依宗教也是逃避现实的一种手段。《旋律与对位》反映了现代知识分子的徒劳和及时行乐。它以辛辣的讽刺描写了第一次世界大战后英国上流社会及知识分子的道德堕落、生活糜烂和思想矛盾,反映了现代英国社会的腐朽、变态和不可救药。在暴露英国中产阶级及其知识分子的失望、徒劳、沉沦

---

① 转引自侯维瑞、李维屏:《英国小说史》,译林出版社2005年版,第584页。

和腐朽这些方面,具有一定的社会意义和批判作用。

赫胥黎是一位多产的小说家,同时也是一位出色的社会讽刺家。他继承并发展了英国文学的讽刺传统,以冷嘲热讽的手法对战后弥漫于整个西方知识界的精神危机和荒诞现实做了漫画式描述。和伊夫林·沃的《重访布莱兹海德》相比,赫胥黎的《旋律与对位》对知识分子的讽喻和挪揄有过之而无不及。尽管在创作道路上经历了一个从讽刺与批判到神秘主义的转变过程,在塑造人物形象和创作技巧方面还不尽如人意,但渊博的知识、敏锐的观察力和独具一格的写作风格奠定了赫胥黎英国杰出的讽刺作家的地位。毋庸置疑,赫胥黎的创作不仅丰富了20世纪30—50年代英国讽刺小说的内容,而且对英国学院派小说的发展产生了重要的影响。

六、菲利普·拉金

1946 年,菲利普·拉金(Philip Larkin,1922—1985)创作了唯一一部小说《吉尔》,也是一部以牛津大学为背景的小说。在这部小说中,拉金描述了牛津大学生活的严肃简朴,人人交付同样的学费,吃同样的饭食,等等。《吉尔》是不同凡响的,这不仅由于它描绘了由于战争而被迫沦入令人沮丧的平均主义的牛津大学,而且也由于它引进了后来成为20世纪50年代和60年代文学共同主题的内容,即褊狭的中下阶层的英格兰的那种难以应付的自我意识和文法学校培养出来的知识阶层的那种向上的变动性。虽然拉金并不像艾米斯、韦恩和布莱恩一样,直接受益于1944年的《教育法》,但他也是新型的善于表达的大学毕业生的典型。作为战后文学界的重要知识分子,拉金以冷嘲热讽的洞察力勾画了英国社会和文化的变迁。拉金的作品为后来的第一代学院派小说家做出了一个很好的榜样,为英国学院派小说的发展确立了方向。

第二节　英国第一代学院派小说综述

英国第一代学院派小说作家成长于第二次世界大战刚刚结束的20世纪50年代。第二次世界大战以后,随着资本主义进入加速发展阶段,社会对于高等教育的要求日益迫切。战后英国工党政府在掌权后显然没有忽略文化工作,为了避免经济增长与"文化失范"构成不协调的文明情境,为了使经济发达与文化繁荣同步,英国政府在实行经济国有化的同时进行了大胆的教育改革。1941年,教育大臣巴特勒发表了著名的"教育问题绿皮书",提出了平等教育权利问题。1944年,通过了巴特勒提出的教育法案,公立中小学一律免费,贫困的大学生可以得到政府资助,允许出身于下层阶级的青年通过考试进入过去只向贵族子弟开放的高等学府学习。这在等级森严的英国的确称得上是一种创举。英国的大学文凭历来是进入上层社会的敲门砖,英国政府的高级官员多半来自牛津大学或剑桥大学。20世纪50年代初,英国出现了第一批来自中下层社会的青年大学生。他们胸怀大志,准备献身于社会的改革之中,但是,由于缺乏有力的家庭背景,他们发现自己根本得不到上流社会的承认与重视。其中一些有文学才华者用小说表达了对于社会现状和传统观念的强烈不满,那种压抑在他们心中的挫折感和愤怒的情绪在他们的作品中得到了淋漓尽致的表现。于是出现了金斯利·艾米斯(Kingsley Amis,1922—1995)的《幸运的吉姆》(*Lucky Jim*,1954)、约翰·韦恩(John Wain,1925—1994)的《每况愈下》(*Hurry On Down*,1953)和约翰·布莱恩(John Braine,1922—1986)的《向上爬》(*Room at the Top*,1957)等作品。他们采用现实主义创作方法,探讨社会问题,这批愤世嫉俗的新一代大学才子构成了英国第一代学院派小说家。概括起来,第一代学院派小说有以下一些特点。

第一,人物刻画方面。第一代学院派小说中的主角已经不再是鲁滨逊式的英雄人物形象,人性和自我似乎在社会秩序和传统体制的压抑下发生了显著的变化。笛福等人小说中的乐观向上和充满自信的精神已经荡然无存。作品中的人物都是一些人情味很足的青年知识分子。他们出身贫寒,具有一定的教养和传统道德价值观念,这是一些典型的小人物,既无背景也无权势。他们出身社会底层,因得益于"福利社会"而受过高等教育,他们试图通过种种努力和奋斗,如投身商界、"高攀婚姻"等爬上社会上层,但是现存的社会体制、价值观念、阶级壁垒和等级观念使他们的愿望难以实现。他们一方面憎恨社会秩序和等级观念,另一方面又希望跻身于社会的"上层";他们玩世不恭地对抗社会,但最终又不得不磨合于社会的齿轮,或妥协,或消沉。无论是韦恩的《每况愈下》、艾米斯的《幸运的吉姆》,还是布莱恩的《向上爬》,描写的都是一些出身寒微、穷困潦倒的青年知识分子。他们胸怀大志而又怀才不遇,对于因传统的等级偏见阻碍他们进入的上层社会既向往又嫉恨。在这些人物身上集中反映了中下层青年对社会不公正待遇的不满和愤恨。艾米斯通过其小说中吉姆·狄克逊(Jim Dixon)这一非英雄形象揭示了大学生活中的种种虚伪和势利,批判嘲讽了校园生活荒唐的一面。而韦恩笔下的查尔斯·兰姆利和布莱恩小说中的乔·兰普顿则表现了刚刚步入社会的青年知识分子在道德与金钱、上层社会的奢华和下层社会的质朴之间徘徊困惑的复杂情感。实际上,他们向上爬的过程也是道德蜕化的过程,他们既不是罪恶滔天的坏蛋,也不是什么挽救世风、救民于水火的圣人,他们就是小人物,没有什么功德,也谈不上很坏,就同我们身边天天遇到的人们一模一样。或者说,他们的经历所体现的就是普通人生活的一种本真状态。

第二,写作技巧方面。第一代学院派小说家的创作基本倾向是现实主义的,从本质上说,它是极富有狄更斯、哈代色彩的批判主义文学,而且每一位作家的创作风格也各有不同。从总的倾向来看,这是一个以共同的社会思想和社会情绪为基础组成的文学群体,其艺术趣味以及艺术追求的目标并不一致。例如,艾米斯创作的《幸运的吉姆》运用了典型的匹克威克式的荒诞现实主义。另外,小说的语言采用了学生腔意味十足的校园语言。这种语言同上流社会的夸饰风格有所区别,但也谈不上引车卖浆者的酒吧语言。或者说,第一代学院派小说家所运用的语言比酒吧语言文雅一点,又比上流社会交际语言通俗一点。这种语言幽默、风趣、平易近人,充满青春的活力,基本符合语言规范而又显得激越跳荡,包容了很强的激情。他们的主要创作范式不是标新立异,而是更多地吸收了平民文化的典型样式——流浪汉小说的传统。这类结构绝大多数是单线发展,通过一个人物的经历和命运来反映整整一个时代的人们的情绪和愿望,所以普及性与大众性也就成为第一代学院派小说的一大特征。当然,第一代学院派小说的创作主体都是一批家境贫寒的大学生,这种学院派特色在一定程度上约束了他们的创作视野。但他们的作品以青年知识分子生活层面为舞台,展现的却是广阔的社会生活。

第三,文化方面。第一代学院派小说极尽讽刺挖苦之能事,嘲笑上流社会,嘲笑高雅文化。这些作品强调自己的平民文化品位,将"反高雅文化"和推行平民文化作为自己的创作目标。他们致力于推广自己的平民文化趣味,带有极强的平民文化色彩,创作中从不故弄玄虚,更不像现代主义创作那样故作深奥,将创作封闭在为艺术而艺术的象牙塔里面。作者总是采用民间闹剧式的胡闹和诅咒来描写上流社会高雅文化的一切,极力贬低那些上流社会的文化精英和社会名流,朝他们身上大泼污水。比如描写白痴式的二流画家伯特兰,作者立刻评论说:"了不起的画家总是有很多女人,所以,如果他能够弄到很多女人,使他成为一个了不起的画家,他就不在乎他的画画得如何。"又比如作者挖苦高雅文化精英威尔奇教授:"威尔奇还在滔滔不绝地谈论音乐会;他怎么能在这样的地方当上历史学教授呢?靠他的著作吗?不是。靠他的书教得很好吗?更不是。那么是怎么混上教授的呢?"这一席话,将这类高雅文化的精英贬得一钱不值，全是欺世盗名，全是一帮学术骗子。事实上，吉姆就像堂吉诃德一样荒唐，像匹克威克一样幽默，而这种风趣正来自于平民文化。

第四，主题方面。激烈地抨击社会罪恶，表达青年知识分子对社会不公平现象的愤怒和改革社会的愿望，这是第一代学院派小说的共同主题。他们的创作带有极强的道德化色彩，他们的价值参照系来自于下层贫民，他们提倡和谐平等的人际关系，提倡善良、仁慈和友谊，并以包含正义道德理念的平民价值观去反思人生，反思社会。这些作品表达了青年知识分子对当时社会矛盾所抱的悲观颓唐态度，虽然呼声软弱，但却因为他们以深刻、形象的语言倾吐了郁积在下层社会广大群众心中激愤的感情，因此，他们获得英国社会各界的广泛同情。这批作家大都出生于20世纪二三十年代，而且家境贫寒。他们刚刚出生就遭遇了经济大危机，饱受饥饿之苦。接着又爆发了第二次世界大战，他们有的失学而流浪在外，有的当兵而蒙受战场伤亡之苦。战后不是失业就是颠沛流离，几乎没有过上一天好日子，他们的痛苦遭遇也就成为英国平民生存际遇的缩影。在上述情况下，激烈批判社会罪恶，抨击社会骇人听闻的不平等，宣泄当代青年找不到出路的愤怒呼声，也就成为他们最基本的创作特色。第一代学院派小说家艾米斯、韦恩和布莱恩的作品都表现出极强的社会参与意识。

纵观第一代学院派小说家的作品，不难发现，这些作品塑造了一群出身贫寒、穷困潦倒的青年知识分子，这些人都曾接受过高等教育，胸怀大志却怀才不遇，仅仅由于传统的社会等级观念而无法进入上流社会，结果遭到冷落，从而产生了反叛心理，用一种玩世不恭的态度和消极反抗的方式来对抗社会。在第一代学院派小说中，充满了变革社会的强烈愿望和对现实失望的满腔怒火。小说中的主人公多数来自社会的底层，深切地感受到社会对他们的不公平、不合理，他们有的愤怒不平，牢骚满腹地向社会挑战，有的则寻欢作乐，玩世不恭，还有的悲观失望，愤世嫉俗。下面就以第一代学院派小说家韦恩的《每况愈下》、艾米斯的《幸运的吉姆》和布莱恩的《向上爬》这三部代表作品为例,展现第一代学院派小说的艺术特色。

一、约翰·韦恩

英国文学史上第一代学院派小说的代表作家是约翰·韦恩(John Wain, 1925—1994)。韦恩出身于社会底层,毕业于牛津大学圣约翰学院。韦恩大学毕业后在大学教授英语课程。1947年至1955年,他在牛津大学执教,讲授英国文学,1955年辞去教职,专门从事文学创作。韦恩的主要作品有《生活在今日》(*Living in the Present*, 1955)、《竞争者》(*The Contenders*, 1958)、《打死父亲》(*Strike the Father Dead*, 1962)、《山里的冬天》(*A Winter in the Hills*, 1970)、《年轻的肩膀》(*Young Shoulders*, 1982)等。此外,韦恩还创作了以牛津大学生活内容为题材的"牛津三部曲",即《河边相会》(*Where the Rivers Meet*, 1988)、《喜剧》(*Comedies*, 1991)和《饥饿的一代》(*Hungry Generations*, 1994)。韦恩的一生除文学创作以外,大多作为自由新闻撰稿人,为报刊和电台撰写文章。韦恩写作和编辑的书籍有70多卷,同时他也是"愤怒的青年"代表作家。

1953年,韦恩发表了成名作《每况愈下》(*Hurry On Down*),这部小说也被认为是第一代学院派小说的开山之作。《每况愈下》的主人公查尔斯·兰姆利从大学历史系毕业后,找不到工作,四处闯荡,跌落到社会底层,过着漂泊不定的生活。大学毕业之后,兰姆利尝试着走一条与众不同的生活道路,他从一份工作换到另一份工作,当过擦洗玻璃的工人、毒品走私集团的成员、医院的勤杂工、汽车司机和酒吧的雇员等,被周围的人认为是不务正业、毫无前途的人。当兰姆利在医院当杂务工时,他的一个大学同学"义正词严"地教训他说:"那种工作生来就是下贱的人干的。可你毕竟也受过一定的教育,有一定的教养,尽管我可以说你的行为举止有失检点。你本应该找个体面的工作,与你的教育和教养相称的工作来做。把这种该死的倒尿壶的活儿让给那些受过倒尿壶训练的人去干吧。"[①]后来由于偶然的契机,兰姆利被招聘为广播电台的滑稽节目的撰稿人,生活有了着落,他与社会的纷争也告一个段落。但最后兰姆利还是流露出对生活的迷茫。兰姆利为了改变自己的命运,变换着各种工作,最终他发现要想依靠自己的劳动来获得自己想得到的豪华享乐的生活几乎是不可能的。兰姆利反对一切传统的观念,拒绝接受所谓的高雅和有品位的生活,决心通过自己的努力,开创自己的一片天空。他对社会阶层的划分极其厌恶,拒绝被打上英国传统社会的阶级烙印,并对那些固守社会等级的人进行了强烈的抨击。他痛恨被自己所受的教育和阶层束缚,他的目标是中性的、无阶级的,无论是在经济方面、社会方面,还是情感方面。兰姆利干什么工作并不重要,他最终也获得了一个有丰厚报酬的职位,有了自己喜欢的美女,甚至也可以说进入了中产阶级。兰姆利最后从教育、教养、社会地位、生活处境甚至到口音都中产阶级化的喜剧结尾,是人物和他所敌对的社会秩序妥协与和解的象征。然而我们依然看到,兰姆利试图把自己从工人阶级中分离出来的努力其实都是徒劳无益的,那种"自卑感、自命不凡、不现实"的潜意识思想时刻萦绕着他,无法改变他身上流淌着的农民后代血脉的事实。

小说的主人公兰姆利受过大学教育,却不得不生活在社会金字塔的底层。他与现存的生活秩序和社会结构格格不入,无法见容于等级森严的社会体制,因此只能游移在社会的边缘,在生活的底层流浪、漂泊、挣扎。兰姆利从一种境况跳到另一种境况,小说的场景不断更换,但情节却紧紧围绕中心人物展开。它展示了当时年轻一代的矛盾和混乱的心理状态,同时也对传统社会现实的虚伪、势利和阶级偏见进行了鞭挞。兰姆利发现他更知道反对什么,而不是赞成什么,如同大学的教育和社会并没有帮助他获得一

---

① John Wain. *Hurry on Down*, London: Penguin, 1960, p. 174.

种称心的生活方式,相反使他觉得把自己变成了所受教育的囚犯,生活与教育并不像想象中的那样令人满意。兰姆利最终认识到,在一个等级森严的社会里,一个人要想拥有自己心爱的人、心爱的东西以及自尊,不得不弄到金钱和地位。约翰·韦恩通过幽默的笔调和现实主义的视角表现了主人公内心的思想斗争和反抗,同时也反映了 20 世纪 50 年代年轻一代的彷徨、愤怒和困惑的心理状态。批评家瓦特·艾伦认为:"反英雄是 50 年代小说中出现的一种新的人物形象。首先是在《每况愈下》中出现,然后又在艾米斯的《幸运的吉姆》中出现。"①和《幸运的吉姆》中的吉姆相反,兰姆利并没有像吉姆那样对现存的体制和社会结构持嘲弄、挑衅和攻击的态度,也没有像吉姆那样对等级的"上层"暗怀恋慕之情,并最终凭着自己的"运气"跻身上层,而是在逃避和隐遁自己的同时,随波逐流地任由生活摆布。谈到小说的创作,韦恩说:"我写《每况愈下》时,觉得生活中出现的主要问题就是年轻人如何适应'生活'的问题。在这里,生活是指他们降临世界之前就已经存在的外部秩序,这外部秩序不一定对他们持欢迎的态度;而且这一切正变得越来越复杂化了,因为在我们的文明中,教育制度和潜在于日常生活中的种种臆想之间存在着难以弥合的分裂。我们的公众和个人为了年轻人的教育花费了大笔钱财,让他们学会了欣赏文艺杰作;我们供养了很多教授来指导年轻人学习哲学和其他高雅的学问,然后又把他们推到一个完全不需要这些学问的世界上……所以,我自然要写一个人如何受了教育又被人像稻草一样又起来,掷到世界上。"②大学毕业后,兰姆利想通过自己的奋斗改变个人命运,对上流社会既充满了愤怒、怨恨,同时又千方百计想成为其中的一员;他与传统的社会秩序和生活观念格格不入,却又不择手段想从中谋取个人的幸福快乐;他鄙视高雅社会的趣味情调和文化教养,

---

① Walter Allen, *Tradition and Dream*, London: Hogarth Press, 1964, p. 280.

② John Wain. "Along the Tightrope", *Declaration*, 1986, p. 81.

却又为不能进入这个阶层而耿耿于怀。兰姆利是战后英国典型的从思想到行为都与社会背道而驰的"反英雄"形象,他出于自己的阶级本性和正义感,对上流社会充满了鄙视和叛逆,试图依靠自己的奋斗探索开创一种全新的生活方式,但同时他又经不起金钱和财富的诱惑,无法摆脱传统习俗的束缚。

作品中,韦恩对英国教育的固有弊端进行了犀利的批判。兰姆利从牛津大学毕业,四处流浪。他认为中产阶级的教养几乎泯灭了自己的情感功能和自在性,因此竭力逃避这种"教养",寻求"梦想中的无阶级的境界"。他的"流浪"非常鲜明地反映了当时变动的英国社会中个体与社会严重对立的状况。兰姆利所接受的高等教育确实无法让他适应"生活",无法让他过上满意的生活,大学里三年盲目又不像样的填鸭式教学并没有给他训练出一个适合认真思维的头脑;当他被掷入等级社会的底层时,他所接受的教育和教养毫无用处,在从事底层体力劳动时根本比不上一个没有受过任何教育的劳动者。因此,正是学校教育害得他今天无论如何煞费苦心也还是无法适应生活。但教育毕竟只是英国社会大厦的一个侧面。兰姆利的"愤怒"不仅是针对英国的教育制度,而且也是针对现存的"外部秩序",也就是等级森严和阶级壁垒分明的整个社会。这部小说在美国出版时易名为《置身牢笼》,小说的主题不言自明;中译本把书名译为《每况愈下》,尽管这一"意译"与原题目的字面义相差甚远,但却直接展现了小说讽喻现实的内涵。在这个社会中,人的出身有贵贱之分,人的地位有高下之别,什么样的出身背景就有什么样的工作和职业与其对应。对"外部秩序"的任何形式的反抗,对社会等级思想的任何挑战,都难以得到这个社会的接受与认同。受过高等教育,具有一定的修养,却无法跻身上层社会,无法找个与自己教育和教养相匹配的工作;容身下层,混迹社会的边缘,给人擦窗、开车、看门、倒尿壶,这又为庸俗势利的"上层人士"所不屑——这就是兰姆利在小说中所遭遇的困境和痛苦,也是兰姆利愤怒和选择逃避的根源所在。兰姆利并没有像其他

"愤怒的青年"那样试图跻身上层,而是尽力逃避中产阶级的生活方式和价值观念,逃避整个社会体制和外部秩序对自己的限制和压抑。宛如一个现代社会的流浪汉,四处漂泊成了兰姆利生活的主旋律,似乎也成了他生命的意义所在。但值得注意的是,兰姆利出身于社会下层,对下层生活的境况了如指掌,他在不愿认同于上层社会的同时,其实也不愿苟同于以劳工阶级为代表的下层,因此只能在社会的边缘"不停地流浪、流浪,流浪四方",流浪成了他对抗自己所愤恨和厌恶的社会的唯一手段。兰姆利的"误"是无法改变的命运之"误",他的"漂泊"是没法终结的"尘世"之"漂泊"。"误"和"漂泊"都喻示着 20 世纪 50 年代英国社会一代年轻人无所归属的尴尬境况。

在写作技巧方面,韦恩的小说创作一方面具有向现实主义文学回归的鲜明倾向;在文学创作观念上,韦恩如 C. P. 斯诺、库珀和艾米斯一样,主张忠实于现实的写作,反对现代主义及实验小说,认为表现内在心理的实验小说、意识流小说等在技巧上的试验可以进行,但绝不可能取得从 1860 年到 1910 年那一代作家那样的伟大成果。韦恩的作品以吸引人的情节为线索,十分注重刻画社会生活现状和社会大众心态,塑造中下层人物典型,重现了 20 世纪 50 年代英国社会的真实生活。尤其是韦恩早期的作品,具有强烈的对社会的尖锐批判和否定情绪,奠定了他与艾米斯、约翰·布莱恩等一起成为"愤怒的青年"的代表地位。他的代表作中塑造的兰姆利和艾米斯笔下的吉姆构成了"愤怒的青年"的最早的典型形象。① 另一方面,韦恩虽然反对将小说写成意识流或者实验小说那样的模式,认为纯粹的心理小说偏离了小说作为生活表现的主要文学样式,难以与读者交流,那样的小说无法承载广阔而丰富的社会生活和复杂的客观世界,然而对于作为写作技巧的意识流、超现实的心理描写,甚至梦境幻觉等新的文学表现手法,韦恩并不排

---

① 参见蒋承勇等:《英国小说发展史》,浙江大学出版社 2006 年版,第 389 页。

斥。在他的多部小说中,大量的意识流手法的运用,准确而细腻地传达了人物复杂而丰富的内心世界与情感变化。从中我们可以看到,作为一个严谨的现实主义作家,韦恩真实而深刻地反映了当代英国社会现实及社会心态,塑造出一代反叛社会、与现实格格不入的人物形象。但就他借鉴和运用现代派手法而言,他的创作显然突破了现实主义的壁垒,不对环境和人物做直接的描写和编造,不是为塑造人物的性格而去设定一个特定的典型环境,而是较好地在人物的意识流动中,甚至在人物的潜意识和梦境幻觉中,在人物自我的内心独白中去真实表现,在人物生存的自然原生态状况下去显示人物,从而使得人物更加真实可信。另外,韦恩的小说常常采用多线索展开,不同角度和层面上的叙述使得小说对社会和人生本质构成多面而立体的揭示。故事情节曲折多变,有迭起的激烈高潮,也有平缓的宁静舒展,小说读来张弛有序、错落有致。

韦恩的小说创作具有浓厚的诙谐嘲讽色彩和幽默闹剧式的写作特色,对社会和人生的表现时而严肃认真,时而又迷惘痛苦,时而充满对生活的反思,时而又具有对人生放纵的宽容,但总体上可以说是幽默中蕴含真理,夸张中具有真实,滑稽而不庸俗,笑闹而不油滑,在对社会的叛逆反抗之中具有对美好生活的向往与追求。《每况愈下》一发表就引起了极大的反响,韦恩也因此一举成名,成为第一代学院派小说的代表作家。

二、金斯利·艾米斯

金斯利·艾米斯(Kingsley Amis,1922—1995)是英国小说家、诗人、评论家兼教授。艾米斯出身于伦敦南部的一个中下层家庭,父亲作为一名商业职员竭尽全力要把自己的儿子送入最好的学校就读,希望儿子有所成就。大学学习期间,艾米斯常与和自己出身相似、家庭背景相同的中下阶层人士交往,这期间所形成的中下阶层情结,成为日后艾米斯小说创作的主基调。艾米斯的经历和韦恩比较相似,牛津大学毕业后在一所外省大学任职,后来到剑桥大学执教。1954 年,艾米斯的第一部小说《幸运的吉姆》一发表即轰动全英国,被评论界公认为是一部最具 20 世纪 50 年代特色的学院派小说。艾米斯一生写有长篇小说 14 部、短篇小说集 3 部、剧本 4 部、诗集 6 部、评论集 7 部等。

《幸运的吉姆》以校园生活为背景,时间设在 20 世纪 50 年代。主人公吉姆·狄克逊是一个出身贫寒的大学毕业生,他特别渴望改变自己屈辱的地位和贫困的境遇,而作为当代的于连,他有着很强的进取心,一心一意希望跻身上流社会,成为社会名流,获得富裕的生活和受人尊敬的地位。瓦特·艾伦说:"吉姆·狄克逊是一个象征,是一个被认为是等同于原型人物的人物,是一代人的英雄。"①小说的主人公是 20 世纪 50 年代创造出来的一个最典型的人物形象。一方面,他试图寻求延聘而跻身于文化人士之列,另一方面又对校园文化进行本能式的嘲讽和攻击,心中充满因无法跻身于其中而产生的焦虑、不安、愤懑和压抑。他原本以为社会果真像报纸上吹嘘的那样公平公正、平等竞争,他很有希望凭借自己的才华和实力实现自己出人头地的理想。而实际情况却恰恰相反,财产的悬殊、等级制度以及根深蒂固的特权像玻璃天花板一样阻挡住了他向上爬的道路,使得他即使用尽吃奶的力气来拼命奋斗也是一场虚空。在战后英国社会大背景的衬托下,吉姆·狄克逊显然可以看作是艾米斯所代表的出身底层的一代人的真实写照。与那些虚假伪善的势利小人相比,吉姆是一个值得人们同情和赞赏的"非英雄"形象。我们在吉姆身上看到了英国 20 世纪 50 年代左右"福利国家"时期一类青年的典型,他们出身中下阶层,有的经过战争洗礼,刚从炮火硝烟中归来;他们进入大学取得学位,在投身社会当中,受到经济走向繁荣的英国社会的宣传的鼓舞,满以为自己通过努力也能像那些人一样过体面的、舒适的日子,可现实却

---

① Randall Stevenson, *The British Novel Since the Thirties*: *In Introduction*, Athens: the University of Georgia Press, 1986, p.125.

使他们万念俱灰。大学毕业后，吉姆被一所二流大学的历史系聘任为临时讲师。他十分珍惜这一份来之不易的职业，于是他拼命工作，拼命撰写论文，做出了不少的业绩，可周围的人却对他抱以冷落和嘲笑，这不是因为吉姆工作不卖力或者他缺少才华，而是因为他出身贫寒，既无财产又无权势靠山。为保住教师一职，他忍辱负重，疲于奔命，尤其在装腔作势的历史系主任威尔奇教授面前不得不低三下四、忍气吞声。他人微言轻，才疏学浅，而且对自己的职位有一种朝不保夕的忧患感。为了能取得延聘又不得不去讨好系主任威尔奇，心里却充满了对附庸风雅、不学无术的所谓资深人士威尔奇的反感和鄙视。为了能得到晋升，他不得不去写连自己都觉得无聊的论文，但文章被别人剽窃，晋升与他无缘。他为讨好威尔奇而参加他家的晚会，却和他的儿子争吵起来，喝醉酒后又将主人家的毛毯烧出了黑洞。在学校的一场决定吉姆能否延聘的公开讲演中，吉姆因发泄内心不满而饮酒过量，当着学校专家、权威和听众的面当场醉倒，导致讲演成为一场闹剧。这也导致他最终丢掉了大学的工作。无钱、无貌、无才的吉姆本是与貌美女子无缘的，可他却偏偏看上了克里斯汀，一个富商的侄女。她是历史系教授威尔奇的儿子的女友。威尔奇教授的儿子伯特兰是个爱故弄风雅的画家，一个阶级偏见很深的花花公子，一个与吉姆对立的青年。在出身、社会地位、收入、风度、外貌等方面，他都高于吉姆。出乎意料的是，克里斯汀甩掉了花花公子伯特兰，爱上了平庸的吉姆。吉姆终于翻了身，他不仅意外获得了克里斯汀的爱情，并在她的富商舅舅朱利耶斯那里获得了一份薪金丰厚的文秘工作。吉姆冲着威尔奇教授发出了宣泄性的胜利狂笑，现代"灰姑娘"的故事就在吉姆的笑声中圆满收场。

作者在《幸运的吉姆》中有力地抨击了英国教育制度。战后英国工党所推行的教育改革虽然使很多出身于社会中下层的青年获得了接受高等教育的机会，但这些出身于中下层阶级的毕业生虽然拥有名牌大学的文凭，却无法在社会上得到应有的地位和政治权利,他们在等级观念偏见的压制下无法实现自己的理想,也无法得到"上层社会"的认同。于是,他们拿起手中的纸笔,通过创作小说这一形式来对自己所遭受的不公正的待遇表示不满,揭露发生在社会上、学院里的种种虚伪,嘲讽英国的传统文化。小说把矛头直接指向社会中上阶层中那些自视清高、自命不凡的人物,尤其是那些自诩为知识分子的大学教授,揭露他们其实只是不学无术、只会抄袭别人成果的庸俗小人。吉姆为了发泄心中对威尔奇的怨恨,将威尔奇喜欢的一段钢琴协奏曲中的回旋曲自编了歌词,并称之为"威尔奇小调":"你是草包光吃饭,你是傻瓜老混蛋,你是胡言胡语、胡喷胡吐的大笨蛋。"虽说语言粗俗,但是宣泄心中的愤怒倒也是直截了当。在吉姆看来,威尔奇教授不学无术,他儿子伯特兰则是个傲慢无礼、自私自利的"奸诈鬼、势利眼、恶霸、傻瓜",一个不懂艺术的蠢画家。然而,像他们这样的人能够那么怡然自得地生活在中产阶级社会里,而他吉姆却无法跻身其中,这是何等的不公平!如何不使他愤怒呢?吉姆本想对英国的特权阶层和伪善的上层社会嘲弄一番,以宣泄内心的愤怒,结果,他受到了惩罚,被赶出校门。面对这种命运,他的心似乎"像开了闸一样,思潮忽地翻滚起来,自从到校工作以来,他首次觉得自己真正地、难于压抑地、令人狂暴地感到烦恼,以及与之相伴的真正的憎恨"。他憎恨这个不平等、不合理的社会,憎恨社会的虚伪和势利,憎恨自己的命运。战后工党组建的新政府虽然在一定程度上改善了人们的生活,但并没有也不可能从根本上改变普通民众的政治地位,社会上仍存在森严的阶级壁垒。这种阶级的差异不时唤起吉姆强烈的阶级意识,激发他去捉弄和嘲讽与自己对立的阶级成员,揭露英国"福利国家"消灭特权、人人平等的谎言。吉姆是英国当代文学中典型的"反英雄"人物,通过他对满腔的不满和怨恨的宣泄,讽刺和鞭挞了英国教育制度、精英文化和等级制度。吉姆最终明白了所谓"福利国家"其实只是虚假骗人的理想主义,那些社会的文化精英、受人敬重的中上阶层人士,其实只是一群愚蠢无知的虚伪庸俗之徒。这种社会的不公平的待遇,使得吉姆成为了愤怒的青年,他为社会的不公平而愤怒,也为教育制度的陈腐、人际关系的险恶和学术官僚的腐败无能而愤怒。

从文化研究的角度看,《幸运的吉姆》不失为战后英国文学中一部反高雅文化的杰出代表作。1952 年,"厨房水池"派在伦敦举办了画展,这是英国战后文化向通俗化发展的一个重要标志。这一时期的文学作品,尤其是小说,开始走向民间化、世俗化,从而打破了原来长篇小说所具有的典雅和庄严,出现了"反小说"和"非英雄"。《幸运的吉姆》制造出一种狂欢情绪和狂欢意识,并以此嘲弄、颠覆、消解英国官方大力推广的高雅文化。小说中的主人公吉姆出身于中下层阶级,他用滑稽可笑或恶作剧的方式贬低、丑化属于文化精英的教授、音乐家、画家,以此贬低、丑化精英文化。如吉姆在浴室布满蒸气的镜面上用手指写道:"奈德·威尔奇是个大笨蛋,脸长得像猪屁股。"[①]在别人寄给约翰斯的杂志封面上印着某个现代作曲家的一张又大又清晰的照片。吉姆拿起一支黑色软芯铅笔,动作迅速而小心地涂改了作曲家的脸,"他把下嘴唇改成一排颜色污浊的龅牙,又在下面加一片嘴唇,比原来的那片要厚一些,松弛一些;在两颊上添上几道与人决斗时留下的伤痕,在加宽的鼻孔里伸出几根粗如牙签的毛发,把眼睛扩展得老大老大,挤成一团,盖到了鼻梁上;然后,在下巴和前额上密密麻麻地画上一串须发,再在嘴上加一副中国式的八字胡,耳朵上吊几个海盗戴的耳环"[②]。最具讥讽意义的是在许多社会精英出席的题为"幸福的英格兰"的报告会上,吉姆由于紧张多喝了几口英格兰威士忌,结果,等到他演讲之前,他已经感到自己"有几分醉意"[③]了。吉姆一会儿学起了威尔奇教授的讲话方式,一会儿又开始学着校长的声音讲

---

① 金斯利·艾米斯:《幸运的吉姆》,谭理译,译林出版社 2008 年版,第 56 页。
② 金斯利·艾米斯:《幸运的吉姆》,谭理译,译林出版社 2008 年版,第 23 页。
③ 金斯利·艾米斯:《幸运的吉姆》,谭理译,译林出版社 2008 年版,第 221 页。

话,还把贝尔特朗、威尔奇太太、校长、注册主管员、学院行政委员会和学院歇斯底里地臭骂一顿。① 就这样,吉姆用这种小丑式的诙谐和胡闹亵渎了社会精英和精英文化的庄严与神圣。人们喜欢这个情节还因为在小说中看到了他们喜闻乐见的东西:对社会不公的揭露和抨击。从吉姆身上表露出对社会强烈的叛逆思想,对社会的不公正、不公平和阶级壁垒的愤怒情绪。我们看到了吉姆与上流社会之间难以逾越的鸿沟。在对待等级化、体制化的学院文化上,还未成名的作者艾米斯和落魄的吉姆在态度上几乎是同一的。小说作者在潜意识中希望能借助某个外在力量从社会的底层"攀升"而上,于是,主人公在学院外势力的介入下最终解决了自己的困境,小说作者也分享了吉姆的"幸运"而最终跻身于自己竭尽嘲笑的精英文化圈中。

在技巧方面,《幸运的吉姆》体现了英国小说创作由现代主义向现实主义的回归。人们在经历了经济危机和第二次世界大战的困苦后,开始厌倦去读那些情节支离破碎、内容晦涩难懂的现代主义小说。艾米斯捕捉到了战后人们的心态,引领了一场"回归传统"的创作潮流。他适时地对实验小说进行了抵制,重新回到现实主义的"伟大传统"。艾米斯反对当时所谓的精英主义、高雅文学,尤其反对文学表现隔膜晦涩,反对神秘暗示的象征主义和抽象内心剖析的意识流小说,主张作品应明朗清晰和真实自然。在他看来,现代主义带有上层分子居高临下的傲气,而所谓的"实验"只是小部分精英分子的故弄玄虚。他提倡小说不应着眼于人物内心世界的展示,而应着眼于人物的刻画和情节的铺设。在《幸运的吉姆》中,我们可以看到完整的、生动的、引人入胜的故事情节和血肉丰满的人物形象,以及较为清晰的时间顺序。《幸运的吉姆》通俗易懂,充满着浓郁的时代气息,没有晦涩的现代主义手法,没有抽

---

① 参见金斯利·艾米斯:《幸运的吉姆》,谭理译,译林出版社 2008 年版,第 215页。

象的内心剖析,没有象征性的引喻,没有引经据典的书卷气,也没有玄学派的哲理寓意,无疑会得到普通读者的喜欢和爱戴。艾米斯从不搞什么形式革新,只是自然而然地使用了一些被实验小说所摈弃的典型人物、性格刻画、场景设置、情节安排、细节描写、气氛烘托等传统现实主义手法,因而极大地满足了当时审美阅读的需要,取得了明显的及时性效应。从这部小说来看,艾米斯明显受到18世纪和20世纪初的现实主义小说的影响,他在小说中特别使用了传统小说中经常出现的讽刺和幽默技巧,它们也是小说获得成功的重要因素。

《幸运的吉姆》代表了英国第一代学院派小说创作的最重要的艺术成就,体现了很强的写实性。作品线索非常清楚,以吉姆大学毕业以后走向社会为起点,再以吉姆向上爬后的成功满足结束,整部作品一气呵成。这种以一个人物的经历作为情节线索的小说结构形式,使人们联想到19世纪英国十分盛行的流浪汉小说。当然,吉姆最后获得高薪工作和漂亮女友并不能说明吉姆实现了自我的价值,在某种意义上这只是一种"高攀婚姻"的结局,而不是吉姆有什么突出的能力和才干。其实艾米斯并非有意宣扬这种有媚俗倾向的"价值实现",而是在对中产阶级的虚假做作进行一番嘲笑和讽刺之后,在对体制性和制度化的社会感到无可奈何之后,只能用这一望梅止渴式的结局来增强小说的喜剧色彩。[①] 然而,艾米斯的愤怒是不可能持久的,一旦这些野心勃勃的青年有机会实现自己的愿望,他们的愤怒立刻会烟消云散。作品中,吉姆由于偶然的原因青云直上,爬进了社会上层后,便以百倍的疯狂来捞取一切好处,其邪恶与阴险远比威尔奇之流有过之而无不及。值得注意的是,吉姆的成功是以牺牲人格和自己的道德信仰为代价的,同西方社会的其他青年一样,他谈不上有什么崇高的理想,更谈不上奉献社会、造福民众的人格追求。作为一部真实反映学院生活的小

---

① 参见张和龙:《战后英国小说》,上海外语教育出版社2004年版,第27页。

说,《幸运的吉姆》真实地再现了 20 世纪五六十年代西方的文化价值观培养的根深蒂固的个人主义理念和个人奋斗理念。

三、约翰·布莱恩

约翰·布莱恩(John Braine,1922—1986)也是英国第一代学院派小说的代表作家。1922 年,布莱恩生于约克郡一个殷实的中产阶级家庭,父亲在地方议会任职,母亲是天主教徒。1933 年至 1938 年,布莱恩就读于圣贝茨语言学校。1951 年,他只身来到伦敦,打算以写作谋生。而严酷的现实使他的幻想破灭了,在外省长大的他首先感觉到了外省文化与都市文化的格格不入。他的带有外省气息的谈吐、举止在大都市中显得可笑,而他既无大学文凭,又无爵位等级的背景又使他感到自卑。他又回到了约克郡。在那里,他带病写作并一度重操旧业,干起了图书馆员的工作。1957 年,他的第一部小说《向上爬》(Room at the Top)出版,使他一夜成名,成为英国文坛的名人,给他带来了极大的荣誉。布莱恩把他对大都市现代文明的种种反感都写进了《向上爬》。由于这部小说源于布莱恩的切身经历和感受,且运用了现实主义手法,使读者感到朴实自然、真切感人,因此小说大获成功。自此,布莱恩真正成为一位职业作家,专门从事写作。和其他几位学院派作家一样,布莱恩反对现代小说晦涩的文风,并认为现代小说偏嗜于描写人性中丑陋的一面,而这种丑恶一经现代派作家扭曲后夸张地表现出来,就更令人作呕。他认为小说应朴实、自然、平和,而不应刻薄、古怪、晦涩,因此,他主张小说应描写普通人的平凡生活和正常情感。布莱恩的小说的确为读者塑造了一系列平凡的小人物形象,向读者展示了下层人朴实的情感。在布莱恩的小说中经常能看到一些固守传统道德的男主人公为维护家庭的稳定而尽着男人所应尽的责任,以此来表示对现代文明中人类道德沦丧的不满和愤恨。此外,他还主张文学应尊重生活,取材于生活,忠实于生活。在这样的创作宗旨指导下,他写出了一系列严肃的现实主义小说。

《向上爬》表现了中下层青年知识分子对现代社会的种种不满,抨击了等级制度的种种弊端。主人公乔·莱普顿的经历和感觉在当时的英国社会代表着一群来自中下层的小资产阶级知识分子,具有相当的典型性。莱普顿出身寒微,父母亲在第二次世界大战空袭时被德军炸弹炸死,他在英国皇家空军服役,被德军俘获。莱普顿在战俘营自学财会,战后来到沃利市财政局工作。小说围绕莱普顿与两位女性之间的关系展开,一位是他的恋人艾丽斯,而另一位则是当地一个阔佬的女儿。莱普顿不甘心于自己低微的社会地位和贫寒生活,他内心中痛恨上层社会有财有势的人,但又企图设法跻身于富人行列。他醉心于有钱人的奢侈生活方式,决心要改变自己的地位和命运。莱普顿很快获得了商人太太艾丽斯的爱情,但为了征服大资本家的女儿苏珊,从而实现出人头地的梦想,他又抛弃了艾丽斯。婚姻成了他"向上爬"的跳板,他用出卖灵魂、背叛感情的卑鄙手段实现了"理想",最终拥有了曾经梦想的一切:金钱、美女、地位、权势以及人们的尊重。

然而,细心的读者会发现,莱普顿并没有因此获得幸福。首先,他的背叛行为使他的灵魂深处产生了沉重的负罪感,他不仅背叛了自己生存的阶层,也背叛了自己的感情。他受到良心和道德的谴责,尤其是艾丽斯酒后驾车身亡的残酷事实让莱普顿懊丧不已,因为尽管他已经跻身于上流社会,却失去了生命中许多弥足珍贵的东西,而且永远不可能重新寻回它们。其次,莱普顿一方面对英国社会的等级森严深表不满,另一方面又不择手段挤进上层社会,让个人感情服从个人野心,置社会道德于不顾。莱普顿对自己行为的反思赋予这部小说以心理深度和道德力量。他的出身、文化背景使他与富人社会格格不入,上层社会对他来说始终是陌生的,他始终感觉自己是个局外人。作品通过故事情节的展开,揭示了爱情与金钱的冲突、感情与理智的冲突。莱普顿在做一笔交易,一笔道德与财富的交易,他得到了财富,却失去了一个正直的人所应有的道德。他对现代文明、对上层社会的不满具有一定的社会意义，但他的手段则是不可取的，不仅被人们嗤之以鼻，而且使他对社会的批判因带有浓烈的个人主义倾向而丧失了力度和深度。《向上爬》在叙述手法上是成功的，它忠实于现实主义的写实手法，向读者真实地展示了生活在下层的人们的生活状况和思想感情。其中有一段对艾丽斯之死的描述尤其为人所称道，写得细致入微、生动感人、催人泪下。这也许与布莱恩的母亲也是死于车祸有关。正因为布莱恩的小说素材大多源于自己的生活经历，因而使其成为出色的现实主义风格的小说。

《向上爬》以作者的亲身经历为素材，写出了下层知识分子的苦闷忧郁和对上层社会的愤懑怨恨，抨击了不公正的社会等级制度。作品关注的是出身于中下阶层的年轻人为进入上流生活、为获得自己在社会中的地位而进行的奋斗，以及所表现出来的对社会的不满和抗争。1962 年，布莱恩又推出了《向上爬》的续篇《上层生活》(*Life at the Top*)。该书继续着乔·莱普顿的故事。如果说《向上爬》主要叙述的是莱普顿的奋斗经历，那么，《上层生活》则主要刻画莱普顿爬上上层社会后内心的矛盾和痛苦。在续篇中，莱普顿更多的是在设法逃脱他费尽周折才为自己争取到的富人的生活氛围，他既不能原谅自己出卖单纯和正直，又无法忍耐枯燥乏味、没有爱情的家庭生活。然而，强烈的家庭责任感和道德感最终还是使莱普顿忍住了心中的痛苦。作品使读者感到道德与社会价值之间的冲突是个难以解开的结，类似的困惑在布莱恩以后的小说中也屡屡出现。当然，《上层生活》本身无论在立意上还是在创作技巧上都没有超过《向上爬》。

第一代学院派小说家韦恩、艾米斯和布莱恩有着相似的观念和信仰。他们代表着战后英国第一批青年知识分子对现有社会秩序和阶级差别的反抗，对现状的叛逆，对改变的渴望，以及为自由、公正、和平等而斗争的精神。约翰·韦恩较为悲观和保守，他认为人生本来就是悲剧，人在这一悲剧中承受着无尽的苦难，并且无法避免或减轻这一苦难。他的小说中的主人公大多具有妥协性，能够以灵活的方式去面对残酷的世界。金斯利·艾米斯虽然对世界和人生的看法相当悲观，但他的作品始终充满了幽默和讽刺。他以这种非常幽默和轻松的方式揭露了人性的丑恶和现实的残酷，目的不在于革命或鞭笞，而在于引人发笑，读者往往在笑声中能够感受到艾米斯对现实和社会的无比愤怒。布莱恩的小说则具有浓厚的对社会现实反思和否定的成分。他的创作倾向不在于对社会的激烈抨击，他所侧重的是下层人物在奋斗和向上爬的过程中，为达到自己的生活目标，内心传统伦理道德与良心搏斗的矛盾和痛苦的真实记录。总之，英国的第一代学院派小说家，如韦恩、艾米斯和布莱恩等在作品中主要描写了出身底层的青年知识分子，他们接受了高等教育，却因出身低微而无法跻身上层社会。在描写他们的追求、奋斗、愤怒及妥协的同时，作品也批判了20世纪五六十年代英国高等教育制度的平均主义，为英国第二代学院派代表作家布雷德伯里、洛奇、拜厄特和布鲁克－罗斯的创作做好了铺垫。

上篇：理论篇

第一章 马尔科姆·布雷德伯里：迈向小说诗学

在英国文学历史的长河中，马尔科姆·布雷德伯里是少数集小说家和批评家身份于一身的人物。一方面他以丰富、深邃而又深入浅出的学术著述成为英国当代最著名的批评家之一，另一方面他用小说的形式来表现知识界的心态与境况，为英国文学拓展了"校园文学"的领域。然而，他的批评似乎比小说受到更多的关注，其代表性批评论著有《现代英语小说的社会语境》(*The Social Context of Modern English Literature*, 1971)、《可能性：小说现状论文集》(*Possibilities: Essays on the State of the Novel*, 1973)、《当今小说》(*The Novel Today*, 1977)、《现代英国小说》(*The Modern British Novel*, 1993)等。研究布雷德伯里小说的论文或专著较少。在西方，比较有代表性的有托德(Richard Todd) 1981 年的文章《马尔科姆·布雷德伯里的历史人物：小说家作为不情愿的策划人》(*Malcolm Bradbury's the History Man: the Novelist as Reluctant Impresario*)和莫拉切(Robert Morace) 1989 年出版的专著《马尔科姆·布雷德伯里和戴维·洛奇的对话性小说》(*The Dialogic Novel of Malcolm Bradbury and David Lodge*)。在中国，布雷德伯里主要因为他的批评作品而受到关注。上海外语教育出版社 1992 年翻译出版了他的《现代主义》之后，他更是受到了中国读者的广泛认可和欢迎。目前，浙江大学殷企平教授对布雷德伯里的批评和理论做了比较多的研究工作。1999 年，他在《外国语》(《上海外国语大学学报》)第 5 期上发表了《布雷德伯里小说诗学探析》一文，此后又在《英国小说批评史》(2001)中对布雷德伯里的批评理论进行了比较详细的评述。此外,在《现代主义之后:写实与实验》(1997)中,钱青撰写的文章《马尔科姆·布拉德伯里》比较全面地介绍了布雷德伯里从 1959 年至 1992 年发表的 5 部小说。《外国文学》2005 年第 2 期发表了管南异的《马尔科姆·布拉德伯里》。除此以外,很难看到有关其小说的介绍和评述。总体来说,布雷德伯里擅长从史的角度动态地、宏观地把握文学和批评的发展,尤其在现实主义小说的界定、小说写实与实验的辩证关系以及小说的内容和形式的研究方面成就显著。

第一节 现实主义的重新界定

和现实主义文学一样,现实主义理论批评经历了漫长的发展过程,其源头可以一直追溯到古希腊时期的文艺批评思潮。亚里士多德的"模仿说"被视为现实主义的理论萌芽。实际上,亚里士多德的学说还可以追溯到赫拉克利特坚持的艺术模仿现实的主张。在亚里士多德之后,该学说又由贺拉斯等人继承并发展。布瓦洛继承了亚里士多德的学说,提出了"模仿自然"的主张。18 世纪的启蒙主义者菲尔丁、狄德罗、莱辛等的理论批评进一步丰富了现实主义美学,对 19 世纪的现实主义文学产生了更大、更直接的影响。英国的启蒙主义小说家菲尔丁虽没有专门的理论批评著作,但在他的小说的序言和每一卷的第一章里发表的关于文学创作的意见使其成为英国文学史上提出了比较完整的现实主义小说理论的第一人。他从以下三个方面界定了小说的性质:首先,小说是散文体的。其次,小说是喜剧性的,但并不怪诞。最后,小说是现实的。通过小说与喜剧的比较,菲尔丁指出小说的情节更宽广、更包罗万象,小说的人物种类更繁复、更普通,小说是对现实的再现,是对自然的临摹。① 到了 19 世纪,英国出现了狄更斯、萨克雷这样著名的现实主义作家。这一时期的小说评论主要都强调小说的某种实用功能,及它给个人或社会乃至整个人类带来的某种好处。因此,关于小说用处的讨论成了小说批评舞台上的主旋律,具体为以下五个功能:道德功能、社会功能、预见功能、认知功能和愉悦功能。

二战后,批评界对现实主义的内涵和外延的研究与阐释一直没有间断,而且取得了一系列可喜的突破性创新理论贡献。批评家伊恩·瓦特在他的成名作《小说的兴起》中指出:"现实主义常常被用来指称低级的题材或对社会底层的生活的描述,这种用法有一个严重的缺陷——它掩盖了可能是小说形式最独特的特性。事实上,小说着力描写各种各样的人类经验,而不仅仅局限于某种特定的文学视野:小说是否具有现实主义特性,这并不取决于它呈现哪一种生活,而是取决于它呈现生活的方式。"②著名批评家雷蒙德·威廉斯强调现实主义"不但要吸收传统现实主义的精华",而且要"囊括个人现实主义的成果"。③ 威廉斯这里所说的"个人现实主义"其实就是人们通常所说的"现代主义"。他认为应将传统现实主义的精华与现代主义对个人的主观感受的重视两者有机结合起来,以打破小说形式无法反映当代社会生活的僵局。评论家布鲁克－罗斯则认为所有小说都属于现实主义的范畴:"归根结底,任何小说都是现实主义的,不管它是模仿某种反映神话理念的英雄事迹,还是模仿某种反映进步理念的社会,或是模仿人的内在心理,甚至是像现在这样模仿世界的不可阐释性——这种不可阐释性正是当今人类的现实,就像世界的可阐释性曾经是人类的现

① 参见殷企平等:《英国小说批评史》,上海外语教育出版社 2006 年版,第 38~39 页。

② Ian Watt, *The Rise of the Novel: Studies in Defoe, Richardson and Fielding*, London: Chatto & Windus, 1963, p.11.

③ Ian Watt, *The Rise of the Novel: Studies in Defoe, Richardson and Fielding*, London: Chatto & Windus, 1963, p.590.

实一样。"①此外,布鲁克－罗斯提出的"现实主义复数"的概念,即"小说家通过语言可以实现多种多样的现实主义"②,对小说批评具有重要的启示意义。

如果说瓦特关注的焦点是小说处理题材的方式而非题材的种类,威廉斯的现实主义小说观强调对传统现实主义和现代主义的合理成分加以兼收并蓄,布鲁克－罗斯的"现实主义复数"概念有助于我们发现"非现实主义小说"中的现实主义成分的话,那么,布雷德伯里则把目光投向了现实主义的含义及其嬗变。布雷德伯里对现实主义的关注主要出自对现实主义在英国小说传统中的地位的考虑。在《现代英国小说》中,他强调说:"现实主义确实在英国小说中占有特别牢固的地位。英国小说传统一直比大多数其他国家的小说传统更注重直接经验,更关注社会,更富有叙事内容。事实上,英国人有时候在进行想象时似乎只依赖小说,而不是依赖哲学和经验论。"③布雷德伯里的这一番话准确地指出了现实主义在英国文学及社会中的重要地位。英国现实主义小说传统源远流长。在 16 世纪末的文艺复兴时期,英国早期现实主义小说已端倪可察。当时一群毕业于牛津和剑桥的"大学才子"对诗歌一统天下的局面进行反拨,并不约而同地将创作视线集中在文艺复兴时期的社会生活上,他们的创作真实地反映了人们熟悉的现实世界,充分体现了早期小说家的现实主义审美意识和创作观念。在这些作家中,最杰出的是约翰·黎里(John Lyly)、托马斯·纳什尔(Thomas Nash)和托马斯·迪罗尼(Thomas Deloney)等人。他们采用风格典雅和雕琢华丽的散文语言创作叙事性作品,不仅翻开了英国小

---

① Christine Brook-Rose, *A Rhetoric of the Unreal*, Cambridge: Cambridge UP, 1981, p. 388.

② Christine Brook-Rose, *Stories, theories and things*, Cambridge: Cambridge UP, 1991, p. 222.

③ Malcolm Bradbury, *The Modern British Novel*, London: Penguin Group, 1993, p. 349.

说历史的第一页,还使他们成为英国现实主义小说的最早开拓者。18 世纪,英国现实主义小说发展迅猛,相继涌现了丹尼尔·笛福、理查逊、乔纳森·斯威夫特、亨利·菲尔丁、简·奥斯丁等优秀的现实主义作家。应当指出,18 世纪的英国现实主义小说在样式和艺术形式上均体现了多元化的倾向。英国现实主义小说之父笛福的个人传记小说比以往的作家更加完整地表现了各种个人主义的东西。他笔下的人物大都是处于资本主义原始积累时期的英国小资产阶级的化身。斯威夫特的讽刺小说开创了英国小说讽刺艺术的先河。理查逊的书信体小说进一步丰富了现实主义小说的叙述形式,使人物更加贴近读者,真实地展现人物的心理活动与情感变化,给人一种前所未有的即时感与现实感。在英国文学史上,菲尔丁首先提出了比较完整的现实主义小说理论,并且他的史诗型喜剧小说真实再现了 18 世纪中叶英国社会的全貌。值得一提的是,此时的现实主义文坛还涌现了一位出类拔萃的女作家简·奥斯丁,她不仅善于运用讽刺手法和机智的对话来表现主题,而且还能巧妙地利用少量的人物和有限的地域背景来展示广阔的生活图景。19 世纪英国现实主义小说呈现出空前繁荣的景象。这一时期英国最伟大的现实主义作家是查尔斯·狄更斯,他以惊人的力度真实地刻画了资产阶级的文明,描写了普通大众的痛苦和苦难。另外一个批判现实主义作家是威廉·梅克庇斯·萨克雷,他的小说主要是用讽刺的手法描绘了社会的上层阶级。批判现实主义的手法也被 19 世纪很多其他的作家所采纳,如夏洛蒂·勃朗特、艾米莉·勃朗特、伊丽莎白·盖斯凯尔、乔治·爱略特和托马斯·哈代。这里值得一提的是,哈代既是 19 世纪英国批判现实主义小说艺术传统的最后一名捍卫者,又是现代英国小说艺术的倡导者之一。20 世纪初,赫伯特·乔治·威尔斯(1866—1946)、约翰·高尔斯华绥(1867—1933)和阿诺德·贝内特(1867—1931)等现实主义小说家在历史转型期和新的现实面前依然竭力效仿传统小说的模式。1922 年,詹姆斯·乔伊斯的意识流小说《尤利西斯》问世,从而将英国小说的革新运动推向新的高潮,直至20世纪20年代达到巅峰期,之后由盛转衰,开始退潮,冷落了多年的现实主义小说卷土重来,再次成为英国文坛的主流。20世纪30年代至50年代是现实主义小说全面回潮的时期。这一时期的小说有两类作品较为引人注目:一是社会讽刺小说,二是由多卷组成的系列小说或"长河小说"(river novel)。伊夫林·沃(Evelyn Waugh,1903—1966)和奥尔德斯·赫胥黎(Aldous Huxley,1894—1963)等讽刺作家继承和发扬了由18世纪大文豪乔纳森·斯威夫特开创的讽刺文学的传统。他们的小说以冷嘲热讽乃至黑色幽默般的笔触描绘了两次大战期间英国社会的动荡不安和知识分子的精神危机。安东尼·鲍威尔(Anthony Powell)等作家的长河小说与传统的长篇历史小说或高尔斯华绥的世系小说具有很大的不同,它虽然由多部小说组成,但往往描写一个故事而不是多个故事,揭示的不是一个家庭或地区的变化,而是一个中心人物的经历和情感生活。

自20世纪下半叶起,英国小说在艺术形式上呈现出兼容并蓄和多元化发展的趋势。在英国文坛上,现实主义和现代主义(包括后现代主义)两股文学潮流分庭抗礼,此起彼伏,交错重叠。布雷德伯里认为现实主义传统必然对当今每一个作家都要产生影响,人们确实对它望而生畏。它给人的印象如此深刻、如此壮观,使处在这一传统之后的人们不禁望洋兴叹。小说仅凭其在社会现实中如此重要的作用,就可以成为布雷德伯里深入研究现实主义这一术语的有力依据。布雷德伯里对现实主义概念的历史演变发表了精辟的见解。他列举大量例子说明,现实主义是一个变动不居、具有多元倾向的概念。他首先指出:"几乎每一股小说潮流,或者说文学潮流,都把自己称为'现实主义的'——从那些热衷于极端的决定论和自然主义的流派到那些提倡形形色色的高雅形式主义或唯美主义的流派,情形大都如此,现代主义文学的代表们当然也包括在内。"①目前,评论界存在着五花八门的现实主义定义,包括自然主义、形式主义、唯美主义还有现代主义在内的每一种文学潮流都把自己称为是现实主义的,而且现实主义的前沿(the front edge)总是不停地变换,使得一代人的现实主义成为另一代人的浪漫主义或荒诞主义,甚至是躲避现实的逃跑主义。

现实主义作家几乎都在不同程度上表现出对模仿现实和再现真实的关注,然而不同历史时期的人们对"真实"的理解却不尽相同。如 18 世纪,人们在总体上还难脱古人的窠臼,往往一味强调真实,而对虚构艺术则持怀疑态度。不过,笛福和菲尔丁等人对真实的理解已经突破事实的表层,深入到了对人的生存状况和生存方式这种形而上的问题的思考。同时期的理查逊(Samuel Richardson,1689—1761)甚至已经开始从多方面表述自己的虚构意识。到了 19 世纪下半叶至 20 世纪上半叶,人们对艺术真实和生活真实之间的联系与区别有了越来越明确的认识,追求典型意义上的真实以及反映艺术规律的真实逐渐占了上风,蔚然而成气候。与此同时,偏重生活真实、主张优先考虑生活的呼声始终没有消失,有时还非常强烈。进入 20 世纪下半叶以后,有关小说与生活之间的关系、真实与虚构之间的张力等问题的探讨继续向纵深推进,人们日益觉察到"真实"含义的多重性和复杂性。大多数英国小说批评家和理论家一方面认可主观意识的作用、艺术本身的规律以及小说文本的自我关涉层面,另一方面又保持着对客观经验和小说的社会关涉层面的浓厚兴趣。因此,布雷德伯里指出:"没有一个作者的'现实主义'跟任何其他作者的一模一样。"②尽管如此,布雷德伯里认为时代的变迁或个人角度的差异不会妨碍人们达成这样一个共识:现实主义在虚构和现实之间起着一种居间调停的作用——它必然意味着"文字和文字所指之间的某种平衡或均衡,创

---

① Malcolm Bradbury, *Possibilities*, London: Oxford University Press, 1973, p.275.

② Malcolm Bradbury, *Possibilities*, London: Oxford University Press, 1973, p.20.

作和作品之间的某种对等,以及作家和笔下人物之间某种畅通的途径"①,现实主义能够在虚构的小说和现实之间开辟一条通道。应该说,布雷德伯里的这些论述既点明了现实主义作为概念的多义性和多变性,又说清了它万变不离其宗的实质,即虚构和现实之间的桥梁。

第二节　写实与实验的辩证关系

现实主义批评作为一个流派是在 19 世纪的现实主义运动中产生的,但没有什么著名的现实主义批评家,只有一些作家写了理论批评文章。现实主义批评的主要特点是:(一)强调客观性,注重现实性。现实主义最主要的特点是客观性。无论是现实主义剧作,还是现实主义的批评,都认为文学应当如实地表现客观现实。现实主义批评强调客观性、注重现实性这个特点表现在批评方法上就是冷静地、客观地考察作家、作品,从事实出发研究问题。(二)要求细节真实,提倡典型化。"除了细节的真实外,还要真实地再现典型环境中的典型人物"是恩格斯关于现实主义批评的重要标准的科学概括。现实主义批评反对照抄生活,反对只注意现象的精确性而不注意本质的真实性。与自然主义不同,现实主义特别强调典型化。

然而,现实主义的文学价值观和审美观从 19 世纪起就受到了象征主义、表现主义、超现实主义、意识流小说等现代主义文学的有力挑战。现代主义小说家认为,现实不仅是表面的、客观世界的人和事,它还包括人的内心活动,认为人的潜意识和无意识活动是一种比外部世界的真实更重要、更本质的真实。于是,在现代主义小说中,对外部环境以及发生于其中的事件的描写缩减到了最低程度,大部分篇幅被用于表现人对外在的混乱荒诞的现实的体验、

---

① Malcolm Bradbury, *Possibilities*, London：Oxford University Press, 1973, p. 19.

感受和反思,深入人的潜意识和无意识,探索人的内心隐秘,揭示人的绝望和危机感、世界的荒诞和人生的无意义等。这样,现代主义小说舍弃了故事情节的完整性和戏剧性,不再有性格鲜明的主人公和人物。总之,现代主义小说推翻了现实主义小说的表现原则和方式,在小说的结构、技巧和语言方面进行了内部革新。然而,它并未触动小说这一形式的整体性、封闭性、单一性,依然保留着它与其他文学形式和体裁区分的外部边界。

作为后工业大众社会的艺术,后现代主义小说"摧毁了现代艺术的形而上常规,打破了它封闭的、自满自足的美学形式,主张思维方式、表现方法、艺术体裁和语言游戏的彻底多元化"①。后现代主义认为,现实是用语言造就的,用虚假的语言造就了虚假的现实。在后现代主义小说中没有什么客观的、先验的意义,所谓的意义只产生于人造的语言符号的差异,即符号的排列组合所产生的效果。任何文本都是开放的、未完成的,它依存于别的文本,依赖于读者的解读,是读者的解读使这种符号组合获得了某种意义。另外,在后现代主义小说中,现代主义小说的艺术技巧如意识流的内心独白、象征主义、自由联想、时空错位等虽未被全盘否定,但已退居次要地位;更为常见的表现形式则是元小说、反体裁、语言游戏、通俗化倾向、戏仿、拼贴、蒙太奇、迷宫、黑色幽默,表现出语言主体、叙事零散、能指滑动、零度写作、不确定性和内在性等主要特征。

布雷德伯里从史的角度动态地、宏观地把握小说的发展,并通过对西方小说的走向的研究提出了写实并非排斥实验,甚至可以与其并行不悖的观点:"这个时期的一个特征是转向——既背离象征主义和形式主义那种自我隔绝的状况,又背离一味强调人文道德关怀的传统。这一转向导致形式和史实之间那种错综复杂的关

---

① 转引自柳鸣九主编:《从现代主义到后现代主义》,中国社会科学出版社1994年版,第13页。

系得到了进一步的探索。事实上,整个转向过程倾向于把写实和实验用奇特的方式紧紧地结合在一起,于是我们有了近乎超现实的现实主义,同时又有了始终追求与历史事实相符的形式主义。简而言之,以往不同范畴之间的界线已经变得相当模糊了……"①布雷德伯里还强调,战后西方小说家们纷纷采用虚实相间的手法这一现象并不令人吃惊,因为"它是小说整个演变过程中的永久性特征"②。确实,写实和实验从一开始就不是水火不能相容的。约翰·福尔斯的代表作品《法国中尉的女人》便是一个很好的例子,通过对这部作品的内容和形式的系统研究可以发现,该小说的后现代主义特征不是体现在对传统的彻底颠覆,而是继承并超越了现实主义小说的伟大传统,将故事性和实验性融合在一起,是现实主义和实验主义的完美融合。另外,在现实主义明显占优势的18世纪,斯威夫特曾多次信誓旦旦地保证自己"忠实于事实",可是他的《格列佛游记》堪称最荒诞不经的实验。与此相反的例子是美国著名的学院派小说家纳博科夫,他曾在为《洛丽塔》所加的注解中称"现实"为"少数几个毫无意义的词语之一"。③ 然而诚如布雷德伯里所言,即使是像他那样的"虚构派"写出来的小说也常常是对历史上的恐怖事件、权威的危机以及再现现实的困难所做出的反应。④ 假如布雷德伯里的上述观点并非他的独创,那么,他至少用有力的证据加深了人们对"写实"和"实验"这两个概念的认识。布雷德伯里自己也是一位现实主义者。当然,他所提倡的现实主义是吸收了现代主义乃至后现代主义思想之后的现实主义。布雷德

---

① Malcolm Bradbury, *The Modern British Novel*, London: Penguin Group, 1993, pp. 176 – 177.

② Malcolm Bradbury, *Possibilities*, London: Oxford University Press, 1973, p. 175.

③ Malcolm Bradbury, *The Modern British Novel*, London: Penguin Group, 1993, p. 274.

④ Malcolm Bradbury, *The Modern British Novel*, London: Penguin Group, 1993, p. 274.

伯里用有力的证据加深了人们对"写实"和"实验"之间辩证关系的认识,他的创作实践在一定程度上反映了当代英国小说的发展趋势。总之,批评家兼小说家的布雷德伯里、洛奇和拜厄特等在创作实践中也对写实与实验的关系进行了进一步的阐释和应用,学院派小说一方面继承了现实主义的伟大传统,另一方面又吸收了实验主义的革新因素。因此,我们不能将布雷德伯里、洛奇、拜厄特及其作品简单地归类于后现代主义或单纯的现实主义。

1977 年,马尔科姆·布雷德伯里主编的论文集《当今小说》(*The Novel Today*)出版。在这部论文集中,可以看到现实主义和形式主义的论争。论文集汇集了一些知名作家、评论家的论文和短文,大部分是小说家们已经发表的文章。可以看出现实主义和形式主义这两个极端看法的代表是 C. P. 斯诺和 B. S. 约翰逊。C. P. 斯诺认为列夫·托尔斯泰、乔治·爱略特是今日小说家的榜样,他对现代主义进行了反击,认为现代主义一下子就把小说变得毫无意义;而 B. S. 约翰逊则认为,传统的叙述性小说在我们这个时代已不起作用,运用它就是犯时代的错误,写出的作品是无力的、离题的、反常的。在《当今小说》的前言中,布雷德伯里还详细地阐述了内容和形式之间的辩证关系:"小说一方面倾向于写实,倾向于像社会文献那样表现历史事件和运动;另一方面,它又天生注重形式,天生带有虚构性和反观自身的倾向。"①换句话说,一方面,小说必须应付形式上的要求;另一方面,它又必须应付现实的要求。为了走出这一窘境,布雷德伯里倡导小说模式的创新,提倡小说创作中将写作内容与形式高度结合。实际上,布雷德伯里有意识地将自己的文学主张贯穿到小说创作中,其代表作《历史人物》就是这样一部内容与形式高度结合的小说。《历史人物》讲的是历史,然而,除了小说的书名(*The History Man*)及扉页上引自君特·格拉斯的三句对话之外("黑格尔是谁?""是一个把人类罚入历史的人。"

---

① Malcolm Bradbury, *The Novel Today*, Manchester: Manchester UP, 1977, p. 8.

"他很有学问吗？他一切都知道吗?"），通篇很少再提及"历史"一词。然而在这样一部小说里，无论是在内容上，以哲学伟人"黑格尔"、"霍布斯"、"康德"、"马克思"、"汤恩比"和"斯宾格勒"的名字命名的学生宿舍楼，还是在形式上通篇现在时的使用和首行缩进所形成的文本之滚滚长流，以及首尾两次派对所体现的循环结构，都使读者感受到历史身影的无处不在。

第三节 小说诗学的建构

跟同时代的几位英国小说批评家相比，布雷德伯里算得上是最雄心勃勃的一位，其主要标志是他公开声称要建构新的小说诗学——他的《诸多可能性：论小说的状况》（*Possibilities, Essays on the State of the Novel*, 1972）一书的最后一章的标题就是"迈向小说诗学"（*Towards A Poetics of the Novel*）。

布雷德伯里认为迄今为止的小说理论分成了两大类，即现实主义小说观（the realistic view）和新象征主义小说观（the neo - symbolist view）。所谓新象征主义，指的是一种以文学语言及其制造象征和张力的能力为主要审视对象的现代审美观。[①] 在他看来，新批评派和主张"小说即语言艺术"的戴维·洛奇等人都可以归在新象征主义的旗帜下。至于现实主义小说观，布雷德伯里认为它把小说的特性明确无误地归于其对经验的重视，以及对传统的结构和完整的形式等常规的轻视。[②] 这类小说的代表人物有菲尔丁、詹姆斯、利维斯等。布雷德伯里进而指出这两种小说观都使小说批评陷入了窘境。新象征主义者沉湎于寻找小说中词语连接的手段、象征体系和主旋律的复现等，可是这要比在诗歌中寻找难得多；更糟糕的是，它完全忽略了小说指涉或模仿外部现实的功能。同样，

---

① Malcolm Bradbury, *Possibilities*, London: Oxford University Press, 1973, p. 275.

② Malcolm Bradbury, *Possibilities*, London: Oxford University Press, 1973, p. 277.

现实主义小说观在解释那些用迂回曲折的手段来再现现实的作品时总要大打折扣。那么,应该怎样避免以上两种小说观的偏颇之处呢? 布雷德伯里的对策是建构一种能够更充分地描述小说的诗学。他认为,建构新的小说诗学需要一种新的方法。

看来我们需要这样一种研究小说的方法,即能够关注小说与众不同的复杂性,并且能够鉴别小说创作技巧种类和模仿手段种类的方法。要做到这一点,我们必须认识到小说并不是一种像悲剧或喜剧那样的传统文学体裁,而是一种像诗歌或戏剧那样的涵盖面较宽的样式——既有多种多样的表现形式,又有清晰可辨的特征。然而,虽然作家在写作时能加以辨认,读者在阅读时也能加以辨认,但是作为一种样式,小说的界定比诗歌和戏剧的界定要难得多。①

基于这种对小说的复杂性的考虑,布雷德伯里用下面一段较长的文字对小说特性进行了概述:

总而言之,小说因其规模、散文特性和内容而成为一种复杂的结构:它比大多数诗歌更长,反映的生活面更宽,打动读者的方法种类更多,而且它与工作语言的关系也跟诗歌不同;更重要的是,小说在反映自己的特点、作者意图和文学传统方面不如诗歌那样一清二楚,但是在观察生活和循循善诱方面却高出一筹。因此,小说比诗歌更散漫、更随意、更关涉社会现实——这一点不仅表现在小说非常关心人们平时的言论、思维和行动,关心各类场所的外貌和各类组织机构的运作方式,而且还表现在小说非常关注人类内部大规模的互动过程,即那些跨越长久的年代、辽阔的地域和宽广的社会层面的相互作用。②

---

① Malcolm Bradbury, *Possibilities*, London: Oxford University Press, 1973, pp. 278 –279.

② Malcolm Bradbury, *Possibilities*, London: Oxford University Press, 1973, p. 280.

小说家的批评和批评家的小说

上面这段话有两个关键词,即"结构"和"循循善诱"。它们反映了小说基本特征的两个方面——"结构"意味着小说首先是一种文字构造,这表明布雷德伯里吸收了现代批评理论的观点,即重视小说的自我关涉层面;"循循善诱"则凸显出小说的社会关涉层面:小说的语言是诱导性的,也就是要劝导世人在社会现实中按某种道德标准去生活。值得一提的是,布雷德伯里还对当代现实主义危机的原因做了客观的分析。布雷德伯里认为,现实主义如今确实是危机重重,其原因是当代人的现实观发生了深刻的变化。他同时又强调,现实是变动不居的、难以再现的观点并不新鲜,而是古已有之,可是这种观点在当代对现实主义形成的冲击却是空前猛烈的。为什么会这样呢?布雷德伯里认为原因有四。其一,写作和现实之间的关系深受震荡。如果说这种震荡在 20 世纪前还限于表层,那么,在进入 20 世纪以后它已经触及小说的深层本质,因而使小说创作变得比以前更为困难。尤其是在进入 20 世纪后半叶以来,小说在形式和审美观念方面的变动愈演愈烈,以致许多人把这种变动归咎为公共语言和文化交流的失败。这种情况给现实主义作家带来了相当大的压力,使他们面临两种选择:要么奋起捍卫现实主义的宗旨,要么在作品中袒露自己难以重现现实的困境。其二,当代知识界开始流行一种看法,即虚构性是所有话语形式的特点,就连那些报道或分析事实的话语也不例外。例如:"虚构成分存在于史学、社会学、心理学和生物学的文献资料中,也存在于各种新闻报道中。"[1]在这种逻辑的推理下,小说离现实的距离似乎就更远了。其三,"现实和历史本身被现代化过程赋予新的权力和情节"[2]。换言之,现代化进程与其说使人们的生活变得更为充实,不如说在生活中起着巨大的虚假作用,如引起虚幻的期望以

---

① Malcolm Bradbury, *The Modern British Novel*, London: Penguin Group, 1993, p. 21.

② Malcolm Bradbury, *The Modern British Novel*, London: Penguin Group, 1993, p. 22.

及种种荒诞的欲望和行为——布雷德伯里用"情节"来比喻这些虚幻的现象其实是用心良苦。生活中的这些虚假现象或荒诞现象很难再用传统的现实主义手法来表现,而往往需要用极端的艺术手法来表现。其四,整个人类文化或社会都带有虚构性。根据人类语言学和结构主义的观点,语言行为不仅起着探索文化的作用,而且起着造就(亦即虚构)文化的作用。这种由虚构的语言虚构出来的文化越来越多地制约着人们的交流和思维方式,因此给现实主义小说的创作增添了难度。应该说布雷德伯里提出的这四个原因令人信服地解释了现实主义在当代世界经历的危机。总之,布雷德伯里所要建立的小说诗学是一种以动态的文字结构为基础、以劝导世人为目标的理论,跟那些一味主张自我关涉或片面强调社会关涉的理论相比,布雷德伯里的小说理论显然要全面得多。

　　布雷德伯里这样评价作家和批评家的关系:"有那么一个时期,作家和批评家的结合极为密切——或者如我们今日所说,两者是共生的关系。这种关系常常如此共生以至于作家和批评家完全是一个人,共享同一具血肉之躯。"①事实上也确实如此。布雷德伯里、洛奇和拜厄特以其对文学研究独特的敏感,在创作中自觉地融合了大量的批评话语,他们的代表作品如《历史人物》、《小世界》和《占有》也成为小说创作与批评实践相融合的经典范本。实际上,这种把批评理论和文学文本融合在一起,形成了一种批评中有文学、文学中有批评的文体,也预示了英国小说创作和小说批评理论发展的趋势。总之,布雷德伯里的批评理论给小说研究带来了生机,使其更加丰富多元,他与同时代的学院派批评家洛奇和拜厄特一起,共同开创了文学理论与批评发展的新的篇章。

---

① Malcolm Bradbury, *No, Not Bloomsbury*, London: Deutsch, 1987, p. 13.

第二章 戴维·洛奇:小说的艺术

戴维·洛奇不仅创作出多部小说,而且对文学理论有着极大的兴趣,特别是在小说批评方面著述颇丰,迄今已经出版的批评著作和编撰作品达到20余部,他在小说理论研究方面的造诣备受国际学术界的关注。他在伯明翰大学执教近30年,系统地介绍和评述过当代西方文学理论,并大量引证英国文学史中的作家和作品。洛奇在文学批评和小说创作两方面都颇有建树。"在英国文学史上,小说家与批评家二者兼于一身者寥寥无几,除了亨利·詹姆斯、弗吉尼亚·伍尔夫、E. M. 福斯特之外,就是戴维·洛奇了。"① 作为学院派小说家,洛奇将理论研究与创作实践这两个看似矛盾的不同声音结合在同一文本中。理论是对小说创作的反思与总结,小说创作是对其理论的实践和应用。因此,洛奇的小说被评论家麦克·卡里誉为"理论化小说"②。洛奇精通所有术语和分析手段,其理论方面的著作主要包括《小说的语言:英国小说评论及语言分析论文集》(*Language of Fiction: Essays in Criticism and Verbal Analysis of the English Novel*,1966)、《十字路口的小说家》(*The Novelist at the Crossroads*,1971)、《现代写作方式》(*The Modes of Modern Writing*,1977)、《运用结构主义》(*Working With Structuralism*,1981)、《巴赫金之后:小说与批评论文集》(*After Bakhtin: Essays on*

---

① Bernard Bergonzi, *David Lodge*. Nothcote House, 1955, p. 48.

② Mark Currie, *Postmodern Narrative Theory*, New York: St. Martin's Press, Inc., 1998, p. 51.

Fiction and Criticism,1990)和《小说的艺术》(*The Art of Fiction*,1992)。他还编有《二十世纪文学批评》(*Twentieth Century Literary Criticism*,1972)和《现代批评理论》(*Modern Criticism and Theory*,1988)。洛奇还对许多英美作家及其作品有过出色独到的评论,并在批评实践中形成了自己的美学思想,代表作品有《格雷厄姆·格林》(*Graham Greene*,1966)和《伊夫林·沃》(*Evelyn Waugh*,1971)等。总之,洛奇的小说批评理论形成于他活跃的文学批评活动中,蕴藏在他繁杂的批评著述之中。他的小说批评理论既有深入的理论研究作为基础,也有对创作现象进行具体分析和抽象升华的批评实践作为依托,同时还有塑造感性形象的创作实践作为一种尝试和印证。他的小说批评理论是理论和实践的统一,是感性认知和理性思考的结合。

　　和布雷德伯里相比,国内外有关洛奇及其作品的研究相对要多一些。除了上文提到的莫拉切(Robert Morace)的专著《马尔科姆·布雷德伯里和戴维·洛奇的对话性小说》(*The Dialogic Novel of Malcolm Bradbury and David Lodge*)外,有关洛奇的书国外已经出版了 6 部,都是介绍或研究他的批评和创作。阿曼(Daniel Ammann)在《戴维·洛奇与"艺术和现实"小说》(*David Lodge and the Art and Reality Novel*,1991)中探讨了洛奇的批评与创作之间的关系,但他研究的重点在于洛奇这两方面的写作实践是否平行一致。[1]斯莫尔伍德(Philip Smallwood)在《实践中的当代批评家》(*Modern Critics in Practice*:*Critical Portraits of British Literary Critics*,1990)中专门列出一章讨论了洛奇在批评和创作两方面的写作实践,主要论述了其批评。他认为洛奇作为作家型批评家缺少专业批评家的"局外立场",在批评实践中不能超脱自己的创作意识。[2]

---

　　① Daniel Ammann, *David Lodge and the Art and Reality Novel*, Heidelberg: Winter, 1991, p.45.

　　② Philip Smallwood, *Modern Critics in Practice*: *Critical Portraits of British Literary Critics*, Hertfordshir: Harvester Wheatsheaf, 1990, p.223.

洛奇因其编著的《二十世纪文学批评》而获得了世界性的声誉,很多高等院校都把这本书当作文论教材。至今,有关洛奇批评和创作的文章已有十余篇,其中尤以讨论《小世界》后现代性和雅俗共赏性的文章居多,但对洛奇小说中渗透的批评意识几乎没有涉及,更缺乏系统的研究。目前,中国还没有研究洛奇及其作品的专著出版。洛奇的小说批评理论既有深入的理论研究作为基础,也有对创作现象进行具体分析和抽象升华的批评实践作为依托,是理论和实践的统一,是感性认知和理性思考的结合。在这个意义上,洛奇属于文坛上最正宗的学院派作家。① 下面从四个方面对洛奇的小说理论进行阐述。

第一节 小说的语言艺术

洛奇第一部有影响的学术批评著作《小说的语言:英国小说评论及语言分析论文集》(*Language of Fiction*:*Essays in Criticism and Verbal Analysis of the English Novel*)于 1966 年问世,此书已成为当代最有影响的小说论著之一。20 世纪四五十年代,由于英美新批评理论的影响,文学自在体的特性受到学者们的普遍重视。许多新批评学者主张,文学批评可以不依赖于作家和社会的背景资料而专注于对文本的细读和分析,借此得出作品的意义。

文学是以语言为工具、形象地反映社会生活的一门艺术,文学是语言艺术。然而在 20 世纪五六十年代,英美新批评派的理论对于小说是否像诗歌一样同属语言艺术是持否定态度的。他们把语言划分为文学语言和非文学语言,认为小说语言是有别于诗歌语言的另类语言。实际上,把文学语言和非文学语言截然对立起来在当时十分普遍,其中最具代表性的要数新批评的代表作家理查

---

① 参见马凌:《后现代主义中的学院派小说家》,天津人民出版社 2004 年版,第151 页。

兹。理查兹认为,语言有"科学用法"和"情感用法"之分,并认为"情感语言的最高形式是诗歌",而指涉性语言的典型代表是科学描述。[①]　就语言特征而言,小说最接近科学描述,因此,小说语言是有别于诗歌语言的另类语言。洛奇指出,把诗歌语言和非诗歌语言截然对立起来是极其错误的做法。英美新批评理论的成功运用,大多表现在诗歌赏析方面,而在小说批评方面则不那么明显。新批评派在进行文学批评的时候,着重强调诗歌的语言艺术特征,并且只对诗歌语言进行分析和研究。实际上,他们在无形之中忽略了小说的语言艺术。洛奇认为这种状况最终根源于长期以来人们对语言的偏见。他指出,小说批评实践之所以没有像诗歌那样取得很大的成就,是因为现代文学批评中仍然流行着以下两种观念:(1)抒情诗歌是文学的正宗;(2)存在着文学和非文学两种不同的语言。洛奇认为,上述两种关于语言的分类方法容易引人误入歧途。文学语言和非文学语言的二分法是错误的,对诗歌文学典范强调而无视小说的文学典范也是不妥的。小说同诗歌一样,也是文学的典范,小说的语言也是文学的语言。实际上,小说、诗歌的语言之所以与科学论著不同,是因为前者的目的是虚构。由于人们把艺术模仿的方式与目的相混淆,产生了语言有文学类与非文学类之分的偏见,而忽略了现实主义小说语言的作用。在洛奇看来,"小说家的工具是语言:无论他写什么,就他而言,他是使用语言并通过语言来进行写作的"[②]。也就是说,语言不仅是诗歌,也是小说的一个重要媒介。诗歌语言和小说语言是没有什么本质的不同的。洛奇对小说语言的强调,正好抓住了新批评派理论的疏漏之处,并且在此基础上对当时的批评主流提出了质疑。他认为:"如果我们把诗歌艺术本质上看作是语言的艺术,那么,小说艺术

[①]　I. A. Richards. *Principle of Literary Criticism*, London: Routledge, 2001, p. 267.

[②]　David Lodge, *Language of Fiction: Essays in Criticism and Verbal Analysis of the English Novel*, New York: Columbia University Press, 1966, p. 5.

也同样是一门语言艺术。"①在新批评派中,洛奇比较认同韦勒克的观点。韦勒克认为,诗歌可以迫使读者注意它的语词层面,注意它的声响,注意它的"内在性"。小说也一样,它的语言构成了它的"内在性"的基础之一。"无论德莱塞的小说写得很好还是很糟,(小说的)语词层面会毫无障碍地影响我们的情感,最终影响我们的判断。这就是一部单个的作品的风格,即'作品风格'所存在的地方。"②作品风格建立在小说语言,也即文学语言的基础上,小说的语言风格构成了小说的"内在性"研究的对象之一。既然小说的语言是文学语言,那么,在文学批评中既可以研究诗歌的语言,也可以研究小说的语言,小说的批评完全可以是小说语言的批评。

如何从语言着手进行小说的阅读和批评呢?洛奇指出,在开始阅读小说时,我们抱着一种开放的心态在阅读中根据文字排列的顺序、句法结构的特点来分析文字意义之间的关系和语言的风格,根据已有的文学体验来感受并寻找小说中反复出现的细节或意象,并根据所感受到的意象,从上下文的连贯性和完整性来预测小说的意义,然后再回过来对那些细节、意象加以印证和解释。可以说,阅读的过程是一个循环往复的过程,是从寻找语言模式到观照小说的整体意义,又从对小说意义的整体观照回到对语言模式的阐释的过程。在这一过程中,对重复的语言细节和意象的发现是读懂作品的关键。洛奇认为,在审视小说中反复出现的语言模式时,应该提防四个误区:首先,我们不能先凭假想或根据作家的所谓创作意图来解释反复出现的语言模式,因为这容易使我们陷入意图谬误的困境,忽视对作品本身的分析。其次,我们也不能先入为主,或让多数人有意或无意做出的批评来主导我们对作品语言的感受。另外,我们也不能以对词语的统计概率来判断反复出

① David Lodge, *Language of Fiction*: *Essays in Criticism and Verbal Analysis of the English Novel*, New York: Columbia University Press, 1966, p.47.

② David Lodge, *Language of Fiction*: *Essays in Criticism and Verbal Analysis of the English Novel*, New York: Columbia University Press, 1966, p.48.

现的语言模式,这是因为出现频率多的词语不一定最有意义。对反复出现的语言模式的判断主要依赖于批评的眼光和对文学的感悟,依赖于对语言模式与整个作品的关系及其意义的理解。最后,对语言模式的解释不能生搬硬套,也就是说在某个作品中反复出现的语言模式的意义并不等于它在其他文本中也有相同的意义。对语言模式意义的分析应该根据作品的上下文来阐释。

洛奇认为小说也是一门语言艺术,他把文学批评从诗歌语言扩展到小说语言,进一步拓宽了小说批评和小说研究的领域。但是,洛奇对小说语言的认识并非完美无缺。实际上,洛奇也清醒地看到,这种从语言的角度去把握作品意义的方法并非没有局限性,在批评实践中,特别是在着重分析小说的语言模式时,可能会显得琐碎枯燥。此外,既强调语言模式,又强调它与意义的关系,这难免有自相矛盾之嫌。① 随着文学批评的不断发展,结构主义等批评理论又超越了小说是一门语言艺术这个简单的层面。在结构主义批评的影响下,洛奇认识到小说叙事本身也是一种语言。因此,洛奇应用雅各布森的隐喻和转喻理论,对小说的叙事话语模式进行了研究。

第二节　小说的隐喻和转喻话语模式

如果说洛奇对小说语言的论述是在参照新批评理论家观点基础上进行研究的话,那么,洛奇对隐喻和转喻话语模式的阐述则完全建立在雅各布森的理论的基础上。步入20世纪70年代,洛奇相继撰写了《十字路口的小说家》、《现代写作方式》等学术论著。洛奇对小说的传统与现状有着细致的研究,加上自己的创作实践,使他的小说理论在他人的基础上有所前进,一些理论观点卓有见地。

在《十字路口的小说家》中,洛奇将当代小说家比作是一个站在十字路口的人。他(主要是指英国小说家)所伫立的那条道路是

---

① 参见殷企平等:《英国小说批评史》,上海外语教育出版社2001年版,第326页。

现实主义小说,即虚构模式和经验模式之间的折中物。① 20 世纪50 年代,人们强烈地感觉到,这条道路是英国小说的主干道和中心传统,它从维多利亚时代和爱德华时代一路延伸而来,被现代派实验主义短暂岔开,随后又恢复到其正常的轨道上来。但到了 60 年代,小说家往往面临着写实和实验的双重选择。小说家们"对文学现实主义的美学观和认识论的怀疑越来越强烈,许多小说家不再自信地行走在大道上,而是至少得考虑在十字路口分岔的且方向截然相反的两条道路:一条是通往非虚构小说的道路,另一条是通往福尔斯先生所说的'虚构制作'(Fabulation)的道路"②。在小说创作之初,洛奇如其他小说家一样面对尴尬的"十字路口",内心充满着矛盾。从他的创作中可以看出,洛奇既没有落入传统的窠臼,也没有受限于实验技巧,而是在写实和实验之间寻求着妥协与调和。他的小说从不排斥英国现实主义小说传统,尤其是在讽刺与喜剧性方面,但是由于受文学大气候的影响,或者是受本人文学批评的影响,他的小说也夹杂着非现实主义的实验因素。在他的小说中,传统与实验交融,现代与"后现代"混杂,文学自觉意识十分强烈。

在《现代写作方式》中,洛奇运用雅各布森的隐喻和转喻话语模式分析了现代文学史中各种各样的写作方式。雅各布森是俄苏形式主义和布拉格学派的主要成员。他在研究索绪尔语言学的基础上认为,任何语句的构成都有"选择"和"组合"两轴。语言的这两轴与两种修辞格,即隐喻和转喻紧密相关。他认为,任何一段话语之所以能够将不同的话题连接在一起,那是因为它们在某种意义上彼此有相通相似之处,或者在时间和空间上彼此有相邻相近之处。它们分别被雅各布森称作隐喻性话语和转喻性话语。隐喻和转喻是一组二项对立的概念,隐喻和转喻反映了两种基本的文

---

① 参见张和龙:《战后英国小说》,上海外语教育出版社 2004 年版,第 110 页。

② Lodge, David. *The Novelist at the Crossroads and other Essays on Fiction and Criticism*, Routledge & Kegan Paul, 1971, p.100.

学结构模式。隐喻指的是根据两个词语的相似性进行选择替换,如把君王说成是太阳,这是因为君王统治臣民,如同太阳普照万物一般;而转喻是用一事物的部分特征来指代整个事物,或根据事物的原因、结果等指代相关的事物,如人们使用皇冠、王位、宫殿来指代国王。一部文学作品要么是隐喻式的话语占主导地位,要么是转喻式的话语占主导地位。隐喻性在于选择和替代,转喻性在于组合和排列。洛奇在《现代写作方式》中以"轮船横渡大海"为例来说明雅各布森的理论。如果说"轮船犁过大海",那么就是隐喻式的,因为轮船航行如同铁犁耕田;如果说"龙骨横渡深渊",那么就是转喻式的,因为龙骨为轮船之部分,而深渊是大海的代称。

　　洛奇认为,雅各布森对隐喻和转喻模式的分析,不仅从语言上揭示了现实主义文体的特点和意义,而且还可以帮助我们从语言的构成来划分现代写作的各种形式,具体分析作家的写作风格。现代主义基本上是隐喻性的话语,它是联系多重世界而产生联想的艺术形式。隐喻模式不顾及词语或上下文之间的逻辑性,因而显示出事物连续性的混乱,如抒情诗歌、浪漫主义的想象、戏剧、超现实主义艺术和电影蒙太奇等。反现代主义基本上是转喻性话语,它是在单一的、连续的话语世界移动而产生联想的艺术形式。转喻模式多采用线性结构,反映了世上事物本身存在的连续性,并通过选取个别的、典型的事件或人物,表现某一时期的社会历史画面,如史诗、散文、现实主义的诗歌、小说和电影等。实际上,洛奇所说的"反现代主义"其实就是现实主义。现代主义与反现代主义相互交替出现,如同时钟的摆锤来回摆动。"在摆锤一次又一次的往复中,这两种倾向相互渗透,彼此影响,因而使文学作品的主题内容和表现形式不断丰富、深化,英国文坛便呈现出一片精彩纷呈的景象。"[①]这就是洛奇最有名的"钟摆"理论,即现代主义和现实主义这两个潮流在现代英国文学史上相互交替,如同钟摆的摆锤

---

① 　侯维瑞:《现代英国小说史》,上海外语教育出版社 1985 年版,第 6 页。

一样在两个极端中来回摆动。① 至于文学两极话语运动的钟摆式反复替代的原因,洛奇认为除了政治、经济、文化等文学外部因素以外,还有一个重要的因素,即文学自身的内在逻辑。文学式样的变化就像服装和家具一样,使用久了就会生厌,新的文学样式就会脱颖而出。另外,一代作家作为前景加以突出的东西往往在下一代作家手里成为背景。洛奇还提醒我们,没有单纯的隐喻或转喻式的作品。我们所说的隐喻或转喻式的作品是指占主导倾向的形式而言的。如果一篇作品中隐喻使用得越多,或比喻意义与上下文之间的意义相差得越远,那么,作品的隐喻意义就越强、越复杂。洛奇从现代英国文学发展史的角度来研究文学的内部运动,他对文学本体运动的内在逻辑的揭示为文学批评理论的发展做出了重要的贡献。

第三节　后现代主义话语模式

在隐喻式和转喻式这两极话语之外是否就真的没有其他选择了呢? 洛奇的答案是,否。因为在现代主义和反现代主义之外又出现了另外一种文学写作,即后现代主义写作。洛奇认为,"后现代主义写作试图摒弃这一法则,另求可供选择的写作原则"②。对于后现代主义小说,人们大致持两种意见:一种意见认为它是反传统、反人文主义、反现代派的,另一种意见则认为它是现代主义小说的继续。洛奇没有简单地沿袭旁人的观点,而是提出了自己的独特见解。在《现代主义、反现代主义、后现代主义》(*Modernism*, *Anti - modernism and Postmodernism*,1977)一文中,洛奇把后现代主义当作是现代主义与反现代主义之外的第三种模式,认为"后现代

---

① David Lodge, *The Modes of Modern Writing*, London: Edward Arnold Ltd., 1979, p. 52.

② David Lodge. *Working with Structuralism: Essays and Reviews on 19th and 20th Century Literature*, Boston: Routledge and Kegan Paul, 1981, p. 13.

主义坚持了现代主义对传统现实主义的批判,但是它力图超出,绕过或僭越现代主义;因为,无论现代主义进行了多少实验或显得何等复杂,它还是向读者提供了作品的意义,尽管不止一个意思……对于后期现代主义作品的读者来说,困难不在于意义上的隐晦——隐晦是可以搞清楚的,而是在于意义不确定,这是它特有的性质"①。洛奇认为,不确定性是后现代主义的精神品格,因此,后现代主义作品难以确定是隐喻性的或转喻性的②,但就具体作品而言,后现代主义小说家实际上是把隐喻和转喻的手法放在一起,充分发挥了它们各自的特点。他们继承了现代派追求形式创新的精神,同时又表明他们有别于现代派的创作。现代主义小说家,如乔伊斯、伍尔夫和康拉德的作品表现出很强的隐喻性,不容易读懂,但是由于他们追求作品形式上的完美统一,人们可以从整体上把握其作品的意义。后现代主义小说家则在叙述上遵循荒诞的逻辑,把不同时空中的人物或事件放在一部作品中,形成对立矛盾,打乱或混淆现实与虚幻的界限,在结尾写出多种结局,表现文本意义的不确定、现实的荒诞、世界的无序以及对现实存在的怀疑。

对写作颇有体会的洛奇总结了后现代主义的六个原则:对立、置换、连续中断、随意结合、极端和短路。首先,对立。"对立"是指行文中后面的部分不断否定前面的部分。如贝克特的小说《无可名状的人》中的最后一句为:"你必须继续下去,我不能继续下去,我将会继续下去。"这是典型的后现代主义小说的对立话语。话语的前后自相矛盾,既无相通相似之处,也无相近相邻之处。第二,置换。"置换"是指打断行文的连续性,将部分内容做平行排列组合。如在《瓦特》中,贝克特把一些琐碎和零散的东西并置在一起,使其生活和叙述显得十分荒诞。第三,连续中断。"连续中断"是

① 戴·洛奇:《现代主义、反现代主义、后现代主义》,侯维瑞译,见王潮选编:《后现代主义的突破——外国后现代主义理论》,敦煌文艺出版社1996年版,第92页。
② 参见殷企平等:《英国小说批评史》,上海外语教育出版社2001年版,第332页。

指用短小的片段组成小说,内容又常常风马牛不相及,在段与段之间体现行文上的中断。现代主义以及反现代主义写作的根基就是话语的连续,而后现代主义写作背弃了这一原则。通过这种非连续性的话语,后现代主义写作打破世界连贯、意义连贯、时空连续的虚幻假象,给人以世界本来就是不连续的启发。第四,随意结合。"随意结合"是指在中断的基础上走得更远,使读者可以将文本顺序打乱,按照另一种顺序随意排列。如约翰逊写的"活页小说"中,读者可以自己移动文本的页码或片段,随意拼凑小说的内容,因而可以组合产生无穷无尽的意义。第五,极端。"极端"是指后现代主义写作故意对隐喻式和转喻式的话语进行戏拟和模仿,将隐喻和转喻的技巧推向极端,完全依凭作者兴趣,使读者难以理解,从而体现出这个世界是难以理解的。如托马斯·品钦的小说《万有引力之虹》和《V》就是对隐喻式和转喻式的话语进行戏拟和模仿,从而走向了话语的极端。第六,短路。洛奇把作者直接闯入叙事以突出文本虚构本质的手法称为"后现代主义"的写作原则之一,即"短路"的手法。"短路"体现作者自我拆解的意识,表达出文本的虚构本质。如《法国中尉的女人》中,约翰·福尔斯不仅让传统的小说家不时出现在小说中进行评论,而且还安排小说的叙述者以虚构的角色身份出现在故事中,从而将明显的事实和显而易见的虚构相结合,将作者和著述问题本身引入作品。洛奇从具体的文学作品出发,善于举例,善于从作者角度探讨技巧,所以他归纳的后现代主义小说六原则在文坛上很有影响,对于我们理解后现代主义这一文学现象具有重要的意义。

第四节 小说的对话性

谈到自己的理论创作,洛奇说:"我对小说诗学的探索在每一阶段都得到一些新的(或对我来说是新的)文学理论的促进。"①在学术界经历着语言学转向的时候,洛奇偏重于新批评派的理论阐述,开始关注小说的语言,撰写并出版了《小说的语言》(1966)一书。在小说被宣布死亡、小说家四顾迷茫的时候,他又沿袭和借鉴形式主义与结构主义的文学理论,撰写了《十字路口的小说家》(1971)来描述这一景况。到了20世纪90年代,洛奇开始着重研究和阐发巴赫金的对话理论。米哈伊尔·巴赫金被誉为20世纪思想文化领域的奇才,"他的思想引起了西方对整个思想文化的全面质疑和反思:从西方的传统话语到当代话语,从柏拉图、亚里斯多德到海德格尔、伽达默尔,从傅科到德里达……亦即西方正试图用巴赫金的思想来拯救当代思想文化(从结构主义到解构主义)内部枯竭的危机"②。巴赫金指出,陀思妥耶夫斯基小说中存在多种形态的对话,无论是发生于人物的主体意识之间的公开对话,还是展开于人物的主体意识内部的内心对话,抑或是作者与人物之间的对话,最终都落实于人物言语的双声语结构。巴赫金认为任何话语都具有内在对话性,语言的本质就是对话,"一切莫不都归结于对话……一切都是手段,对话才是目的"③。巴赫金的对话理论强调各种话语、各种文化、各种声音在一个平等的基础上互相交流、相互作用,不仅契合了后现代主义消解中心、消解权威、倡导多元的精神,而且具有极强的开放性与对话性,在西方文学界及理论界引起广泛关注,已成为一种历史性的潮流和趋势。如果说巴赫金是构建对话理论的理论家,那么,洛奇则是将对话理论应用到具体文学批评的批评家和在创作中有意识地运用这一理论的小说家。洛奇在《小世界》中构建了对话的网络,为各种不同的声音和

① David Lodge, *Consciousness and the Novel: Connected Essays*, Cambridge, Massachusetts: Harvard University Press, 2002, p. 10.

② 马新国主编:《西方文论史》,高等教育出版社2002年版,第481页。

③ Mikhail Bakhtin, Caryl Emerson. *Problems of Dostoevsky's Poetics*, Minneapolis: University of Minneapolis Press, 1984, p. 252.

意识提供了平等交流的平台：它既体现了文学理论与创作实践的对话，又集现实主义、现代主义和后现代主义特点于一体，同时还融合了高雅文化与通俗文化。更重要的是，洛奇的创作实践为在十字路口徘徊的当代小说家指出了一条对话发展之路。

《巴赫金之后》（1990）是洛奇晚期小说理论的代表作，洛奇把巴赫金的理论与具体细致的小说分析相结合，认识到了自己以前理论的局限性，发现并阐释了小说的对话特性，即小说是多种文体混合存在的文学样式。巴赫金的对话理论实际上有两部分内容。第一部分是文学作品具有对话性，其具体表现形式便是独白叙述中的双声现象以及文本中的复调现象。这是作者利用语言的特点而创造的叙述形式。另一部分是，创作过程是一个对话过程；作者为了达到通过文本与读者进行对话的目的，必须遵循对话性原则，如创作时必须揣摩读者的统觉背景，也即读者的所知和所设等。[①]洛奇在研究巴赫金理论的基础上认为，对话性，即"双声"和"复调"是语言的内在特性。"小说可以借助散漫的复调现象，可以对各种不同的引语——直接的、间接的和双向的引语——进行精巧而复杂的编织，以及对各种权威性的、压制性的、独白的意识形态表现出狂欢式的不敬"[②]，经典的文学样式，如悲剧、史诗、抒情诗等，因为要表达单一的世界观，从而压制了语言这一内在的对话性。由于小说家能够"运用自由间接引语使叙事话语在作者的声音和人物的声音间自如地转换，把作者的评价和对人物经验的呈现不分彼此地融合在一起，做到了主观和客观的同步进行"[③]，因此，相对于其他文学样式而言，小说具有更为明显的对话特征，能够呈现出众多独立而互不融合的声音和意识。巴赫金的对话理论偏重于对

---

① 参见董小英：《再登巴比伦塔——巴赫金与对话理论》，三联书店1994年版，第58页。

② David Lodge, *After Bakhtin: Essays on Fiction and Criticism*, London: Edward Arnold, 1990, p. 21.

③ 欧荣：《戴维·洛奇小说批评理论再探》，载《当代外国文学》2007年第1期。

具体言说的研究。他认为语言是社会活动,语言的意义在于其社会功能。语言的使用者赋予语言以声音和意义,人们在社会语境、历史语境以及上下文语境中进行交流,并判定语言的意义。也就是说,在生活中的对话里,语言会直接而明显地引出答案。[①] 巴赫金指出的语言的社会性和对话性特点,一方面不同于索绪尔和结构主义者关于语言无确定性的观点,说明人们对文本意义进行阐释的可能性;另一方面表明,由于语言的对话性质,文学作品不可能是单纯性的文体,因而其表现的意义也是多重的。实际上,小说中的对话关系是复杂多样的,它包括文本中的各种不同的文体或声音之间的对话、文本与读者的对话文本与文化和社会进行的对话等。巴赫金认为,复调小说呈现出众多独立而互不融合的声音和意识,并且由许多各有充分价值的声音(声部)组成。[②] 在理解巴赫金复调小说理论的基础上,洛奇更强调小说具有复合性文体的特点。他认为"小说的语言不是一种语言,而是各种文体和声音的集大成"[③]。按照巴赫金的理论,小说中的文体可以分为三类:作家的直接话语、再现性的话语和双向话语。小说中不仅有作者的语言、人物的语言,而且还有自由间接引语或双向话语,所以小说的文体变化多样,具有杂语性或狂欢化的性质。狂欢化主要是用于表示各种受到狂欢节形式和狂欢节民间文学影响的文学和题材形式。洛奇则认为,把狂欢化的民间传统吸纳进小说叙事,以及小说中复调(多声)的存在,揭示了小说复合性文体所存在的两个重要因素,即"笑和杂语性"[④]。因此,小说不像史诗等经典的"独白体"文学样式那样,只采用单一的文体形式,表达单一的世界观,而是

---

① David Lodge, *After Bakhtin: Essays on Fiction and Criticism*, London: Edward Arnold, 1990, p.21.

② 参见巴赫金:《巴赫金文论选》,佟景韩译,中国社会科学出版社1996年版,第3页。

③ David Lodge. *The Art of Fiction*, London: Penguin Books, 1992, p.129.

④ David Lodge, *After Bakhtin: Essays on Fiction and Criticism*, London: Edward Arnold, 1990, p.40.

通过"多元化的声音"显示独特的复合式文体的对话特征。洛奇在《巴赫金之后》中对奥斯丁、哈代、劳伦斯、伍尔夫、伊夫林·沃、吉卜林、亨利·詹姆斯,米兰·昆德拉等作家的双向话语进行了分析,并借此表明了以下观点:由于小说中不仅有作者的语言和人物的语言,而且还有自由间接引语或双向话语,因此,小说的文体变得多种多样,具有了杂语性质或狂欢性质,造就了小说意义的复杂性和不确定性,从而也显示出小说不同于诗歌、戏剧的独特性。换句话说,小说丰富复杂的文体表现出两个突出的特点,即"笑和杂语性"。笑,即民间欢庆活动传统里对所有话语形式的嘲笑;杂语性,一方面指作家在小说中对不同阶层人物的语言的模仿,另一方面指双向双重话语。小说的这两个因素不仅防止了作家把单一的观点强加给作品,而且赋予小说本身自我批判和创新的生命力。

洛奇认为巴赫金的对话理论对当代小说理论有着很大的意义,它十分深刻地揭示了小说的本质特征,可以用来分析现当代小说的不同特点。例如,现代派小说家反对作家的干预,力求避免人为创作的痕迹,表现出重模仿的倾向。然而,乔伊斯、伍尔夫、福克纳等人常用的意识流,可以说是人物自己对自己讲故事,因而现代派的重模仿带有纯叙述的特点,或者说是叙述性的模仿。后现代主义小说则表现出重叙述的倾向,如多种文体的采用,包括报纸、杂志的文体、口头叙述等形式,特别是在元小说中,作家甚至变成了小说中的人物,并以后者的身份来谈自己写作中的问题。然而,对于巴赫金对话理论中所存在的矛盾之处,洛奇也大胆地提出了质疑:"如果语言具有内在的对话性,那么,怎么会存在独白体话语?"独白体话语的存在是巴赫金对话理论存在的重要前提,所以洛奇的质疑击中了巴赫金理论的要害之处。洛奇在充分理解巴赫金理论的基础上,认为不能因此而否认独白体和对话体之间的差异,更不能否认巴赫金对话理论的有效性,而是要"在主导或'组合'方面运用这一差异,而不是把它们当作两个相互排斥的范畴"①。洛奇指出,解读一部小说,应该把它看成作家对社会言行的模仿,因而应该从文本与社会的关系、文本的内在与外在的关系来把握作品的意义,应该根据人物之间的对话、文本与读者之间的对话以及文本与文本之间的对话来得出作品的意义。从整体上来看,对话性在小说中占主导地位,而不是独白和对话两者平分秋色。② 洛奇的论述对巴赫金对话理论做出了有益的补充,也对当代小说理论批评做出了重要的贡献。

下面以洛奇的代表作品《小世界》为例,以对话理论为切入点,揭示《小世界》所呈现的独特的对话艺术。作为学院派小说的代表,《小世界》是其"校园三部曲"中最成功的一部,被喻为西方的《围城》,不仅在文学界问鼎各项大奖,更在广大读者中引起强烈反响。洛奇是一位富于对话精神的小说家,他有意识地构建了对话的《小世界》。洛奇在《小世界》中构建了对话的网络,为各种不同的声音和意识提供了一个平等交流的平台:它既体现了理论研究与创作实践的对话,又集现实主义、现代主义和后现代主义特点于一体,同时还融合了高雅文化与通俗文化。更重要的是,洛奇的创作实践反映了当代英国小说的发展趋势,为徘徊于十字路口的当代小说家指出了一条对话发展之路。

(一)理论研究与创作实践的对话。《小世界》不仅是脍炙人口的佳作,也是洛奇进行文学研究及评论的试验田,是一部典型的理论化小说。在《小世界》中,弗洛伊德精神分析、女权主义、解构主义、俄苏形式主义、原型批评等理论随处可见。书中现当代批评理论狂欢化地展示了一个话语场,而话语场里没有一个占主导地位的声音,这正是对话理论的精髓所在:各种不同的话语和意识在同

---

① David Lodge, *After Bakhtin*: *Essays on Fiction and Criticism*, London: Edward Arnold, 1990, p. 98.

② 参见童燕萍:《语言分析与文学批评——戴维·洛奇的小说理论》,载《国外文学》1999 年第 2 期。

一个舞台上平等交流和对话。洛奇在构思人物时也别具匠心,书中许多人物代表不同理论流派,通过他们之间的对话巧妙地传达出对各种批评理论的阐释和解读。如英国学者菲利普·史沃娄信奉结构主义,研究简·奥斯丁的莫里斯代表解构主义,德斯丽代表女权主义,富尔维亚·莫尔加纳代表马克思主义,等等。《小世界》里各种理论流派代表人物的潜对话表明,在当时那个后现代的语境中,各种新的理论、新的批评方法层出不穷,而试图找到一个一劳永逸地解决一切问题的方法和理论是完全不现实的。多元主义是各种批评理论繁荣的必要条件,不同的声音和思想观点的对话有助于学者和普通读者对理论的解读、阐释和发展。不仅如此,在作品中各种深奥的批评理论已悄悄地、戏剧化地融入世俗,与民间最卑微、最低俗的事物结合在了一起。洛奇在《小世界》中将各种深奥的批评理论融入小说创作,打破了严肃作家曲高和寡的尴尬局面,使各种抽象的文学理论重新焕发出勃勃生机。在作品中,洛奇对理论术语进行了大胆的通俗化改写,使其有助于普通读者对抽象理论的解读和阐释,促进了文学理论的普及。洛奇将文学理论融入小说创作的成功实践也预示了文学理论发展的一个新的趋势:走出象牙塔,走向对话,在更广阔的生活土壤中汲取力量。

(二)现实主义与实验主义的对话。二战后,后现代光怪陆离、眼花缭乱的文学实验已呈没落之势,而传统的现实主义又因其不可避免的局限性使其回归难以为继。在文学枯竭之中,洛奇指出当代小说创作应寻求写实与实验间的对话。在"钟摆"理论中,洛奇指出:"现当代英国文学(主要是小说)的发展走向呈'钟摆状'——近百年来英国文学主流的走向是现实主义和反现实主义两极之间不同程度的来回摆动。"①洛奇以其对话精神调和了"钟摆"的两端,既融合了现实主义与实验主义的因素,又弥合了当代文学创作中因写实与实验各执一端而带来的分崩离析。现实主

---

① 殷企平等:《英国小说批评史》,上海外语教育出版社 2001 年版,第 321 页。

义、现代主义和后现代主义这三方面特点交织在一起,形成了其小说别具一格的对话艺术。《小世界》植根于英国现实主义小说传统,在背景、情节、人物刻画以及主题思想等方面都具有现实主义特点。在《小世界》中表现了知识分子的世相和百态,对学术圈里的各种腐败现象进行了犀利的讽刺和无情揭露。名利场中的学者们或者像登普塞教授那样对同行的成绩嫉妒得发疯,或者像温莱特教授那样思维枯竭却迷恋着勾引女学生,还有的像冯·托皮兹教授那样剽窃别人的作品却还依然摆出一副凛然不可侵犯的样子。在洛奇的笔下,现代学者已不再清心寡欲,不求富贵,他们丧失了知识分子应有的清高气质,已经沦为物质享受的奴隶并不择手段地追名逐利。《小世界》的现代性主要体现在结构布局上。一个小说家创作成熟的标志之一是对小说整体布局的独到理解和把握。作为一位精通各种小说模式的学院派小说家,洛奇特别注重小说的结构与技巧。洛奇在构思《小世界》时受艾略特在《荒原》中套用圣杯传奇的启发,借用了这一典故来谋篇布局。他把现代学者的会议与古代基督徒朝圣相对照;并且书中的主要人物都可在圣杯传奇中找到原型,如珀斯是追寻圣杯的骑士柏西华尔的化身,阳痿而创作枯竭的文论权威金·费舍尔的原型是渔王费舍尔·金。《小世界》中学者的追名逐利与圣杯传奇相对照,这种独具匠心的艺术形式赋予了文本多元性和对话性的特点,使形式与文本所体现的对话思想相辅相成,和谐统一。然而,书中虽套用圣杯结构,但消解了圣杯传奇的崇高意义。现代骑士——文学研究领域的专家、学者到各地参加研讨会,开始了"朝圣之旅",但他们所追逐的却是名利和寻欢作乐;小说中无论是珀斯对爱情锲而不舍的追求,还是扎普对文评委员会主席职务不惜一切代价的追逐,最终都竹篮打水一场空。20世纪后半叶,后现代主义思潮以排山倒海之势影响了整个西方学术界,深谙文学批评和小说创作的洛奇无疑受到了德里达、傅科、拉康等后现代学者的影响。在《小世界》中,洛奇在继承现实主义写实传统的同时,还运用了互文、拼贴、开放式结尾、语言游戏等典型的后现代主义写作技巧。《小世界》中互文的主要手段有引语、典故、戏仿等,通过这些手段洛奇有意识地构筑了对话的小世界。20 世纪 60 年代,美国当代小说家约翰·巴思发表了《文学的枯竭》,认为"当今的文学,尤其是小说,已经是末路穷途,情殊可危了"①。洛奇深刻地意识到当代小说创作的危机,但他一直坚信小说不会死。富于对话精神的洛奇一方面充分继承并发展了现实主义写实的伟大传统,另一方面又大胆地采纳运用了现代主义、后现代实验主义写作的创作手法。洛奇的成功实践也预示了当代小说创作的一个新的趋势:打破桎梏,走向对话,在写实与实验的对话中探索新的发展道路。

（三）高雅文化与通俗文化的对话。长期以来,高雅文化与通俗文化之间存在着轻视、反感甚至是敌意的鸿沟。文学批评在传统上把通俗文化看作是对现代文明中的道德文化标准的一种威胁。阿诺德在其著名的《文化与无政府状态》中竭力维护贵族经典,以抵制迅速蔓延的市侩文化。著名批评家利维斯也主张以高雅文化的审美情趣教育熏陶社会大众,以匡正市井文化的不良影响。然而,随着摇滚音乐、通俗小说、商业电影等通俗文化的迅速普及,人们已对高雅文化的一元独尊颇有微词。以金斯利·艾米斯为代表的英国第一代学院派小说家更是将矛头直接指向社会中上阶层中那些自视清高、自命不凡的人物,尤其是学术界的知识分子和大学教授。艾米斯的《幸运的吉姆》采用喜剧和闹剧的一些手法嘲讽、捉弄了以威尔奇教授为代表的学院派文化,体现了对精英文化的叛逆和否定,使之成为一部抨击高雅文化的杰出的代表作品。洛奇深谙学院文化与通俗文化之间的隔阂与冲突,他指出经典文学与通俗文学之间、高雅文化与通俗文化之间的鸿沟是人为的、虚拟的,是应该废除的。如果说《换位》体现了英美两国文化的对话,《好工作》融合了学院文化与工业文化,那么,《小世界》则消

---

① 张和龙:《战后英国小说》,上海外语教育出版社 2004 年版,第 100 页。

除了高雅文化与通俗文化的界限,使得"高山流水"与"下里巴人"并存于书中,"既使普通读者感到愉悦,又令学者文人掩卷深思"①。《小世界》产生于多元的文化语境之中,洛奇揭露了学术界的真面目,将学术界与平民世界放在了同一水平线上,打破了高层社会与底层社会的界限,向文化的高低之分提出了挑战。传统意义上,大学校园是社会精英的汇集地,大学教授们应清心寡欲,潜心钻研学术,而洛奇在《小世界》中打破了这一传统观念,"通过对罗曼司的戏仿融合了严肃文化和大众文化两种对立的文化"②,对当时西方学术界的不良风气进行了辛辣的讽刺。小说的开篇将参加研讨会的现代学者与中世纪朝圣的基督徒相比较,然而当时的学者和教授已然没有了朝圣者们那份虔诚和圣洁,他们参加研讨会主要是为了会后丰富多彩的娱乐消遣,旅行、聊天、吃饭、饮酒、寻欢作乐,而且所有的花费都能报销。洛奇撕下了学术界的虚伪面纱,并以调侃的口吻讽刺了文人学者的故弄玄虚。《小世界》中能指、所指、延异、叙述、陌生化、代码等一批理论术语随处可见。实际上,这些炫人耳目的时髦词语不过是现代学者们装点门面的手段。此外,洛奇将各种深奥的文学理论戏剧化地融入世俗,书中大量穿插了浪漫爱情、同性恋、吸毒酗酒、夜总会表演等情节。解构主义致力于边缘对中心的消解,取消等级制,其解构策略对文化分析和文化批判产生了不可低估的影响。洛奇无疑受到解构主义的影响,并在《小世界》中主张高雅文化和通俗文化之间的平等对话,做到了雅俗共赏,兼容并蓄。《小世界》充分体现了洛奇对文化发展趋势的前瞻性。洛奇的观点响应了文化研究打破阶级层次、高低贵贱之分的努力,反映了同时代作家,尤其是后现代主义作家及文化研究者对阶级、社会和文化的反思。高雅文化与通俗文化最终的目的都是为人类服务,所以两者应更加广泛地对话,更加宽容地理

---

① 瞿世镜主编:《当代英国小说》,外语教学与研究出版社1998年版,第421页。

② 侯维瑞、李维屏:《英国小说史》,译林出版社2005年版,第767页。

解,更加融洽地合作,就如"鸟之两翼"、"车之两轮",只有齐驱,才能并进。洛奇在《小世界》中将高雅文化和通俗文化融入同一文本的成功实践体现了当代文化发展的必然趋势:走向对话。

由对立走向对话是多元格局下当代小说发展的必然诉求。《小世界》产生于多元的文化语境之中,洛奇的对话精神赋予了这部作品丰富而深厚的意蕴:《小世界》就像一个文本的万花筒,融合了斑斓的色彩,给人以迥然不同的全新感受。它既是一部杰出的学院派小说,又涉及五花八门的文学理论;既是传统小说,又是实验小说;既是典型的学者小说,又是一本通俗读物。更重要的是,洛奇的创作实践对当代英国小说发展具有重要的指导意义,为徘徊于十字路口的当代小说家指出了一条对话发展之路。

概括说来,洛奇的文学批评主要经历了三个阶段:早期基于英美新批评的《小说的语言》论证了小说的语言也是艺术的语言,并提出对小说可就细节、意象及重复进行分析,从而把新批评引入到小说的分析中,确立了小说的艺术地位。20世纪六七十年代是结构主义盛行的年代,洛奇应用雅各布森的隐喻和转喻理论,从美学的角度来解释现实主义小说区别于戏剧和诗歌的艺术独特性,并结合"陌生化"理论提出了著名的"钟摆"理论,即近百年来英国文学主流的走向是在现实主义和反现实主义两极间不同程度地来回摆动。20世纪八九十年代洛奇研究巴赫金的对话理论,《巴赫金之后》阐释了小说的对话特性,即小说是多种文体混合存在的文学样式。从洛奇身上,我们似乎看到了西方当代小说批评史的缩影,即从注重细读作品来寻找小说的象征意义的新批评到偏重语言学的方法、寻找文学形式中的规律的结构主义,再到以细读文本为基础,注重发现社会、文化、文学的相互关系和影响的后结构主义。和布雷德伯里一样,洛奇并不简单地信奉某一个"主义",而是一贯以兼收并蓄见长。洛奇的理论著作既饱含真知灼见,又充分发挥了洛奇本人既精通理论思维又会形象表达的特长,彰显出一位学者型作家的独特魅力。

第三章　安·苏·拜厄特：
论历史与小说

　　安·苏·拜厄特出身书香世家,从小深受家庭的艺术熏陶,成年后在剑桥大学和牛津大学接受了系统的文学训练,在语言、文学、史学诸方面均具有良好的修养和深厚的功底,集学者、批评家和小说家于一身。拜厄特在文学理论上成果丰硕,是英国文学评论界的权威。她曾是《时代》周刊撰稿人和 BBC 电台文学评论主持人,发表和出版过不少理论文章和文学评论。1965 年,拜厄特出版了《自由的程度》(*Degree of Freedom*),这是一本关于英国现代杰出女作家艾丽斯·默多克(Irish Murdoch)的文学评论,拜厄特潜心研究这位自己十分喜爱的作家,写作风格也受其影响。1976 年,拜厄特还写过另一本评论作品《艾丽斯·默多克》(*Irish Murdoch*),她也因对默多克的研究而闻名于文学评论界。1970 年,拜厄特的另一部文学评论《年轻时的华兹华斯与柯勒律治》(*Wordsworth and Coleridge in Their Time*)出版,拜厄特在书中对早期的浪漫主义诗人进行了深入的研究,并将诗歌和诗人置于文化和历史的背景下进行探讨。此外,拜厄特还是英国皇家文学协会成员、多项文学大奖包括英国最高文学奖布克奖的评审,曾获英国女王授予的勋位和多项文学大奖,在社会文化生活中享有很高的知名度。拜厄特经常出国讲学,足迹遍布世界各地。

　　在某种程度上,拜厄特在文学评论方面的才能似乎比文学创作的才能更为突出。但她为数不多的作品亦深得评论界重视,这使得她的文学创作与文学评论相比可谓平分秋色。面对着层出不穷的理论话语,她始终保持着清醒的头脑,谨慎地与之保持距离。对于一个关注时代变迁,思想活跃,又以写作学院学术生活著称的作家,理论似乎是一个绕不开的话题。实际上,拜厄特以作家独特的敏感性积极思考、审视和回应理论问题,表达自己的文学观。《思想的激情》(*Passion of the Mind*)和《论历史和小说》(*On Histories and Stories*)等是她兼具诗性和理性思辨光芒的学术论著,其中包含不少对当代理论思潮的独特见解。有些理论话语甚至还激发了她的创作灵感和想象力,成为不少小说虚构的题材。审视和批判理论与现实的矛盾、反思当时学术生活的状态成为拜厄特理论思想的一大特色。

第一节　理论与创作的互动与交融

拜厄特不主张把小说作为纯粹讨论哲理问题的阵地,也不主张小说只表现某种狭隘、单纯的观点。她认为,思想仅仅是小说所要表现的一个方面,小说应该像一个宽松的巨袋,可以容纳任何东西。拜厄特认为,当代文学批评和创作之间产生了更多的互动和交融:"当小说家开始专注于真实性和精确性,文学史和文学批评方面的专家似乎摆出了本来配合艺术性的虚构特权所具有的修辞姿态和态度。"①学者、评论家、作家的多重身份再加上她接受的系统的英语文学的训练,使拜厄特的作品散发着浓郁的学院化气息。她的小说几乎无一例外地取材于知识分子群体,且旁征博引,典故、意象俯拾皆是。拜厄特以其高超的讲故事的技巧将深邃的思想、广博的理论知识、复杂的人物、多样的文体融合起来,编织成一个吸引人的故事,描绘出一幅幅学院风情图。

拜厄特常常在批评中融入小说的因素,同时在一些小说中大量地融合批评。在《当今小说》中,布雷德伯里对批评家和作家的

---

① A. S. Byatt, *On Histories and Stories*, London: Chatto & Windus, 2000, p. 99.

职能和义务做了这样的区分:"批评家的任务是探究一种形式的历史、文化生命上的特点以及创作的类型;小说家的义务是使自己成为某一领地上一个有风格有经验的公民。"[1]他认为,直到小说家具有了自己的风格和经验,那个领地才完全为他而存在。小说家必须在一个在他看来没有完全命名的领地创造写一部书的可能性。因此,批评家和作家的职责范围应该是不同的,批评家研究的是已经存在的东西,作家需要创造或定型新的内容。专职的批评家或作家并不认为这是一个问题,但对于拜厄特来说,在批评和创作之间划分清晰的界限似乎并不那么容易。在《占有》中,罗兰和莫德两位学者在学术活动中展现了不同的理论和方法,小说实际上也为读者提供了多种阅读方法,如新批评、女性主义、弗洛伊德心理分析、巴特的符号理论等。不过,这些理论在小说中被展现为与"故事"构成对立的语言虚构。小说一开始,叙述者便向读者交代,罗兰"曾受过后结构主义训练,提倡对主体进行解构"[2],因此,他必须首先去寻找、发现主体。当他在图书馆发现艾什写给一位无名女士的信件时,他的第一反应自然是渴望知道她是谁。不过,叙述者以概述性的叙述直接告诉读者:真正使他感兴趣的并不是信件本身,而是藏匿在"句法结构中的曲折之线"[3]。为了强调现代学者这种"通病",叙述者以介入的姿态告诉读者,这种将真实之物看作符号能指的文学观也是莫德的文学批评立场。她相信弗洛伊德的精神分析理论,认为可以用心理分析方法对拉摩特的作品进行解构阅读。在她看来,女诗人之所以丧失女性主体,主要是因为主体在转化为"客体"的过程中受到了力比多的驱动。[4] 不过,不同于弗洛伊德的立场,莫德认为,力比多本身并不是某种具有本质属性的

[1] Malcolm Bradbury, *The Novel Today*, Manchester: Manchester UP, 1977, p.12.
[2] A. S. Byatt, *Possession: A Romance*, New York: Vintage Books, 1991, p.13.
[3] A. S. Byatt, *Possession: A Romance*, New York: Vintage Books, 1991, p.25.
[4] A. S. Byatt, *Possession: A Romance*, New York: Vintage Books, 1991, p.466.

存在之物,而是"仅仅必须具体化、本质化的一个象征而已"①。因此,她深信,女性丧失主体的根本原因在于语言符号本身的话语力量。总之,与罗兰一样,莫德认为,真实世界中的"物"和用于描述"物"的符号并无二致,二者都属于语言范畴的"隐语"。以此为出发点,莫德认为文学研究的重点在于对文本结构、语言符号及其差异关系进行解析。由此,我们不难理解,莫德为什么坦言自己对文本外的"实物"毫无兴趣,因为"重要的是语言"②。同样,罗兰的兴趣也不在物质世界的"物"(things),而在于用于指涉"实物"的能指符号。与莫德一样,罗兰对作家本人的生活毫无兴趣。罗兰明确表示自己是"做文本分析的批评家,而不是传记作家"③。不言而喻,两位现代学者都认为"词"与"物"之间只有符号关系。小说叙述者对这些徒劳无益的学术活动的强调,以及在叙述中多次把这些研究项目称为"阿什工厂",毫不隐讳地表现了小说对现代理论方法论的反讽,在一定程度上也代表了拜厄特本人对现代或是后现代理论的审慎态度。通过文本中理论内容的阐释,拜厄特将读者的注意力引向关于文学与评论、真实与虚构关系的思考层面。小说最后强调两位青年学者放弃后结构主义理论,希望成为诗人,这一事件与小说标题"占有"包含的象征意义形成旨趣上的契合:"现代学者"不仅未能用现代理论发现真实事件及其意义,反而在"故事"引领下顿悟了理论的虚构本质。

此外,拜厄特在书中还不断提到一些著名理论家的名字——德里达、福柯和巴特,体现了她对现当代批评理论的关注。她讲道:"有人指出批评家是作家——他们当然是,而且一直是——但对这一事实的强调引发了疑问:文学研究的学术圈在某种意义上仍然存在作为批评研究之客体的大量原始文本。……写一个文本

---

① A. S. Byatt, *Possession*: *A Romance*, New York: Vintage Books, 1991, p. 465.

② A. S. Byatt, *Possession*: *A Romance*, New York: Vintage Books, 1991, p. 62.

③ A. S. Byatt, *Possession*: *A Romance*, New York: Vintage Books, 1991, p. 56.

确实与读一个文本既有相似之处又有不同,反之亦然。但巴特和其他人把这作为否认作家的作者身份和权威的方式。"①拜厄特在自己的批评和创作实践中采取了类似的做法,在批评和创作之间穿梭。然而,像布雷德伯里和洛奇一样,拜厄特对当代文学研究不正常的发展也表示担忧。她发现在整个批评理论盛行的年代,研究者对理论的热衷似乎远远超过对文学本身的关注。在《论历史和小说》中,拜厄特进一步阐明了这种现象:"现在大多数的批评文本都满是引文,但不是从诗歌或小说中引用的段落,而是引自批评领域的权威和理论家,如弗洛伊德、马克思、德里达、福柯。"②拜厄特表示这种做法容易引导批评家和理论家把作家套进各种理论的框框而忽视了文学本身。拜厄特相信事实和未知的边界线上存在着新的美学源泉。她把自己的生活看作一个长篇故事里的短章节。拜厄特不屑于学院派以政治化的热忱对待的理论分析;她喜欢开放、从容、宽泛的文学讨论,而不喜欢以文本为代价玩弄评论家的机巧。

拜厄特自己的作品兼有创造和文学知识。小说中的主人公大多是思考者,他们思考在男性主宰的世界当中女性的独立、自制的问题,思考爱与恨、善与恶、个人天赋与社会的关系,思考创作与生活、想象力与创造性的关系等问题。拜厄特孜孜不倦地在其作品中探索爱情、两性关系,尤其关注知识女性的处境和命运。尽管拜厄特对女性主义颇有微词,但她本人的作品流露出强烈的女性意识。拜厄特的小说紧紧地围绕着女性的爱情与婚姻生活展开了多方位的描述,真实地揭示了她们所处的生存状况,凸现出了作家对女性主义运动所做的温和而又积极的思索。在努力探索女性主义问题的同时,拜厄特把艺术与现实、历史与今天、理性与感性巧妙地编织在一起,形成了娴熟又独特的小说艺术风格。

---

① A. S. Byatt, *On Histories and Stories*, London: Chatto & Windus, 2000, p.98.

② A. S. Byatt, *On Histories and Stories*, London: Chatto & Windus, 2000, p.6.

第二节　创作主题和语言艺术的辩证统一

拜厄特的小说具有睿智、思辨等特点,她与艾丽斯·默多克和多丽丝·莱辛一起被称为当代英国文坛上善于写观念小说的女作家,这不仅与拜厄特本人在人文及社会科学、自然科学等方面的修养有关,也与她在这些方面的文学兴趣有关。她笔下的人物充满了睿智,诙谐并善于思辨。除了主张文学应该表现生活,拜厄特更主张小说应具备丰富的思想内涵,应该使读者读后获得智慧或哲理方面的启迪。如传统的现实主义小说家一样,拜厄特善于写人与人之间的关系。作为一位知识分子,拜厄特关注的视点集中于知识分子的生活上。她以女性的敏锐与细致去观察、思考知识分子,特别是女知识分子的生活,去书写她们的家庭关系、师生关系、同事关系。她的小说当中的人物关系充满了紧张的对峙,正如其代表作《占有》的标题所暗示的那样,人与人之间的关系是占有与反占有的关系:父辈对子女生活的干预、控制,对其个性、才华的压抑、束缚;子女渴望摆脱这种压抑、束缚去享有独立的人格与生活;姐妹之间在情爱、名利上的争夺与占有,生活与事业中的相互牵制与束缚;师长对学生在学术上的压制与限制,学生对学术自由的渴望;同事之间学术地位的纷争,学术成果与资料的剽窃和占有;男人对女人的征服欲,对女性美貌、情欲的占有,对女性精神与肉体的控制;等等。《太阳的阴影》中的安娜是苦苦求索的青年知识分子的典型代表。她是一个很有天赋的青年女作家,渴望独立自主,展露才华,按照自己的意愿发展自己。然而,现实生活中的安娜不得不面对来自生活、学术上的重重压力。"弗雷德里卡四部曲"贯穿其中的是聪明过人、热情大胆的知识女性弗雷德里卡·波特。"四部曲"着重描述了弗雷德里卡的青春时期、剑桥求学时期、伦敦教书时期和电视台工作时期几个阶段。拜厄特的"四部曲"横跨英国学术界和社会生活的各个方面,纵贯英国跌宕起伏的20世纪五六十年代,且写作手法各异,描绘了一幅幅风情迥异的学术界画卷和社会图景。

拜厄特在她的批评作品中曾表达了对后现代主义时期语言与世界、虚构与现实之间关系的强烈兴趣。20世纪60年代以来,西方学术界经历了"语言学的转向",认为一些当代理论家有关语言的观点过于偏激。在她看来,对语言的过分关注使语言成了一个"自我指涉的符号系统"[①],失去了表现世界、表现现实的能力。在《心灵的激情》中,拜厄特对当代语言和世界之间变化了的关系既感兴趣,又感到担忧。她提及:"我对把语言当作一个与世界无关的自我指涉符号系统这样的语言理论感到既担心又迷恋。我担心并抵制这样的艺术姿态,即我们所探索的只是我们自己的主观性。"[②]在一次访谈中,拜厄特指出:"文学理论关于语言是一个自我支持的系统、与事物没有关系的说法使我非常懊恼,因为我没有这样的体验。我不是幼稚地认为词语和事物是一一对应的,而是相互交织的,如事物表面上覆盖着一个大的花网。"[③]这番话道出了作家对语言清醒的认识:既非固守成见,天真地认为语言和事物存在固有的对应关系,亦非因此全盘否定语言的指涉和表意功能。基于对语言这种"含糊"的认识,拜厄特一贯致力于探索表达"词与物的接近性(nearness),而非指涉的纯粹性"。她称自己的创作风格是自觉的现实主义,从不放弃用自己的语言最大限度地传达真理的可能性。拜厄特注意到,默多克在20世纪50年代就说过类似的话:"刚过去的这段时间里,我们对语言的意识已经有了改变。我们不再把语言当作传达信息的工具。我们就像是这么一群人,他们很长时间以来透过窗户往外看,却从来没有注意过窗玻璃——

---

① A. S. Byatt, *Passion of the Mind*: *Selected Writings*, London: Vintage, 1993, p. 11.

② A. S. Byatt, *Passion of the Mind*: *Selected Writings*, London: Vintage, 1993, p. 11.

③ Alfer Alexa, *Essays on the Fiction of A. S. Byatt*, Greenwood Press, 2001, p. 164.

然后有一天,他们也开始注意玻璃了。"①此外,拜厄特十分推崇默多克强调的"坚硬的真理观",她说:"无论我们的所言所示多么惊世骇俗、迷惑人心,都是语言建构的思想,因此重新思考真理、坚硬的真理以及它的可能性变得十分必要……但是思想本身只有在我们瞥见真理和真实的可能性并为此努力追求时它才有意义,尽管我们的成功不可避免地受到局限。我真切地相信语言除了隐含意义外,还有表意的力量。"②这番话听上去语重心长,表达了作家对语言的坚定信念,同时也是对后结构主义者们借语言的模糊性否定其指涉现实的功能,进而满足文本游戏、放弃真理追求的做法的批判。对语言的当代自觉意识使得语言和"现实"分离开来,如果语言与世界无关,如果我们所探索的只是"我们自己的主观性",那么,文学创作和文学研究就会陷入语言的牢笼,世界会成为"我们想象的载体",没有任何现实可言,文学也就没有现实可以表现。

拜厄特是位有自觉意识(self‑consciousness)的小说家,同时也是一位敏锐的文学批评家,这一双重身份使其文学话语也具有双重性。她用文学家的功力来驾驭语言,又以批评家的犀利目光来审视自己的语言。拜厄特说她在选择词语时非常谨慎,使用一个词就要想好与下一个词的搭配,因而,她写作的速度非常缓慢。这种谨慎一是出于对语言近于完美的要求,二是出于对利维斯的惧怕。她与T. S.艾略特一样,留恋语言能够最鲜活、最直接地表达思想的时代,羡慕邓恩能够像嗅到玫瑰的芬芳那样,通过语言嗅到自己的思想。但她没有哀叹语言直接表达思想的辉煌不再,而是试图将不同时期的语言与话语融入文本之中,建构一个丰富多彩的语言之网。拜厄特认为:"一个文本就是一个不同文化话语聚合场。它在政治、意识形态、宗教、心理等方面都与社会现实以及其

---

① Irish Murdoch, *Satire*, *Romantic Retionalist*, Cambridge: Bowes & Bowes, 1953, pp. 26 – 27.

② A. S. Byatt, *Passion of the Mind*: *Selected Writings*, London: Vintage, 1993, p. 24.

他文本有着千丝万缕的联系。"①因此,拜厄特的小说语言有着很强的互文性,而且充满了隐喻。例如,在《花园中的处女》中,"处女"(Virgin)一词就具有不同的寓意:它既指涉处女女王伊丽莎白一世,又与《古希腊罗马神话》中的不育女神有关。"处女女王"是一个矛盾统一体,她既有女性的柔弱,也有至高无上的统治者的强悍。"花园"以伊丽莎白女王的花园为背景,它又与《圣经》中的伊甸园有关。花园中的花朵既有富有生命力的自然之花,也有莎翁笔下奥菲丽娅自溺时的死亡花瓣,还有李尔王疯狂后的鲜花王冠。又如《太阳的阴影》这部小说的标题出自于沃尔特·罗利爵士的一首爱情诗《永别错爱》。诗中写道:"爱情是太阳的阴影/它的结局是痛苦、磨难/连最聪明的人也要扑向这彼岸。"拜厄特借这样的诗句做题目,意在表现人们,特别是女人,苦苦追求爱情,得到的却是痛苦。"拜厄特认为有许多沟壑存在于语言中,例如维多利亚时期儒雅的语言与现代大众化的语言之间,公众语言与私人交往语言之间,词语与它所指代的事物之间,甚至于男人用语与女人用语之间都存在着差异,她力求在作品中表现出这些差异并努力弥合各种裂缝。正如批评家奥尔加·肯荣所指出的,拜厄特把许多不同的语言都放入了她的文本中,放入了一个茂密而又复杂的网中。"②

　　拜厄特对当代的语言观进行了一定的抵制。通过分析英国当代小说,她表明对语言的关注并没有妨碍英国当代作家,比如威尔逊、默多克、福尔斯等人的小说创作。这些作家采取了一些实验创新的技巧创作小说,但"其中很多看起来过分实验的小说运用让人迷惑的技巧,在某种程度上是为了使老的形式和直白现实主义的再现合法化"③。拜厄特的小说《花园中的处女》里的血与石、草与

---

① Olga Kenyon, *Women Novelists Today*: *A Survey of English Writing in the Seventieth and Eightieth*, Brighton Harvester Press, 1988, p. 60.

② 瞿世镜主编:《当代英国小说》,外语教学与研究出版社1998年版,第295页。

③ A. S. Byatt, *Passion of the Mind*: *Selected Writings*, London: Vintage, 1993, p. 176.

肉体、有声的旋律与无声的旋律、红色的玫瑰与白色的玫瑰都与 17
世纪的宗教意象有关,它们涉及生与死,涉及有声的世界与沉寂的
世界。① 拜厄特正是要借助于充满寓意的语言,捕捉一个不可捕捉
的瞬间,使之达到永恒。

第三节　传统与现代的交织

　　20 世纪的现代主义和后现代主义的作家大都标榜自己与传统
的反叛和决裂,而拜厄特却将传统与现代融为一体。从写法上看,
拜厄特作品的一个突出特色是写实性与实验性的交织。拜厄特的
作品很大程度上继承了英国文学的写实传统,但身处后现代语境
下,又自觉地采用了多种后现代技法。拜厄特在多部作品中实践
一种新的写实主义,在写实中引入元小说、互文、戏仿、拼贴等后现
代技巧,把传统与现代糅合起来。

　　首先,拜厄特的文学思想带有朴素的现实主义倾向,即把真实
生活作为小说创作的主要素材来源。在这方面,她极为推崇法国
小说家普鲁斯特。她说,普鲁斯特的小说就是他的生活,他的生活
就是他的小说。拜厄特的小说也多以她自己的生活经历为原始素
材,再综合她所观察到的周围人物和种种生活形态。因此,她的小
说表现范围较广,人物形态各异,心理状况复杂多变。身为小说家
与批评家的拜厄特自幼受到传统文化和文学的熏陶,对英国文学
的"伟大传统"有着系统的学习与研究,对传统文学的价值有着清
醒的、深刻的认识。拜厄特认为,人类文明发展到今天已经进入了
高级阶段。就文学而言,历代的文学大师已经为后人积累了丰富
的经验,建立了成熟的学科体系。人们在这块沃土上饱受滋润,也

---

　　① Olga Kenyon, *Women Novelists Today*: *A Survey of English Writing in the Seventieth and Eightieth*, Brighton Harvester Press, 1988, p.64.

应该为之增添养料。① 因此,她不愿意弃传统而去,而是不断努力将传统移植于现代文本之中,再现传统。在现实主义的文学传统中,有三位作家对其影响颇深,他们的作品是拜厄特创作的摹本。一位是 19 世纪英国著名的小说家乔治·爱略特(George Eliot)。拜厄特对她羡慕有加,在自己的作品中刻意模仿其创作风格以及手法。在《花园中的处女》的创作过程中,拜厄特刻意运用了爱略特的表现手法:刻画众多的人物形象,进行广泛的文化联系,运用纷繁复杂的文学语言,力求再现爱略特时代的辉煌。19 世纪法国现实主义的巨匠巴尔扎克对社会深刻的认识与批判使拜厄特在创作中力求作品的深度。20 世纪的英国女作家默多克与拜厄特有天然的亲和力:她们都是受过高等教育的知识女性,都有深刻的思想和敏锐的观察力,都对文学有着狂热的激情,都对传统文学有着无限的眷恋,都在努力使刻画的人物形象达到艺术的真实。除此之外,中世纪、文艺复兴时期、17 世纪、浪漫主义时期、维多利亚时代的文学都对其产生了巨大的影响。文艺复兴时期的桂冠诗人斯宾塞的《仙后》一诗激发了她的创作激情。她写了《花园中的处女》,以伊丽莎白二世的庆典为背景,表现了男性神话的衰败和女性神话的复兴。她对浪漫主义和维多利亚时代的诗歌耳熟能详,在《占有》这部作品中模仿其风格写了大量的诗歌。拜厄特幼年起就能背诵许多勃朗宁的诗歌,《占有》这部作品就是以勃朗宁为素材,追踪诗人的感情经历,表现艺术与情欲的关系。受浪漫主义的影响,她的人物形象不仅是真实的、现实的,而且富有寓意。

　　拜厄特的作品既有传统的脉络,又有现代的印记。她的小说有极强的实验性,因此,有人将其归类于后现代主义的流派中。拜厄特对文学批评的敏感突出体现在《纸屋子里的人们:对英国二战后小说中"现实主义"和"实验主义"的态度》(*People in Paper Hou-*

---

① Olga Kenyon, *Women Novelists Today: A Survey of English Writing in the Seventieth and Eightieth*, Brighton Harvester Press, 1988, p.64.

ses：Attitudes to Realism and Experimentalism in Post – war Fiction）中。在这里,拜厄特注意到 20 世纪六七十年代进行形式实验的呼声,认识到布鲁姆所谓的"影响的焦虑"给当代作家带来的影响,认为"在英国小说中,这种焦虑似乎以一种奇怪的方式运作……生产出有时毫无生气,有时富有创新性,有时充满悖论、偶尔显得成功,有时简直莫名其妙的形式"①。在对《占有》实验性的分析中,当代英国学者霍尔姆斯(Frederick Holmes)的观点具有代表意义。他认为,《占有》虽然讲述了维多利亚时代的一个爱情故事,但小说的叙述形式类似于约翰·福尔斯的《法国中尉的女人》,两部作品均代表了二战以后英国小说家喜欢用"后现代"手法"翻新"老故事、强调艺术虚构属性的总体趋势。②的确,维多利亚时代两位诗人的爱情故事构成了该小说的重要内容。不过,过去的故事并没有像《法国中尉的女人》那样成为叙述者嘲讽的对象,其叙述方式也没有被叙述者用作与读者公开讨论小说艺术、故事虚构性质的一个再度叙述对象,相反,叙述者自始至终强调那个维多利亚时代的爱情故事在历史上确有其事。更为重要的是,叙述者在讲述"真实故事"的同时,展现了两位现代学者如何运用种种后结构理论对维多利亚时代的爱情故事进行的各种阐释,以及在此过程中他们经历的关于文学作品与现实生活关系的认识变化。与《法国中尉的女人》构成明显差异的是,《占有》不仅强调了过去故事的真实性和完整性,而且暗示了故事对读者的影响,对现代理论的反讽。此外,通过彰显"后结构主义"理论在实际阐释行为中的失效,小说向读者揭示了后结构主义理论本身的虚构性质。如果福尔斯在《法国中尉的女人》中通过戏仿维多利亚时代的爱情故事的叙述方式颠覆传统,倡导以读者为中心的意义不确定理论,那么,拜厄特在《占

---

① A. S. Byatt, *Passion of the Mind：Selected Writings*, London：Vintage, 1993, p.167.

② Frederick M. Holmes, "The Historical Imagination and the Victorian Past：A. S. Byatt's Possession", in *English Studies in Canada*. 1994, p.320.

有》中明显地表现为试图为传统现实主义正名的强烈诉求。过去的故事不仅真实可信,而且对现代读者产生了情感影响。

此外,拜厄特不仅将传统文学植于文本当中,而且在作品中引用了大量的现代哲学、心理学、生物学、物理学的思想、观点。她得心应手地在作品中引用爱因斯坦的相对论、达尔文的进化论,还有印象派艺术大师凡·高的艺术观点。她的文本中有诗歌、手记、传记、戏剧、学术散文等不同的文学样式,还不时地加进电视媒体的形式,给读者提供另一种视觉。有批评者认为,拜厄特的小说中过多的文化典故、科学知识的引用会使相当多的读者因缺乏相应的知识储备而产生阅读困难。① 巴特在界定什么是文本时曾经说过:"文本是一个多维的空间,不同时期的不同风格、不同文化的文本在此交流、碰撞、融合。在这里谈不上谁的文本是原创。文本实际上是不同文化的引文大聚合。读者的阅读过程就是将文本与中心文化相对接的过程。"②拜厄特将不同时期的文本聚合在一起,并与现实相结合,构成一个更开阔、更丰富的文化、文学空间,继承了传统,发展了传统,成为熔传统与现代为一炉的典范。

第四节　历史与小说

《论历史和小说》(*On Histories and Stories*)是拜厄特兼具诗性和理性思辨光芒的学术论著,其中包含不少对当代理论思潮的独特见解。《论历史和小说》的第一部分"祖先"中主要谈的是乔治·爱略特,说这位作家和20世纪达尔文主义小说家一开始都热衷自然法则,后来却都对偶然的突发的事件感兴趣。拜厄特在这本随笔集里还讨论了英国当代作家描写战争时的想象力。她行文时喜欢大量引用文本。拜厄特用自己的作品证明自己的批评观。对她

① Mary Daly, *Beyond God*, *the Father*, Boston Blackwell Publishing, 1973, p.148.

② Roland Bathes, *Image*, *Music*, *Text*, New York: Fontana, 1977, p.148.

来说,创造的过程总是最根本的,也是批评的关键。《论历史和小说》不仅表明她对文学史的把握,更展示了她未来的创作潜力。

"历史小说"或"回归历史"是当代英国小说的一个重要特征,也是这一时期英国小说创作概况的主线。多米尼克·海特认为:"在 20 世纪 90 年代,经常可以看到朝历史小说的转向,与 50 年代和 60 年代的工人阶级现实主义形成鲜明对比。"[1]在这一时期的很多小说中,小说家们将真实历史或真实历史人物作为故事的中心或主要内容,或将真实历史设置为故事的重要背景,因此,这些小说经常被称为"真实历史小说"。布雷德伯里说:"朝历史的回归是世纪末英国小说一个占主导地位的主题。"[2]在拜厄特看来,小说和历史的双向交流从未像现在这样频繁。从《花园中的处女》开始,拜厄特采用了一种当代人回首往事的冷静态度,在小说中演绎了部分历史情节,这种笔法到《占有》中已被运用得炉火纯青,以至于有人把此书称为历史小说。拜厄特以历史与现实交叉并行发展,使历史与现实相互对应,互为参照,现实中的一些问题或许可以从历史中找到注解,而历史中的某些遗憾也可能在现实中得到补偿。

斯第芬·科纳认为,当代英国小说"不仅被动地烙上了历史的印记,而且也是历史被书写与被重写的手段之一"[3]。可以说,历史性的灾难事件在上述小说中被重新"书写",被重新"阐释"了,小说对历史的回归融入了当代视角和新的历史观。历史能否被认识和历史如何被认识,一直是后现代时期人们关注的焦点之一。对于小说家们来说,历史并没有终结,终结的只是旧的叙事或旧的形式;历史并非一个古老而静止的箱子等待着打开,过去的岁月在新

---

① Dominic Head, *The Cambridge Introduction to Modern British Fiction* 1950 – 2000, Cambridge: Cambridge University Press, 2002, p. 3.

② Malcolm Bradbury, *The Modern British Novel* 1878 – 2001, Penguin Books, 1993, p. 572.

③ Steven Conner, *The English Novel in History* 1950 – 1995, London: Routledge, 1996, p. 1.

的叙事和新的形式中会现出别样的面孔。拜厄特的《占有》用一种被认为是"后现代"的目光投向伟大的维多利亚时代。小说没有涉及任何真实历史人物，但是对维多利亚时代文学文本和文学人物的指涉是非常明显的。《占有》多处引用英国文学史上的一些文学事实，像小说叙述中多处出现的文学名人及其作品，如华兹华斯、柯勒律治、勃朗宁的诗歌，狄更斯、伍尔夫、艾略特的小说以及前面提到的各种文学理论及其倡导者等。小说将当代叙事和维多利亚时代叙事结合在一起，现在与过去、历史与现实、当代学术研究与维多利亚时代文学传统交织在一起，对应与反衬、交错和互动，构成了小说充满张力和魅力的想象世界。对当代学术界的勾勒和描写充满讽刺和滑稽，让人联想到洛奇《小世界》中当代学者的百态图；对维多利亚时代情爱世界的追踪和戏仿把读者带回到从勃朗宁夫妇到克里斯蒂娜·罗塞蒂，从勃朗特姐妹到乔治·爱略特的伟大的维多利亚文学传统。在 20 世纪后半叶的学术视野下，维多利亚时代悲欢离合的浪漫故事被赋予新的道德内涵；而 19 世纪的婚姻家庭传统也为当代人的情感生活提供了颇为有趣的参照。拜厄特将逝去的维多利亚时代与当代社会这两条线索交织在一起，亦古亦今，现代人探索着过去人的秘密，过去人又以他们独特的方式影响着现在，仿佛现在发生的一切都在过去人的注视之下、意料之中。

拜厄特在《占有》中则以独特的历史意识号召人们以史为鉴，在历史语境下审视现在，把握未来，通过将维多利亚时代诗人的精神境界与现代人的心理状态加以对照和比较，阐述了历史对现实生活的不可或缺和重大影响。历史性的事件在小说中被重新书写，重新阐释并获得了永恒的生命；而现实生活也在历史的观照下获得了新的启示，变得更丰富，更有意义。《占有》是小说家文学天赋的集中体现，小说将历史和现实中深层的道德和人性内涵并置在一起，从而表现出无尽的艺术张力，也使拜厄特成为 20 世纪 90年代乃至当代英国小说界最重要的小说家之一。

小说家的批评和批评家的小说

　　布雷德伯里、洛奇和拜厄特自己的批评活动以及他们对批评界各种声音的认识和抵制形成了他们创作的一个背景。作为学院派作家,置身于批评的海洋中,批评的声音虽然并不总是悦耳,他们却难以抵制其诱惑。另外,由于他们了解批评理论发展中的误区并为其担忧,因此希望通过在小说中融合批评对这些批评话语进行戏仿和传播,将一些晦涩的理论通俗化。拜厄特本人身兼作家和批评家两种身份,所以作品几乎成了她文学观念或文学理论的试验田,她用作品来支撑或证明她的理论,反过来又用她的理论去主宰她的作品。这一点,正是他们的学院派小说职能转化的动因:他们把批评理论的侵蚀力量、艰深难懂的特点以及读者对批评的抵制等当作了小说的素材或主题,激活了小说并利用和传播了批评。我们期待着拜厄特的试验田里枝繁叶茂、硕果累累。拜厄特的小说以其博学、厚重、内省而自成一格。对拜厄特本人而言,阅读和写作是她的生命,她的作品是用她"心灵的激情"写成的。

第四章　克里斯蒂·布鲁克－罗斯：论小说的生存

　　20世纪的英国小说色彩纷呈，即使在当时英国文坛动荡不安的大环境下，仍能独树一帜。尤其是年愈八旬的文坛宿将克里斯蒂·布鲁克－罗斯（Christine Brooke－Rose，1926—）称得上是小说界的一朵瑰丽奇葩，在英国文坛刮起了一股与众不同的飓风。布鲁克－罗斯在牛津大学的萨默维尔学院取得了学士和硕士学位，而后又在伦敦大学学院获得了博士学位。作为一位在著名大学受过良好教育的新时代女性，她的作品中烙有鲜明的时代印记，其中不乏后现代主义小说基本特点的创新运用。她不仅在小说创作领域里有不小的建树，而且在文艺批评领域里著述颇丰。她在许多作品中都发表了有关小说的理论见解，其中最主要的观点集中于两部专著《虚幻修辞学》（*A Rhetoric of the Unreal*，1981）和《故事、理论和物体》（*Stories, theories and things*，1991）之中。总结起来，布鲁克－罗斯的小说理论主要体现在小说的现实主义属性、当代英国小说的现状和结构主义视野下的小说读者三个方面。

第一节　现实主义复数

　　布鲁克－罗斯对现实主义属性的论述围绕着一个中心思想：所有小说都是现实主义的。很多学者会对她的上述观点提出疑问：难道那些荒诞离奇的、充满自反意识（self－reflexive）或元意识的"后现代主义"小说也可以被称作现实主义作品吗？布鲁克－罗斯的回答是肯定的。她在《虚幻修辞学》和《故事、理论和物体》中都多次做了这样的强调:"所有荒诞的叙事作品都有一个现实主义的基础,甚至连神话故事也要在现实中找到某种依托,因为只有在现实的衬托下才能显出虚幻。"①布鲁克－罗斯的观点显然是受到了美国学者罗伯托·索尔斯(Robert Scholes,1929—)的启发。后者曾经把各种浪漫传奇式叙事作品以及讽喻式寓言(allegory)和道德说教式寓言(parable)统称为"寓言"(fabulation),并认为这类作品"向我们提供了一个与我们所熟知的世界大相径庭的世界,但是又回过来与那个已知世界形成对抗,帮助我们从新的认识角度来看待世界"②。如果说索尔斯强调非写实类小说需要用传统概念中的现实主义做参照,那么,布鲁克－罗斯比他又往前跨了一大步——她干脆认为所有小说都属于现实主义的范畴:"归根结底,任何小说都是现实主义的,不管它是模仿某种反映神话理念的英雄事迹,还是模仿某种反映进步理念的社会,或是模仿人的内在心理,甚至是像现在那样模仿世界的不可阐释性——这种不可阐释性正是当今人类的现实,就像世界的可阐释性曾经是人类的现实一样。"③"模仿某种反映进步理念的社会"指的是在18世纪和19世纪占主导地位的那种小说模式,"模仿人的内在心理"指的是常人所说的"现代主义"小说模式,而"模仿世界的不可阐释性"则指的是通常被贴上"后现代主义"标签的小说模式。

布鲁克－罗斯实际上不喜欢"后现代主义"这一术语,并称之为"缺乏想象力的、空洞的、体现懒散精神的名词"。不过,为了表述方便起见,她还是沿用了这个术语。针对人们把"现实主义"和

①　Christine Brook－Rose, *A Rhetoric of the Unreal*, Cambridge：Cambridge UP,1981, p. 81.

②　Robert Scholes, *Structural fabulation*, New Havern：Notre Dame, Ind. , 1975, p. 29.

③　Christine Brook－Rose, *A Rhetoric of the Unreal*, Cambridge：Cambridge UP,1981, p. 388.

"后现代主义"视为两个极端的那种观点,她强调"后现代主义"恰恰是一种"现实主义的再现":"许多'后现代主义'小说……展现的是令人难以置信的图景,但是它们(在技巧层面上)用现实主义的手段再现了当代人类的状况。"①布鲁克 - 罗斯已经说得很清楚:所谓的"后现代主义"小说并非不模仿现实,而是它们模仿的现实本身已经变了——当代西方世界已经变得难以辨认、难以阐释、难以捕捉了,或者说变得荒诞、离奇和虚幻了。因为荒诞变成了现实,所以再现荒诞也就是模仿现实。从这个意义上说,布鲁克 - 罗斯把现实主义看作所有小说的基础并非强词夺理。布鲁克 - 罗斯的现实主义观还体现于她对"反现实主义"这一术语的质疑。在她看来,至少有两个重要的事实能够提醒人们尽量避免"反现实主义"这种提法。其一,反对现实主义的潮流存在于所有时期;其二,最极端、最荒诞、最自足自律的文本世界也指涉现实世界,否则读者就无法想象它们的存在。据此,她认为把反现实主义看成一个历史分期的概念是错误的。更重要的是,她还提出了这样一个问题:那些热衷于反现实主义的小说家和批评家究竟是在反对现实主义,还是在反对那些被称为"现实主义"的小说创作成规? 布鲁克 - 罗斯认定是后一种情况。那么,有哪些成规被错误地等同于现实主义了呢? 布鲁克 - 罗斯认为主要有四:(1)客观世界是先于小说而存在的,是可以确定的;(2)客观世界受制于一些连贯清晰的规则;(3)有关客观世界的数据是可以证明的;(4)客观世界的物质形态是可以描述的。② 这些所谓的"现实主义"成规并不代表布鲁克 - 罗斯心目中确切意义上的现实主义,而只是现实主义在某一个历史阶段的形态。

基于以上考虑,布鲁克 - 罗斯提出了一个十分重要的概念,即

---

① Christine Brook - Rose, *A Rhetoric of the Unreal*, Cambridge: Cambridge UP, 1981, p. 364.

② Christine Brook - Rose, *Stories, theories and things*, Cambridge: Cambridge UP, 1991, p. 206.

"现实主义复数"。她承认,19世纪通行的那种小说创作成规确实已经疲竭了,可是这种疲竭的成规只是诸多现实主义中的一种。因此,以偏概全地攻击所有现实主义创作原则显然有失公允。布鲁克－罗斯还强调,"语言在本质上无法回避再现现实",而且小说家通过语言"可以实现多种多样的现实主义"。[①] 她深感遗憾的是,当代西方学者只是关注"现实主义"的那些成规,但是却忽视了现实主义的诸多可能性。有鉴于此,她发出了以下倡议:"我们可以用丰富多样的方式来探索呈复数形式的现实主义,而不是一味地攻击那些已经疲竭的成规本身。"布鲁克－罗斯的这一席话给我们提供了新的启示。当然,"现实主义复数"这样的概念可能会带来新的困惑。例如,它究竟是不是一个包罗万象的概念?按照布鲁克－罗斯的逻辑推理下去,似乎压根儿就不应该提"非现实主义"或"反现实主义"这样的概念。这会不会把我们导入一元论的泥淖?不管怎么说,"现实主义复数"这一概念有助于拓宽我们的思路,有助于我们发现"非现实主义小说"或"反现实主义小说"中的现实主义成分,还有助于小说从疲竭乃至"死亡"状态中复苏。

第二节　当代英国小说的现状

初读布鲁克－罗斯的小说,读者可能会被那些荒诞离奇的、充满自反意识的"后现代主义"因素所迷惑,其实她的这些做法虽然看似有悖传统小说的一贯风格,但都是为现实主义做铺垫的。布鲁克－罗斯对当代英国小说状况的基本看法是:"英国小说已经垂死挣扎了很久。"[②]布鲁克－罗斯的依据有三个。

第一,小说的话题已经穷尽,或者说小说的叙述性成分已经消

---

① Christine Brook - Rose, *Stories, theories and things*, Cambridge: Cambridge UP, 1991, p. 222.

② Christine Brook - Rose, *Stories, theories and things*, Cambridge: Cambridge UP, 1991, p. 183.

亡。布鲁克－罗斯的意思不是小说已经不再讲故事,而是没有新的故事可讲。可以讲述的都已经被讲述,天下已经没有新的话题。不仅故事已被穷尽,就连可供描述的场景也都被逐一贴上了标签——布鲁克－罗斯指出当今小说中的场景全都落入了俗套,如"快乐的场景、迫捕场景、暴力场景、婚姻场景、情爱场景、上流社会场景、外交阴谋场景、办公室场景和工作场景"①等等。既然故事和场景都已失去了新意,那么,只能靠东拉西扯的话语来补台。在布鲁克－罗斯看来,那些所谓的"后现代主义"小说正是遵循了散漫牵强的话语扩张规则。

　　第二,小说人物已经不复存在。布鲁克－罗斯此处并不是指当代小说家自愿放弃了塑造人物的努力,也不是指小说家已经无法刻画出令人信服的人物,而是指有关小说人物的整个观念已经发生了根本性转变。换言之,对人物个性的关注已经转变为对人物的象征作用的关注。布鲁克－罗斯以卡夫卡、威斯特和纳博科夫等人的大量作品为例,指出当今小说人物往往是一种表征:有的沦为"事件的载体",有的充当作者的"机械的代言人",有的甚至"变成了字母"。她认为,约翰·巴思的《迷失在开心馆中》是这类小说的典型代表。仅以其中一段为例:

　　D 开始怀疑世界是一部小说,而他自己则是其中的一个虚构人物……这是因为 D 正在撰写一部反映这种想法的小说……而且,D 笔下的主人公 E 也在编写一个相似的故事……G 对自己说:假如我要充当一个小说人物的话……要是他能够把 K 的故事讲完该多好! 想到这里,我的心头就蒙上了一层阴影……他为啥不能够把故事重写呢? 诸如此类的问题一个又一个地冒了出来。Y 的妻子走进了书房。

---

① Christine Brook - Rose, *Stories*, *theories and things*, Cambridge:Cambridge UP, 1991, p.165.

在这段"叙述"中，人物全部没了名字，不过也没有取名字的必要，因为他们都只是人物"I"的翻版而已。当然，许多其他"后现代主义"小说里的人物也取了名字，可是这些名字跟字母并无二致——这些人物已经跟詹姆斯当年精雕细镂的人物大相径庭，已经毫无个性可言。

第三，小说已经很难通过模仿的手段造成艺术错觉。布鲁克－罗斯为此列举了三个原因：（1）尽管小说家们可以选择五花八门的技巧，但是它们毕竟因使用过多而不再具有新意，同时也不再能够使读者产生身临其境的感觉；（2）解构主义哲学家和批评家已经颠覆了传统文学领域中的模仿说和表现理论；（3）小说家指涉的社会已经不复存在。① 人们照旧在行动，作家照旧在写作，小说家照旧在描绘和讽刺，可是他们所指涉的社会却已经不复存在——我的意思是，人们对社会已经不再有固定或确切的信念。严肃的作家已经失去了原材料，或者更确切地说，这些材料已经跑到别人那里去了：它们回到了曾经作为小说源头的文献那里，回到了报刊、编年史和书信那里——不过，这些文献在当代已经改头换面，往往以广播电视和人文科学文献等形式出现，因此被认为能够更好地利用上述素材。

虽然布鲁克－罗斯认为以上三大因素使小说陷入了将死未死的惨状，但是她并不否认小说获得新生的可能性。不仅如此，她还就小说怎样才能获得新生这一问题提出了看法。她强调，小说家最关键的任务是坚持小说的特色。她在《虚幻修辞学》和《故事、理论和物体》中都强调：像任何其他艺术形式一样，小说必须拥有自己的优势，必须把重心放在小说比其他艺术使用得更好的手法上，或只有小说才能够使用的手法上。小说必须做其他艺术媒介不能

---

① Christine Brook－Rose, *Stories, theories and things*, Cambridge：Cambridge UP, 1991, p. 173.

够做的事情,否则它就只有死路一条。① 布鲁克－罗斯把希望寄托于她所谓的"两大革命"(即电子革命和女权主义运动)之上。首先,她认为电子革命给小说带来了新的生机:由于电脑的记忆功能远远超过了人类凭借纸笔所能达到的记忆程度,因此,电脑革命也许会像昔日印刷技术促使传奇中的扁型人物最终变成小说中复杂的圆型人物那样,使人类的思维能力和分析能力再次发生变化,从而使我们创造出在逻辑深层意义上全新的人物维度来。布鲁克－罗斯还从女权主义运动中看到了小说振兴的希望。她抨击了西方文学传统中排斥或压制女作家的现象,同时她也反对激进女权主义者所谓的"纯女性写作"。她所持的是"双性同体"的观点,即男性作家和女性作家都应该具备从异性的角度进行想象和思维的能力。一旦男性和女性都能不带偏见地从对方的角度从事阅读和写作,小说就能出现新的生机。

第三节　结构主义视野下的小说读者

布鲁克－罗斯接受过结构主义理论的洗礼,所以她的小说观多多少少地带有结构主义的痕迹,其中最重要的是她关于"受码读者"的论述。布鲁克－罗斯根据读者接受编码的程度,把小说读者分为三大类,即"亚批评型读者"、"超批评型读者"和"受催眠型读者"。这三类读者都属于"隐含读者"的范畴②,也就是作者心目中(假设)的读者。作者创造隐含读者的过程可以被看作是一个让后者接受编码的过程,因此后者又可以被称为"受码读者"。布鲁克－罗斯关于受码读者的三分法有一个基础,即罗兰·巴特关于代码的五分法。后者在其名著《S/Z》中提出,任何小说都包括五种代

---

① Christine Brook－Rose, *Stories*, *theories and things*, Cambridge: Cambridge UP, 1991, p.178.

② Wolfgang Iser, *The Implied Reader*: *Patterns of Communication in Prose Fiction from Bunyan to Beckett*, The Johns Hopkins Vniversity Press, 1974, pp.113－280.

码:(1)行动代码,表示故事情节以及大大小小的行动序列,如"出发"、"到达"、"旅行"等行动单位;(2)阐释性代码,即所有其功能在于以不同方式提出问题、回答问题以及说明各种偶然事件的单位,这些偶然事件可以阐释问题,或者可以拖延回答,甚至还可以构成一个谜并导致谜的解决;(3)语义素或人物代码,指通过一些相同的"语义素",如女性、优雅、美丽等来塑造人物的方法;(4)指涉性代码,其作用是传递有关现实世界的信息,包括年代信息、地理信息、伦理信息和文化信息等等;(5)象征代码,即有规律地重复呈现的、可以辨认的单位或结构。

在巴特所做工作的基础上,布鲁克-罗斯进一步区分了这五种代码被确定的程度。这样做有何意义呢? 区别代码的确定程度至少有以下三方面的意义。

第一,代码确定程度的区分有助于小说类型的鉴别。例如,侦探小说、浪漫传奇小说和荒诞小说都会过度确定阐释性代码或行动代码,而现实主义小说则倾向于过度确定指涉性代码和人物代码,同时很可能(但不一定)亚确定行动代码、域阐释性代码和域象征代码。布鲁克-罗斯这里所说的"现实主义小说"指的是传统意义上的现实主义作品。当然,小说类型的甄别应该还有许多其他方法,然而根据代码的确定程度来进行鉴别似乎是一种更具科学性和操作性的好方法。

第二,代码确定程度这一问题的提出,有助于小说家自觉地调整自己跟读者之间的关系。前文提到,过度确定代码是为了点拨读者,可是又往往有把读者当傻瓜之嫌。意识到了这一点,小说家就可以在适当时机采用亚确定代码做弥补——亚确定代码把读者置于小说家的合作者的地位,因此后者不会感到自己的智商受到了侮辱。当小说家使用亚确定代码之后,他有必要及时地使用一些过度确定代码,否则读者就会坠入五里雾中。

第三,区分代码的确定程度有助于探讨小说的阅读标准。我们知道,由于解构主义思潮刮起的旋风,人们至今还在就阅读标准的问题争论不休。不少人仍然赞同费希当年提出的观点,即没有任何标准可以用来证明一部作品比另一部更好,或甚至单单一部作品的好或坏。布鲁克－罗斯的观点正好从一个新的角度为我们提供了反驳费希的依据——一部小说的好与坏至少可以由其代码的确定程度来判断:成功的小说必然讲究代码的过度确定和亚确定之间的平衡,而不尊重这种平衡的小说必然是一种失败。不管我们的判断是对还是错,我们至少多了一条判断小说优劣的标准,这应该被看作是布鲁克－罗斯的一个重要贡献。

　　布鲁克－罗斯的小说理论还包括其他许多内容。例如,她分别对热拉尔·热奈特、托多洛夫和罗杰·福勒等人的叙事理论提出了批评和修正意见。应该说,布鲁克－罗斯算得上是英国小说批评史上的一块不可忽视的里程碑。

下篇：实践篇

第五章　马尔科姆·布雷德伯里：
战后历史画卷的描绘者

马尔科姆·布雷德伯里(Malcolm Bradbury,1932—2000),英国小说家、评论家、剧作家,出生于英国谢菲尔德。大学阶段先后就读于莱斯特大学、伦敦大学、曼彻斯特大学,分别获文学学士学位和硕士学位。1959年在曼彻斯特大学攻读美国文学博士学位并开始小说创作。1961年,布雷德伯里到伯明翰大学英语系任教,与戴维·洛奇相识相知,并被洛奇称为"我文学生涯中的孪生兄弟"。布雷德伯里在东英吉利大学和安格斯·威尔逊共同教授硕士研究生文艺创作课程,培养了不少青年作家,其中包括英国重要文学奖项布克奖得主伊安·麦克伟恩和英籍日裔作家石黑一雄。由于学术上成绩斐然,布雷德伯里于1991年被授予"高级英帝国勋爵士"勋章。布雷德伯里早期的长篇小说多以"学院派小说"著称,反映了学者生活中存在的一些问题及学院体制内的一些弊端。这些小说往往以大学校园为背景,以大学师生为主要人物,以讽刺的笔调为读者描绘出一幅战后英国社会生活的历史画卷。布雷德伯里创作的《吃人是错误的》、《向西行》、《历史人物》、《兑换率》和《克里米纳博士》便是这样典型的学院派小说。在英国文学历史的长河中,布雷德伯里是少数集小说家和批评家于一身的学者,其代表性批评著作有:《现代英语小说的社会语境》(*The Social Context of Modern English Literature*,1971)、《可能性:小说现状论文集》(*Possibilities, Essays on the State of the Novel*,1972)、《当今小说》(*The Novel Today*,1977)、《现代英国小说》(*The Modern British Novel*,1993)

等。布雷德伯里一方面以他丰富、深邃而又深入浅出的批评著作成为英国当代著名的批评家,另一方面他又以小说的形式来表现知识界的世相与百态,为英国文学拓展了学院派小说的领域。

第一节 《吃人是错误的》:
自由主义知识分子的软弱

《吃人是错误的》(*Eating People Is Wrong*,1959)是布雷德伯里的第一部长篇讽刺小说,这部小说的背景是 20 世纪 50 年代英国一所新型的地方大学。主人公特里斯教授是一个自由主义知识分子,担任一所大学的英语系主任,属于"愤怒青年"一派。已届不惑之年,特里斯性格稳重而不再愤怒,面对着当时社会及文化的衰落显得无能为力。后来,连他也把持不住自己,竟然拜倒在研究生爱玛·菲尔丁的石榴裙下。小说中的特里斯教授和女研究生爱玛具有典型的自由主义思想,他们偏见少,希望与大家友善相处,但在实际生活中往往事与愿违。一连串的事件过后,特里斯曾经帮助过的人全都遭了难,自己和爱玛无意之中成了没有主观故意的客观上的迫害者、"吃人者"。特里斯虽然诚实正派,恪守传统道德,但生活经验和生活能力的缺乏,使他始终扮演的是一个虽然善良又无偏见,但却被动、软弱的知识分子形象。尽管特里斯坚信"吃人是错误的",但在一个"人吃人"的社会中,他最终也会成为"不情愿的吃人者"。作品以大学校园为背景,并在其中涉及了许多学术话题,如研究生路易斯·贝茨对小说的主题和当代小说的困境等问题发表了这样的见解:"英国文学中的主题是'从现实逃逸到道德',(这一点)正是当代小说衰落的原因。因为今天的小说家缺少道德高度上的锻炼。"①

---

① Malcolm Bradbury, *Eating People Is Wrong*, London: Secker & Warburg. 1959, p. 22.

　　这部小说用自由主义的眼光来审视道德水准低下的社会现实,但同时也讽刺了自由主义知识分子的弱点。小说表现了特里斯教授这样"温良恭俭"的学者在物质主义与庸俗趣味迅速增长的战后英国社会所遭遇的尴尬。在小说闹剧性的语言之下,读者伤感地看到自由主义知识分子的软弱。由于作品发表于20世纪50年代末,评论界认为这部小说与第一代学院派小说有许多相似之处。第一代学院派作家及其作品中体现的主要是愤怒和大声疾呼,如艾米斯笔下的吉姆得到梦想的地位和幸福之后,愤怒立即烟消云散了;而作者艾米斯也不例外,当他成名之后,随着社会地位的提高和年龄的增长,他的政治和社会观念也逐渐趋于保守,20世纪70年代后期的作品中,愤怒的情绪逐渐平息,对社会的抨击、批评也远不如早期尖锐有力了。而布雷德伯里作为第二代学院派小说家,作为大学校园中的学者型作家,无论是在小说创作方面,还是在理论方面,其影响和贡献都要远远超过第一代学院派小说家。与艾米斯《幸运的吉姆》中的吉姆相比,布雷德伯里《吃人是错误的》中的特里斯教授并无"愤世嫉俗"的色彩,这部作品也标志着第一代学院派小说家所塑造的那种"英雄人物"在英国文坛的消失。然而,正如瞿世镜教授指出的,和艾米斯、韦恩等第一代学院派小说家一样,布雷德伯里也继承了"英国18世纪小说家菲尔丁、斯摩莱特和斯特恩爱好粗俗笑料的传统"①。作为布雷德伯里创作的第一部学院派小说,《吃人是错误的》以写实为主,没有过多的实验技巧。然而,过多的学术讨论使小说与普通读者拉开了一定的距离,正如帕特里克·丹尼斯在为《吃人是错误的》所写的书评中所说的,马尔科姆·布雷德伯里的第一部小说杰出、诙谐、敏感、成熟、有趣,还有很多其他令人愉快、悦人心意的优点,但它忽略了假设会去购买、阅读和欣赏他的书的那些不那么有天赋的人。

---

　　① 瞿世镜、任一鸣编著:《当代英国小说史》,上海译文出版社2008年版,第255页。

第二节 《向西行》:英美学术界的差异与冲突

西方许多作家和理论家如福斯特、康拉德、奈保尔、萨伊德和霍米巴巴等都在各自的作品中对东西方文化的差异与共存现象表现了极大的关注,而学术界对西方文化体系内部差异的研究则略显不足。布雷德伯里的第二部小说《向西行》(*Stepping Westward*,1965)在某种程度上弥补了这一不足。布雷德伯里38岁便被聘为文学教授,到世界各地游历讲学,从事学术交流活动。《向西行》以作者在美国大学的亲身经历为基础,描写了一位英国"愤怒青年"小说家在美国做住校作家的经历,展现了英美学术界的差异与冲突。

《向西行》写一个英国学者在美国大学的经历。英国小说家詹姆斯·沃克以客座教授兼作家身份应邀到美国本尼迪克特·阿诺德大学访问一年。抵美数月后,沃克仍然适应不了美国大学生活那种沉闷、呆板、虚假的气氛,学期中间同一个美国女生一起到美国西部旅游,最后比预定日期提前6个月回到英国诺丁汉他的妻女身边。书中另一位主要人物是伯纳德·弗罗列克,他是英语系一位年轻副教授,野心勃勃,争权夺势,令人感到厌恶。学校的教师作为一个整体都给人一种不愉快的印象。这部小说同《吃人是错误的》一样,都对大学生活阴暗、虚伪的一面进行了讽刺。只不过《吃人是错误的》是对英国大学生活的讽刺,《向西行》则是对美国高等教育的讽刺。

布雷德伯里的小说《向西行》,通过一位英国小说家詹姆斯·沃克在美国中部一所大学的经历,对英美两国学术思想、行为方式和价值观念的差异做了细致入微的观察和比较,轻松幽默的笔调和警句迭出的对话使读者感到兴味盎然。布雷德伯里小说中一个反复出现的主题即是"一位有点天真的、自由主义的、头脑简单的人,通常是一位学者,处于一个不熟悉的、有时会有点危险的环境中"[1]。主人公詹姆斯·沃克就是一位典型的布雷德伯里式主人公。他是一位当代英国小说家,应邀到美国中部城市的本尼迪克特·阿诺德大学讲授文学创作课。沃克一出场就显得颓废、褊狭和郁郁不得志:

　　这是詹姆斯·沃克,30 岁刚出头,胖胖的,有点甲状腺炎症状,走路摇摇晃晃的,每天要睡 12 个小时,这可害了他……他显得疲惫而懒惰,已经远远没有了年轻人的朝气,觉得每一个新的早晨都无聊透顶。只有读书写字和愤世嫉俗让他维持着生命。他在寂静的房间中写的书传达着粗糙的、令人绝望的信息,表达着他想跟外界接触的冲动……虽然远不是一个勤奋的人,但他已经写了三部小说,周末书评认为这些书都很有潜力……他的小说为他挣了一些钱,这些钱用来付清他打印这些小说所用纸张的费用以及他在写作时所抽香烟的花费绰绰有余。这些小说的主人公们都像他本人,属于敏感的、乡土气的类型,命运给了他们残酷的打击,生活对于他们来说过于平淡和普通,根本不值得一提。[2]

　　与消极、天真的英国学者沃克相比,美国学者伯纳德·弗罗列克显得更为激进、世故。实际上,沃克受邀到美国讲学并非因为他很有名气,而是其导师弗罗列克一手策划的。弗罗列克正是利用沃克的天真在系里制造事端,以实现个人利益。弗罗列克在作品中被塑造成一个世故的美国人形象,他推荐沃克完全是功利主义

---

　　① "Prolific Writer Whose Novels Include 'The History Man. ' The Irish Times. December 9, 2000.

　　② Malcolm Bradbury, Stepping Westward, London: The Anchor Press, Ltd. ,1979, pp. 31 – 32.

的。弗罗列克"是一个心思复杂、野心勃勃的人"①，善于像政客一样玩弄手腕。在英语系就招聘作家开设文学创作课之事而召开的会议上，我们就看到了一个激进、自私、工于心计的弗罗列克。在会议上，弗罗列克经过缜密的思考和策划，步步为营地把英语系下一届要聘请的人选锁定在英国作家沃克身上。因为他感觉到沃克是"一个跟他有同样立场的人，一个站在新老秩序之间、前瞻后望、悬在革新和修复中间的人。不管怎样，他看起来很像是能制造混乱，并会喜欢他——伯纳德·弗罗列克"②。

通过对自私、工于心计的美国人弗罗列克和天真、没见过世面的英国人沃克的描绘，布雷德伯里颠覆了詹姆斯"世故的欧洲人和天真的美国人"的主题，不仅使英美两国学术界及文化的对比更加鲜明，而且使作品在互文中丰富了内涵和张力。《向西行》是布雷德伯里与洛奇共同商定创作的，因此在情节上与《换位》有许多相似之处，主题也非常接近。③ 小说通过主人公的经历不仅反映了校园内知识分子的世相与百态，而且还对英美两国学术界及文化的差异与冲突加以风趣的对比。

英美两国学术界的冲突在弗罗列克一手策划的有关"忠诚宣誓"的事件中表现得最为明显。按照惯例，保守派的系主任波本要求沃克签字以示对美国的忠诚，沃克拒绝签字，因为他认为"作为英国公民签字表示对另一个政府的忠诚是错误的……我的动机不过如此，不会更复杂"④。然而，这件事被弗罗列克利用，性质因此而发生改变。弗罗列克邀请单纯的沃克到家中做客，并用激烈的

---

① Malcolm Bradbury, *Stepping Westward*, London: The Anchor Press, Ltd., 1979, p. 21.

② Malcolm Bradbury, *Stepping Westward*, London: The Anchor Press, Ltd. , 1979, p. 25.

③ 参见侯维瑞、李维屏:《英国小说史》，译林出版社 2005 年版，第 763 页。

④ Malcolm Bradbury, *Stepping Westward*, London: The Anchor Press, Ltd. , 1979, p. 265.

言语怂恿他拒绝在"忠诚宣誓"上签字,鼓励他向校长提出抗议。沃克不知不觉地卷入了弗罗列克所设计的阴谋之中,犹如提线木偶一般,受他无形的操纵,等到对此有所察觉的时候,严重的后果已经造成。经过一番思想挣扎,沃克最终未能禁得住弗罗列克的怂恿,答应做出抗争。在整件事情的发展过程中,沃克一直不自觉地受到弗罗列克的摆布,最终沦落为别人争名夺利的牺牲品:"他现在很紧张,因为这成了一个政治事件、一个公共问题。他感觉自己在被邀请去做一件很不恰当的事情,把自己的道德核心暴露在一个展台或舞台上,而且还是暴露在一个他不理解也不能控制的对政治极其敏感的领域。"①天真的沃克带着寻找刺激和自由的梦想来到美国,然而他非但没有找到自己渴望的自由,反而受到了更多的束缚和摆布。沃克难以在美国这样一个复杂的环境中生存,最终决定回到英国。当弗罗列克问他"你学到了什么"时,沃克说:"我认识到,我所信仰的东西不像我原想的那么稳固,文学在未来比我预料的还要珍贵,我根本不能理解这个科技新世界,民主不是我认为的那样,想成为一个作家有很多种方式。"②此外,在作品中,布雷德伯里还安排了天真的沃克与年轻漂亮却世故的美国姑娘朱莉的一段浪漫故事。通过对沃克讽刺夸张的刻画,我们可以看出布雷德伯里已不屑于步"愤怒青年"派之后尘。无论是《吃人是错误的》里的特里斯教授,还是《向西行》中的沃克都属于"愤怒青年"一派,而此时他们早已偃旗息鼓,变得消极软弱。特里斯教授已到不惑之年,性格稳重而不再愤怒,沃克给人的印象则不是愤怒而是迟钝、消极。布雷德伯里在对沃克和弗罗列克这两个人物的刻画上带有强烈的讽刺和夸张色彩,这不禁让我们想起英国伟大的批判现实主义作家狄更斯,他也正是以其幽默讽刺的笔触、塑造

① Malcolm Bradbury, *Stepping Westward*, London: The Anchor Press, Ltd., 1979, p. 267.

② Malcolm Bradbury, *Stepping Westward*, London: The Anchor Press, Ltd., 1979, p. 360.

人物的夸张手法而被读者铭记。

　　作为一部重要的过渡作品,《向西行》为布雷德伯里 1975 年发表的《历史人物》做了铺垫。在《向西行》的结尾,叙述者说:"确实,这个世界眷顾那些心中有目标的人,从这一点来说,弗罗列克前进了,而沃克则后退了。这是因为沃克代表主观的悲观主义,而弗罗列克代表客观的历史,一个转动的车轮。"①多数评论家认为在《向西行》中布雷德伯里对弗罗列克是批判而非认同。然而,通过对布雷德伯里历史观的研究,笔者认为那位狡猾的阴谋家弗罗列克的行为在道德的尺度上未必能得到广大读者的认同,然而布雷德伯里深知弗罗列克"代表客观的历史",是"一个转动的车轮",代表了历史发展的方向。所以,在作品中,布雷德伯里一方面对沃克的溃败无限地感伤,另一方面又深刻地明白激进的弗罗列克代替消极的沃克是历史使然;并且《向西行》中的弗罗列克正是下一部作品《历史人物》中霍华德·柯克这个"以恶推动了历史的历史人物"的先驱。

第三节　《历史人物》:自由主义
知识分子的历史命运

　　《历史人物》(*The History Man*,1975)是布雷德伯里创作的第三部小说,作品发表后极受推崇,在大西洋两岸拥有众多的读者,荣膺英国名家文学协会奖。小说以 20 世纪 70 年代英国的沃特茅斯(Watermouth)大学为背景,描述了围绕着霍华德夫妇的一群学院同人在一个学期里发生的种种故事。校园中水泥盒子式的教学大楼、树脂玻璃的圆顶、整齐划一的走廊、教室里的塑料课桌等都使

---

① Malcolm Bradbury, *Stepping Westward*, London: The Anchor Press, Ltd., 1979, pp. 414 – 415.

人想起布雷德伯里所执教的东英吉利大学。小说篇幅紧凑，情节简单：秋季开学及寒假前，社会学讲师霍华德·柯克与妻子芭芭拉·柯克在家中各举办了一次聚会。出席聚会的文人学者的爱、恨、友谊、自杀的企图等，通过大段的对白，交织成一幅生动的画面，同时也使作品人物血肉丰满，个性毕露，读来亲切感人。围绕头尾两次狂欢及其间所发生的事情并无复杂之处，主要叙述了霍华德如何利用激进的社会学理论宣扬"解放"的福音，并散布谣言，鼓动、利用学生，要挟校方，浑水摸鱼，以达到个人的目的。从表面上看，这部学院派小说记录了校园内一学期所发生的各种逸事，实际上却包含了 10 年之中英国社会文化的发展过程，反映了变动的社会现实、历史与文化的变迁，以及价值观念与伦理道德的混乱状况。《历史人物》是当代英国学院派小说的杰出代表，也是布雷德伯里小说创作的最高成就。

一、谁是真正的历史人物？

小说的主人公霍华德·柯克是一名社会学讲师，在为数众多的人物中间占主导地位，他的妻子芭芭拉、朋友比米什夫妇、情人弗洛拉·贝尼福尔姆、学生费利西蒂·菲以及后来成为他情人的安妮·卡兰德都是以他为中心的。霍华德所在的校园以时尚著称，而他本人则是教师中最为激进前卫的一员。他是个自命不凡的社会学家，对理论很感兴趣，出版了一些相关著作，开口闭口就是："你需要知道一点马克思，知道一点弗洛伊德，知道一点社会历史。"[1]然而霍华德却非空头理论家、行动的懦夫，相反他是一个积极的行动主义者，在政治上是个激进派。

霍华德自命为历史人物，用极权主义手段在校园里推进"社会革命"，以达到个人目的。在有关曼格尔教授的问题上，霍华德做了精心策划。曼格尔是一位遗传学家，很多人却认为他是一个法

---

[1]　Malcolm Bradbury, *The History Man*, New York: Penguin Books, 1985, p.23.

西斯主义者。霍华德在同事、学生、系领导中间散布谣言,声称一位有争议的学者曼格尔教授要来他们学校,不料却弄假成真,邀请曼格尔的事被提上了日程。具有讽刺意味的是,曼格尔教授根本没有出现,也不可能出现,因为他"在讲演前的傍晚心脏病发作死于他在伦敦的住所"①。在整个事件中,唯一获利的就是霍华德,他通过这一事件激化了校园矛盾,为在竞争中打败保守的马文教授打下了基础。用弗洛拉·贝尼福尔姆的话来说:"在这个过程中,有一只看不见的手在操纵事态的发展"②,而这只无形的手就是霍华德。此外,作为一个激进主义者,霍华德认为自己站在历史这一边,代表着历史发展的方向,因此,不能容忍任何违背他意愿的人和事。他不许卡默迪在他的课堂上使用传统的学习方法,警告他要么接受一些社会学的原则,要么不及格。他还告诉卡兰德小姐卡默迪是一个与历史不相干的人,并通过拉拢激进学生最终把保守的卡默迪驱逐出学校。

　　除了对付卡默迪,霍华德还利用各种手段征服卡兰德小姐。卡兰德小姐是以坚持传统的自由主义者的形象出场的。作为卡默迪的指导老师,卡兰德希望能帮助他走出困境,但事与愿违,她不仅没能帮助卡默迪,反而在霍华德的威吓引诱之下投入了他的怀抱。这是因为,霍华德对卡兰德的未来做了一个预测而使她受到了惊吓:

　　你知道自己在走向何处吗?你正在走上(卡默迪)所走的道路。你会有像他一样的结果……看看你把自己关起来的这间屋子……这是一个颓废的地方,一个你可以藏起来、保护你不受正在发展的事物影响的地方。生活、性和爱……他已经毁掉了自己,你也会的……你会干涸,你会枯萎,你会憎恨、妒忌,再过十年你会什

① Malcolm Bradbury, *The History Man*, New York: Penguin Books, 1985, p. 219.

② Malcolm Bradbury, *The History Man*, New York: Penguin Books, 1985, p. 158.

么都不是,变成一个神经质的小老太……弗洛伊德曾经给神经质下了一个简洁的定义,他说它是对过去的一种不正常的迷恋。①

卡兰德在这些话的威慑下屈服了。后来,她发现所有的一切都是霍华德一手策划的。在小说所描写的最后一次派对上,卡兰德对霍华德说:“这全是一个阴谋。”后者回答:“我原以为你喜欢阴谋……不管怎样,这是历史的阴谋,它不可避免。”②卡兰德的屈服象征了传统和过去向以霍华德为代表的创新和现在的屈服。

如果就故事情节对霍华德进行道德判断,他会被看作是一个用心险恶、不择手段的社会学教授,作者的成就也就在于为英国小说增添了一个颇具时代特色的“坏蛋”形象。然而,在霍华德与卡默迪的对抗中,小说中有一个意象值得我们特别关注:在课堂上发生冲突以后,卡默迪站在霍华德办公室的门外等候,希望能有调解的余地,这时霍华德从电梯里走了出来。“从这个角度来看,卡默迪像是处于一条历史长廊尽头的一个生物,回到了黑暗时代;霍华德站在另一端,处于开放的现代光亮中。”③并且当学校当局以“粗野下流的道德堕落”为由要开除霍华德教职的时候,绝大多数的青年学生通过呐喊、写标语、举行静坐示威等形式迫使学校当局取消了开除霍华德的决定。在接受过传统价值教育的人们心中,历史的发展向来是清晰的、向善的、滚滚前进的。然而,20 世纪 70 年代英国社会的价值观念和伦理道德已经与传统截然不同了。在这样一个革新的时代,历史洪流虽浩浩荡荡,但一直在人们心中的那个神圣的终点却消失了,历史成为一股即时的、偶然的、无序的乱流,充满了不定。要在这乱流中生存,就得彻底放弃传统的价值,随时把握时代的潮流,做识时务之俊杰。而霍华德不正是那个顺应时

---

① Malcolm Bradbury, *The History Man*, New York: Penguin Books, 1985, p. 212.

② Malcolm Bradbury, *The History Man*, New York: Penguin Books, 1985, p. 230.

③ Malcolm Bradbury, *The History Man*, New York: Penguin Books, 1985, p. 136.

小说家的批评和批评家的小说

代潮流,把握历史走向的历史人物吗? 虽然霍华德夫妇推进历史发展的手段比较激进,然而在这个革新的时代,只有霍华德这样的激进主义分子才能搬开传统的绊脚石,推动社会历史的前进。

二、主题揭示

布雷德伯里曾经说过:"和大多数喜剧小说家一般,我对于小说的态度是极端认真的。"①这部小说表面上充满谐趣和喜剧色彩,但却蕴含着严肃的主题。长期在学院里的生活使布雷德伯里对描绘校园生活驾轻就熟,《历史人物》这部小说通过对知识分子们在大学校园中的生活和经历的描写,讽刺了知识分子对物质和名利的狂热追求,并向读者展现了一幅20世纪70年代充斥着激进思潮和放纵享乐的校园生活图景。如果把此书和布雷德伯里的第一部小说加以对比,那是很有趣的。20世纪50年代的社会风气和文化氛围,在特里斯教授看来已经相当颓废,但是对于此书中的霍华德和他的同事们而言,就好比是对于中学时期传统道德信念怀旧的回顾。显然,20世纪70年代英国社会的价值观念和伦理道德已经与传统更为彻底地断裂了。

另外就是这部作品所体现的"非人化"(dehumanization)主题。社会的高度工业化使当代西方人一切都服从于机械的抽象化过程,而导致了自我的丧失。人们普遍感到个性已丧失,被异化了,非人化了。在小说中,个体的消亡、个性的丧失是无处不在的。霍华德开派对时,比米什用手臂捅破窗玻璃,严重受伤而无人问津。弗洛拉·贝尼福尔姆事后认为,比米什的举动是"一个小小的自杀尝试。是想表示,看看我,想想我"②。这正是后现代主义时期个体消亡的典型例证。在小说开始的时候,芭芭拉从朋友处得知与自

---

① 转引自瞿世镜、任一鸣编著:《当代英国小说史》,上海译文出版社2008年版,第254页。

② Malcolm Bradbury, *The History Man*, New York: Penguin Books, 1985, p. 118.

己有一面之缘的一个男孩意外死亡，感到很伤心，于是问霍华德："你不认为人们已经疲惫了吗？因为他们发现自己正在做的事情受到了诅咒。"霍华德回答说："一个男孩死了，而你把它变成了这个时代的一个隐喻。"①从整个文本来看，这的确是一个隐喻，象征着个体存在的危机。霍华德的新书《隐私的失败》所揭示的主题也正是这样的事实，那就是"不再有隐秘的自我，社会上不再有隐秘的角落，不再有私有财产，不再有隐秘的行动"②。在这样的环境中，个体是不重要的，人的个性已丧失，被异化了，非人化了。另外，在水泥盒子一般封闭的学院大楼里，大学师生们被激进的政治信念、放纵的两性关系、堕落的生活方式所埋葬，成为毫无个性的行尸走肉。大学校园是整个人类社会的一个缩影，布雷德伯里以知识分子和大学生的非人化为出发点，从微观到宏观，反思了整个当代文明的危机和所有当代人面临的困境。

布雷德伯里以一个社会学家的视角，将20世纪70年代那种极端自由行为在他所虚构的世界中揭示出来。小说的主题是通过霍华德·柯克这个形象表现出来的。通过这个形象，布雷德伯里把一个现代派文学中的"反英雄"形象发挥到了极致。如果说20世纪50年代"愤怒的青年"所表现的同一时代背景下的反英雄只是以折磨别人来发泄自己的愤懑［约翰·奥斯本的《愤怒的回顾》（*Look Back in Anger*, 1956）中的吉米·波特］，那么，霍华德·柯克则是20世纪70年代不择手段损人利己、投机取巧的学术流氓形象。霍华德和芭芭拉对传统的社会和学术规范的颠覆，作为一种有意识行为，代表的是整个英国20世纪70年代的阴暗、混乱的社会状态。因此，从更大的意义上讲，小说的主题牵涉的是英国的高等教育制度，以及传统的道德行为被破坏殆尽的当代社会。

---

① Malcolm Bradbury, *The History Man*, New York: Penguin Books, 1985, p. 17.

② Malcolm Bradbury, *The History Man*, New York: Penguin Books, 1985, p. 73.

三、矛盾的历史观

细读《历史人物》这部小说，读者会感受到作者对"历史"的复杂情绪，以及自由主义思想在历史潮流中的衰落。小说的扉页上，用粗黑体印着一段引自君特·格拉斯小说的对话：

"黑格尔是谁?"

"是一个把人类罚入历史的人。"

"他很有学问吗? 他一切都知道吗?"

"罚入"一词触目惊心：历史的黑暗和强大、人类的虚弱与无助，两者的尖锐对立就在这个词中得以清晰地显现。可在第二个问题中，发问者似乎在反诘，好像表明了一种抵抗，然而他的问题落在"一切"上面，却又使读者感到在这种抵抗中有一丝犹豫。黑格尔是谁? 这一问题在小说中不断被提及，有趣的是，这个问题却从来没有得到过回答。按理说，霍华德作为社会学讲师，当然对黑格尔十分熟悉，而且读者又被告知他是一个有"阐释癖"的人，所以作者一再让他回避这个问题就有些耐人寻味。同时，"黑格尔"还是一幢学生宿舍楼的楼名，校园里的另外几幢楼房分别叫作"霍布斯"、"康德"、"马克思"、"汤恩比"、"斯宾格勒"。这些都是哲学伟人的名字，当然有着强烈的暗示意义。虽然生活在不同的年代，思想也并不一致，他们却有一个共同点：他们都不相信人类的善根，都相信有一个更高的东西在运作着、主宰着人类，或称上帝，或称绝对观念，或称经济基础……总之，对这个主宰者而言是无善恶之分的，善与恶是一体的。其中，最醒目的当属黑格尔，因为他认为恶推动了历史。[①] 这个观点影响了许多后来的哲学家，甚至影响了整个 20 世纪的西方哲学、艺术和社会生活。作者提到的黑格尔的问题以及那些宿舍楼名称，似乎要将读者引到一个历史的制高点

---

① 参见何怀远《欧洲社会历史观：从古希腊到马克思》，黄河出版社 1991 年版，第 258 页。

上,从那里俯视人间,一切人类道德所谓的善恶之分都显得无足轻重:要生存就要与充满毁灭力量的历史潮流合拍,就要做"新人",要激进;否则就难免如被霍华德迫害的坚守传统的学生卡默迪那样与历史脱节。霍华德对黑格尔是谁这一问题的一再回避似乎向读者暗示霍华德便是黑格尔心中的一个"以恶推动了历史的历史人物"。评论界一般认为布雷德伯里在《历史人物》中塑造了一个令人憎恶的反面角色,如瞿世镜、任一鸣在《当代英国小说史》中将霍华德夫妇描述为"厚颜无耻的实用主义者"①。芭芭拉与一个年轻的男演员鬼混,霍华德也和他的女学生、女同事们谈情说爱,不断地更换他的性伴侣。他们处处为个人利益打算并且以历史为借口来证明激进极权主义的合理性。值得注意的是,布雷德伯里本人却说:"尽管在许多读者眼中霍华德也许完全是一个无耻小人,我却觉得自己离心目中的霍华德很近。"②

　　既受过传统人文精神熏陶,又身受后现代主义思潮影响的布雷德伯里对历史有着十分复杂的情绪。一方面,作者的意识主体希望能够通过维持对像卡兰德这样的传统人物的信心给读者以希望,希望坚持人文主义的价值观;然而作为一个深受后现代主义思潮影响的评论家,他清楚地看到传统的人物形象大势已去,卡兰德"在这个世界无法维持自己的价值观,被迫把它当作祭品献给霍华德"③。所以,经过短暂、无力的反抗,布雷德伯里最终让卡兰德屈服于霍华德,让传统让位于革新。在滚滚的历史长河中,坚持传统的自由主义者纷纷被击败而落下马来,无论是坚持传统学习方法的卡默迪、保守的马文教授,还是固守传统的卡兰德小姐。在激进与保守、革新与传统的对立中,最终胜出的总是霍华德。这不禁使人想起哈代的小说《卡斯特桥市长》。作为一部具有深刻社会意义

---

① 瞿世镜、任一鸣编著:《当代英国小说史》,上海译文出版社 2008 年版,第 256 页。

② Lawrence Lerner, "Somebody's Best Book Yet", *The Spectator*. September, 1987.

③ Malcolm Bradbury, *No, Not Bloomsbury*, London: Deutsch, 1987, p.44.

的悲剧小说,《卡斯特桥市长》用文学的形式记录了 19 世纪英国宗法制的农村社会在资本主义工业文明的冲击下迅速解体、崩溃的过程。亨查德是 19 世纪英国农村的旧式人物的代表。他同当时的新型人物唐纳德·伐伏里之间的较量,反映了先进的生产方式同落后的生产方式之间的斗争,反映了新旧两代人之间的冲突。亨查德的失败和死亡,伐伏里的胜利,象征一个旧时代的终结、一个新时代的诞生。虽然小说中各种事件的巧合使人感到命运的捉弄和不可抗拒,但是人物悲剧结局的社会因素是首要的。在哈代的"威塞克斯小说"中,对一去不复返的简单的、田园式的农村生活充满无限的怀念。然而,同时我们也可以看出现代科学发明和哲学思想对哈代的巨大影响。年轻时的哈代就对达尔文、赫胥黎、斯宾塞等人的思想十分感兴趣。他读过达尔文的《物种起源》,并接受其适者生存的思想,因此,在都市化的生活方式与古老的乡村价值观的碰撞上,哈代最终还是让资本主义的雏形卡斯特桥市取代了代表农村旧秩序的爱敦荒原,亨查德让位于伐伏里。

　　同哈代一样,布雷德伯里也对历史有着复杂而矛盾的心情。一方面,对传统的自由主义者的溃败无限地感伤;另一方面,他明白激进代替保守、革新取代传统是历史使然。这也是《历史人物》让读者感受到一种浓浓的哀愁的原因之一。布雷德伯里曾经说过:"《历史人物》的创作过程十分艰难,是我对小说以及自己价值观的态度经过不安甚至悲观转变的产物。"①此外,死亡的意象也在小说中反复出现,如在街边租公寓的学生们在大街上,"那些不住在斯宾格勒和黑格尔、马克思和汤恩比、康德和霍布斯的学生就在这些街上租公寓、当房客;上午这个时候他们都涌到大街上。街边开着陈设着墓碑样品的石工店"②。下文又提及,"马文的办公室里

---

① 侯维瑞、李维屏:《英国小说史》,译林出版社 2005 年版,第 764 页。
② Malcolm Bradbury, *The History Man*, New York: Penguin Books, 1985, p.105.

有一张巨大的书桌,大得可以摆下一具棺材"①。在繁忙的大街上,为什么只看见了墓碑?形容桌子之大,为什么偏偏用棺材?由此可见,作者向读者展现的是一个充满毁灭感的现实。而在这样一个纷乱的、偶然的世界里,只有霍华德这样的激进主义分子才有市场。通过以上分析,我们可以发现布雷德伯里在《历史人物》中表现了在英国社会剧烈的历史变迁中,自由主义思想所经历的困难、令人不安的命运,以及作者最深层的踌躇与忧虑。

四、形式实验

作为英国当代著名的文学评论家,布雷德伯里擅长从史的角度动态地、宏观地把握小说的发展,并且通过对二战以后西方小说的走向的研究提出了写实并非排斥实验,甚至可以与其并行不悖的观点:

这个时期的一个特征是转向——既背离象征主义和形式主义那种自我隔绝的状况,又背离一味强调人文道德关怀的传统。这一转向导致形式和史实之间那种错综复杂的关系得到了进一步的探索。事实上,整个转向过程倾向于把写实和实验用奇特的方式紧紧地结合在了一起,于是我们有了近乎超现实的现实主义,同时又有了始终追求与历史事实相符的形式主义。简而言之,以往不同范畴之间的界线已经变得相当模糊了……②

布雷德伯里还强调战后西方小说家们纷纷采用虚实相间的手法这一现象并不令人吃惊,因为"它是小说整个演变过程中的永久性特征"③。确实,写实和实验本不应该是水火不能相容。后现代

---

① Malcolm Bradbury, *The History Man*, New York: Penguin Books, 1985, p. 200.

② Malcolm Bradbury, *Possibilities*, London: Oxford University Press, 1973, pp. 176 – 177.

③ Malcolm Bradbury, *Possibilities*, London: Oxford University Press, 1973, p. 175.

作家约翰·福尔斯便是一个很好的例子。对其代表作《法国中尉的女人》的内容和形式进行研究便可看出该小说的后现代主义特征并不是体现在对传统的彻底颠覆,而是继承并超越了现实主义小说的伟大传统,将故事性与实验性结合在一起,是现实主义和实验主义的完美融合。除此之外,布雷德伯里本人也在其后期作品,尤其是《历史人物》、《兑换率》和《克里米纳博士》三部作品中,一方面继承了现实主义的伟大传统,另一方面又吸收了实验主义的革新因素。

《历史人物》标志着布雷德伯里的创作进入了一个形式革新的阶段。从这部小说开始,布雷德伯里有意识地在作品中进行一些形式实验。以金斯利·艾米斯和约翰·韦恩为代表的第一代学院派小说家大都遵循现实主义写实传统,而排斥20世纪20年代伍尔夫和乔伊斯等现代主义作家的创作尝试,有的评论家将第一代学院派小说家的作品视为英国19世纪批判现实主义的回归。相对而言,虽然布雷德伯里和洛奇在小说的人物、情节、环境和细节的设置上也沿袭了英国现实主义的创作传统,然而经过了20世纪60年代轰轰烈烈形式上实验主义的洗礼,70年代学院派小说以兼容并蓄为特征,更具有写实和实验交融的特点。正因为如此,读者才会在《小世界》中发现如戏仿、互文、拼贴、开放式结尾等后现代主义写作技巧。同样,布雷德伯里的《历史人物》也实现了小说语言和形式的革新,叙述的客观化及二元结构的使用。

小说在语言上的创新主要体现在全书都采用了动词的现在时态,产生一切情景都历历在目的直接效果和快速的叙述节奏,进而直接、形象地把故事传递出来。小说往往讲的是已发生的事情,故而动词多用过去时态。这种以过去时态为主、其他时态的综合运用为辅的叙述能在读者的理解中确立起一套时间上的相对关系,使叙述显得井井有条,从容不迫。因此,布雷德伯里坚持不懈地使用现在时定会使习惯于过去时叙述的读者感到不安。由于完全使用现在时,时间上的稳定关系消失了,使人感到在时间的流动中一切都是短暂的、无根的。在这里，叙述者变成了即时的报道者，叙述者的声音听起来像足球场上的现场直播。正如布雷德伯里评价这部小说时所言："起支配作用的现在时态削弱了历史感，使人无所依附，把世界变成完全即时的世界。"①没有过去，没有未来，一切存在于现在，一切发生于现在。在这个纯粹现时的世界里，唯有此时此刻才具有意义。因此，与传统价值彻底决裂是适应时代的合理行为，而霍华德·柯克显然就是这样一个新人，一个真正生活在现在时中的人，一个应时而动的历史人物。

《历史人物》在形式上的革新主要体现在首行缩进的去除。在《当今小说》(The Novel Today, 1977)的前言中，布雷德伯里详细地阐述了内容与形式之间的辩证关系："小说一方面倾向于写实，倾向于像社会文献那样表现历史事件和运动；另一方面，它又天生注重形式，天生带有虚构性和反观自身的倾向。"②换句话说，一方面，小说必须应付形式上的要求；另一方面，它又必须应付现实的要求。为了走出这一窘境，布雷德伯里提倡小说创作中内容与形式的高度融合。实际上，布雷德伯里有意识地将自己的文学主张贯穿到小说创作中，其代表作《历史人物》就是这样一部内容与形式高度融合的小说。《历史人物》讲的是历史，然而，除了小说的书名(The History Man)及扉页上引自君特·格拉斯的三句对话之外（"黑格尔是谁？""是一个把人类罚入历史的人。""他很有学问吗？他一切都知道吗？"），通篇很少再提及"历史"一词。在这样一部小说里，无论是在内容上以哲学伟人"黑格尔"、"霍布斯"、"康德"、"马克思"、"汤恩比"和"斯宾格勒"的名字命名的学生宿舍楼，还是在形式上通篇现在时的使用和首行缩进去除所形成的文本之滚滚长流，还是首尾两次派对所体现的循环结构，都使读者感受到历

---

① Malcolm Bradbury, "Putting in the Person: Character and Abstraction in Current Writing and Painting", *The Contemporary English Novel*, Malcolm Bradbury & David Palmer, Holmes & Meier Publishers, Inc. , 1980, p.207.

② Malcolm Bradbury, *The Novel Today*, Manchester: Manchester UP, 1977, p.8.

史身影的无处不在。传统小说中，每段对话的开始都要另起一行，并且缩进两格。细心的读者会一眼发现该小说排版的反常之处，即段落起首没有空格。在《历史人物》中，去除了首行缩进，人物的对话滔滔不绝，使全书的第一个字与后面的内容连在一起，给人的感觉仿佛迈入了绵延的历史之流；而且此书一首一尾两次派对，相同的词句略有变化，又形成周而复始的循环结构。

《历史人物》另一个显著的艺术特征是不带任何解释与评论的客观叙述。在这部小说中，布雷德伯里坚持了艺术家的超脱立场，人物的行为动机和伦理观念究竟如何，都由读者自己做出判断，作者不给予任何评论。这种叙述方式使作者与他的人物始终保持着一定的距离，以超脱的历史眼光描写这个校园的小世界所发生的一切奇闻逸事。

最后，像洛奇的《换位》一样，《历史人物》也是一部建立在二元结构之上的小说，包含了激进与保守、革新与传统、必然与偶然的对立。霍华德对激进主义异常狂热，马文教授却坚持自由主义思想；霍华德夫妇相信时代的进步和发展，偏爱城市中心喧嚣的生活，他们的朋友比米什夫妇则更愿意过那种保守的、乡村气息的生活；霍华德在教学中喜欢用创新的方法，他的学生卡默迪却始终坚持传统的学习方法；霍华德相信历史发展的必然性，卡兰德小姐则固守传统。在这样的对立中，最终胜出的总是霍华德。这是因为他是社会戏剧的创作者和管理者，是在这个纷乱的、偶然的世界里代表历史发展方向的历史人物。

通过对《历史人物》的分析，我们可以看出布雷德伯里继承了英国小说的写实传统，在现实主义的叙述框架中，蕴含着逗人的幽默和辛辣的反讽，然而他并没有拘泥于此，而是在写实和实验之间寻求着妥协与调和。由于受文学大气候和文学批评的影响，他的小说夹杂着非现实主义的实验因素。除了传统与实验交融，布雷德伯里还特别关注形式和内容之间的平衡，兼顾形式的创新和叙事的清晰完整，使作品具有较高的可读性，为广大读者所喜闻乐见。布雷德伯里的学院派小说恰恰说明了 20 世纪后半叶各种文学流派交融、各种创作手法兼容的特征。可以肯定,布雷德伯里将会以他的学院派小说而载入文学史册。

第四节 《兑换率》:解构主义时代的身份危机

布雷德伯里的前三部长篇小说基本上都是以传统手法创作的。受到欧美后结构主义文学理论特别是符号学的影响,布雷德伯里作品中的实验主义痕迹更为明显,在小说创作中大胆尝试解构文本的手法,在语言与意义不确定性关系的表现中,展露其创作观念中的后现代主义倾向。其中,《兑换率》(*Rates of Exchange*,1983)和《克里米纳博士》(*Doctor Criminale*,1992)是这一时期的代表作品。

布雷德伯里的第四部小说《兑换率》也是一部学院派小说,该书获 1983 年英国最高文学奖布克奖提名。小说的主人公佩特沃斯博士是语言学讲师,也是一个性格软弱的自由主义知识分子。受英国文化委员会的委派,佩特沃斯到东欧国家斯洛克(捷克斯洛伐克的谐音)去进行文化交流,参加国际学术会议。对佩特沃斯来说,从伦敦到斯洛克不仅是地理意义上的旅行,实际上也是从一个资本主义社会来到了一个社会主义社会,从人所共知的地方到不为人所知的地方,从在家的约束到对情欲的放任,从现实主义到虚构杜撰。由于对斯洛克的语言和文化风俗缺乏了解,他感到茫然不知所措,很快就陷入感情纠纷并经历了不同文化产生的差异与冲突。

像布雷德伯里的成名作《历史人物》一样,《兑换率》也充满了理论与批评话语,其中最突出的理论探索是对后结构主义时代人们对于自己身份的困惑和追寻。① 在这样一部小说中,所有的事物都符码化了,失去了自己的确定身份。这一点在主人公佩特沃斯的身上表现得最为明显。佩特沃斯被描述成了一个没有所指的能指,或者说是一个漂浮的能指,脱离了原来的世界,失去了自己的身份。佩特沃斯的这种身份危机其实从他旅行的开始就已露出了苗头。在希思罗机场,航班公告板上的字母和数字对他来说是"一团乱糟糟的符号"②。他要乘的飞机"用他听不懂的语言"③播音。到了飞机上,他很快就失去了辨认方向、地形的能力,而且开始感觉到自己身上的变化:

慢慢地,奇怪地,意识改变了,佩特沃斯能感觉到这种变化在他身上发生。没有发生任何事情,但不知何故他的本质在变动:一种佩特沃斯的生活和佩特沃斯的妻子,佩特沃斯的一天和佩特沃斯的方式都奇怪地闪过,并在他的脑海中分解……不管出于何种原因,无疑他内部的某个地方,一个旧的世界正在消失,一个新的世界开始到来。④

在斯洛克的机场,佩特沃斯把自己的派克笔借给了一位陌生人。发现可能再也拿不回来了,他去追赶陌生人,却因此丢了行李。于是,他"被剥夺了所有的可用设备……没有钱,没有旅店,没有朋友,没有联系方式,没有笔,没有财产,没有讲座,没有书,没有衣服,而且,从某种意义上来讲,根本没有未来"⑤。在作品中,布雷

---

① 参见宋艳芳:《穿梭在身份之网中——评布雷德伯里的〈兑换率〉》,载《外国文学》2009 年第 4 期。

② Malcolm Bradbury, *Rates of Exchange*, London:Secker & Warburg, 1983, p.24.

③ Malcolm Bradbury, *Rates of Exchange*, London:Secker & Warburg, 1983, p.25.

④ Malcolm Bradbury, *Rates of Exchange*, London:Secker & Warburg, 1983, pp.28 – 29.

⑤ Malcolm Bradbury, *Rates of Exchange*, London:Secker & Warburg, 1983, p.61.

德伯里还喜欢玩一些文字游戏,利用谐音、误读等来说明语言交流的错位,以制造喜剧效果。在一个层面上,佩特沃斯表现了布雷德伯里对后结构主义理论的认知。他如同一个言语的建构,受到作者有意识的操纵。他显然不是一个现实的人物,而是一个虚构的趣味工具。在另一个层面上,佩特沃斯又是一个现实人物,似乎共有布雷德伯里本人的自由主义的观点、疑惑和犹疑。①

在斯洛克,任何事物都是不确定的。进入这样一个国家,佩特沃斯的身份遭到了解构。语言的隔阂、文化的差异经常让他感到困惑和焦虑。在这个陌生的国度,佩特沃斯被动地接受着卢比约娃、普利特普洛夫和普林昔普的操纵,全盘接受别人给他安排的日程表,全无任何反对意见。在导游卢比约娃和普利特普洛夫博士的带领下,佩特沃斯参加各种聚会,进行学术讲座,并游览斯洛克的名胜。但最终,他发现所有这一切都是一个阴谋,自己只不过是这个阴谋中的一个棋子:普利特普洛夫和普林昔普出于利益和政治的考虑,合谋设下陷阱,威逼利诱佩特沃斯帮他们把普林昔普的一本书偷带到巴黎。在回国途中,佩特沃斯装有那本书的行李在运输中丢失,他最后安全地回到了家。佩特沃斯后来得知普利特普洛夫的阴谋早在剑桥的时候就开始了,他完全像一个提线木偶一样任由普利特普洛夫牵动、摆弄。卢比约娃有一次问佩特沃斯:"你总是在寻找什么东西,我能感觉到……但我不知道你到底在找什么。"②实际上,佩特沃斯正是在寻找丢失了的身份。在斯洛克这样一个国家,他无法做到这一点,只有回到了自己的家乡,看到等待他的妻子在向他招手,他才终于找回了自己。其实,这部作品中的导游卢比约娃也同样感受到身份的危机,她觉得自己没有自我:"我知道自己是谁。我只是你的导游,你的口译员。我是一个看不

---

① Burton, Robert S, "A Plurality of Voices: Malcolm Bradbury's Rates of Exchange", *Critique*, 1987, 28(2), p.101.

② Malcolm Bradbury, *Rates of Exchange*, London: Secker & Warburg, 1983, p.260.

见的人,一个声音,一种机器,我没有自己的语言。"①除此之外,《兑换率》还包含了东西欧两种针锋相对的意识形态对英国文化的碰撞和冲击。斯洛克本地语言和英语分别代表着东西欧两种不同的文化背景,"文化交流"的下面是文化的冲突和对立,因而小说具有很强的反讽色彩。

从这个意义上来讲,《兑换率》其实是在以寓言的方式讨论一个严肃的话题,即在一个以解构主义的混乱无序为特征的领域中,人们可能遭遇的噩梦以及身份的迷失。用朱莉·里斯的话来说,这部小说中刻画的"20世纪80年代人……在困惑中显示出幽默,但在无助中显得悲惨。布雷德伯里表示(这一代人)正在一个难以理解的世界中探索身份"②。读者感到在这部小说中有许多东西是模糊不清的:佩特沃斯对斯洛克的访问到底是具有政治倾向,还是以走私为目的,他来斯洛克是为了讲学,还是希望找到爱情,玛瑞斯佳和卡蒂娅是势不两立还是互为同谋,等等。对这些疑虑读者根本就别指望找到答案。实际上,想得到精确的答案是和小说的精神相悖的,读者不应该追究兑换率到底是多少,而应该探索和发掘它到底有多少这类兑换率的隐喻:金钱方面的、文化方面的、外交方面的、语言方面的、性方面的,甚至是叙述上的。在斯洛克这样一个解构主义时代社会的缩影中,佩特沃斯所经历的只是无助、焦虑和绝望。《兑换率》具有严肃的主题和哲学反思,布雷德伯里在作品的表面铺垫的是嬉笑怒骂,却将具体而清晰的意义深埋其中,那些脆弱的、逗人发笑的社会生活画面时常会出现裂缝,裂缝下面透露出的是整个社会的黑暗、暴力、背叛、疯狂和绝望。

和《历史人物》一样,布雷德伯里在《兑换率》中坚持使用现在时进行创作,使读者对佩特沃斯丰富多彩的经历有种亲历其境的

---

① Malcolm Bradbury, *Rates of Exchange*, London: Secker & Warburg, 1983, p.272.

② Julian Rees, "Rev. of Rates of Exchange by Malcolm Bradbury", *Literary Review*, May, 1983.

感受。作者的叙述即使从语言学的角度来看也颇有新意。他甚至能够想象出以东欧语言为母语的斯洛克学者们使用英语时的种种语音语法错误。在异国他乡旅行时,两种不同生活方式和风俗习惯相互碰撞产生的喜剧效果使人想起金斯利·艾米斯的小说《我喜欢这里》,但是布雷德伯里的这部作品显得技巧更为娴熟并且更富于想象力。在《兑换率》中,作者娴熟驾驭语言的能力得到了完美的体现。这部小说有两个语言系统:一种是虚构的东欧国家本地方言,另一种是被当地学者当作某种外语使用的英语。这两种语言之间的交流和冲突意味着两种文化的交流和冲突,而这就是这部滑稽而具有深刻思想的小说的主题之一。《兑换率》这部小说在高度独创性的语言技巧所形成的喜剧效果之中隐含着前所未有的危机意识,其在滑稽逗趣之中所蕴含的隐忧甚至超过了《历史人物》。

众所周知,布雷德伯里和洛奇是非常要好的朋友,而且都写作有关大学校园的小说,并常常在一起工作、合作,读者常常会混淆他们,甚至认为他们是同一个人。布雷德伯里和洛奇也常常创造性地把读者对他们的混淆融进小说。如在《兑换率》中,有人问主人公佩特沃斯:"你知道一个写过《向西换位》(Changing Westward, Changing Places 和 Stepping Westward 的混合)的,叫作布洛奇(Brodge, Bradbury 和 Lodge 的拼合)的校园作家吗?"[1]同样,在《小世界》中,有一个场景讲到一个洛奇型人物跟"一个黑头发高个子叼着烟斗的人"在交谈,那个叼着烟斗的人物显然是以布雷德伯里为原型的。高个子男人操着英国口音说:"如果我拥有东欧,你就可以占有世界上其余的地方。"矮个子男人说:"好吧,但我敢说人们还是会把我们混淆在一起。"[2]批评家史蒂文森评论说:"虽然洛

---

① Malcolm Bradbury, *Rates of Exchange*, London: Secker & Warburg, 1983, pp. 268-269.

② David Lodge, *Small World: An Academic Romance*, New York: Macmillan, 1986, p. 332.

奇和布雷德伯里并不像这些问题所暗示的那样难以分辨,但在他们的生活和工作中确实有实质性的类似之处。"①

作为小说批评家,布雷德伯里对当代语言学、结构主义、解构主义、形式主义和其他叙事理论都了如指掌,并且常常在小说中玩弄一些理论术语。像《历史人物》一样,《兑换率》读起来像一个进行理论实践的实验室,一个文学批评的游乐场。它展现在读者面前的是一个结构主义之后理论探索的舞台,供各种理论观点在台上表演:能指与所指之间关系的任意性、解构主义的怀疑论等都给小说打上了批评的烙印。总之,布雷德伯里深谙各种文学形式和话语,善于改变和模仿其他文学作品及其形式,这使他的小说颇具独创性和文学想象力。《兑换率》作为一部杰作,说明布雷德伯里已经成长为一位能够驾驭语言、操纵喜剧和把握情感的大师。布雷德伯里的批评理论给小说创作带来了生机,使其更加丰富多元,并与同时代的学院派小说家洛奇和拜厄特一起共同开创了文学创作与批评的新篇章。

第五节 《克里米纳博士》:
解构主义时代意义的不确定性

1992 年发表的《克里米纳博士》(*Doctor Criminale*)虽跨出了校园,但并没有远离布雷德伯里学院派小说中经常出现的主题:对知识界及文学批评理论的关注。② 像洛奇一样,布雷德伯里以其对文学批评独特的敏感在这部小说的创作中或直接大谈理论,或借人物之口议论理论,字里行间充满了大量的批评话语。

《克里米纳博士》讲述的是年轻记者弗朗西斯对克里米纳博士

---

① Randall Stevenson, *The British Novel since the Thirties: An Introduction*, Athens: The University of Georgia Press, 1986, p.191.

② 参见宋艳芳:《解构与背叛的迷宫:布雷德伯里的〈克里米纳博士〉》,载《国外文学》2008 年第 2 期。

的采访经历。小说的故事是叙述者弗朗西斯·杰伊以回忆录的形式讲述的。他是一个研究巴兹洛·克里米纳的专家。根据杰伊的叙述,克里米纳当年是一个"伟大的国际人物,我们时代众所周知的哲学家,90 年代的卢卡奇"①。事实上,杰伊最终发现,克里米纳虽然是一个国际名人,却是有争议的人物,有帮助政府高级官员贪污受贿的嫌疑。正如同时代的学院派小说家洛奇在《小世界》中用扎普教授这个形象影射美国著名读者反应批评家斯坦利·费什一样,小说中的克里米纳博士不禁让人联想到耶鲁大学的著名解构主义学者保罗·德曼教授。保罗·德曼虽为著名的学者、理论家,却因"在二战期间为德寇效劳的事实"②使声名一度蒙上阴影。然而在"墙倒众人推"的时候,布雷德伯里并没有落井下石。在他看来,人是复杂的、难以看清楚的,克里米纳博士不能被简单地给予肯定和否定。在这部作品中,作者希望能引导读者冷静、客观地看待问题。这一点我们仅从题目便可略知一二。《克里米纳博士》(*Doctor Criminale*)中的"Criminale"暗指"criminal",即"罪犯"之意。瞿世镜教授更是将题目译作《罪犯博士》。将罪犯和博士这两个看似完全对立、相互矛盾的称呼置于一处,乍看起来似乎荒诞离奇,然而细加揣摩却尽在情理之中,反映了真实的人生现象:大人物也会犯错。我们要做的不是揪住不放,而是客观地、多层面地看待问题。

　　同《历史人物》、《兑换率》一样,《克里米纳博士》也是一部学院派小说,更是一个解构理论的实验场,对解构主义理论进行了阐释和实践。小说一开始便把解构主义摆在了一个十分醒目的位置,并使它贯穿小说的始终。故事的叙述者杰伊在一个解构主义的年代接受了文学教育,他在 20 世纪 80 年代中期毕业于苏塞克斯

---

①　Malcolm Bradbury, *Doctor Criminale*, New York：Viking, 1992, p.22.

②　钱青:《马尔科姆·布拉德伯里》,见陆建德主编:《现代主义之后:写实与实验》,中国社会科学出版社 1997 年版,第 282 页。

大学,随后选择了文学记者的职业。在一次布克奖的颁奖大会上,他遇到了罗斯。罗斯和她的朋友拉维尼亚共同管理着一个叫"纳达制作"的公司。在记录这次颁奖大会的过程中,杰伊所在的报社突然宣布破产,他一下子失了业。于是,罗斯和拉维尼亚邀请杰伊加入她们公司,请杰伊调查克里米纳博士的生活和工作并提交报告,为她们的电视纪录片《开放性年代的伟大思想家》提供材料。杰伊从此踏上了追寻克里米纳的曲折历程,而在这骑士般的追寻主题中贯穿的却是杰伊所受到的解构主义影响,以及他对这些解构理念的阐释与应用。

作为一个深受解构主义影响的文学记者,解构主义话语贯穿杰伊叙述的始终。在叙述的开始,他讲道:

> 简而言之,克里米纳博士是文本,而我是解码器;他是作者,而我是读者。现在我属于——就像我已经说过的——"作者之死"的时代。根据我接受的卓越教育所制订的规则,作家不是写作,而是被书写,被语言、被外部世界所书写,但首要的是被我们——这些眼光锐利的读者所书写。作为词语的"克里米纳",作为符号的"克里米纳",书脊上的签名"克里米纳"——对我来说这太多了。他就在那儿,一个文本,我不想继续讲他的事了,没有这样做的意向。因此,我重复道:我究竟是如何跟巴兹洛·克里米纳如此紧密地纠缠在一起的? 如此荒谬地、无法解脱地纠缠在一起?[①]

这段话对全书起着提纲挈领的作用,后面的叙述就是在这段话的基础上进行的,讲述的是杰伊对克里米纳博士这个文本的解码。正如《小世界》中莫里斯·扎普所说,"每一次解码都是再一次编码",杰伊对克里米纳博士这个文本的解码实际上是新的编码,他勾勒出的是克里米纳众多版本中的一个。杰伊作为一个叙述者

---

① Malcolm Bradbury, Doctor Criminale, New York: Viking, 1992, p. 21.

所叙述的是他作为读者对克里米纳的解读,由于这种解读构成了新的文本,杰伊实际上成了一个作家型的叙述者。一开始,杰伊把自己称作克里米纳博士的脚注或附录,然而到了小说的结尾,这样一种对立完全颠倒了过来,克里米纳成了杰伊故事的一个脚注,通篇是讲杰伊的旅程、思考以及风流韵事。杰伊的假想听众听到的与其说是克里米纳的故事,不如说是杰伊本人的故事,是他追寻克里米纳的故事。在这个故事中,杰伊成了"作者",是他本身故事的编造者,"作者"概念由此得以"回归"。这里的杰伊就像拜厄特《传记家的故事》中的纳森一样,在研究、调查、解读他人的文本的同时造就了一个自传性的文本,原来的文本仅仅是促成这个自传体文本诞生的催化剂。杰伊从读者到"作者"的转变是"作者之死"的佐证,也是对"作者"概念的重新确定。读者成了文本建构的积极参与者,这个读者对后来的读者来说则成了一个作者。如此无限循环下去,是读者与作者对话的链环,是无法到达终极所指的一道痕迹,而最初的文本在能指的滑动链中必然逐渐淡化,最终也许会消失无踪。

另外,杰伊解读克里米纳这个文本的过程牵涉了对与他相关的其他文本的解读,在这些解读过程中,杰伊同样质疑了"作者之死",显示了作者地位的重要。比如,在研究克里米纳的过程中,杰伊发现了一本署名为奥托·科迪切尔教授的批评传记。杰伊读完了这本传记却发现:"我越想巴兹洛·克里米纳,他现在看起来就越难懂,越神秘。"[1]实际上,杰伊仅仅靠文本阅读所写成的作品《克里米纳博士之谜》本身也是一个迷宫。杰伊在追寻传记作者的征程中发现,这本传记的作者是不可确定的,就像是一个漂浮的能指。他/她可能是科迪切尔,可能是科迪切尔的助手,甚至可能是克里米纳本人。传记《巴兹洛·克里米纳:生活和思想》因此成了一个"没有作者的文本",使杰伊得以自由解读。最后,克里米纳的

---

① Malcolm Bradbury, *Doctor Criminale*, New York：Viking, 1992, p.34.

前妻之一格特拉·利维埃罗表示这本传记其实是她写的,而且其中牵涉了很多政治上的阴谋。事实可能如此,但这并非一定是唯一正确的答案。没有确定的作者,《巴兹洛·克里米纳:生活和思想》只能是一个不解之谜。另外,主人公杰伊还时常玩弄时兴的解构主义理论,说什么"作家、文本、读者、语言、话语、生活,没有一个东西太小,没有一篇文章不值得怀疑。我们解构了神话化,解构了神秘化,解构了霸权化,解构了典范化"①。《克里米纳博士》这部小说正体现了解构主义时代意义的不确定性,以及作者与读者合作的必要性。作品对语言与文学理论的戏仿和"实践"给普通读者造成了一定的困难,这显然是布雷德伯里过于自信和自恋,沉迷于文字和理论游戏的代价。然而,《克里米纳博士》并未止于理论游戏,而是深入到了对人文主义、人的存在、人与人之间的沟通和理解的层面。

布雷德伯里继承了英国小说的讽刺传统,并将表达方式的喜剧性和道德上的严肃性两者巧妙地结合起来,创造性地发展了学院派小说。布雷德伯里曾经这样评价自己的作品:我所有的小说都涉及各式各样的喜剧——《吃人是错误的》(*Eating People Is Wrong*,1959)和《向西行》(*Stepping Westward*,1965)的社会喜剧,《历史人物》和《兑换率》(*Rates of Exchange*,1983)的更为阴暗的讽刺和道德堕落,《切割》(*Cuts*,1987)的滑稽剧,以及《克里米纳博士》的机智嘲讽。……我的幽默作品,探索喜剧各种可能性的不同方式,并且对各种现代观念持怀疑态度。人们往往要询问作家:什么是作家的任务?对此我持强烈的个人观点。那就是去探索并且阐明虚构故事的本质和价值——去测试这个时代的、政治的、信仰的虚构故事,构成这个世界的虚构故事,而且并非总是企求最好的结果。这就是为什么人们创造发明了喜剧性力量,这也说明了为

---

① 转引自侯维瑞、李维屏:《英国小说史》,译林出版社2005年版,第765页。

什么它对我而言至关重要。①布雷德伯里的学院派小说可以说是最近 30 年来欧洲社会生活和文化变迁的缩影。他把自己所写的《吃人是错误的》、《向西行》和《历史人物》这三部小说分别看作是"严肃的五十年代"、"动摇的六十年代"和"颓丧的七十年代"的产物。正如王宁教授所言，布雷德伯里小说的发展实际上经历了这样的过程：开始时题材范围较为狭窄而且语言晦涩难懂，然后逐步拓宽了题材，开始了与大西洋彼岸的交流，再后来经历了 20 世纪 70 年代的革命便逐步具备了一种全球的眼光。②不仅如此，在《兑换率》中，作者还探讨了解构主义时代身份的危机；在《克里米纳博士》中，探讨了解构主义时代意义的不确定性。布雷德伯里旺盛的创作力经久不衰，2000 年出版了最后一部小说《走向隐居处》（*To the Hermitage*）。

　　布雷德伯里是一位语言大师，在小说中玩语言游戏，谐趣之中充满讽刺与幽默；他还是一位著名的批评家，积极倡导现代主义者和后现代主义者的思想，发表过包括评论沃（Evelyn Waugh）和贝洛（Saul Bellow）在内的许多专著；他更是一名出色的学院派小说家，布雷德伯里以校园生活为题材，以学术界的生活圈子为表现对象，以大学校园为人类社会的一个缩影，以讽刺的笔调揭露社会道德的败坏、对物质享受的追求、各种投机思想、知识分子的致命弱点以及教育质量下降等现象，绘成了一幅战后英国社会生活风俗的历史画卷。布雷德伯里以喜剧大师的形象给世人留下深刻的印象，被认为是二战后英国文化领域最具知名度的人物之一。2000年，他的逝世使英国文学界失去了一位大师级的文化偶像，伦敦少了一位自己的"历史人物"，一个颇具人性和智慧的声音。

---

　　①　参见瞿世镜、任一鸣编著：《当代英国小说史》，上海译文出版社 2008 年版，第254 页。
　　②　参见王宁：《二十世纪西方文学比较研究》，人民文学出版社 2000 年版，第84 ~ 85 页。

第六章 戴维·洛奇:穿越十字路口

戴维·洛奇(David Lodge,1935—),英国当代著名文学批评家和小说家,1935年1月28日生于伦敦南部一个中下阶层家庭,父亲是一个舞蹈乐队的乐师,母亲是位虔诚的天主教徒。洛奇后来研究天主教小说,并且在小说创作中大量涉及天主教内容,这与他的家庭出身不无关系。洛奇的学者生涯颇为顺利,1963年晋升为讲师,1967年荣获伯明翰大学哲学博士学位,1976年获伯明翰大学现代英国文学教授职称。1987年他辞去教职成为专业作家。洛奇的小说多以知识分子为主人公,以大学或学术界为背景,语言轻松明快,故事雅俗共赏而又不乏深意,往往从意想不到的角度描写人性、文化冲突和婚姻家庭等带有普遍性的主题。在创作初期,洛奇广泛吸收借鉴其他作家的创作手法,显示出他作为一名小说家的创作潜力。在早期的作品《大英博物馆在倒塌》(*The British Muse-um is Falling Down*,1965)中,洛奇以埋头于博士论文创作的亚当·阿普比为主角,以学院生活为背景,描写了亚当面临着家庭和学术的双重压力,越来越无所适从的荒唐滑稽事件。小说语言幽默,妙趣横生,并且各个章节风格各异,显示了作者驾驭不同创作手法的能力,初步显示出洛奇作为一位学院派小说家的天赋。

中期是洛奇创作的顶峰时期。在学术界获得一定名望后,洛奇开始频繁参加各种学术会议和讲座,这样的经历使其观察到了知识界的众生相并催生出以校园为题材的系列小说。"校园三部曲"《换位》、《小世界》和《好工作》①是洛奇中期创作的代表作。在"校园三部曲"中,洛奇以其轻松幽默、充满机智的语言不仅表现了知识分子的世相和百态,还揭示了不同文化价值观念的冲突与融合。《换位》表现了英美两国文化的冲突与融合,《小世界》融合了高雅文化与大众文化,而《好工作》则突出了校园文化与工业文化的对立与融合。此外,"校园三部曲"在艺术形式上都采用了双重结构和互文的手法,使文本充满了不同的声音和话语,实现了文本之间、文化之间的对话,进而使形式与内容所体现的文化融合主题相辅相成,赋予了"校园三部曲"深厚的内涵和底蕴。

第一节　《换位》:英美大学访问学者的互换闹剧

《换位》是"校园三部曲"的第一部,被认为是在《幸运的吉姆》之后一部最有趣的关于校园生活的小说。洛奇用了一个与狄更斯《双城记》相仿的副标题:"双校记。"两个研究英国文学的学者,英国卢密奇大学的讲师菲利普·史沃娄和美国尤福利亚州州立大学教授莫里斯·扎普阴差阳错开始了为期半年的学术交流活动。抵达各自的目的地即对方的国度并安顿下来后,两人开始了与新的文化环境的磨合过程。在一封封家书中,他们把各自在新环境中的新奇境遇娓娓道来。在20世纪60年代末的时代浪潮中,两位访问学者都或多或少卷入了当地的学生运动,在新的环境中发现了新的自我,并在无意中交换了极具个人身份特征的家庭和妻子。《换位》通过对扎普和史沃娄的遭遇和经历的对称叙述,描绘了发生在两个校园中的故事,多角度、多层次地探讨了英美两国文化的冲突与融合,在相互缠结和震荡的两幕场景、两所校园、两个家庭中,两个主要人物演绎了一出学术以及人生的完整戏剧。

---

①　此书另一译名为《美好的工作》,本书则采用《好工作》这一译名。

一、史沃娄和扎普：当代英美学者的典型代表

尤福利亚州州立大学和卢密奇大学在每一学年的下半年都会交换访问教师，这一计划由来已久。两所大学风格迥异，天各一方，怎么会发生这种联系呢？原因非常简单："原来两所校园的建筑师不谋而合，他们各自设计的校园标志性建筑具有相同的创意，那就是比萨斜塔的复制品。"①交流计划正是为了纪念这一巧合而制订的。小说中，美国的扎普教授与英国的史沃娄讲师按校际交流计划互换职位半年，自视甚高、粗鲁尖刻的扎普来到保守、沉闷的英国工业城市卢密奇，而才智平庸、谨小慎微的史沃娄却处在了开放、活跃的美国尤福利亚。

扎普教授是一个深受学术界尊敬的学者，来自美国的尤福利亚州州立大学，一个在全球高等教育界都响当当的名字。扎普早在读研究生期间就在《美国现代语言学协会会刊》上发表文章。他曾令人羡慕地得到尤福利亚州州立大学提供的首份工作机会，但坚持要求聘金加倍，结果如愿以偿。他30岁时就已经出版过五本大作（四本是关于简·奥斯丁的），而且在这一超前的年龄获得了正教授的职称。当然，他还有研究要做，可是自从研究已不再是实现某一目的的手段后，他的热情也消退了一些。他的名声已经见顶，在他个人著述的书目中再增添些新货色可能只会毁了他的名声。数年前，他曾兴致盎然地开始一项野心勃勃的文评项目：一系列关于简·奥斯丁的评注。评注将涵盖她所有的作品，每次一部小说，把关于这些作品能说的绝对全部说尽。作品中扎普急功近利和贪得无厌的本性被暴露无遗，他对简·奥斯丁的评注将力争做到详尽、彻底，"从每一个可以想象到的角度审视：历史的、传记的、修辞的、神话的、弗洛伊德的、荣格的、存在主义的、马克思主义的、结构主义的、基督教寓言的、伦理的、阐释学的、语言学的、现象

---

① 戴维·洛奇：《换位》，张楠译，上海译文出版社2007年版，第7页。

学的、人物原型论的,等等,应有尽有"①。他的目标是,每写出一篇评论,关于那部被讨论的小说就再没什么更多的可说了。这些系统性评注不是为普通大众,而是专为行家设计而成,这些行家查一查扎普的著作就会发现,他们一直在谋划的专著、文章或论文早在他意料中,而且更为可能的是,早就没有什么必要。扎普还幻想着攻下简·奥斯丁之后,再就其他主要英国小说家做同样的工作,接下来再做诗人和剧作家,也许会用上计算机和经过培训的研究生团队,毫不留情地缩小英国文学领域里可供自由驰骋的余地。

　　和扎普相反,史沃娄是个在本系之外鲜为人知的普通讲师,他除了少数论文和书评外乏善可陈,他的工资按讲师级差每年的标准升幅缓缓上涨,目前已见顶,晋升的希望渺茫。这两个人实际上分别体现了各自所经历的相关的教育体制。在美国,取得学士学位并不困难,学生有充分的空间自由发展,因而他们可以自由地全身心投入到自己的爱好中去——运动、酒精、娱乐还有异性。压力始于研究生阶段,这一期间学生在一系列艰涩的课程和苛刻严格的评估中千锤百炼,直到他被认为足以取得博士学位的荣誉为止。至此,他已经投入那么多时间和金钱,以致除了走学术之路外任何其他职业生涯都变得无法想象,而在这条路上不取得成功更是难以忍受。在英国的体制中,学生要像洗牌再切牌那样经历四次筛选和淘汰——中学升学考试、十六岁考试、十八岁考试和二十岁考试。对于英国的研究生,洛奇这样描述道:"英国的研究生是孤独又绝望的个体,不清楚自己在做什么或者试图取悦何人——你在鲍德利图书馆和大英博物馆附近的茶室里只要看看他们呆滞的目光就可以辨认出他们,那是患上炮弹恐惧症的老兵的迷离眼神,对那些老兵来说,自从大决战以来,世上一切已变得虚无缥缈了。"②史沃娄正是如此被这种体制既培养又摧毁的。他喜欢考试,而且

① 戴维·洛奇:《换位》,张楠译,上海译文出版社2007年版,第42页。
② 戴维·洛奇:《换位》,张楠译,上海译文出版社2007年版,第10页。

总是成绩优异。课程终结考试之时,便是史沃娄生命中最辉煌的时刻。他是一个真心喜爱各种不同文学样式之人,不问古今,对贝奥武夫和弗吉尼亚·伍尔夫一样喜欢,对《等待戈多》和《农妇格登的针》同等钟爱。他最初研究过简·奥斯丁,但从那之后,他关注的课题包罗万象,诸如中世纪的布道文、伊丽莎白时期的十四行诗组、王政复辟时期的英雄悲剧、十八世纪的单页民谣、威廉·戈德温的小说、伊丽莎白·巴雷特·勃朗宁的诗歌以及萧伯纳剧本中蕴含的荒诞派戏剧的前奏等等,但这些研究项目没有一个得以完成。事实上,没等到草拟出一份初步的参考书目,他常常就分神了,转而对某个截然不同的题目发生了兴趣。他在英国文学的书架之间来回奔跑,就像一个孩子进了玩具店,不愿选中一件而放弃其他,到头来只落得两手空空。实际上,卢密奇大学英语系主任决定支持他去尤福利亚进行学术交流并不是因为史沃娄学术上的成就,而是系里决定把一个高级讲师职位留给一个比他年轻好几岁的教师,一个著述颇丰的语言学家,正受着几家新办大学聘邀的诱惑。①

扎普和史沃娄虽因性格单一固定而成为福斯特定义下的扁平人物,然而在洛奇笔下,这种类型化的人物与环境的巨大反差产生了独具特色的喜剧性冲突和反讽性对照,使其成为如同莎士比亚笔下的福斯塔夫一样的扁平人物中的经典。在史沃娄眼中,美国人热情大方、无拘无束、崇尚变化;在扎普看来,英国人守旧伪善、效率低下,处世中庸。

二、英美两国文化的冲突与融合

在《换位》中,洛奇对美国文化的赞誉是对亨利·詹姆斯小说中单纯的美国人到欧洲寻求文明与教养这一主题的颠覆性戏仿。长久以来,短暂的历史和单薄的文化根基让美国文化面对英国文

---

① 参见戴维·洛奇:《换位》,张楠译,上海译文出版社 2007 年版,第 20 页。

化时显得十分逊色。当美国人作为文化上"逆向行驶的哥伦布"来到英国时,英美两国的文化差异就进一步暴露出来。英国人,尤其是社交界人士往往举止有度,气质高贵优雅,相比之下美国人则言行直率粗犷、缺乏灵活性,两者之间形成了强烈的反差。在文学界,库珀、霍桑和詹姆斯等作家都对美国文化的匮乏表达出了一定的遗憾,更有大批美国知识分子为寻找适宜创作的文学环境而选择到欧洲大陆朝圣。詹姆斯小说中的大部分美国人也都表现出了对欧洲文化的浓厚兴趣,如《黛西·米勒》中的黛西、《贵妇画像》中的伊莎贝尔等。

在《换位》中,洛奇消解了英国文化一统天下的局面,从两所大学的命名便可看出作者别具匠心:卢密奇的发音与英文单词"Rubbish"(垃圾)相似,尤福利亚则蕴含阳光充沛、精神欢快之意。除此之外,洛奇还将美国西海岸充满活力的商业城市与思想封闭、环境肮脏的英国工业城市进行了渲染式对比。小说这样描写道:"尤福利亚是美国西海岸一个幅员小而人口多的州,坐落于南北加州之间,这儿有山有水,还有红杉树森林、金色的海滩和无与伦比的海湾;位于柏罗丁的尤州大学正对着海湾另一边光鲜、迷人的城市厄瑟普——尤福利亚被许多世界主义专家视为全球最惬意宜人的环境之一。"①而卢密奇不过是一座大而无当、粗俗丑陋的工业城市,横陈于英国中部,地处三条高速公路、二十六条铁路线和半打枯涸运河的交汇点上。据此,多数评论家认为洛奇在《换位》中褒扬了美国文化,对英国文化则进行了犀利的挖苦。笔者认为,这种观点有失偏颇,在对英美两国文化的态度上,洛奇并没有简单地肯定或否定,他的目的不是评判两种文化的优劣,而是积极探索英美文化的融合,使其取长补短,优势互补。在《换位》中,扎普和史沃娄经历了一系列的文化冲突之后,逐渐适应并最终融入当地的文化,这充分展现了洛奇对文化发展趋势的前瞻性。小说这样写道:在"皮

---

① 戴维·洛奇:《换位》,张楠译,上海译文出版社2007年版,第7~8页。

埃尔"咖啡馆,史沃娄感到自己最终被转化成一个异乡客,而且他也自视是重大历史进程——那股过去曾把众多美国人席卷到欧洲寻求新体验的文化湾流的逆转的一部分。如今美国西海岸取代了欧洲,成为生活和艺术体验的最极端,人们长途跋涉到此朝圣,寻求解放和启蒙,同样,欧洲人现在从美国文学中寻找自己的求索。坐在咖啡馆里,史沃娄平生第一次弄懂了美国文学,他理解了沃尔特－惠特曼何以会把除了字典之外从未相互搭配过的词放在一起;还有赫尔曼·梅尔维尔,把传统小说的基本构造尽行撕裂,试图把捕鲸作为普遍适用的隐喻;还有为什么斯蒂芬·克莱恩先生是写出了出色的战争小说,随后才有参战的经历。[1]

解构主义致力于"边缘"对"中心"的消解,取消等级制,其解构策略对文化分析和文化批判产生了不可低估的影响。作为一名英国当代著名文学批评家和小说家,洛奇的创作深受解构主义的影响,并在《换位》中通过对主人公在英美文化中由冲突走向融合的描述,颠覆了英国文化一元独尊的传统,主张不同文化间的平等对话,强调文化融合而不是对抗,强调和而不同而不是同而不和。

三、教育制度批判

戴维·洛奇是位社会讽刺大师,他的小说妙语连珠,他的幽默风格独树一帜,不是轻浮的调侃,不是滑稽的戏谑,而是闪动着精妙睿智和细腻敏锐的奚落,与早期的学院派小说家伊夫林·沃以及奥尔德斯·赫胥黎相比,洛奇在《换位》中的社会讽刺更显温和善意。洛奇关注的主要是校园和学术圈内外,《换位》就是一部当代学院派讽刺小说的经典之作。作品以越战、性解放、妇女解放、张扬个性的 20 世纪 60 年代为背景,史沃娄和扎普两个个体的学术、家庭生活构成了小说的前景,充满了对英国教育的固有弊端的犀利批判以及对学术圈内各色人物的讽刺描述。书中这样的例子

---

① 参见戴维·洛奇:《换位》,张楠译,上海译文出版社 2007 年版,第 220 页。

俯拾皆是。比如扎普教授来到卢密奇之后,英文系更换了新址,如今位于一座新建的六角大楼里的八层。谈到整个搬迁过程,洛奇对教育当局的讽刺可谓新颖、幽默。校行政当局大发其一贯特有的奇思怪想,允许每个员工自行决定哪些家具从老楼搬到新楼,哪些要求更新。这么一来,这项工作的执行者便被各种不同要求弄了个一头雾水,结果错误百出。"一连几天,可以看到两大车的搬运工从一栋大楼向另一栋蹒跚而行,桌子、椅子和文件柜不断从新楼搬出,而同样数量的桌椅和柜子又被拖回。"①另外,关于这座新楼的传言也传得沸沸扬扬,说是它的建筑采用了预制件拼建的方法。后来对每个员工书架上可以摆放的书籍重量紧急限制后,人们对大楼结构稳定性的信心便发生了动摇。员工中比较认真听话的教师搬入后的前几周在厨房或浴室的小秤上愤愤地秤书,然后在一张张纸上记下长串的数字,由此象牙塔内文人学者的墨守成规和呆滞腐朽可见一斑。更有甚者,"进入每个办公室和教室的人数也有限制,而且据称西边的窗户之所以被封上,是因为所有占用那一侧房间的人如果同时探出身去,大楼将会倾塌"②。

　　此外,洛奇对学术界内学者文人的明争暗斗、钩心斗角等现象也进行了犀利的批判。作品中,卢密奇的校长斯特劳德决定晋升每个院系的高级讲师候选人时,找到了在此访学的扎普教授听取意见。因为英语系有两位候选人,一个是罗宾·丹普西,另一个是正在美国尤福利亚交流的史沃娄。拿到候选人的卷宗,扎普开始了他的算计:丹普西在学术研究和著作方面有绝对优势,而史沃娄的长项在于资历以及全面为学校效力多年。作为教师,没有证据表明两人有明显的优劣之分。正常情况下,扎普会毫不犹豫地支持头脑聪明一方,即丹普西。毕竟,出力服务不值几个钱。学术界的潜规则表明,如果丹普西不能很快晋升,他可能会另谋高就,而

---

① 戴维·洛奇:《换位》,张楠译,上海译文出版社 2007 年版,第 240 页。
② 戴维·洛奇:《换位》,张楠译,上海译文出版社 2007 年版,第 241 页。

史沃娄无论是否得到提升,都会留下来,一如既往地尽忠职守。当史沃娄的命运掌握在自己手中时,当扎普掂量着刽子手的利斧,打量着史沃娄伸长的脖子时,他却迟疑了。毕竟,不只是史沃娄的幸福和好光景面临被断送的危险,还关乎希拉里和孩子们,而对她们的福祉,扎普感到由衷的关切,史沃娄的提升意味着全家生计的改善。因此,扎普,这个学术界的权威,一个被校长寄望能做出公正、公平的裁断的学者,违心地推荐了史沃娄,并列举了几个不是十分充分的理由:"丹普西发表的著作还可以,不过浮夸的东西比实质内容多。他在语言学界成不了大气候……如果他先于那么多比他年长的人得到提升,肯定会一片大乱。"①于是,智慧聪颖、前途光明的年轻学者丹普西由于扎普教授的意见而名落孙山。学术界的不公和虚伪在洛奇的笔下一览无遗。

四、艺术特色

《换位》的艺术性首先体现在其独特的复合式文体上。洛奇认为小说的对话性使小说的文体变得复杂多样,这种多元化的声音形成了小说独特的复合式文体的特征,即小说是多种文体混合存在的文学样式。《换位》就是这样一部由大量不同文体拼贴而成的复合式文体小说,洛奇坦白说:"我当时觉得有必要为读者在文本的另一层次上增加些花样和新奇,因此,我每一章都用不同的风格或形式写。"②也就是第一章用现在时,第二章用过去时,第三章用的是书信体,第四章则包含小说人物理应读到的报纸片段和其他文体摘要,第五章用的是传统风格,最后一章用的则是电影脚本。这种复合性文体跨越了单一文体的局限,从内容上看,各种文体之间相互补充,使文本具有新鲜感;从形式上说,它契合了现代小说、

---

① 戴维·洛奇:《换位》,张楠译,上海译文出版社2007年版,第253页。

② 转引自马凌:《后现代主义中的学院派小说家》,天津人民出版社2004年版,第159页。

后现代小说杂糅、拼贴的特征,而且使不同文体之间构成了各种对话关系。

　　结构主义奠基人索绪尔认为,语言符号的意义并不由它们本身所规定,而是在一个纵横交织的关系网中被语言的结构所规定。这一思想直接启发了结构主义者从二元对立的角度观察和构造对象结构,如语言与言语、历时与共时等。二元对立是人类思维以及构造结构的基本方式,是结构主义最基本的结构观念,"成双的功能性差异的复杂格局这个概念,或曰'二元对立'概念显然是结构概念的基础"①。洛奇也曾说过:"我似乎偏爱双重结构,这种偏爱早于作为一个文学批评家对结构主义的兴趣。"双重结构的运用是其"校园三部曲"共同具有的一个最明显特征。《换位》是洛奇第一次将双重结构用得如此对称、如此张扬又如此完美。《换位》中,洛奇将史沃兹和扎普互换并置于两个陌生的文化背景中,使人物、场景、情节、主人公的经历以及叙事手法等实现了对称与平衡。除了两位主人公外,相关的次要人物的设置也处于富有意味的并置之下,尽管小说各章节的叙述手法不尽相同,但这种潜在的双重结构却贯穿始终。

　　互文手法的运用是"校园三部曲"的一个突出特点。互文实现了小说中不同文本间的对话,而这种对话的文本形式又与多元文化融合这一主题相辅相成,达到了形式与内容的和谐统一。王尔德在 19 世纪就曾宣称:"生活模仿艺术。"如果生活模仿艺术,那么,艺术又从何而来呢? 洛奇援引象征主义诗歌的创作经验告诉我们,艺术来自于其他艺术,特别是同类艺术,并进而提出小说来自于其他小说:"所有的文本都是用其它文本的素材编织而成的。"②作为一个对文学传统和经典极其熟悉的学者,洛奇十分擅长运用文本之间的相互指涉来增加作品的意蕴。《换位》中,洛奇通

---

①　特伦斯·霍克斯:《结构主义和符号学》,上海译文出版社 1987 年版,第 15 页。
②　戴维·洛奇:《小说的艺术》,王峻岩等译,作家出版社 1997 年版,第 110 页。

过对简·奥斯丁的现实主义作品的互文传达了扎普对美国生活方式的反感,揭示了英美两国文化的冲突;此外,作品与《专使》的互文为主人公在经历一系列的文化冲突之后,从不适应到渐渐融入当地的文化奠定了基调。文学艺术是一个杂语的世界、对话的世界,新旧文本之间的互文并非是消极无意义的,而是通过互文解构权威及霸权,使得各种文体、话语在平等的状态下形成了一种积极的多元对话关系。《换位》中互文手法的成功运用展现了不同文本以及不同文化之间的平等对话,解构了英国文化一元独尊的局面,最终实现了英美两国文化的融合。

开放式结尾是《换位》的另一个显著特色。实际上,"校园三部曲"中的《小世界》和《好工作》都没有一个传统意义上的结尾。《换位》中,扎普和史沃娄各自来到一个陌生的环境,面对着全新的环境,双方卷入了一场文化冲突之中。然而随着故事的发展,他们的价值观念、处世态度甚至连语言表达方式都发生了很大变化,并渐渐融入了当地的文化。在不知不觉中,他们交换了职位、家庭、汽车和妻子。最后,这两对夫妇在曼哈顿一家宾馆中相遇。希拉里大声提出疑问:"接下去我们四个人该怎么办?"[①]正当史沃娄在谈论"结尾问题"之际,出现了一句电影剧本说明词:"镜头骤停,他的动作做了一半僵在那里。"[②]两对夫妇之间的换婚喜剧究竟如何结局,由读者自己去猜测。这种开放式的结尾证明,小说具有无比的模拟能力,它不但能够模拟现实生活,甚至还可以模拟电影。

《换位》是"校园三部曲"的开篇力作,是一部学者从知识界内部解剖知识界的书,不仅赢得了学者的关注,也赢得了大众的欢迎,更为重要的是,它为洛奇的代表作品,另一部经典的学院派小说《小世界》奠定了基础。

---

① 戴维·洛奇:《换位》,张楠译,上海译文出版社2007年版,第288页。
② 戴维·洛奇:《换位》,张楠译,上海译文出版社2007年版,第289页。

第二节 《小世界》:学术界的众生相和百态图

以学术会议为背景的学院派小说《小世界》是洛奇"校园三部曲"中最为成功的一部,被喻为西方的《围城》,不仅在文学界问鼎各项大奖,更是在大洋两岸引起强烈反响。在《小世界》中,洛奇撕下了学术界的虚伪面纱,将学术界与平民世界放在了同一个水平线上,以调侃的口吻讽刺了这个小世界中各种令人难以置信的奇闻怪事。这批活跃于高校和批评界的学者、教授参加各种学术会议,名义上是为了学术交流,实际上却是为了观光旅游、追名逐利、寻欢作乐。这个学术的小世界折射出了整个外部世界的喧嚣与骚动。在文化层面上,如果说《换位》体现了英美两国文化的冲突与融合,那么,《小世界》则消除了高雅文化与通俗文化的界限,使得"高山流水"与"下里巴人"并存于书中,做到了雅俗共赏,兼容并蓄。

小说主要是由学者们的追名逐利以及珀斯对爱情的追寻两条情节线索组成。小说的场景在世界各地不断地转换,但万变不离其宗,始终离不开学术的"小世界"。名利场上的追寻者以莫里斯·扎普教授为代表,"在这个世界中,扎普、史沃娄等学者文人们或追逐功名利禄,或追逐性爱欢娱,构成了一幅欧美学术界的众生相和百态图"①。另一条线索是珀斯对安杰莉卡的徒劳追求。拘谨保守的男主人公珀斯爱上美貌博学的安杰莉卡,他几乎跑遍全世界,从卢密奇追到伦敦,从日内瓦到耶路撒冷,而安杰莉卡总是若隐若现,行踪难察。最后,珀斯发现心上人已情有所属,在失望之余又另有所爱,并再次踏上了寻觅的漫漫征程。传统意义上,大学校园应该是社会精英的汇集地,大学里的教授们大都清心寡欲,属于精英派。而洛奇在《小世界》中打破了这一传统观念,以调侃的

---

① 侯维瑞、李维屏:《英国小说史》,译林出版社 2005 年版,第 768 页。

口吻讽刺了这个小世界中各种令人难以相信的奇闻怪事。小说的开篇将参加研讨会的现代学者与中世纪朝圣的基督徒相比较。然而,当时的学者和教授已然没有了朝圣者的那份虔诚和圣洁,他们参加研讨会主要是为了会后丰富多彩的娱乐消遣,旅行、聊天、吃饭、饮酒,寻欢作乐,而且所有的花费都能报销。现代学者们早已丧失了知识分子应有的清高气质,沦为物质享受的奴隶。在《小世界》中,洛奇不仅揭露了当代学者的虚伪腐败,更以学术的"小世界"指涉校园外的大千世界,生动地展现给读者一幅当代学者的百态图。

一、当代学者的戏谑性刻画

作为一部经典的学院派小说,《小世界》成功地塑造了一系列典型的人物,如自视甚高、粗鲁尖刻的扎普,才智平庸、谨小慎微的史沃娄,天真单纯、执着勇敢的珀斯,热情开放、美貌博学的安杰莉卡以及年老体弱、文思枯竭的学术大腕金·费舍尔,等等。这个学术的"小世界"不像人们所想象的那样高雅,而是充满了计谋与腐败。当代学者们各自带有强烈的功利性,为谋取私利不断地明争暗斗,玩弄手腕,表现出与他们温文尔雅、清心寡欲的表面相悖的一面。"在这个纷纷攘攘的小世界里,'大家都在寻找圣杯',这圣杯可能是学院的职位或更好的职位,丰厚的薪水或更丰厚的薪水,有名望的出版社或更有名望的出版社,奖项或更高的奖项,女人或更多的女人,地位或更高的地位。"①扎普和史沃娄是这些当代学者中的典型代表,通过对二人的分析便可以小见大,将整个当代西方学术界尽收眼底。

《换位》中的史沃娄和扎普以主要人物身份再次出现在《小世界》中,此时两位学者已回到了各自的国家和学校。洛奇曾坦言这两个人物代表自己心中的两面。两个人物各有特点,扎普才华横

———————

① 马凌:《后现代主义中的学院派小说家》,天津人民出版社 2004 年版,第 172 页。

溢、慷慨大方、不知疲倦;史沃娄则学术平庸,但懂得知足常乐。在作品中,这两个人物都遭到戏弄和嘲讽。《换位》中的史沃娄只是一个拘谨呆板、恪守常规的讲师,婚姻很不美满,事业也处于停滞状态,发表的学术论文少得可怜,在卢密奇大学几乎没有晋升的希望。然而,具有讽刺意味的是,学术平庸的史沃娄在《小世界》中却成为卢密奇大学英语系的主任。在"校园三部曲"的最后一部《好工作》中,史沃娄的运气似乎比在《小世界》里还好,他甚至当上了文学院院长,主宰着年轻学者罗宾们的命运。实际上,洛奇这样安排是独具匠心的。他继承了由斯威夫特、简·奥斯丁、伊夫林·沃、约翰·韦恩等人铸就的伟大的英国小说讽刺传统,对知识分子的平庸和虚伪以及学术圈里的各种腐败现象进行了犀利的讽刺和无情揭露。史沃娄的升迁正是英国高等教育衰落的象征——平庸之辈身居高位,年轻才子流失海外或望门兴叹或难有出头之日。①由此可见象牙塔内部的腐朽与混乱。

在《小世界》中,史沃娄教授算不上是一个光彩的人物。他生活糜烂,勾引女学生,看淫秽电影,学术生涯也平淡无奇,只出版了一本名为《赫兹利特与业余读者》的书。碰巧的是,这本书被学术大腕拉迪亚德·帕金森发现并被大肆宣传。帕金森这样做当然不是因为此书有很高的学术价值,也并非为了提高史沃娄的知名度,而是为了对付他的竞争对手莫里斯·扎普。帕金森对史沃娄的书进行了这样的评价:

　　在当代批评的沉闷的荒漠之中,邂逅一个捍卫人文学科的高贵传统、倡导健全的判断力和对伟大作品的朴素欣赏的作者,是多么令人快意的一件事……对比之下,扎普教授在他充满了术语行话的学究式的文章中,把时髦的欧洲大陆的学者的有悖常情的似是而非的怪论,尽可能地表现得更为自命不凡和了无生气……现

---

①　参见罗贻荣:《走向对话》,中国社会科学出版社 2006 年版,第 264 页。

小说家的批评和批评家的小说

在到了相信文学是人类普遍和永恒价值的表现的人们站出来并受到重视的时候了……斯沃洛教授吹响了号召人们行动的号角,谁会响应他的号召?①

　　这种肯定和赞扬的动机以及虚张声势、夸张做作的语言里所包含的反讽意蕴不言而喻。另外,参加土耳其的国际会议也明显地体现了洛奇对史沃娄教授学术生涯的批判。会议组委会要求史沃娄的主题演讲选个较为宽泛一点的题目,比如像"文学与历史"、"文学与社会"或"文学与哲学"之类,结果由于电文传递的差错,题目成了"文学与历史与社会与哲学与心理学"。为了能够取悦他的东道主,也为了讨好英国文化协会,以免其停止出资邀请他出国讲学,史沃娄竟然同意做这样一个题目,准备了一个"文学与所有东西的演讲"。一个人文学者不考虑学术价值而屈从于经济利益,其中的讽刺意味可见一斑。

　　扎普教授和史沃娄教授相互对照。扎普过去研究奥斯丁,但是在当代社会奥斯丁已经不时髦了,于是他开始研究炙手可热的解构主义,借来德里达的"延异"观念,偷来巴特的"脱衣舞"比喻,写了一篇哗众取宠的论文,大谈"文本性与脱衣舞"。不管在哪里,不管出席什么主题的学术会议,扎普教授都要使用这篇论文,仅仅稍加调整,还准备带着它讲遍欧洲。然而,他似乎总是命运多舛,每每陷于滑稽可笑的境地:他在飞机上受到一位漂亮的意大利女学者的引诱,满以为走了桃花运,不料差点掉进一个早有预谋的三人性游戏圈套。本来在免费的豪华别墅里享受文化帝国主义带来的福祉,却遭到激进组织的绑架,绑架者向他的前妻德斯丽索要赎金,她却和绑架者讨价还价,像进行一场荷兰式拍卖会一样,试探着扎普的最低价。直到最后生死关头,扎普还不能确定是否被前

---

① 戴维·洛奇:《小世界》,王家湘译,上海译文出版社2007年版,第235页。此译将"史沃娄"译为"斯沃洛"。

妻解救,而只能听天由命:"不是获救就是死亡"———一个可悲的当代知识分子形象呼之欲出。

与学术平庸的史沃娄相比,扎普教授算得上是一个学术大腕了。然而,他参加会议的目的纯粹是为了名与利,因为有名就可以申请研究基金,进而得到晋升,享受种种待遇,最后金钱、美女滚滚而来。由此可见,洛奇笔下的"小世界"不仅是学术的小世界,更是情场加名利场,是一个失去了崇高的世界。在享受着名气带来的各种特权和优厚待遇的同时,扎普教授还摸索出了一套学术哲学:

> 你必须是出色的……开始所需要做的只是写一本确实非常好的书……凭借着这一本好书,你可以得到资助,在更为有利的条件下写第二本书。有了两本书,你能够得到提升,减轻教学任务,并教你自己设置的课程。那时,你可以利用你的教学为下一本作品进行研究,这样就能够更快地出书。这种生产能力使你有资格获得终身职位、进一步的提升、数量更大和更有威望的研究资助,更多地减轻日常教学和行政工作。[①]

扎普正是遵循学术界这样的"游戏规则",一步步实现对物质和名利的追求。《小世界》以反讽的手法向读者展示了学术界的一个悖论:要想成为一个好的学者,进行自由、纯粹的学术研究,首先要学会这里的一套哲学,学会功利地看待问题。学术研究也因此丧失了它本身的意义,不再以获取知识、追求真理为终极目标,而成了通向权力和物质享受的阶梯。

在《小世界》中,学者们的竞争目标是联合国教科文组织文评委员会主席一职,因为它纯粹是个概念上的职位,不需要做任何实质性的工作,每年却可以拿到 10 万美元的薪金。这样的优厚待遇让众多学者垂涎,更使得他们为得到这一职位而不择手段。正如

---

① 戴维·洛奇:《小世界》,王家湘译,上海译文出版社 2007 年版,第 216～217 页。

同时代的学院派小说家布雷德伯里在《克里米纳博士》中用克里米纳教授这个形象映射美国耶鲁大学的著名解构主义学者保罗·德曼一样，学术界普遍认为扎普教授是以美国著名读者反应批评家斯坦利·费什为原型的。实际上，扎普是否以费什为原型并不重要，他之所以让读者印象深刻，主要是因为他具有当代学者的典型特征。实际上，才分甚高、志在必得的扎普教授的坏运气和才气、建树平平的史沃娄的好运气，都是洛奇嘲讽性戏笔的产物。在 20世纪以校园生活为题材的小说里，《小世界》对当代学术界腐败、堕落的揭露可谓入木三分。

二、现实主义与实验主义的对话

二战后，后现代光怪陆离、眼花缭乱的文学实验已呈没落之势，而传统的现实主义又因不可避免的局限性使其回归难以为继。在文学枯竭声中，洛奇指出当代小说创作应寻求写实与实验间的对话，并在小说创作中同时融入现实主义与实验主义的因素，以成功地解决当代文学创作中因写实与实验各执一端而带来的分崩离析。在《小世界》中，现实主义写实和现代主义、后现代主义的实验因素有机地融合在一起。正如批评家莫瑞斯所言，"《小世界》是一部由十字路口的小说家所写的位于十字路口的小说"①。洛奇没有站在十字路口犹豫不决，而是在现实与实验这两条路之外走出了第三条路，一条对话之路。现实主义、现代主义和后现代主义这三方面特点交织在一起，形成了《小世界》别具一格的对话艺术。

《小世界》植根于英国现实主义小说传统，在背景、情节、人物刻画以及主题思想等方面都具有现实主义特点。首先，故事以文人学者参加一系列学术会议为背景，其场景和文化背景的描写都是现实的，如对伦敦的街景和建筑、纽约的饭店和土耳其的博物馆

---

① Robert A, Morace, *The Dialogic Novel of Malcolm Bradbury and David Lodge*, Southern Illinois University Press, 1989, p. 196.

等客观的描述。另外,《小世界》有传统小说的故事情节,书中主人公珀斯对安杰莉卡浪漫的爱情追逐和莫里斯·扎普等人对联合国教科文组织文评委员会主席职位的争夺构成了前后连贯的情节。在人物刻画方面,洛奇也遵循了传统的现实主义手法,即从人物的外貌、言语方式和外部行为等方面塑造人物,而不是像乔伊斯和伍尔夫等现代派大师那样深入到人物的内心,极力捕捉其变幻莫测、错综复杂的感觉和心理活动。最后,在主题方面,洛奇虽赋予了《小世界》拼贴的形式、开放式的结尾和意义的隐退等实验主义写作特点,但自始至终强调的却是一个严肃的现实主义主题。《小世界》最重要的现实主义特征在于它对现实世界的关切:对当代文化之"荒芜"的揭示,对追名逐利、钩心斗角的学者"小世界"的嘲讽,对传统道德与后工业社会文明冲突的表现,等等。① 洛奇继承了英国小说的讽刺传统,对学术圈里的各种腐败现象进行了犀利的讽刺和无情揭露。名利场中的学者们有的像登普塞那样对同行的成绩嫉妒得发疯,有的像温莱特那样思维枯竭一心只想追逐女学生,更有人像阴沉的德国教授冯·托皮兹那样剽窃别人的作品却还依然摆出一副凛然不可侵犯的样子。在洛奇的笔下,现代学者已不再清心寡欲,不求富贵,有人是为了扩大知名度,有人是为了结交圈内的朋友,有人是想找出版商,有人是想谋好职位,有人是为享受公费旅游,还有人是指望来一次短暂的风流韵事。这里的学术界与象牙塔的美誉背道而驰,因学者们的争名夺利而显得乌烟瘴气。当代学者丧失了知识分子应有的清高气质,已经沦为物质享受的奴隶并不择手段地追名逐利,这不禁让人想起另一位学院派小说家拜厄特在小说《占有》中对当代学者百态图的勾勒和辛辣讽刺。

《小世界》的现代性主要体现在结构布局上。一个小说家创作成熟的标志之一是对小说整体布局的独到理解和把握,作为一位

①　参见罗贻荣:《走向对话》,中国社会科学出版社 2006 年版,第 250 页。

精通小说写作模式的学院派作家,洛奇十分注重小说的结构与布局。一方面,《小世界》采用了双重结构进行创作①,如果说洛奇在早期的小说创作中对双重结构只是小试牛刀的话,那么,在《小世界》中,洛奇对双重结构的使用则更为酣畅淋漓。洛奇以主人公的爱情追寻和学者们的追名逐利作为小说双重结构的对应双方。男主人公珀斯爱上了美貌博学的安杰莉卡,于是,拘谨保守的书生满世界寻寻觅觅,而大胆活泼的时髦女才子飘忽不定。其间,珀斯误将安杰莉卡的双胞胎妹妹当成了自己朝思暮想的恋人,并与这位色情从业者缠绵悱恻了一番,闹出了一场错误的喜剧。最后,珀斯发现心中的情人早已情有所属,于是在失望恍惚之后另有所爱,并不得不再次踏上寻觅的漫漫征程。在学术的"小世界"中,扎普、史沃娄、金·费舍尔等文人学者们为功名利禄与性爱欢娱而不择手段,展开了激烈的竞争。实际上,双重结构模式是"校园三部曲"共同具有的一个明显特征,通过这种结构模式,洛奇将相互对照的人物、场景、情节并置,表现了不同文化、价值观念之间的差异与错位。另一方面,以隐喻的方式使用神话是 20 世纪西方现代文学的一个重要特征,如乔伊斯在《尤利西斯》的人物、情节和结构上与荷马史诗《奥德赛》相对应,利用神话史诗所提供的隐喻和象征意义作为表现现代社会的工具,大大丰富了作品的形式和含义。洛奇在构思《小世界》时受艾略特在《荒原》中套用圣杯传奇的启发,借用了这一典故来谋篇布局。他把现代学者的会议与中世纪基督徒朝圣相对照;并且书中的主要人物都可在圣杯传奇中找到原型,如珀斯是追寻圣杯的骑士柏西华尔的化身,阳痿而创作枯竭的文论权威金·费舍尔的原型是渔王费舍尔·金。《小世界》中学者的追名逐利与圣杯传奇相对照,这种独具匠心的艺术形式赋予了文本多元性和对话性的特点。然而书中虽套用圣杯结构,却消解了圣

---

① 参见马克·柯里:《后现代叙事理论》,宁一中译,北京大学出版社 2003 年版,第 58 页。

杯传奇的崇高意义。小说开篇引用了艾略特《荒原》中的"四月是最残酷的月份"①,渲染出一片荒芜的氛围。当代学者到各地参加研讨会,开始了"朝圣之旅",但他们所追逐的却是名利和寻欢作乐。唯有珀斯显得与众不同。珀斯虽不感兴趣于种种高深莫测的"后学"理论,然而这个学术门外汉提出的问题却不仅拯救了渔王,更拯救了荒芜的文艺界。在美国现代语言年会上,学者们讨论"批评的功用"问题,有 5 位发言者分别阐述了自己的观点,史沃娄的观点代表传统的道德批评学说,塔迪厄代表形式主义理论,托皮兹代表读者反应批评,莫尔加纳代表新马克思主义,扎普则是解构主义的代表。然而,金·费舍尔对这些论述皆不满意。此时,珀斯提出这样一个问题:"我想请教每一位发言人,如果大家都同意你的观点,其结果会怎么样?"这就是那个"本质"的问题,金·费舍尔兴奋地指出:"在评论的实践中,重要的不是真理而是差异"②——这就是文学批评的"圣杯"。然而,珀斯自己却没能得到他向往的"圣杯"——安杰莉卡。珀斯有骑士精神,也有不断追寻的勇气。他苦苦地寻找安杰莉卡,就像《尤利西斯》中的斯蒂芬寻找"父亲"一样执着。然而珀斯最终却误入歧途,与安杰莉卡的妓女妹妹发生关系。小说中无论是珀斯对爱情锲而不舍的追求,还是扎普等学者对联合国教科文组织文评委员会主席职务不惜一切代价的追逐,最终都竹篮打水一场空。

20 世纪后半叶,后现代主义思潮以排山倒海之势影响了整个西方学术界,深谙文学批评和小说创作的洛奇无疑受到了德里达、傅科、拉康等后现代学者的影响。在《现代主义、反现代主义、后现代主义》(*Modernism*,*Anti - modernism and Postmodernism*,1977)中,洛奇把后现代主义当作是现代主义与反现代主义之外的第三种模式,认为"后现代主义坚持了现代主义对传统现实主义的批判,但

① 戴维·洛奇:《小世界》,王家湘译,上海译文出版社 2007 年版,第 3 页。
② 戴维·洛奇:《小世界》,王家湘译,上海译文出版社 2007 年版,第 456 页。

是它力图超出,绕过或僭越现代主义……对于后期现代主义作品的读者来说,困难不在于意义上的隐晦——隐晦可以搞清楚的,而是在于意义不确定,这是它特有的性质"①。后现代主义小说在叙述上遵循荒诞的逻辑,不同时空中的人物或事件共存于一部作品中,形成对立矛盾,现实与虚幻的界限被打乱,结尾存在着多种结局,表现了文本意义的不确定、现实的荒诞以及世界的无序。《小世界》中的"后现代"话题和后现代特质是不容置疑的。洛奇在继承现实主义写实传统的同时,运用了互文、语言游戏、开放式结尾等典型的后现代主义写作技巧,体现了小说家创作的多元化。

互文在《小世界》中得到了广泛的应用。正如洛奇所说:"互文性是文学的根本条件,所有的文本都是用其它文本的素材编织而成的,不管作者是否意识到这一点。"②文学艺术是一个杂语的世界、对话的世界,任何文本都是对先前文本的应答,并且天然地要求后继文本对它做出回应。然而新旧文本之间的互文并非是消极、无意义的,而是通过互文解构权威,解构霸权,使得各种文体、话语在平等的状态下形成积极的多元对话关系并催生出新的意义。《小世界》中的互文主要包括运用引语、戏仿、拼贴、典故等,通过这些洛奇有意识地构筑了对话的小世界。首先,引语在这部作品中可谓屡见不鲜,《小世界》扉页上出自乔伊斯《芬尼根的苏醒》中的一句话"嘘! 当心! 回声之地!"暗示了《小世界》的互文性,也就是文学作品、文体形式和文学理论的多声部回响。③的确,书中充满着各种文本和话语之间的"回声"。如书名"小世界"引用了歌德的《浮士德》中魔鬼靡菲斯托与浮士德的对话。洛奇在导言中还引用了乔叟的长诗《特洛伊罗斯和克瑞西达》结尾处的一句话:"这

① 戴·洛奇:《现代主义、反现代主义、后现代主义》,侯维瑞译,见王潮选编:《后现代主义的突破——外国后现代主义理论》,敦煌文艺出版社1996年版,第92页。

② 戴维·洛奇:《小说的艺术》,王峻岩等译,作家出版社1997年版,第110页。

③ 参见马凌:《后现代主义中的学院派小说家》,天津人民出版社2004年版,第169页。

小小环球,被大海环抱。"①《小世界》中出现了一大批知名作家和文学批评家,如叶芝、艾略特、爱伦·坡、罗兰·巴特、德里达、福柯、乔叟、莎士比亚、金斯利·艾米斯、伊瑟尔、杰茜·韦斯顿等。正如一位评论家所说,"《小世界》充斥着暗引和典故,如果你能发现其中一部分,你就会觉得自己很博学"②。其次,戏仿也是洛奇常用的互文手法,《小世界》在宏观和微观层面都有滑稽模仿的运用。从宏观上来说,作品在结构、主题、人物甚至语言等方面都存在戏仿的痕迹。如"追寻"是所有罗曼司共有的主题。主人公名叫珀斯·麦加里格尔,"珀斯"来自"柏西华尔"(Perceval)——圣杯传奇中使渔王康复的骑士,"麦加里格尔"意为"超级猛士之子",可见作者拟将主人公比作骑士英雄。安杰莉卡则是对骑士传奇《疯狂的奥兰多》中女主人公的滑稽模仿。此外,安杰莉卡(Angelica)的词源是"天使"(Angle),可见珀斯将她当作天使来追求。《小世界》中的学术泰斗、联合国教科文组织文评委员会主席亚瑟·金·费舍尔(Arthur King Fisher)是对古代君王费舍尔·金的戏仿。金·费舍尔是渔王的化身,身居"国王"的位置,却丧失了学术创新的能力,主席地位岌岌可危。同时,他"统治"下的文学批评界也一片荒芜。作品中戏仿手法的使用并不是单纯为了达到戏谑、嘲讽的效果,而是增加文本文学性、解构权威理论和话语的一种有效途径。

后现代文学的语言游戏性和开放式结尾在《小世界》中也有充分的体现,并给读者留下了充分的想象空间。文本意义的确定性彻底消失了,一切词语既是"能指"又是"所指"。珀斯对安杰莉卡的追寻象征着读者对文本意义的探求,"读者发现文本意义的过程如同柏斯找寻情人的过程,一路查询着蛛丝马迹,跟踪着能指符号,最后满以为'把握'了终极意义,却发现原来是虚幻的假象,就

---

① 戴维·洛奇:《小世界》,王家湘译,上海译文出版社 2007 年版,引子第 2 页。
② 罗贻荣:《走向对话》,中国社会科学出版社 2006 年版,第 237 页。

像柏斯找到的只是恋人的胞妹一般"①。约翰·福尔斯在《法国中尉的女人》中为读者提供了三个迥然不同的结尾,每一个结尾体现了作者的不同用意和构思,带来了小说创作观念的重要变革。《小世界》再次启用这种开放式结尾,赋予了作者充分的自由,使读者积极参与故事的想象与构造,同时也暗示了寻觅的无止境和文学创作的永无完结性。小说结尾写道:"他不知道在这个狭小的世界上,他该从什么地方开始去寻找她。"②这个结尾隐藏着解构主义的精髓:对意义的追寻将往返循环,永无止境。读者没有必要在文字与符号中寻求什么终极意义,文本写作就像是作者与读者之间进行的一场文字游戏,不同的读者可以赋予文本以不同的意义并获得审美愉悦,而这些意义也永远处于不断被解构之中,使文本产生更为深远的多元意蕴。

20 世纪 60 年代,美国当代小说家约翰·巴思发表了《文学的枯竭》,认为当时的文学,尤其是小说,已经是末路穷途,情殊可危了。洛奇深刻地意识到当代小说创作的危机,但他一直坚信小说不会死。富于对话精神的洛奇一方面充分继承并发展了现实主义写实的伟大传统,另一方面又大胆地采纳了现代主义、后现代实验主义写作的创作手法。洛奇的小说恰恰说明了 20 世纪后半叶各种文学流派、创作手法相互交融的态势。《小世界》的成功实践也预示了当代小说创作的新趋势:打破桎梏,走向对话,在写实与实验的对话中探索新的发展道路。

三、文学理论的通俗化阐释

作为一位有着国际影响的著名学者,洛奇既是自觉意识很强的学者型小说家,又是著名的文学批评家,在文学批评和小说创作两方面都颇有建树。作为学院派小说家,洛奇将理论研究与创作

---

① 张和龙:《战后英国小说》,上海外语教育出版社 2004 年版,第 122 页。
② 戴维·洛奇:《小世界》,王家湘译,上海译文出版社 2007 年版,第 485 页。

实践这两个看似矛盾的不同声音结合在同一文本中。理论是对小说创作的反思与总结,小说创作是对其理论的实践和应用。洛奇的小说批评理论既有深入的理论研究,也有对创作现象进行的具体分析,是理论和实践的统一,是理性思考和感性认知的结合。在这个意义上,洛奇属于文坛上最正宗的学院派作家。①《小世界》不仅是脍炙人口的佳作,也是洛奇进行文学研究及评论的试验田,是一部典型的理论化小说。

《小世界》的副标题"an academic romance"便出自洛奇的深思熟虑。"Academic"既有"学院"之意,也有"理论"之意,这暗示着小说中蕴含着深层次的理论探索。在《小世界》中,弗洛伊德精神分析、女权主义、解构主义、俄苏形式主义、原型批评等理论随处可见。作品中,各种文学理论保持着一种平等对话的关系,既没有单纯的肯定,也没有单纯的否定,作品中不存在一个占主导地位的声音,这正是巴赫金对话理论的精髓所在:"各种理论平等共存,相互渗透、相互作用、相互补充、相互阐明。"②巴赫金认为任何话语都具有内在对话性,语言的本质就是对话,"一切莫不都归结于对话……一切都是手段,对话才是目的"③。巴赫金的对话理论强调各种话语、各种文化、各种声音在一个平等的基础上互相交流、相互作用,不仅契合了后现代主义消解中心、消解权威、倡导多元的精神,而且具有极强的开放性与对话性,在西方文学界及理论界引起广泛关注,已成为一种历史性的潮流和趋势。洛奇在研究巴赫金理论的基础上认为,对话性,即"双声"和"复调"是语言的内在特性。"小说可以借助散漫的复调现象,可以对各种不同的引语——直接的、间接的和双向的引语——进行精巧而复杂的编织,以及对

---

① 参见马凌:《后现代主义中的学院派小说家》,天津人民出版社 2004 年版,第151 页。

② 马新国主编:《西方文论史》,高等教育出版社 2002 年版,第 481 页。

③ Mikhail Bakhtin, Caryl Emerson. *Problems of Dostoevsky's Poetics*, Minneapolis:University of Minneapolis Press, 1984, p.252.

各样权威性的、压制性的、独白的意识形态表现出狂欢式的不敬。"①由于小说家能够"运用自由间接引语使叙事话语在作者的声音和人物的声音间自如地转换,把作者的评价和对人物经验的呈现不分彼此地融合在一起,做到了主观和客观的同步进行"②,因此,相对于其他文学样式而言,小说具有更为明显的对话特征,能够呈现出众多独立而互不融合的声音和意识。实际上,小说是多种文体混合存在的文学样式,小说中的对话关系是复杂多样的,它包括文本中的各种不同的文体或声音之间的对话、文本与读者的对话、文本与文化和社会进行的对话等。

洛奇在构思人物时也别具匠心,书中许多人物代表不同理论流派,通过他们之间的对话巧妙地传达出对批评理论的阐释和解读。如英国学者菲利普·史沃娄信奉结构主义,研究简·奥斯丁的扎普代表解构主义,德斯丽代表女权主义,富尔维亚·莫尔加纳代表马克思主义,等等。在小说结尾部分"批评的功用"讨论会上,各种文学理论竞相登场,"是一个新批评、结构主义、接受美学、传统现实主义、后结构主义众声喧哗的狂欢广场"③。《小世界》里各种理论流派代表人物的潜对话表明,在当时这个后现代的语境中,各种新的理论、新的批评方法层出不穷,而试图找到一个一劳永逸地解决一切问题的方法和理论是完全不现实的。多元主义是各种批评理论繁荣的必要条件,不同的声音和思想观点的对话有助于学者和普通读者对理论的解读、阐释和发展。不仅如此,在作品中各种深奥的批评理论已悄悄地、戏剧化地融入世俗,与民间最卑微、最低俗的事物结合在了一起。在《小世界》中,洛奇对当时颇为时髦的解构主义理论进行了通俗化阐释。扎普教授结合巴特和德里达等后结构主义者的观点,指出话语具有不确定性和游戏性,说

---

① David Lodge, *After Bakhtin*, London: Edward Arnold, 1990, p. 21.

② 欧荣:《戴维·洛奇小说批评理论再探》,载《当代外国文学》2007 年第 1 期。

③ 罗贻荣:《走向对话》,中国社会科学出版社 2006 年版,第 210 页。

什么语言如同密码，文本性有如脱衣舞："舞女挑逗着观众，正如文本挑逗着读者，她们给观众以最终完全暴露的期待，却又加以无限的拖延"①，等等。利用脱衣舞的比喻，扎普把高深抽象的解构理论通俗化、形象化了。至关重要的是，洛奇在脱衣舞比喻之外，还通过情节设置来解释这种高论：对于珀斯来说，安杰莉卡是一个神秘的能指，意义飘忽不定。珀斯全力要去做的，就是找到与之相对应的所指。而所指的意义总是在逃避，安杰莉卡永远都不在场，一路留下曾经到过的"痕迹"，而珀斯找到的始终只是这些痕迹，这也就是延异。在小说结尾，珀斯开始新一轮的追寻，未必不是得到解构主义的真谛。通过这样的通俗化表述，洛奇有效地促进了文学理论在普通读者中的普及。

　　谈到自己的理论创作，洛奇自己曾说："我对小说诗学的探索在每一阶段都得到一些新的（或对我来说是新的）文学理论的促进。"②从洛奇身上，我们似乎看到了西方当代小说批评史的缩影，即从注重细读作品来寻找小说的象征意义的新批评到偏重语言学的方法、寻找文学形式中的规律的结构主义，再到以细读文本为基础、注重发现社会、文化、文学的相互关系和影响的后结构主义。和布雷德伯里一样，洛奇并不简单地信奉某一个"主义"，而是一贯以兼收并蓄见长。他的理论著作既饱含真知灼见，又充分发挥了洛奇本人既精通理论思维又会形象表达的特长，彰显出一位学者型作家的独特魅力。此外，洛奇在《小世界》中将他所掌握的各种批评理论融入小说创作，打破了严肃作家曲高和寡的尴尬局面，使各种抽象的文学理论重新焕发出勃勃生机。在作品中，洛奇对理论术语进行了大胆的通俗化改写，有助于普通读者对抽象理论的解读和阐释，促进了文学理论的普及。洛奇将文学理论融入小说

---

　　①　戴维·洛奇：《小世界》，王家湘译，上海译文出版社 2007 年版，第 39 页。

　　②　David Lodge, Consciousness and the Novel, Cambridge, Massachusetts: Harvard University Press, 2002, p. 10.

创作的成功实践也预示了文学理论发展的一个新的趋势：走出象牙塔，走向对话，在更广阔的生活土壤中汲取力量。

四、高雅文化与通俗文化的融合

长期以来，高雅文化与通俗文化之间存在着轻视、反感甚至是敌意的鸿沟。文学批评传统上把通俗文化看作是对高雅文化的一种威胁。阿诺德在其著名的《文化与无政府状态》中竭力维护贵族经典，以抵制迅速蔓延的市侩文化。著名批评家利维斯也主张"以高雅文化的审美情趣教育熏陶社会大众，以匡正市井文化的不良影响"①。然而，随着摇滚音乐、通俗小说、女性杂志、商业电影等通俗文化的迅速普及，人们已对高雅文化的一元独尊颇有微词。以金斯利·艾米斯为代表的英国第一代学院派小说家更是将矛头直接指向社会中上阶层那些自视清高、自命不凡的人物，尤其是学术界的知识分子和大学教授。艾米斯的《幸运的吉姆》采用喜剧和闹剧的手法嘲讽、捉弄了以威尔奇教授为代表的学院派文化，体现了对精英文化的叛逆和否定，使之成为一部抨击高雅文化的杰出的代表作品。作为英国第二代学院派小说家的代表人物，洛奇深谙学院文化与通俗文化之间的隔阂与冲突，他指出经典文学与通俗文学之间、高雅文化与通俗文化之间的鸿沟是人为的、虚拟的，是应该被废除的。在《小世界》中，洛奇在更广阔、更深刻的文化语境下寻求了高雅文化与通俗文化的相互理解与沟通，既使普通读者感到愉悦，又令学者文人掩卷深思。如果说《换位》体现了英美两国文化的对话，《好工作》融合了学院文化与工业文化，那么，《小世界》则消除了高雅文化与通俗文化的界限，使得"高山流水"与"下里巴人"并存于书中，做到了雅俗共赏，兼容并蓄。

《小世界》产生于多元文化语境之中，洛奇揭露了学术界的真面目，将学术界与平民世界放在了同一个水平线上，打破了高层社

---

① 朱刚编著：《二十世纪西方文论》，北京大学出版社 2006 年版，第 428 页。

会与低层社会的界限,向文化的高低之分提出了挑战。传统意义上,大学校园是社会精英的汇集地,大学教授们应清心寡欲,潜心钻研学术,而洛奇在《小世界》中打破了这一传统观念,对当时西方学术界的不良风气进行了辛辣的讽刺。小说的开篇将参加研讨会的现代学者与中世纪朝圣的基督徒相比较,然而当时的学者和教授已然没有了朝圣者们那份虔诚和圣洁,他们到各地参加研讨会,开始了"朝圣之旅",但所追逐的却是名利和寻欢作乐。传统意义上的大学校园应是社会精英的汇集地,作为精英派的学者、教授们本应清心寡欲、淡泊名利。而在《小世界》中洛奇打破了这一传统观念,以现实主义的讽刺手法对学术界的各种腐败现象进行了入木三分的无情揭露。在洛奇笔下,《小世界》中的学者、教授们的虚伪和钩心斗角,出版商、作家与评论家的相互巴结和相互诋毁,学术界弄虚作假、剽窃抄袭之风盛行等不良风气被昭然示众。洛奇撕下了学术界的虚伪面纱,并以调侃的口吻讽刺了文人学者的故弄玄虚。《小世界》中能指、所指、延异、叙述、陌生化、代码等一批理论术语频繁出现。实际上,这些炫人耳目的时髦词语不过是现代学者们装点门面的手段。

此外,洛奇将各种深奥的文学理论戏剧化地融入世俗,与民间最卑微、最低俗的事物结合在了一起。如书中大量穿插了浪漫爱情、同性恋、吸毒酗酒、夜总会表演等情节。女主人公安杰莉卡在"浪漫文学临时论坛"发表对罗曼司的研究成果时,演讲中充斥着低俗的话语:"罗兰·巴特使我们明白了叙述与性活动、肉体愉悦与'文本愉悦'之间的密切关系……在巴特的理论体系中,古典文本的愉悦只不过是性爱的前戏,存在于对读者的好奇和渴望——渴望谜能被破解、行动得以完成、美德得到报答、罪恶受到惩罚——不断地挑逗并拖延给予满足之中……最伟大最典型的浪漫文学常常是没有结局的……浪漫文学是多次性高潮。"[1]解构主义

---

① 戴维·洛奇:《小世界》,王家湘译,上海译文出版社 2007 年版,第 460 页。

致力于边缘对中心的消解,取消等级制,其解构策略对文化分析和文化批判产生了不可低估的影响。洛奇深受解构主义的影响,并在《小世界》中融合了高雅文化和通俗文化,打破了学术界内外的雅俗之分。洛奇的这种观点响应了文化研究打破阶级层次、高低贵贱之分的努力,反映了同时代作家,尤其是后现代主义作家及文化研究者对阶级、社会和文化的反思。高雅文化与通俗文化最终的目的都是为人类服务,所以两者应更加广泛地对话,更加宽容地理解,更加融洽地合作,就如"鸟之两翼","车之两轮",只有齐驱,才能并进。

五、景物描写在《小世界》中的反讽作用

反讽法,又称倒反法、反语,为说话或写作时一种带有讽刺意味的语气或写作技巧,单纯从字面上不能了解其真正要表达的事物,而事实上其原本的意义正好和字面上所能理解的意涵相反,读者通常需要从上下文及语境来了解其用意。作为学院派小说的代表,《小世界》是戴维·洛奇"校园三部曲"中最成功的一部。作品描述了当代西方学术界的种种景象,语言诙谐幽默,妙趣横生,结构布局新颖独特,充满寓言象征。在《小世界》中,戴维·洛奇为了突出人物行为和言语的荒诞性,在情节描写中不断地穿插着对景物的描写,而在这些描写中,无一例外地渲染了情节和人物的荒诞,并通过夸张反差的方式提高了讥讽的意味。

1. 卢密奇学术会议

在卢密奇学术会议情景中,列举了若干位表面上虚戴光环的学者,他们不但有刚完成了艾略特诗歌硕士论文的珀斯·麦加里格尔,还有声称出版了《赫兹里特》却没有见过评论的英国卢密奇大学的史沃娄教授。在情节的叙述中,作者揭露了在他们学术光环背后隐藏着的追求享乐的本能和追名逐利的野心,他们不满于平静的生活,寻找感官刺激,以至于到最后荒唐地互换妻子。在这样的人物和情节的设置下,戴维·洛奇在景物描写的过程中创造

了一幅高贵的学术与破败的环境之间的反差画面："那些龇牙裂缝、坑坑洼洼的墙壁上，留有褪色的矩形图案。……他们已经欣赏过那些破家具，探究了那些里边满是尘土、没有挂钩的壁柜。"对洗脸池和卫生间的描写："尽管不是每个池子都有塞子，或者每个塞子都有链子；有些水龙头拧不开，有些拧开又关不上。"而最犀利的话语则出现在对热水的描述："热水供应业像害疟疾似的。"

作者一方面不断地列举与会者各自所从事的研究，通过一系列的对与会者研究方向的介绍，给读者设置了学术研究的崇高形象，将读者带入到对科研专家的敬意上来。但紧接着的景物描写急转直下，使读者落入到一个肮脏、破败、低等的环境中。事实上，即使环境这样的破败不堪，可"会油子"（作者给予经常在英国地方大学开会的专家的统称）已经司空见惯了。在食物的描写上，戴维·洛奇同样给予了最苛刻的讽刺，例如：用斗牛和弗拉门科舞女的图案来表示原装的劣质雪利酒，被大火延长时间煮去最后一丝鲜味的每一道菜，等等。在情节的叙述中，作者将这种景物与人物的反差描绘得淋漓尽致，与会者崇高的思想并着低俗的本质的形象跃然纸上，讽刺效果尽显。

2. 纷乱的学者世界

在第二章中，戴维·洛奇以扎普的旅行为主要线索，为读者介绍了一连串所谓的"专家"及其破碎的生活片段。在这些片段中，作者同样通过对景物的直接描写，或者通过人物想象体现出的景物描写，给予"学术"这个词以新的含义，反衬出所谓的学者们的心猿意马但又无奈的"科研精神"。以扎普的旅行为引线，作者将不同学者背后纷乱的情节画面有序地展现给读者，使读者"窥测"到了学术专家们生活中不为人知的一面，也使这些学者"在学术的光环下隐藏着凡俗的心"的形象栩栩如生。首先，燥热的昆士兰给予温莱特生理和心理双重煎熬："这天下午，北昆士兰天气极热。汗水使温莱特的手指发滑而难以握紧手中的圆珠笔，也弄湿了稿纸上他手掌按住的地方"，而他的心处于混乱的思绪中，"女孩们穿着比基尼泳装,为了晒到完整的日光浴,解开的胸罩带子飘着",迪克斯——这个丰满的金发女郎又钻进温莱特的头脑,使他"叹了口气,重读他十分钟前写下的东西"。作者通过对温莱特的思想景物描写,由学生、女孩、迪克斯、旅行资助进而想到贝弗宽大的臀部,在思维的转变过程中,戴维·洛奇都进行了细致的刻画和描写。更重要的是,他不失时机地将温莱特十分钟前写的五十几个词做了全篇列举,完美地塑造了一个无心研究却迫于无奈的学者形象。

当然,学者的队伍也是分档次的。戴维·洛奇并没有因为塑造的是高级别学者而给予偏袒。在描述国际文学理论界的元老、哥伦比亚大学和苏黎世大学荣誉教授、学术史上唯一一个在欧美同时兼任两个教授职务的人——亚瑟·金·费舍尔的时候,同样利用犀利的文笔和细致的描述来提升反差的效果。在描述这个学术泰斗的过程中,洛奇着重对情景形态做了对比描写——年轻、年迈的反差以及学术的反差。"他的手和腿叉开成 X 形……是个老头子的身体;皮肤晒黑了,但是长满斑点,双腿精瘦并有点罗圈,脚掌结着硬的老茧。"通过上述描述,读者眼前呈现出一幅老者的画面,而这样的画面也符合人物的社会地位:学术泰斗、联合国教科文组织文评委员会主席。但是,镜头很快转入反差对比阶段:"他的左臂和左腿间跪着一个窈窕的东方少妇,她乌黑发亮的、富有光泽的长发,泻在她金色的胴体上。她身上只穿了一条黑色丝质的小三角裤,正在用一种带着淡香的矿物质油按摩这个男人的四肢和躯干。"更具有讽刺意味的是,洛奇把这位泰斗级的学者的一生描述为现代批评史的缩影。

综上所述,戴维·洛奇在赋予《小世界》这部作品巨著地位的同时,也通过对小说中性格迥异的人的行为、思想的描述解释了伟大背后的庸俗,而这样的写法贯穿始终。更为人称道的是,在每一次人物和事件的塑造过程中,作者均对人物行为和形象所存在的背景做了详细的描写,犹如一页页的情景画面,使读者有身临其境的感觉,继而形成了"唯美—提升—实质—讥讽"的反差,使读者更加深入地感受到书中介绍的西方学术界中"小世界"的生存状态和低俗实质。

《小世界》是英国学院派小说的杰出代表,它就像一个文本的万花筒,融合了斑斓的色彩,给人以迥然不同的全新感受。它不仅对知识分子的世相和百态进行了犀利的讽刺和无情揭露,还巧妙而幽默地对文学理论进行了通俗化阐释;它既有传统现实主义小说的特色,又包含典型的实验主义写作技巧;既对当代学者的世俗欢愉和风流韵事进行了批判,又在更深刻的文化语境下寻求高雅文化与通俗文化的相互理解与沟通。这些特点无疑使《小世界》成为雅俗共赏的典范,学院派小说中的精品。

第三节　《好工作》:校园文明
与工业文明的冲突与妥协

20 世纪下半叶,人们生活在一个前所未有的多元文化的时代,洛奇的"校园三部曲"便产生于这种多元文化的语境之中。洛奇以轻松幽默、充满机智的语言不仅表现了知识分子的世相和百态,更揭示了不同文化价值观念的冲突与融合。如果说《换位》表现了英美两国文化的冲突与融合,《小世界》融合了高雅文化与大众文化,那么,《好工作》则突显出校园文化与工业文化的对立与融合。洛奇在《好工作》中设置了两个主人公,一个是卢密奇大学的临时讲师罗宾·彭罗斯小姐,她拥有博士学位,自诩为精神贵族,视大学教职为"好工作",对外面的世界毫不了解;一个是维克·威尔科克斯,机械铸造厂厂长,安于事业成功所带来的物质享受,信奉大男子主义和实用主义,对学院派的世界毫不知情。这两位性格迥异的人物被所谓的"影子计划"硬扯到一起。小说通过罗宾和维克的对立与冲突,从学校生活辐射到大千社会,描写了大学与工业社会、女权主义与大男子主义、人文学者与企业家、物质享受与精神享受等多个互相对立的层面。

一、罗宾:20 世纪 80 年代典型的新知识分子形象

在《好工作》中,洛奇继续聚焦 20 世纪 80 代动荡社会背景下的现代学界知识分子,展现了他们在与社会的接触中调整自我、保持自我、重建自我身份的探索历程。美国著名批评家伊莲·肖瓦特(Elaine Showalter)在《教授旅馆——学界小说及其不满》中指出,《好工作》中的女主人公罗宾·彭罗斯是"八十年代最细致最令人信服和乐观的女性学者的画像"①。洛奇称自己是个自觉意识很强的小说家,在创作时对自己文本的要求与在批评其他作家的文本时所提的要求完全相同。小说的每一部分,每一个事件、人物,甚至每个单词,都必须服从整个文本的统一构思。的确,洛奇小说中人物的名字从来都不是毫无意义的,总带有某种象征意味,往往要斟酌再三,花费很多心血;一旦定下,名字就与人密不可分了。洛奇为女主人公取姓为彭罗斯(Penrose),意为"笔和玫瑰",因为二者含有文学与美丽两种截然分明的意味。洛奇坦言:"我在给她取名时费了不少周折,是取拉希尔、利蓓加,还是罗贝塔? 我一时拿不定主意。至今我还记得第二章的创作进展为此受阻,因为名字定不下来,我对人物的想象也就展不开。最后我查人名词典时发现拉宾或罗宾有时可以用作利蓓加的昵称。这个男性化名字对我笔下这个热衷女权、颇为自负的女主人公再合适不过了。"②在《好工作》中,罗宾是一个富有激情、具有崇高道德风尚的当代知识青年,彰显出一名人文学者对社会应有的人文和道德关怀;然而,身为学术界的一员,罗宾不可避免地要承受着激烈的学术竞争所带来的重重压力,同时,她身上也体现出了当代知识分子的不足和缺点:理论有余而经验不足。

---

① Elaine Showalter, *Faculty Towers: the Academic Novel and Its Discontents*, Philadelphia: University of Pennylysivia Press, 2005, p.102.

② 戴维·洛奇:《小说的艺术》,王峻岩等译,作家出版社 1997 年版,第 41 页。

　　首先,女主人公罗宾出身书香门第,父亲是历史学教授,她本人对校园生活更是钟情有加。她聪明好胜、才华横溢,从上小学到读完博士,永远是成绩最优异、观念最激进的学生。在学院里,罗宾是最受学生欢迎、最有学术成就的老师。她精通文学评论领域里所有时髦的新潮理论,直接参加过各种带激进色彩的环保运动、罢工罢课、妇女运动,信奉解构主义、女权主义和马克思主义①;她具有强烈的正义感和道德责任感,对女性同胞的地位和不平等待遇深表关切。她曾极力反对"普林格尔父子公司"悬挂色情挂历和不正当地辞退工人丹尼·拉姆,因为"这不是管理事务,这是道德问题"②。《好工作》塑造了在男权社会中挣扎的各色女性。她们大部分被男权至上的思想同化,甘心扮演着"第二性"的角色,或者成为男性欲望的对象,或者为他们提供服务,如跟销售经理发生办公室奸情的秘书雪莉、裸体照片被到处展示的雪莉的女儿、出卖色情表演的罗宾的学生马里恩、维克的毫无生气的妻子、专心服侍丈夫的罗宾的妈妈等等。和这些女性不同的是,罗宾不甘于依靠男人的施舍活着。她最终通过自己的努力,获得一份稳定的教职,保持了个人的主体性。在作品中,洛奇把罗宾塑造成一个与男性完全平等的主体,并且在诸多方面超越男人。在两性关系上,女性通常被塑造成被动的忍受的一方。而在与无论是查尔斯还是维克的性关系上,罗宾都是居于主导的一方。她陪伴维克到德国出差,两人在享受过美酒、运动和舞蹈后回到了罗宾的房间。随后的事情发展一直在罗宾的掌控中,而维克在她眼里就像"一个木偶在受人摆弄"③。在当前文化多元、金钱至上的社会中,罗宾对自己原则和道德的坚持显示出对自己的独立、平等意识以及她作为人文学者对当时社会应有的人文和道德关怀。

----

① 参见罗贻荣:《走向对话》,中国社会科学出版社 2006 年版,第 230 页。
② 戴维·洛奇:《好工作》,蒲隆译,上海译文出版社 2007 年版,第 147 页。
③ 戴维·洛奇:《好工作》,蒲隆译,上海译文出版社 2007 年版,第 318 页。

小说家的批评和批评家的小说

在保守主义当道的 20 世纪 70—80 年代,经济增长疲弱,工人罢工肆虐,货币危机连续不断,首相撒切尔夫人在推行经济和社会政策中更是大幅度削减教育经费,教育经费的大幅度削减把大学生进一步推向市场,使本已陷入困境的高等教育改革举步维艰。高校内部改革痼疾重重,终身制使像史沃娄这样庸庸碌碌的人永远占据宝贵的职位,查尔斯这样年轻有为的学者熬上 15 年也不一定有晋级的机会。在这样一个大背景下,作为卢密奇大学的一名临时讲师,罗宾所承载的学术压力可想而知。罗宾是一个典型的学院派人物,为了能稳定教师职位,她被派到一家铸造厂,参加旨在增进高校与工业界间了解的"工业年计划",主要活动就是每周一天跟随厂长维克·威尔科克斯走访调查,充当对方的"影子"。罗宾选择每个星期三执行这一任务,原因很简单,"因为这一天她一般没有教学任务。基于同样的原因,这一天她一般都待在家里赶着批改作业,备课,做研究"①。另外六天,罗宾则是一个热衷于研究妇女文学、维多利亚小说和后结构主义文学理论的学者。罗宾的学术生活紧张而忙碌,每天她"硬着头皮钻进雅克·拉康和雅克·德里达迷宫般的语句中去,直到她的眼睛充血、脑袋发疼"②。这一切当然占去了大量的时间,耽误了关于 19 世纪工业题材小说论文的完成,因为它必须不断修订,吸收这些新的理论。罗宾的经历显然是具有一定代表性的,在激烈的学术竞争中,罗宾和查尔斯这样的青年学者只能接受这种学术潜规则,全力以赴地工作,来保住自己的饭碗,并争取在学术上获得学术界的认可。

最后,洛奇对当代知识分子的分析与批判是客观、全面的,作为一名当代知识分子,罗宾的缺点与不足也通过作品体现出来。罗宾把大学教职视为"好工作",她认为大学是人类社区的最理想范本。在那里,工作与娱乐、文化与自然和谐相处,浑然天成,人们

① 戴维·洛奇:《好工作》,蒲隆译,上海译文出版社 2007 年版,第 91 页。
② 戴维·洛奇:《好工作》,蒲隆译,上海译文出版社 2007 年版,第 40 页。

根据自己的生活节奏和爱好,自由地追求完美和自我实现。她拥有博士学位,信奉解构主义、马克思主义和女权主义。然而,罗宾对工业社会的认识也仅仅限于书本的理论层面;作为一名研究19世纪英国工业小说及女权批评的专家,罗宾对校园外面的世界毫不了解,从不知道也不想知道大学围墙的外面还有另外一种生活形态。为了增进大学对社会的了解,罗宾被派到工厂充当维克的"影子",每周必须跟随他一天,为期一个学期。而和她搭档的维克是一名中年工程师,安于事业成功所带来的物质享受,信奉大男子主义、工业爱国主义、实用主义,对学院派的世界毫不了解。这样的两个人碰撞在一起,其间的冲突可想而知。罗宾在进入厂房前,是一个纯粹研究工业小说的"理论派",她认为工厂应是"五彩缤纷、亮光闪闪的机器和平滑顺溜、运转自如的装配线,操作人员动作灵活,工装整洁,伴随着莫扎特的音乐制造出一辆又一辆的汽车,或者一个又一个的晶体管收音机"[①]。而当其进到工厂时,现实和她的想象差距却甚大。在普林格尔,几乎看不见任何色彩,更没有一件干净的工装,听见的不是莫扎特,而是一种永不收敛、震耳欲聋的魔鬼般的吵闹声,整个车间活像一座监狱,铸造厂更像是地狱。罗宾在与维克交往的过程中,也受到了教育,从维克的世界学到了一些东西,思想和态度变得更加成熟,对社会的认识更为深入、全面。二人的关系也由最初的隔膜、对峙发展到相互吸引和爱慕。

二、对高等教育改革尴尬处境的揭露

身为学术界中的一员,洛奇还以一个学术界内部人士的视角,向我们揭示了高等教育改革的尴尬处境。首先是高校改革经费严重不足的尴尬处境。20世纪80年代中期,英国政府大力削减公共开支,使英国高校面临经费短缺、师资不足、人才外流的窘境。因

① 戴维·洛奇:《好工作》,蒲隆译,上海译文出版社2007年版,第122页。

为经费短缺,卢密奇大学英文系不得不重新搬出 20 世纪50—60 年代单调的教学大纲和课程设置方案,取消选修课,以节省人力;因为没有经费,卢密奇大学只能无奈地面对像罗宾这样有才华的年轻博士被美国的高校猎走的风险,而自己又没有交培养费等聪明的限制措施;因为没有经费,身为院长的史沃娄教授几十年没有参加过任何国际学术会议。当接到美国佛罗里达州的一个会议邀请函时,史沃娄只能无奈地感慨:"可我弄不到路费。"①英国高校都面临大幅度经费削减的问题,教育机构要求不惜一切手段裁员。于是,各地高校的反应是动员尽可能多的人提前退休并停止进人。这也是洛奇提前退休的原因之一。洛奇自 1960 年起就执教于伯明翰大学英语系,1987 年退职专门从事创作,并兼任伯明翰大学现代英国文学荣誉教授,他以亲身的经历向读者揭示了英国高校改革资金严重不足的尴尬境地,其描写可谓贴切、真实、有说服力。

其次,改革的难度在于学术体制的腐朽和黑暗。查尔斯这样评价他所工作的萨福克大学:"至于我们的大学,我得出了这样一种结论,在应当主张平等的地方,他们推行精英主义,而在应当推行精英主义的地方,他们却主张人人平等。……课堂大,工作担子重,提职机会少,调个新工作难。……我估计,如果我要留在学术圈内,我就会在萨福克再耗十五年,或者永远耗下去。"②实际上,象牙塔内的生活远没有普通大众所想象的那么高雅悠闲;相反,学者、教授们和普通大众一样整日为生计而奔波。洛奇借史沃娄之口对学术圈内的激烈竞争现象进行了这样的描述:"你要弄清楚你(罗宾)要陷入的处境。美国的学术生活是一场你死我活的白刃战。就算你得到了那个工作——斗争才刚刚开始。你必须不断发表作品来证明你能胜任这一职务。等到你评定终身职务的时候,

---

① 戴维·洛奇:《好工作》,蒲隆译,上海译文出版社 2007 年版,第 56 页。
② 戴维·洛奇:《好工作》,蒲隆译,上海译文出版社 2007 年版,第 344~345 页。

你的同事有一半想在你背上捅刀子,另一半就不好说了。"①小说中的罗宾和男友查尔斯都是典型的后现代知识分子。他们一起在剑桥大学攻读博士学位,双方在课堂上讨论,在讲座上、在委员会会议中及学术刊物上展开论战。他们信奉后现代主义理论,实践着后现代行为:难以界定的男女关系、模糊化的生活与工作活动。他们拥有一种在生活和创作领域游戏的精神状态。罗宾和查尔斯都是大忙人,专注于自己的工作。罗宾忙着指导学生并完成自己的博士论文,查尔斯十分幸运地得到了萨福克大学比较文学系的讲师职位,整日忙于满足新工作对他的要求。她们的周末不仅是为了娱乐,而且也是为了工作,正如书中所言,"搞研究、从事学术事业,是他们俩的共同志向;他们确实从来没有考虑过别的任何选择"②。

最后,改革的关键问题出现在这些当代学者身上。和《换位》、《小世界》一样,洛奇在《好工作》中对只顾追名逐利而不潜心钻研学术的当代学者进行了犀利的批判。如在谈论扎普教授时,罗宾这样评价道:"本来是一位简·奥斯丁专家,坚持的是新批评派的细读传统,七十年代他又摇身一变(颇有机会主义色彩,罗玢认为),成了一种结构主义者。"③洛奇在《好工作》中还特意设计了一个有关财务术语问题的对话,《换位》和《小世界》中出现的院长史沃娄偷偷地问罗宾"费挪门"是什么意思,而罗宾建议他问财务主管,史沃娄院长的回答却是:"财务主管?我不能问他。我跟财务主管一直是委员会的委员,郑重其事地讨论了几个月的费挪门。现在我不好承认我不明白它的意思。"④当代学者的闭门造车、不学无术由此可见一斑。《换位》中的史沃娄只是一名普通的讲师,到了《小世界》中被提升为系主任,到了《好工作》中则摇身变成了院

---

① 戴维·洛奇:《好工作》,蒲隆译,上海译文出版社 2007 年版,第 402～403 页。
② 戴维·洛奇:《好工作》,蒲隆译,上海译文出版社 2007 年版,第 39 页。
③ 戴维·洛奇:《好工作》,蒲隆译,上海译文出版社 2007 年版,第 358 页。
④ 戴维·洛奇:《好工作》,蒲隆译,上海译文出版社 2007 年版,第 285 页。

长,仕途可谓一帆风顺;读者不难体会,史沃娄的升迁实际上正是英国高等教育衰落的象征——平庸之辈身居高位,年轻才子流失海外或望门兴叹或难有出头之日。

三、校园文化与工业文化的冲突

在《换位》与《小世界》中,洛奇主要着眼于学术界,揭露了学术界的真面目;而在《好工作》中,洛奇则跨越了校园的界限,表现了学院与工业的冲突与融合。长期以来,两者间存在着轻视、反感甚至是敌意的鸿沟。人文学者对工业文明的批判古已有之,如狄更斯以人道主义情怀批判了工业文明给英国带来的贫富分化和阶级矛盾;哈代的作品也表现了作者在英国农村被工业化吞噬的过程中所感受到的阵痛;劳伦斯的写作更是旨在批判工业文明对人与人之间和谐关系的破坏。此外,文学评论家对工业化所带来的消极影响也颇有微词,在阿诺德看来,文化作为人性之精华是一种与工业文明截然对立的社会力量。同阿诺德一样,利维斯也认为导致文化衰退的是工业化并提倡回到前工业社会。当人类迈入 20世纪,两种文化的分裂非但没有减少,反而有进一步扩大之势。这种分裂在原来更多地表现为人文知识分子对工业的轻视与敌意,在今天则更多地表现为工业文化的高度优势地位及对人文文化的漠视。洛奇继承了斯威夫特和 C. P. 斯诺等人对两种文化的思考,在《好工作》中,罗宾和维克代表了校园内外截然不同的价值观念,通过对两人从碰撞、冲突到发生潜移默化的变化并最后理解和接受彼此的描写,洛奇深刻探讨了学院与工业两种文化的差异、冲突以及最后的融合。

在《好工作》中两个主人公的冲突不仅反映了彼此个性上的差异,更反映了学院与工业社会的隔膜,突显了人文知识分子与工业家截然不同的态度以及相互间的文化冲突。洛奇曾经在一次访问中说到《好工作》是一部戏剧性很强或者非常场景化的小说,它主要通过人物之间大量的对话来展现来自两种不同文化的主人公之间人生观、世界观等方方面面的矛盾与冲突。①

维克以为会派一个男性罗宾(Robin)来做他的影子,当得知来给他当影子的是个女的时,他表露出一个实用主义者对学院文化所抱有的根深蒂固的偏见:"一个英国文学讲师就够受的了,竟然还是一个英国文学女讲师!选派这样一个人给他当影子真是个荒谬绝伦的错误,要么就是精心算计好的侮辱,他吃不准是哪一种。"②

这段独白为两个人今后的冲突埋下了伏笔。男主人公维克是个与人文科学毫不沾边的大男子主义者,信奉工业文明、实用第一,对大学生活一无所知,甚至颇不以为然。罗宾认为工业干扰了自然进程,破坏了自然美和生态平衡;而校园文化与自然则和谐相处,浑然天成,有助于人们自由地追求完美和自我实现。性格和教育背景及价值观念如此迥异的两个人碰撞在一起,冲突可想而知,小说中有这样一段对白:

"妇女研究?"维克皱着眉头重复道,"是些什么玩意?"

"妇女作品,妇女在文学中的表现,女权主义批评理论。"

"看来是门软课了,"维克说,"不过,我认为女生学这个也行。"

"也有男生选它呢,"罗宾说,"其实,阅读量重得很呢。"

"男生?"维克撇撇嘴,"娘娘腔的男生吧?"

"完全正常、正派、聪明能干的小伙子,"罗宾竭力控制住自己的情绪。

"那么,她们干吗不学点有用的东西?"

"诸如机械工程?"

"你说得对。"

---

①　Gallix, Franois. "From then to now and next: an interview with David Lodge", *Printemps*, 2005, p.17.

②　戴维·洛奇:《好工作》,蒲隆译,上海译文出版社2007年版,第107页。

　　这是他俩相识后的第一场口舌上的较量。之后,罗宾在维克的带领下熟悉工厂的生产程序。罗宾对恶劣的工厂环境感到惊讶,对工厂墙上到处贴着的裸女画像大加抨击。罗宾不懂生产经营,她打抱不平、干涉工厂内政,差点引起工人大罢工。她渴望给这个文化荒漠带来精神文化,可在她看来,工厂像地狱一样肮脏、嘈杂、忙乱。在那里,厂长作为英国人却对勃朗特姐妹一无所知;在那里,人们态度冷漠。至于维克,不用说,他对罗宾和她的大学规则表示完全的蔑视,罗宾们不创造任何财富(当然是物质财富),却过着舒适的生活,是工业养活着她们,没有英国工业在竞争激烈的世界挣来的国民财富,学院价值观和学者们认为理所当然应该拥有的生活水准就无以维持。他自负地对罗宾说:“这个国家就指着我们呐。”当他反过来给罗宾当影子时,他对教师们松懈的工作作风很不以为然,对教师任职的终身制大感不解,建议用企业模式对大学进行改革。

　　在《好工作》中,以维克为代表的工业世界遵循的是优胜劣汰的竞争原则,在竞争中不择手段,对于处于弱势的种族和性别毫不留情。而罗宾遵循的是幸福和公平原则,她尊重每个人的价值和差异。罗伯特·S.伯顿认为《好工作》留下了一个不祥和预兆,即学术界和工业界之间最终的结合是不可能实现的。[1] 正如小说中描述的草坪上学生与黑人园丁之间的相遇:“然而彼此没有任何交流——不点头,不微笑,不说话,甚至也不瞭一眼。学生方面没有公开的傲慢,园丁一边也没有明显的愤懑,只有一种接触的本能的相互回避。尽管身体时有接触,但却生活在两个分开的世界上。”[2] 在谈到他的长篇小说《好工作》时,洛奇说:“我在试着找到调解的可能性。文学理论家和工业家同样有着井蛙之见。他们都有一些

---

　　① Burton, Robert S. "Standoff at the crossroads: when town meets gown in David Lodge's nice work", *Critique* 4 (1994): p.237.

　　② 戴维·洛奇:《好工作》,蒲隆译,上海译文出版社2007年版,第429页。

先入之见,并以为所有的人都跟他们的想法一样。结果他们相遇后情况并非如此。理解世界有着完全不同的方式。实际上,对我来说,这似乎就是小说应该做的事情。(使人们认识到)世界上还有别的观点存在,向它们敞开心胸,而不要固执于我们认为理所当然的一己之习见。"[1]作品中,罗宾毅然决定谢绝美国扎普教授的高薪聘请留在英国,就是因为她有着"只有结合起来"(only connect)的理想。她这样想象着她的乌托邦:让满身油污的工人和工厂管理人员来到风景如画的校园,那些漂亮的年轻人和他们的老师停止嬉戏和争论,走上前去,向工厂里来的人们致意,和他们握手,表示欢迎,"于是草地上形成了成百个讨论小组,一半是学生和讲师,一半是工人和管理人员,大家就大学的价值观和商业的规律性如何协调一致,更加平等互利,从而造福整个社会,交换意见"[2]。可见,洛奇在《好工作》中所强调的是学院文化与工业文化的融合,而非对抗,因此,在展现其矛盾与冲突之后,洛奇对学院与工业的二元对立提出了质疑并主张在多元文化的背景下,坚持不同文化间的平等对话与彼此融合。最后,罗宾和维克经过努力消除了隔膜和偏见,增进了相互理解与融合。他们甚至慢慢开始使用对方所习惯的话语,虽然罗宾不愿承认自己对维克的感情,但实际上她的话语里已深深地打上了维克的烙印;罗宾的父亲在她的话中发现其似乎学会了用一种非常功利主义的眼光看待大学。罗宾也最终影响了维克的思维方式,促使他把"普林格尔父子"机械厂墙上的美人照摘了下来并随罗宾一起阅读维多利亚小说。当然,两个世界的互补与融合也是有限度的,或者说是有难度的,所以罗宾在作品结尾处意味深长地想道:"要走的路还很长。"[3]

　　洛奇深谙学院文化与工业文化间的隔阂与冲突,在《好工作》

---

① Gallix,Franois. "Interview: David Lodge", *Arete*, 1995, p. 208.
② 戴维·洛奇:《好工作》,蒲隆译,上海译文出版社 2007 年版,第 387 页。
③ 戴维·洛奇:《好工作》,蒲隆译,上海译文出版社 2007 年版,第 429 页。

中,他在更广阔、更深刻的文化语境下探讨了两者的相互理解与沟通,这在多元文化的今天仍具有十分重要的现实意义。由对立走向融合是多元格局下文化发展的必然诉求,在文化多元的背景下,洛奇主张在对话中谋求多元文化的沟通与融合,并赋予了"校园三部曲"多元文化融合的主题。此外,"校园三部曲"双重结构和互文手法的运用赋予了文本多元性和对话性的特点,进而使形式与内容所体现的文化融合思想相辅相成,达到了形式与内容的和谐统一。洛奇的文化融合思想顺应了多元文化的时代要求,不仅在学术界享有盛誉,对解决由于文化、种族、宗教差异所导致的各种冲突同样具有重要的指导意义。

四、现实主义与实验主义的交叉

《好工作》在主题刻画、叙述形式、故事场景描写等方面都具有现实主义小说的特征。加伦斯指出现实主义的小说总是涉及诸如阶级冲突、城市生活、哲学和道德问题,以及婚姻和家庭生活等主题。① 在主题刻画方面,《好工作》是一部典型的现实主义小说,正如罗贻荣教授指出,"实际上,对英国高等教育危机和英国现代工业困境的思考是这部小说的重要内容"②。《好工作》主要描绘了20世纪80年代中期卢密奇或者说伯明翰学术界和工业界在英国政府的保守政策统治下的社会现实。《好工作》也提到了英国的道德和宗教信仰问题。维克说他们"生活在满是愣头儿青的年代",经常会见到"年轻人毒打和抢劫靠退休金生活的老人"以及破坏公物等现象。罗宾和维克关于卢密奇社会秩序以及道德和宗教问题的讨论很大程度上反映了英国严酷的社会现实所造成的宗教信仰危机以及道德的衰落与沦陷。此外,《好工作》还是一部关于婚姻

① Galens, David. "Realism" *Literary Movements for Students*, New York: The Gale Group, 2002, p.253.

② 罗贻荣:《"英国状况"小说新篇——评戴维·洛奇的〈美好的工作〉》,载《国外文学》2002年第3期。

与家庭生活的小说。在叙述形式上，《好工作》采用了传统的现实主义小说常用的第三人称全知全能叙述。场景是现实主义小说的另外一个重要因素，现实主义作家试图通过精确地描写特定的场景来记载他所处的时代的文化的各个方面以反映社会各个阶层的工作环境和生活状况。在《好工作》中，通过洛奇对卢密奇公路两旁萧条的景象、工厂的可怕景象以及教育界凄惨的状况的描写，我们见证了英国高等教育界和工业界所面临的严峻的形势。

《好工作》的实验性主要体现在双重结构与互文的应用上。如果说在《换位》和《小世界》中，洛奇将目光聚焦在校园这个小世界里，那么，在《好工作》中，洛奇则将校园和工厂这两个完全不同的世界作为小说双重结构的双方，情节在校园与工厂、罗宾与维克之间平行展开，从而使该书形成了洛奇素来钟爱的双重结构。其实，关于校园文化与工业文化的"连接"主题早在福斯特的《霍华德庄园》(1910)中就有论述。《霍华德庄园》的二元结构是以玛格丽特为代表的知识分子的生活和以威尔科克斯为代表的富裕阶层的生活组成的。在《好工作》中，罗宾和维克两人的生活圈完全不同，他们的冲突不仅反映了个性的差异，更反映了学院与工业的隔膜。两人因"工业年计划"连接在一起，他们互相深入对方的生活环境与文化。先是学术圈里的罗宾被迫充当维克的影子，进入陌生的工厂环境；后来则是维克主动要求充当罗宾的影子，去了解同样陌生的校园生活，因此，可以说这同样是一次"换位"。实际上，洛奇本人对双重结构中对立双方的态度是不偏不倚的。他既看到了学院的缺陷，也看到了工业社会的缺陷。学院文化与工业文化最终的目的都是为人类服务，所以两者应更加广泛地对话，更加宽容地理解，更加融洽地合作，就如"鸟之两翼"、"车之两轮"，只有齐驱，才能并进。

《好工作》同样采用了多种互文手法。互文性使《好工作》的读者进入"英国状况"小说的大语境，同类文本的对话使作品有了深厚的历史底蕴,使它所提出来的新的"英国状况"问题有了多重视角。① 小说作者按语引自《西比尔;或,两个国家》的一段话这样说:"两个国家;两者之间没有交流,没有同情,他们对彼此的习俗、思想和感情一无所知,仿佛他们不在一个地区居住,不在一个星球生活。"②由此可知两种文化间的隔膜与冲突之深。然而,洛奇巧妙地将生活在不同世界的两个人通过"工业年计划"连接起来。此外,洛奇的文化融合思想与福斯特在小说《霍华德庄园》中提出的著名"连接"主题不谋而合。《好工作》中玛丽安·罗塞尔超大号T恤衫上所印的字样"只有联结"(only connect)正是《霍华德庄园》中女主人公玛格丽特的信条。其实,洛奇在创作中有意安排了《好工作》与其他文本相互指涉。在给维克这个人物命名时,洛奇坦言,"大约写到一半,我意识到我用维克这个名字的思路大概与 E. M. 福斯特的相仿。他在《霍华德别业》中也为他的一个重要人物取姓为维尔考克斯——即亨利·威尔考克斯,也是个爱上知识女性的商界人士。我当时非但没给我的人物改名,反而把《霍华德别业》与我的小说作为文本间相互参照的例证,强调二者之间的类似性"③。可以说,互文手法的运用不仅丰富了小说的表现力,更与文化融合的内容相得益彰,使读者在阅读中展开思维对话,引导读者比较、对照这些相关的文本,在对话中产生更深远的多元文化意蕴。

英国批评家伯纳德·伯冈兹认为,《好工作》让人想到,洛奇在20 世纪六七十年代的大气候里表示了他对小说中的现实主义的怀疑之后,经过谨慎思考,现在向维多利亚时代现实主义传统的回归。④ 洛奇在《好工作》中实验性地将现实主义传统与其他写作模

---

① 参见罗贻荣:《走向对话》,中国社会科学出版社 2006 年版,第 242 页。

② 戴维·洛奇:《好工作》,蒲隆译,上海译文出版社 2007 年版,作者按语。

③ 戴维·洛奇:《小说的艺术》,王峻岩等译,作家出版社 1997 年版,第 42 页。《霍华德别业》即为《霍华德庄园》的别译名。

④ Bernard Bergonzi, *David Lodge*, Plymouth: Northcote House, 1995.

式相结合,进而在文学创作模式日趋多元化的文学界,创造出自己别具一格的小说写作模式,实质上体现了传统现实主义在当代英国的新的延续和发展。

洛奇以"校园三部曲"(《换位》、《小世界》和《好工作》)风靡世界。它们以学院生活为背景,以知识分子为主角,表现了知识分子的世相和百态,揭示了不同文化价值观念的冲突与融合,既使普通读者感到愉悦,又令学者文人掩卷深思。虽然学者们在《换位》和《小世界》中已经与外界有了大量的接触,但从某种程度上来说,他们还是避荫于学术圈这个"小世界"中,沉迷于自己的享乐、冒险之中,与社会真实还保持着一定的距离。在《好工作》中,洛奇将校园和工业社会设置为双重结构中对立的两方,探讨了学院与工厂的差异、冲突以及二者之间的交流、融合和互补的可能。《好工作》是洛奇退休后创作的第一部小说,被看作是"校园三部曲"的完美终结篇,安东尼·伯吉斯在《观察家》上发表评论称《好工作》确证洛奇被非常认真地看作是他那一代人中的最佳小说家之一。①《好工作》既拓宽了学院派小说研究的领域,又继承并发展了英国的"状况小说",不愧为一部当代学院派小说的代表作品。

第四节　从"校园三部曲"看戴维·洛奇的 文化融合思想

戴维·洛奇是英国当代著名文学批评家和小说家,以其"校园三部曲"(《换位》、《小世界》和《好工作》)风靡世界。在"校园三部曲"中,洛奇以其轻松幽默、充满机智的语言不仅表现了知识分子的世相和百态,更揭示了不同文化价值观念的冲突与融合。

---

① 参见瞿世镜、任一鸣编著:《当代英国小说史》,上海译文出版社 2008 年版,第271 页。

一、"校园三部曲"中的文化融合主题

"校园三部曲"产生于多元的文化背景中,充分体现了洛奇的文化融合思想。《换位》表现了英美两国文化的冲突与融合,《小世界》融合了高雅文化与大众文化,而《好工作》则突出了校园文化与工业文化的对立与融合。此外,"三部曲"在艺术形式上都采用了双重结构和互文的手法,使文本充满了不同的声音和话语,实现了文本之间、文化之间的对话,进而使形式与内容所体现的文化融合主题相辅相成,赋予了"校园三部曲"深厚的内涵和底蕴。

1.《换位》:英美文化的冲突与融合

西方许多作家和理论家如福斯特、康拉德、奈保尔、萨伊德和霍米巴巴等都在各自的作品中对东西方文化的差异与共存现象表示了极大的关注,而学术界对西方文化体系内部差异的研究则略显不足。《换位》在某种程度上弥补了这一不足,展现了英美文化的冲突与融合。《换位》是"校园三部曲"的第一部,被认为是在《幸运的吉姆》之后一部最有趣的关于校园生活的小说。洛奇通过对扎普和史沃娄的遭遇和经历的对称叙述,多角度、多层次地探讨了英美两国文化的冲突与融合。美国的扎普教授与英国的讲师史沃娄按校际交流计划互换职位半年,自视甚高、粗鲁尖刻的扎普来到保守、沉闷的英国工业城市卢密奇,而才智平庸、谨小慎微的史沃娄却处在了开放、活跃的美国尤福利亚。面对着全新的环境,双方卷入了一场文化冲突之中。然而随着故事的发展,他们的价值观念、处世态度甚至连语言表达方式都发生了很大变化,并渐渐融入了当地的文化。

扎普和史沃娄虽因性格单一固定而成为福斯特定义下的扁平人物,然而在洛奇笔下,这种类型化的人物与环境的巨大反差产生了独具特色的喜剧性冲突和反讽性对照,使其成为如同莎士比亚笔下的福斯塔夫一样的扁平人物中的经典。在史沃娄眼中,美国人热情大方、无拘无束、崇尚变化;在扎普看来,英国人守旧伪善、

效率低下、处世中庸。在《换位》中,洛奇对美国文化的赞誉是对亨利·詹姆斯小说中单纯的美国人到欧洲寻求文明与教养这一主题的颠覆性戏仿。长久以来,短暂的历史和单薄的文化根基让美国文化面对英国文化时显得十分逊色。当美国人作为文化上"逆向行驶的哥伦布"来到英国时,英美两国的文化差异就进一步暴露出来。英国人尤其是社交界人士往往举止有度,气质高贵优雅,相比之下美国人则言行直率粗犷,缺乏灵活性,两者之间形成了强烈的反差。在文学界,库珀、霍桑和詹姆斯等作家都对美国文化的匮乏表现出了一定的遗憾,更有大批美国知识分子为寻找适宜创作的文学环境而选择到欧洲大陆朝圣。詹姆斯小说中的大部分美国人也都表现出了对欧洲文化的浓厚兴趣,如《黛西·米勒》中的黛西、《贵妇画像》中的伊莎贝尔等。

西方的人文主义传统和知识分子的历史使命感使洛奇的作品具有深厚的文化意蕴。在《换位》中,洛奇消解了英国文化一统天下的局面,从两所大学的命名便可看出作者别具匠心:卢密奇的发音与英文单词"Rubbish"(垃圾)相似,尤福利亚则蕴含阳光充沛、精神欢快之意。除此之外,洛奇还将思想封闭、环境肮脏的英国工业城市与美国西海岸充满活力的商业城市进行了渲染式对比。据此,多数评论家认为洛奇在《换位》中褒扬了美国文化,对英国文化则进行了犀利的挖苦。笔者认为,这种观点有失偏颇,在对英美两国文化的态度上,洛奇并没有简单地肯定或否定,他的目的不是评判哪一种文化的优劣,而是积极探索英美文化的融合,使其取长补短,优势互补。在《换位》中,扎普和史沃娄经历了一系列的文化冲突之后,逐渐适应并最终融入当地的文化,这充分展现了洛奇对文化发展趋势的前瞻性。解构主义致力于"边缘"对"中心"的消解,取消等级制,其解构策略对文化分析和文化批判产生了不可低估的影响。洛奇作为英国当代著名文学批评家和小说家无疑受到解构主义的影响,并在《换位》中通过对主人公在英美文化中由冲突走向融合的描述,颠覆了英国文化一元独尊的传统,主张不同文化间的平等对话,强调文化融合而不是对抗,强调和而不同而不是同而不和。

2.《小世界》:高雅文化与通俗文化的融合

如果说《换位》体现了英美两国文化的冲突与融合,那么,《小世界》则消除了高雅文化与通俗文化的界限,使得"高山流水"与"下里巴人"并存于书中,做到了雅俗共赏、兼容并蓄。文学批评在传统上把通俗文化看作是对现代文明中的道德文化标准的一种威胁,而洛奇则向文化的高低之分提出了挑战并将被认为是边缘的、俗气的文化融入了他的文学作品中。

在《小世界》中,洛奇揭示了欧美学术界的众生相,既使普通读者感到愉悦,又令学者文人掩卷深思。[①]洛奇撕下了学术界的虚伪面纱,将学术界与平民世界放在了同一个水平线上,以调侃的口吻讽刺了这个"小世界"中各种令人难以置信的奇闻怪事。不仅如此,在作品中各种深奥的批评理论已悄悄地、戏剧化地融入世俗,与民间最卑微、最低下的事物结合在一起。比如在讨论文本性时,扎普做了一个形象的比喻:正如一个脱衣舞女利用观众的好奇与欲望一样,"舞女挑逗着观众,正如文本挑逗着读者,她们给观众以最终完全暴露的期待,但又加以无限的拖延"[②]。此外,小说中还大量穿插了浪漫爱情、性生活、夜总会表演乃至脱衣舞等情节。在《小世界》中,洛奇将通俗文化与高雅文化融入了同一个文本,并指出经典文学与通俗文学、高雅文化与通俗文化之间的鸿沟是人为的、虚拟的,是应该废除的。洛奇的文化融合思想响应了文化研究打破阶级层次、高低贵贱之分的努力,反映了同时代作家,尤其是后现代主义作家及文化研究者对阶级、社会和文化的反思。

---

① 参见瞿世镜主编:《当代英国小说》,外语教学与研究出版社 1998 年版,第 412 页。

② 戴维·洛奇:《小世界》,王家湘译,上海译文出版社 2007 年版,第 39 页。

3.《好工作》:学院文化与工业文化的对立与融合

在《换位》与《小世界》中,洛奇主要着眼于学术界,揭露了学术界的真面目;而在《好工作》中,洛奇则跨越了校园的界限,表现了学院文化与工业文化的冲突与融合。长期以来,两种文化之间存在着轻视、反感甚至是敌意的鸿沟。人文学者对工业文明的批判古已有之,如狄更斯以人道主义情怀批判了工业文明给英国带来的贫富分化和阶级矛盾;哈代的作品也表现了作者目睹英国农村被工业化吞噬所感受到的阵痛;劳伦斯的写作更是旨在批判工业文明对人与人之间和谐关系的破坏。此外,文学评论家对工业化所带来的消极影响也颇有微词。在阿诺德看来,文化作为人性之精华是一种与工业文明截然对立的社会力量。同阿诺德一样,利维斯也认为导致文化衰退的是工业化并提倡回到前工业社会。当人类迈入 20 世纪,两种文化的分裂非但没有减少,反而有进一步扩大之势。这种分裂在原来更多地表现为人文知识分子对工业的轻视与敌意,在今天则更多地表现为工业文化的高度优势地位及对人文文化的漠视。洛奇继承了斯威夫特和 C. P. 斯诺等人对两种文化的思考,在《好工作》中,罗宾和维克代表了校园内外截然不同的文化价值观念,通过对两人从碰撞、冲突到发生潜移默化的变化并最后理解和接受彼此的描写,洛奇深刻探讨了学院与工业两种文化的差异、冲突以及最后的融合。

《好工作》中罗宾是卢密奇大学年轻的临时讲师,出身书香门第,才华横溢,是一个典型的学院派人物,为了能稳定教师职位,她只能违背自己的意愿参加了一项旨在增进高校与工业界间了解的"工业年计划"。男主人公维克是个与人文科学毫不沾边的大男子主义者,信奉工业文明、实用第一,对大学生活一无所知,甚至颇不以为然。罗宾认为工业干扰了自然进程,破坏了自然美和生态平衡;而校园文化与自然则和谐相处、浑然天成,有助于人们自由地追求完美和自我实现。相比之下,维克则认为没有英国工业的发展,就不会有知识分子们今天舒适的生活。此外,维克对教师任职的终身制更是大惑不解,强烈建议用企业模式对大学进行改革。在《好工作》中两个主人公的冲突不仅反映了彼此个性上的差异,更反映了学院与工业社会的隔膜,突显了人文知识分子与工业家截然不同的态度以及相互间的文化冲突。然而洛奇在《好工作》中所强调的是学院文化与工业文化的融合而非对抗,因此,在展现其矛盾与冲突之后,洛奇对学院与工业的二元对立提出了质疑并主张在多元文化的背景下,坚持不同文化间的平等对话与彼此融合。最后,罗宾和维克经过努力消除了隔膜和偏见,增进了相互理解与融合。他们甚至慢慢开始使用对方所习惯的话语,虽然罗宾不愿承认自己对维克的感情,但实际上她的话语里已深深地打上了维克的烙印;罗宾的父亲在她的话中发现其似乎学会了用一种非常功利主义的眼光看待大学。罗宾的"熏陶"最终影响了维克的思维方式,促使他把"普林格尔父子"机械厂墙上的美人照摘了下来并随罗宾读维多利亚小说。洛奇深谙学院文化与工业文化间的隔阂与冲突,在《好工作》中,他在更广阔、更深刻的文化语境下探讨了两者的相互理解与沟通,这在多元文化的今天仍具有十分重要的现实意义。

二、形式与内容的和谐统一

20 世纪下半叶,人们生活在一个前所未有的多元文化的时代,洛奇的"校园三部曲"便产生于这种多元文化的语境之中,体现了文化融合的主题。不仅如此,"校园三部曲"在艺术形式上都采用了双重结构和互文手法,体现了小说的多元性和对话性,进而使形式与内容所蕴含的文化融合思想相辅相成,达到了形式与内容的和谐统一。

1.双重结构

一个小说家创作成熟的标志之一是对小说整体布局的独到理解和把握。洛奇对双重结构情有独钟,双重结构的运用是其"校园三部曲"共同具有的一个最明显特征。

　　"《换位》是洛奇第一次将双重结构用得如此对称、如此张扬又如此完美。"①《换位》中，史沃娄和扎普分别是英美两国文化的典型代表，他们所受到的文化冲击表现了两国文化的碰撞。在经历了一系列的文化冲突后，他们都适应了新的生活方式，渐渐融入当地文化并打算长久地换位下去。洛奇将史沃娄和扎普互换并置于两个陌生的文化背景中，通过人物、场景、情节、主人公的经历以及叙事手法等的惊人对称和平衡，使小说始终处于一种对话状态，生动形象地表现了英美两国文化的差异与融合。除了两位主人公外，相关的次要人物的设置也处于富有意味的并置之下，尽管小说各章节的叙述手法不尽相同，但这种潜在的双重结构却贯穿始终。

　　洛奇在《小世界》中同样采取了双重结构进行创作，作品的整体框架来源于圣杯传奇并与之形成双重结构。然而书中虽套用圣杯结构，但已消解了圣杯传奇的崇高意义。小说将参加研讨会的现代学者与中世纪朝圣的基督徒相比较，然而此时的学者教授已然没有了朝圣者们那份虔诚和圣洁，他们到各地参加研讨会，开始了"朝圣之旅"，但所追逐的却是名利和寻欢作乐。传统意义上的大学校园应是社会精英的汇集地，作为精英派的学者、教授们本应清心寡欲、淡泊名利，而在《小世界》中洛奇打破了这一传统观念，以现实主义的讽刺手法对学术界的各种腐败现象进行了入木三分的无情揭露。在洛奇笔下，小世界中学者、教授们的虚伪和钩心斗角，出版商、作家与评论家的相互巴结和相互诋毁，学术界弄虚作假、剽窃抄袭之风盛行等不良风气被昭然示众。在《小世界》中，作品的整体框架与圣杯传奇所形成的双重结构使高低文化融于同一文本之中，一方面继承了优秀的文化传统，另一方面又使之通俗化、大众化，最终实现了高雅文化与通俗文化的融合。

　　如果说在《换位》和《小世界》中，洛奇将目光聚焦在校园这个小世界里，那么，在《好工作》中，洛奇则将校园和工厂这两个完全

---

① 　罗贻荣：《走向对话》，中国社会科学出版社2006年版，第225页。

不同的世界作为小说双重结构的双方,使情节在校园与工厂、罗宾与维克之间平行展开,从而使该书形成了洛奇素来钟爱的双重结构。在《好工作》中,罗宾和维克两人的生活圈完全不同,他们的冲突不仅反映了个性的差异,更反映了学院文化与工业文化的隔膜。而两人却因"工业年计划"连接在一起,使得他们互相深入对方的生活环境与文化。先是学术圈里的罗宾被迫充当维克的影子,进入陌生的工厂环境;后来则是维克主动要求充当罗宾的影子,去了解同样陌生的校园生活,因此,可以说这同样是一次"换位"。实际上,洛奇本人对双重结构中对立双方的态度是不偏不倚的。他既看到了学院的缺陷,也看到了工业社会的缺陷。学院文化与工业文化最终的目的都是为人类服务,所以两者应更加广泛地对话,更加宽容地理解,更加融洽地合作,就如"鸟之两翼"、"车之两轮",只有齐驱,才能并进。

2. 互文

王尔德在 19 世纪就曾宣称"生活模仿艺术",如果生活模仿艺术,那么,艺术又从何而来呢? 洛奇援引象征主义诗歌的创作经验告诉我们,艺术来自于其他艺术,特别是同类艺术,并进而提出小说来自于其他小说:"所有的文本都是用其它文本的素材编织而成的。"[①]正如劳伦斯所说,小说只是来自"它们彼此之间的震颤"[②]。作为一个对文学传统和经典极其熟悉的学者,洛奇十分擅长运用文本之间的相互指涉来增加作品的意蕴。互文手法的运用是"校园三部曲"的一个突出特点,互文实现了小说中不同文本间的对话,而这种对话的文本形式又与多元文化融合这一主题相辅相成,达到了形式与内容的和谐统一。

在《换位》中,洛奇通过对简·奥斯丁的现实主义作品的互文

---

① 戴维·洛奇:《小说的艺术》,王峻岩等译,作家出版社 1997 年版,第 110 页。

② David Lodge, After Bakhtin: Essays on Fiction and Criticism, London: Rout ledge, 1990, p.20.

传达了扎普对美国生活方式的反感,揭示了英美两国文化的冲突;此外,作品与《专使》的互文为主人公在经历一系列的文化冲突之后,从不适应到渐渐融入当地的文化奠定了基调。文学艺术是一个杂语的世界、对话的世界,新旧文本之间的互文并非是消极无意义的,而是通过互文解构权威及霸权,使得各种文体、话语在平等的状态下形成一种积极的多元对话关系。因此,互文不仅仅是达到对话的手段,更体现了解构一切的对话精神。《换位》中互文手法的成功运用展现了不同文本以及不同文化之间的平等对话,解构了英国文化一元独尊的局面,最终实现了英美两国文化的融合。

《小世界》较之《换位》更为鲜明地体现了洛奇的互文性写作的特点,对文学作品和文学理论的戏仿是整部小说互文手法最典型的应用。《小世界》"通过对罗曼司的戏仿融合了严肃文化和大众文化两种对立的文化"[①]。洛奇将《小世界》置于罗曼司的大框架中,从《亚瑟王传奇》到艾略特的《荒原》,从韦斯顿的《从仪式到罗曼司》到斯宾塞的《仙后》,从济慈的《希腊古瓮颂》到《疯狂的奥兰多》等,通过对罗曼司的戏仿把传统认为主流的和非主流的文本交错铺陈,做到了雅俗共赏、兼容并蓄。另外,作品中对弗洛伊德精神分析法、弗莱的原型批评等理论的戏仿也随处可见。洛奇通过对文学理论的戏仿,对经典术语进行了大胆的通俗化改写,响应了文化研究打破阶级层次、高低贵贱之分的努力。《小世界》中互文手法的运用是解构权威理论和话语的一种途径,是对话精神的体现,通过对话,实现了高雅文化与通俗文化之间的融合。

《好工作》同样采用了多种互文手法,表现了学院文化与工业文化的冲突与融合。正如小说作者按语上引自《西比尔;或,两个国家》的一段话所说的那样:"这是两个民族;它们之间没有交流也没有同情;他们对对方的习惯、思想与感情视而不见。"[②]由此可知

---

① 侯维瑞、李维屏:《英国小说史》,译林出版社2005年版,第767页。

② 戴维·洛奇:《好工作》,罗贻荣译,作家出版社1998年版,作者按语。

两种文化间的隔膜与冲突之深。然而,洛奇巧妙地将生活在不同世界的两个人通过"工业年计划"连接起来。洛奇的文化融合思想与福斯特在小说《霍华德庄园》中提出的著名"连接"主题不谋而合。《好工作》中玛丽安·罗塞尔超大号 T 恤衫上所印的字样"只有联结"(only connect)正是《霍华德庄园》中女主人公玛格丽特的信条。互文手法的运用不仅丰富了小说的表现力,更与文化融合的内容相得益彰,使读者在阅读中展开思维对话,引导读者比较、对照这些相关的文本,在对话中产生更深远的多元文化意蕴。

　　由对立走向融合是多元格局下文化发展的必然诉求,在文化多元的背景下,洛奇主张在对话中谋求多元文化的沟通与融合,并赋予了"校园三部曲"多元文化融合的主题。此外,"校园三部曲"双重结构和互文手法的运用赋予了文本多元性和对话性的特点,进而使形式与内容所体现的文化融合思想相辅相成,达到了形式与内容的和谐统一。洛奇的文化融合思想顺应了多元文化的时代要求,不仅在学术界享有盛誉,对解决由于文化、种族、宗教差异所导致的各种冲突同样具有重要的指导意义。

第五节 《想》:自然科学与人文科学的对立与统一

　　20 世纪 90 年代之后,洛奇创作了三部小说《天堂消息》(*Paradise News*,1991)、《治疗》(*Therapy*,1996)和《想》(*Thinks*,2001),虽然在艺术成就和文学影响方面都无法与"校园三部曲"相提并论,但小说《想》同样引起了学术界的广泛关注与思考。科学与人文的关系长期以来是学术界一个有争议的问题,尤其自 20 世纪下半叶以来,科技的发展日益成为强势,科学与人文的对立也越来越明显。科学与人文,谁是把握世界的更有效的方式?世界应该依靠人文还是依靠科学发展?人文毫无价值,科学可以解决人类的一切问题吗?如果科学连人类意识都能复制,还有什么办不到呢?

《想》让一位作家与一位认知科学家在意识问题上展开了一场深入的对话。

小说以虚构的英国大学校园为背景。校园中的人文大楼与自然科学馆遥遥相对,象征人文和科学两种文化的对立。男主人公拉尔夫·麦信哲教授是该校认知科学研究中心主任,女主人公是新来的文学写作课的教师海伦·里德。两个人中前者善于行动,后者则能言善辩。麦信哲身强力壮,精明强悍,是人工智能专家,他梦想着用人工智能技术复制人的思想意识而获取诺贝尔奖。里德是个小有名气的作家,因丈夫突然去世而忧郁。与麦信哲相比,里德既没有权也没有钱,不像他那样自信乐观,也没有什么远大理想。然而,柔美的外表下却隐藏着对生活敏锐的观察和深刻的思考。她认为,人工智能虽然在许多方面胜过人类,但人类意识不可能被量化,人类的直觉和判断力是人工智能无法超越的,它也不能理解人类的爱情、悲伤和其他深厚情感,人类意识只能是文学艺术的领地。"拉尔夫和海伦,他们一个有力、自信,一个柔美、孤独,似乎象征着现代社会科学与文学发展的状况:一个强大,一个弱小。洛奇就让这样两位代表着现代科学和文学传统的知识分子在格洛斯特大学相识和交往,并试图通过他们的爱情火花使二者从对立到吸引,从相互欣赏到相互包容,从而形成两种文化的对话。"①

像《好工作》中的维克和罗宾一样,麦信哲和里德一开始存在着很大的分歧。里德对认知科学研究人类意识一事感到十分新奇却又颇为不屑。在她看来,"意识毕竟是文学艺术的领域,尤其是小说家想要表现的内容"。"意识具有个体的性质,关键是如何再现它。"而在麦信哲看来,谁也不能真正知道他人在想什么,小说中人物的意识都是作者虚构而强加在人物身上的,他坚持认为:一切都是物质,意识不过是一种信息,而人的大脑或神经系统就像一台

---

① 童燕萍:《与"两种文化"的对话——谈戴维·洛奇的小说〈想〉》,载《外国文学评论》2004年第1期。

计算机,虽然人的脑神经系统比目前的计算机要复杂得多,但在计算机科学高度发展的今天,设计一个能像人一样思想并能将这种思想准确记录下来的计算机并非不可能。随着故事的发展,里德和麦信哲从相互争辩中获得了对意识的新认识,从科学与人文两种不同文化思想的对话,逐渐发展到两种不同性格的相互吸引,并渐渐碰撞出了爱情的火花。在《想》这部作品中,洛奇似乎已放弃了不偏不倚的态度。有的评论家指出,小说《想》实际上反映了洛奇对计算机万能、科学万能的嘲讽和怀疑,无论是小说的背景、人物的设置,还是情节的安排,都不难看出作者的倾向性。在意识研究的问题上,不论是里德和麦信哲的争论、学生们的作文,还是里德在国际研讨会上的发言,都雄辩地指出文学对于人类意识的研究和表述是最为丰富而深刻的。最后,里德终于和夸夸其谈的麦信哲分手而嫁给一位文学传记作家。

在写作技巧方面,《想》再次显示了洛奇对二元结构和新的题材领域的偏爱。这一次,洛奇将艺术与科学(情感与理智、主观性与科学)的对立这样一个形而上的话题人格化,把它融入一位开发人工智能的认知学教授与一位女作家之间的风流韵事,深刻地揭示了人类天性以及生与死的奥秘。小说的叙事围绕着男女主人公交叉进行。麦信哲教授认为人类大脑就是一部可以简化为数学运算法则的计算机,他的目标是将人类大脑完全复制出来,他认为人类进化的下一个环节就是人工智能;对女作家里德来说,人工智能虽然在许多方面胜过人类,但人类意识不可能被量化,人类的直觉和判断力是人工智能无法超越的,它也不能理解人类的爱情、悲伤和其他深厚情感,人类意识只能是文学艺术的领地。虽然在观念上彼此对立,但像罗宾与维克一样,两人渐渐碰撞出了爱情的火花。洛奇熟悉学术界的各种具体情况,又是构思布局的能手,安排这样两位代表着现代科学和文学传统的知识分子在校园的背景下相识和交往,使得这部小说和他的早期学院派小说相比,在趣味性、可读性方面毫不逊色。

在《十字路口的小说家》中,洛奇将当代小说家比作站在十字路口的人。20 世纪 50 年代,人们强烈地感觉到,现实主义是英国小说的主干道和中心传统,它从维多利亚时代和爱德华时代一路延伸而来,被现代派实验主义短暂岔开,随后又恢复到其正常的轨道上来。但到了 60 年代,小说家往往面临着写实和实验的双重选择。小说家们"对文学现实主义的美学观和认识论的怀疑越来越强烈,许多小说家不再自信地行走在大道上,而是至少得考虑在十字路口分岔的且方向截然相反的两条道路:一条是通往非虚构小说的道路,另一条是通往福尔斯先生所说的虚构制作的道路"①。在小说创作之初,洛奇如其他小说家一样面对尴尬的"十字路口",内心充满矛盾。从他的创作中可以看出,洛奇既没有落入传统的窠臼,也没有囿于实验技巧,而是在写实和实验之间寻求着妥协与调和。洛奇的小说从不排斥英国现实主义小说传统,尤其是在讽刺与喜剧性方面,但是由于受文学大气候和文学批评的影响,他的小说也夹杂着非现实主义的实验因素。在他的小说中,传统与实验交融,现代与"后现代"混杂。正如美国批评家罗伯特·莫瑞斯所言,"洛奇的作品即使在形式和技巧上变得越来越具有创新性和后现代主义性质,它们仍然或多或少地、自觉地根植于现实主义传统。结果证明,他创作的学院小说更有可读性"②。总之,洛奇一方面充分继承并遵循现实主义的基本原则,另一方面又大胆地采用后现代实验主义写作手法。在 20 世纪的现代主义和后现代主义的作家大都标榜自己与传统的反叛与决裂时,洛奇和布雷德伯里、拜厄特一样,在创作中将写实与实验融为一体。洛奇的成功实践也预示了当代英国小说创作的发展趋势:兼容并蓄,在写实与实验的对话中探索新的发展道路。

---

① David Lodge, *The Novelist at the Crossroads and other Essays on Fiction and Criticism*, Routledge & Kegan Paul, 1971, p.100.

② Robert A Morace, *The Dialogic Novel of Malcolm Bradbury and David Lodge*, Southern Illinois University Press, 1989, p.196.

第七章 安·苏·拜厄特：
青年知识分子的关注者

安·苏·拜厄特(Antonia Susan Byatt,1936—)是活跃在当代英国文坛的著名学院派小说家和文学评论家。1936年8月24日,拜厄特出生于约克郡的一个书香世家,父母均就读于大名鼎鼎的剑桥大学。父亲是一位颇有声望的作家,母亲是位中学教师。在这种充满文化气息的氛围里,拜厄特姐弟四人在学术上都颇有建树,著名小说家玛格丽特·德拉布尔便是她的妹妹。拜厄特姐妹被评论界津津乐道,常常与19世纪的勃朗特姐妹相提并论。1957年,聪慧的拜厄特以优异的成绩取得剑桥大学文学学士学位,并师从牛津大学的海伦·加登娜(Helen Gardner)研究17世纪文学。1959年,拜厄特与经济学家伊恩·查尔斯·瑞纳·拜厄特(Ian Charles Rayner Byatt)结婚,婚后搬至达勒姆定居,并生育了一对儿女。拜厄特在照料孩子的同时,不仅兼职教书,而且着手为她的第一部作品准备素材。1987年,拜厄特在布雷德福大学获得文学博士学位。由于其杰出的文学成就,拜厄特获多项文学大奖并被英国女王授予勋位。拜厄特经常到世界各地讲学、交流,在学术界享有很高的知名度,被誉为"全球性的小说家"。学者、评论家、作家的多重身份使拜厄特的作品散发着浓郁的学院气息。拜厄特以高超的叙述技巧将深邃的思想、广博的知识、复杂的人物、多样的文体融合起来,描绘出一幅幅当代学院的风情图。拜厄特和布雷德伯里、洛奇、布鲁克–罗斯一起被誉为英国第二代学院派小说家的杰出代表。《太阳的阴影》(*The Shadow of the Sun*,1964)、《占有:一部罗曼史》(*Possession*:*A Romance*,1990)和《传记家的故事》(*The Biographer's Tale*,2000)是拜厄特学院派小说的典范,本章将对以上三部作品进行详细解读。

第一节　《太阳的阴影》:"影响焦虑"下青年作家的求索

1964 年,经过漫长的思考、斟酌、修改,拜厄特的第一部小说《太阳的阴影》(*The Shadow of the Sun*)终于出版,她称这部作品是女性主义的小说。激发拜厄特创作的原因是 20 世纪 50 年代普遍存在的对女性的歧视观念,舆论似乎鼓吹那些有雄心壮志的女性回归家庭主妇的角色。拜厄特通过作品主人公安娜的内心挣扎和寻求解脱的过程,表现了女性面对被束缚的生活,希望获得自我释放和身心自由的渴求。这部颇具自传色彩的小说以作者在剑桥大学的读书经历为原始素材,讲述了青年女作家安娜·塞尔维利亚(Anna Sevilles)在剑桥大学读书的心路历程。拜厄特作品反复表现的主题之一是青年知识分子努力摆脱各种制约和束缚,为自身在经济、生活以及学术上的独立而挣扎,而《太阳的阴影》中的安娜无疑是苦苦求索的青年知识分子的典型代表。她是一个很有天赋的青年女作家,渴望独立自主,展露才华,按照自己的意愿发展自己。然而,现实生活中的安娜不得不面对来自生活、学术上的重重压力。

一、父权和"夫权"的压力

压力首先来自于她的父亲亨利·塞尔维利亚,一个声名显赫的小说家。对于安娜来说,父亲是一座不可企及的高峰,她"担心自己没有他的体力,也没有他那么高大,不能像他那样挥霍力量"①。长期以来,安娜一直生活在父亲耀眼光环的笼罩之下,过着影子般的边缘化生活。父亲作为知名作家的名望,在安娜看来,犹如一团团密实而厚重的影子,使自己愈发感到怯懦和自卑。在众人仰慕的视线中,亨利成了"介于上帝、阿尔弗雷德·丁尼生和布莱克的约伯之间的人,既令人尊敬、古怪,又充满力量"②。尽管受父亲这一知名作家的影响,感到父亲不可企及,但安娜对创作的期待与憧憬并未彻底泯灭。为了冲破父亲的阴影,安娜决定出逃。一个星期天的早晨,安娜离开了学校,搭火车来到附近小镇的一家旅馆。安娜幻想自己可以在这里尽享生活的美丽,像现代主义作家弗吉尼亚·伍尔夫所倡导的那样,拥有"一间自己的房间",进行自由自在的写作。然而,旅馆里的房间却狭窄得令人感到压抑和窒息。更有甚者,当安娜推开窗户想看看天空时,映入眼帘的并不是她所期待的那种镶嵌着朵朵白云的湛蓝色天空,而是一堵空旷的大墙和一扇黑乎乎的窗户,安娜心里顿时感到无比沮丧。这次出逃,不仅彻底失败了,而且更加深了安娜心灵深处的自卑与怯懦。

除了生活在父亲的阴影下,小说中的安娜还承受着另一个男人的束缚,他就是奥利弗·坎宁斯,一位专门评论亨利作品的文学批评家。在小说第二部分,奥利弗携夫人玛格丽特一起来到亨利家中小住。奥利弗帮助安娜复习功课,以一个"助人者"的身份闯入安娜的生活。在他的帮助下,安娜顺利考入剑桥大学。然而,在以男性占主导地位的剑桥大学,安娜感到无所适从。在一次聚会上,安娜喝得烂醉,再次陷入男人的控制之下,动弹不得。对此,安娜屈服了,妥协了,没有做任何抗争。她深深地意识到,即使离开

---

① A. S. Byatt, *The Shadow of the Sun*, New York and London: Huarcourt, Inc., 1992, p.201.

② A. S. Byatt, *The Shadow of the Sun*, New York and London: Huarcourt, Inc., 1992, p.5.

家庭来到剑桥,她仍然逃不出男人的控制。不久,奥利弗也来到剑桥进行学术访问并与安娜同居。在奥利弗面前,安娜没有丝毫的平等与独立。她非但没有走出父亲的阴影,反而又被奥利弗所控制。奥利弗替代了亨利的操纵地位,开始为安娜做各种各样的决定。小说结尾时,安娜决定再次出走。饶有趣味的是,安排在小说结尾处的这次出走,其目的地仍然同小说开篇那次出逃的目的地一样——约克火车站!可见,无论安娜怎样企图逃离,她始终被局限在一个极其狭小的空间里。当奥利弗最终在火车站截住安娜时,安娜只好接受命运的安排,无奈地继续着受男人束缚、控制的生活。

作为一个有思想、有抱负的青年知识分子,安娜不满于现状,敢于思考自己的命运,敢于寻求自己的未来,敢于探索自身的价值,并做了勇敢的尝试。拜厄特的作品时常围绕着女性主题展开,传递着与历史、时代紧密结合的女权主义观点,正如 J. 坎贝尔(Jane Campbell)所言,《太阳的阴影》是一部女性成长小说,借助女主人公安娜的成长经历,审视了 20 世纪 50、60 年代青年知识女性的迷茫境遇。① 然而,读者不无理由担心,笼罩在双重影子之下的安娜,要去寻求"完全属于自己的将来",将会多么困难、多么渺茫。

二、作家和批评家的学术阴影

除了生活中处于无所不在的父权和"夫权"的阴影下,安娜在寻求自我、争取自由写作的过程中,也承受了小说家亨利和批评家奥立弗两方面的学术压力。拜厄特在这部作品中表现了青年知识分子安娜希望摆脱前辈作家的影响,摆脱批评家的干扰,争取独立思维,获得自我释放和写作自由的强烈渴求。

《太阳的阴影》其标题出自于沃尔特·罗利爵士的一首爱情诗

---

① Jane Campbell, *A. S. Byatt and the Heliotropic Imagination*, Waterloo, Ontario, Canada: Wilfrid Laurier University Press, 2004, p. 28.

《永别错爱》。诗中写道:"爱情是太阳的阴影/它的结局是痛苦、磨难/连最聪明的人也要扑向这彼岸。"①实际上,拜厄特以"太阳"喻指英国文学的伟大传统。在拜厄特看来,前一代优秀作家的作品犹如一座大山,阻碍着青年作家前进的步伐,使他们不能动弹,更无力超越。1967 年,当代美国著名文学批评家哈罗德·布鲁姆在其《影响的焦虑》中也探讨了这一问题:"诗的影响已经成了一种忧郁症或焦虑原则。"②《太阳的阴影》以英国的达顿(Darton)为背景,该地区夏季炎热,生活在此的人们饱受太阳的烧灼之苦。通过太阳的隐喻,拜厄特向我们展现了安娜在前辈作家和批评家的阴影下挣扎求索,却最终还是跳不出学术窠臼的困境。

作为一部颇具自传色彩的小说,安娜夹在作家亨利和评论家奥立弗之间的两难处境正是拜厄特在剑桥求学经历的真实写照。在序言中,拜厄特写道,她在剑桥求学时处于两种相反的学术影响之下:劳伦斯给了她写作的鼓舞,评论家利维斯的文化精英主义则把她吓退。③ 在小说中,安娜的父亲亨利是以崇拜太阳的劳伦斯为原型塑造的。亨利是位才华横溢的作家,他强壮的体魄和浓密的毛发显示出其旺盛的创作力。但他处世专横,是主宰这个家庭的太阳。妻子卡罗琳将丈夫视作生活的绝对核心,亨利的书房是房子的中心,在卡罗琳的安排下,其他一切活动都围绕着这里有条不紊地展开,无论是孩子、客人,或是她自己,谁也不能扰乱其中的秩序。亨利完全沉浸在自己的思绪中而不自觉,对于很多作家和学者来说,这可能是很正常的事情,但在外人看来,亨利的言行显得怪异和不可理解:"他会在吃饭的时候默默地站起来,跑到花园里去,跟他说话的时候他也很少搭腔。有那么一两次,大家还看到他

---

① Kathleen Coyne Kelly, *A. S. Byatt*, New York: Twayne Publishers, 1996, p. 15.

② 哈罗德·布鲁姆:《影响的焦虑》,徐文博译,江苏教育出版社 2005 年版,第 8 页。

③ 参见王守仁、何宁:《20 世纪英国文学史》,北京大学出版社 2006 年版,第 198 页。

无声无息地、上上下下地爬了五六遍楼梯,一次跨三个梯级,看起来好像他需要更多剧烈的身体运动。"①在妻子全方位的呵护下,亨利享受着宛如太阳般的优越待遇。他虽然知道卡罗琳为自己付出了太多的时间和精力,却心安理得地接受了她的牺牲。亨利显然把他对创作事业的追求扩展为个人生活的全部,以至于他更像是"一位理想化的、不无嘲讽意味的上帝般的作家"②。亨利就像一座无法逾越的高山严重影响、压抑着安娜的创作力,使她感觉自己就像"盗墓者"或"模仿者"一样。安娜一方面羡慕父亲那高高在上的感觉,另一方面也对他的成就感到敬畏。在父亲那耀眼的光环下,安娜的创作一度陷入了低谷。

奥立弗则是文学权威利维斯的化身。与亨利高大魁梧的身材相反,奥立弗身材矮小、骨瘦如柴。作为研究亨利作品的专家,奥立弗很欣赏亨利的语言驾驭能力和丰富的人生经历。他承认亨利是位智慧非凡、才气逼人的伟大作家。然而,在众人都将亨利视为太阳,甘愿躲藏在其影子下时,奥立弗向亨利的权威提出了挑战,并清晰明白地警告他:"你不是上帝,你最好记住这一点。"③在安娜面前,奥立弗俨然是一个威严的长者,这令安娜感到无比窒息。小说中有一段描述了安娜的困惑:"刚刚参加完一个聚会,她站在银街的桥上,望着平静的剑河水,出神地想着。她细细思量,发现自己没有任何建树,没有任何属于自己的东西。她目前迈出的这一步如同河中的倒影,但倒影却是奥利弗而不是自己的。她仍旧是那个娇小、木讷、犹疑观望的小女人。她所期待的梦想如昙花般转

---

① A. S. Byatt, *The Shadow of the Sun*, New York and London: Huarcourt, Inc., 1992, p. 44.

② Olga Kenyon, *Women Novelists Today: A Survey of English Writing in the Seventies and Eighties*, New York: St. Martin s Press, 1988, p. 56.

③ A. S. Byatt. *The Shadow of the Sun*, New York and London: Huarcourt, Inc., 1992, p. 219.

瞬即逝了。"①可见,作为批评家的奥利弗对青年作家安娜的影响是无处不在的。实际上,安娜的遭遇是有抱负的青年知识分子创作过程中所受影响的一个缩影。

拜厄特在《太阳的阴影》中还表现出强烈的批评意识,并把当代文艺批评所倡导的观点融入小说之中。在小说中,作家亨利和批评家奥利弗在互依共生的同时也形成了一种对立的关系,各自都试图维持自己的本色。作家进行创作时,既要依赖批评家的理论,又要摒弃批评家的这些知识,以防它们限制创作的自由。作家与批评家之间的这种既共生又对立的关系在英国第二代学院派小说家身上得到了明显的表现。身为作家和批评家,布雷德伯里、洛奇、拜厄特和布鲁克-罗斯在写作过程中把批评和创作融合在一起,形成了一种批评中有文学、文学中有批评的文体。布雷德伯里是这样评价作家和批评家的关系的:"有那么一个时期,作家和批评家的结合极为密切,或者如我们今日所说,两者是共生的关系。这种关系常常如此共生以至于作家和批评家完全是一个人,共享同一具血肉之躯。"②谈到对批评和创作的双重兴趣时,洛奇说:"一直以来我想把自己的文学生涯看作是一个作家兼批评家,在两种话语之间转换,并把他们结合在一起。"拜厄特在谈到这个问题时,表达了自己的不同态度:"小说家有时候会说自己的小说和其他作品形式有很大不同。艾丽斯·默多克喜欢把她的哲学与小说分开,戴维·洛奇说他的批评家自我和叙述者自我是一对分裂主体。我从来不认为自己的作品有这样的区分,也不想做这样的断言。"③布雷德伯里、洛奇和拜厄特正是以其对文艺理论研究的独特敏感性在创作中自觉地融合了大量的批评话语,他们的代表作品如《历史人物》、《小世界》和《占有》也成为小说创作与批评实践相结合

① A. S. Byatt, *The Shadow of the Sun*, New York and London: Huarcourt, Inc., 1992, p.80.

② Malcolm Bradbury, *No, Not Bloomsbury*, London: Deutsch, 1987, p.4.

③ A. S. Byatt. *Passions of the Mind: Selected Writings*, London: Vintage, 1993, p.1.

的经典范本。

三、写作特色

除此之外,《太阳的阴影》在写作上有许多可取之处。小说的语言生动流畅,刻画生动细腻,人物栩栩如生、颇具个性。在写作技巧方面有两点值得特别关注:一是朴素的现实主义倾向,二是比喻的妙用。首先,拜厄特的文学思想带有朴素的现实主义倾向。她非常推崇法国小说家普鲁斯特。拜厄特认为,"普鲁斯特的小说就是他的生活,他的生活就是他的小说"[①]。在写作过程中,拜厄特把真实生活作为创作的主要素材来源,并融入对现实生活中人物的观察和理解,使作品既生动逼真,又内涵丰富。《太阳的阴影》就以拜厄特在剑桥大学求学的经历为背景,读来生动有趣,富有真实感。此外,拜厄特在小说中还揭示了青年作家创作的困境以及作家与批评家的关系,把理性的思考寓于形象的描绘之中,显示出现实主义小说的独特魅力。小说在技巧方面的第二个突出特点就是比喻的妙用。作为一个在青年时期就展露出写作天赋的女作家,拜厄特对青年作家创作过程中遇到的各种压力和束缚有着亲身的体会。小说取名为"太阳的阴影",从全书来看,拜厄特是用"太阳"来喻指英国文学的伟大传统,用"太阳的阴影"来喻指学术传统对青年作家的束缚,既生动形象,又新颖别致。这个比喻贯穿全书,有助于读者更加准确地理解小说的主题含义,实现作者与读者之间的有效交流。当然,除了这个比喻之外,作者还精心设计了约克火车站这样的空间场景,象征着安娜为挣脱前辈作家和批评家的束缚所付出的种种努力都是徒劳,自己成为一名优秀作家的梦想永远不可能得到实现,其意蕴可谓深刻。

---

① 转引自瞿世镜、任一鸣编著:《当代英国小说史》,上海译文出版社 2008 年版,第 164 页。

《太阳的阴影》叙述的虽是一个简单的故事,却绝非稚嫩之作。① 这部作品被不少人看作是女权主义小说,而拜厄特也被贴上了"女权主义者"的标签。然而,和艾丽斯·默多克一样,拜厄特并不愿她的作品被看作是女权主义宣言。拜厄特的真正用意在于刻画安娜这个敢于冲破学术压力、反叛权威思想的青年作家。安娜的努力虽以失败告终,却让世人受到一次心灵的震撼。在《太阳的阴影》中,拜厄特借安娜这个人物表现了一个青年女性作家的焦虑:内心涌动着创作的强烈愿望,但前有让人望而生畏的英国文学传统的高山,后有文学批评家对青年作家的重压。题目"太阳的阴影"是贯穿全书的有力隐喻,安娜正是在"太阳的阴影"下寻求独立的女性作家的典型代表。安娜的遭遇代表了青年女性作家在生活和事业上所受的压迫和束缚,显示出拜厄特对青年知识分子境遇的关注。尽管这是拜厄特学院派小说的处女作,却为其下一部小说积累了写作经验。

第二节 "弗雷德里卡四部曲":风情迥异的学术界画卷和社会图景

继《太阳的阴影》之后,拜厄特开始雄心勃勃地创作"弗雷德里卡四部曲"——《园中的处女》、《平静的生活》、《巴别塔》和《吹口哨的女人》,贯穿其中的是一个聪明过人、热情大胆的知识女性弗雷德里卡·波特。"四部曲"着重描述了弗雷德里卡的青春时期、剑桥求学时期、伦敦教书时期和电视台工作时期几个阶段。拜厄特的"四部曲"横跨英国学术界和社会生活的各个方面,纵贯英国跌宕起伏的 20 世纪五六十年代,且写作手法各异,描绘了一幅幅风情迥异的学术界画卷和社会图景。

---

① Kuno Schuhmann, *In Search of Self and Self - Fulfillment: Themes and Strategies in A. S. Byatt's Early Novels*, London: Greenwood Press, 2001, pp. 75 - 87.

《园中的处女》(*The Virgin in the Garden*,1978)的故事发生在1952年约克郡的一个小镇上。当地人为了庆祝1953年伊丽莎白女王二世的加冕,准备上演一部关于伊丽莎白女王一世的诗剧《阿斯特来亚》,由才华横溢的亚历山大·威德布恩执笔。亚历山大是北区布莱斯福德大道学校的英文专家。作品中他与学校另一位专家的妻子詹尼一直有私情,但詹尼对这份婚外情的前景十分悲观。学校主任比尔·波特是亚历山大的下属,这个倔强暴躁的古怪老头有3个孩子:20出头的大女儿斯蒂芬妮、17岁的二女儿弗雷德里卡和小儿子马库斯。弗雷德里卡时常与父亲争吵,颇有主见的她对父亲的阅读要求十分反感。小说开始时,17岁的弗雷德里卡通过了诗剧的面试,被选为剧中女主角。面对心仪的人亚历山大,弗雷德里卡内心激动不已,但亚历山大对这个年轻的姑娘没有任何非分之想。诗剧开始彩排,弗雷德里卡的表演不尽如人意。亚历山大与詹尼的关系越发紧张,弗雷德里卡则再次向亚历山大示爱,亚历山大认为这是不明智的举动,又一次拒绝了她。诗剧的首次公演圆满成功,亚历山大和弗雷德里卡均受到媒体好评。弗雷德里卡短暂的演戏生涯为她打开了进入全新世界的大门,她一面在舞台上本色率性地演绎着少女时期的女王,一面在台下大胆地追求着亚历山大,弗雷德里卡对亚历山大的爱慕已不是剧组中的秘密。一日,弗雷德里卡偶然目睹了亚历山大在他的车上与詹尼做爱,心情沮丧。后来,亚历山大开车把弗雷德里卡送回家。弗雷德里卡家中无人,亚历山大终于决定与她共度一晚,但弗雷德里卡却担心自己的处女身份,临时改变了主意,跟剧组中一个叫埃德蒙·威尔克伊的朋友去了宾馆,在性经验丰富的埃德蒙的引导下,弗雷德里卡第一次体验了性爱。演出大获成功后,剧组解散,发现人去楼空的亚历山大感到被愚弄,气愤地决定远离这个是非之地,离开布莱斯福德另谋高就。而弗雷德里卡在初恋的痛苦中慢慢成熟起来,在夏季之后开始了她全新的大学生话。

《园中的处女》还穿插了比尔一家另外两姐弟斯蒂芬妮和马库

斯的生活历程。弗雷德里卡的姐姐斯蒂芬妮是剑桥大学的毕业生,在当地的女子中学任教。丹尼尔·奥顿是当地一名助理牧师,与斯蒂芬妮结识并喜欢上了她。但不信教的比尔坚决反对女儿与他来往。丹尼尔最终获得了斯蒂芬妮的芳心。当斯蒂芬妮将订婚的消息告诉家人时,气愤的父亲比尔认为她将毁掉自己的生活。斯蒂芬妮放弃了教学工作,决定嫁给丹尼尔。丹尼尔与斯蒂芬妮举行了婚礼,比尔拒绝出席。斯蒂芬妮很快有了身孕,夫妻俩决定暂时保守秘密。弗雷德里卡的弟弟马库斯有惊人的数学天赋,但沉默自闭,不断被各种幻象折磨着。马库斯的科学老师卢卡斯·西蒙兹发现马库斯对形状和符号的观察视角与众不同,对马库斯产生了浓厚的兴趣。体弱多病的马库斯怀疑自己精神不正常,于是向卢卡斯求助。卢卡斯替他进行了特异功能的测试,证实了他确实有视觉方面的天赋。卢卡斯开始了对马库斯的研究实验,师生两人的关系也日益亲近。马库斯与卢卡斯两人的举止十分怪异,师生两人的亲密程度已经趋向同性恋。迷恋马库斯的卢卡斯提出了性要求,忐忑不安的马库斯拒绝了他。精神错乱企图自杀的卢卡斯被送入疯人院,而马库斯对此自责不已。得知真相的比尔勃然大怒,受惊的马库斯则变得极度焦躁。医生建议让马库斯与丹尼尔夫妇同住以利于其恢复,丹尼尔则对马库斯的到来以及其所带来的种种不便深感忧虑。在《园中的处女》这部小说中,拜厄特将几位主人公的不同经历紧密交织在一起并通过三姐弟的三条主线,体现出性格对命运的影响。温顺善良的斯蒂芬妮在丹尼尔锲而不舍的追求下,最终答应嫁给他,平静被动地接受一切生活中的责任。热情执着的弗雷德里卡对生活充满好奇和渴望,但道德意识使她并未成为一个毫无辨别力的享乐主义者,她在小说最后学会了做爱,并为能够区分肉体与精神的不同欲念而高兴。马库斯戏剧般的人生是小说的重点,同时也是评论家视为小说最有力的部分。马库斯对事物的许多反应都不能用言语表达,与他心有灵犀的卢卡斯对他怀有的复杂情感导致两人心灵都受到伤害,而且这段不愉快的经历对马库斯性格的巨大影响将伴随他一生。

《园中的处女》充满了意象和隐喻,中心象征是伊丽莎白女王一世——"园中的处女"。对于这位成功的女王,拜厄特认为正是由于她的深明大义和处变不惊,才确立了她在英国历史上的重要地位。这部小说探讨的一个重要主题是爱情的代价。拜厄特把斯蒂芬妮姐妹与伊丽莎白和玛丽女王对应起来。斯蒂芬妮像苏格兰玛丽女王一样因为爱而步入婚姻,结束了学术生涯;弗雷德里卡则有伊丽莎白女王般的独立坚强,虽然大胆追求自己的爱却不愿被其束缚。这样,小说中一个难解的谜也就有了答案。弗雷德里卡好不容易赢得亚历山大的爱后又惊惶地捣毁了它,因为她害怕陷入这份她不能控制的爱里失去自我。拜厄特也借此暗示她作品中不断表现的主题,即对于女性而言爱情是危险的,而智慧才是人格魅力和个人成就不可缺少的。独特的创作风格以及作品中富含的文学意象,使拜厄特在当代英国的女性作家中独树一帜。在技巧方面,拜厄特运用了普鲁斯特式的叙述方式,将《园中的处女》置于真实的历史与文学的统一体中,故事的氛围影射了繁荣的伊丽莎白时期的阴谋和发现等史实。拜厄特将故事的背景放在伊丽莎白时代,小说中引用了大量的象征和神话,辞藻华丽的叙述更加强了其艺术特色。虽然普通读者认为拜厄特的作品篇幅较长且深奥难懂,但她独特的创作风格吸引了一批学识丰富的读者,并开始引起英美文学评论界的关注。

在拜厄特"四部曲"的第二部《平静的生活》(*Still Life*,1985)中,《园中的处女》中的人物再次出场。弗雷德里卡仍然是小说的中心人物,继续着她充满冒险的生活。作品在一场凡·高画展中开始,然后小说回到20多年前的1954年,开篇的明快色调与整部小说的阴郁风格形成鲜明对比。即将去剑桥大学的弗雷德里卡仍沉浸在对亚历山大的爱慕中,并在法国普罗旺斯与之再次邂逅。置身男性王国的剑桥大学,弗雷德里卡在学术上脱颖而出,在剧院崭露头角,同时享受着与不同类型男生约会的乐趣。不久,弗雷德里卡深陷对教授兼诗人拉尔夫·法布尔的爱恋中不能自拔,但逐渐学会对情感持超然态度。弗雷德里卡离开剑桥知识分子朋友圈,嫁给了商人尼格尔·里弗,做起了一个乡村庄园的女主人。离开弗雷德里卡的亚历山大又写了部关于画家凡·高的新剧《黄椅子》,演出后反响平平。姐姐斯蒂芬妮婚后产下儿子威廉,并逐渐适应了自己的身份转换——从一个女教师转变为妻子、母亲和儿媳。然而,斯蒂芬妮的婚姻生活遇到了困难,逆来顺受的她产下女儿玛丽之后不久触电身亡。斯蒂芬妮的死给小说的主要人物带来了很大的变化。丹尼尔无法忍受丧妻的痛苦,将两个年幼的孩子交给斯蒂芬妮的父母后四处流浪。弗雷德里卡的弟弟马库斯因为一段纯洁的友谊而开始渐渐转变封闭的性格。与《园中的处女》借助大量的隐喻不同,拜厄特在《平静的生活》中尝试一种纯粹写实的风格。她在小说中坦白了这种想法,"我想把这部小说写成一部单纯的小说,不去援用其他人的想法、观点,也不借助明喻、暗喻"。两部小说的共同之处在于都采用了"戏剧小说"的形式。在《园中的处女》中,几个主要人物在排演关于伊丽莎白女王一世的戏剧时上演了自己的生活戏剧;在《平静的生活》中,对于戏剧《黄椅子》虽然着墨较少,但它也是一个重要的意象。《平静的生活》是一部内容丰富、主题多样的小说,拜厄特对她当时所关心的死亡、悲伤、生存、艺术等主题都进行了深入的思考。

《平静的生活》出版 11 年之后,拜厄特推出她的"四部曲"中的第三部《巴别塔》(*Babel Tower*, 1996)。在这部作品中,弗雷德里卡还是故事的中心人物,拜厄特对自己小说中永恒的主题继续进行探讨,即独立自主的女性不断发现自我、寻找自我的曲折与努力以及与命运斗争的决心。这部小说把语言文字的游戏玩到了极致。小说开始就极有特色,给出了四个开头。理查德·托德在分析这部小说时发现,"《巴别塔》的三个开头开启了故事的三条主要线索,而作为序言的第四个开头起到伴奏的作用"①。小说的主线之一仍是弗雷德里卡的生活经历。弗雷德里卡意识到婚姻对自己的囚禁,携四岁的儿子里奥离家去伦敦。在伦敦,她和另一个单身母亲阿加莎住在一起,并通过在一家艺术学校教授文学以及帮出版社看稿子谋生,与此同时陷入与孪生兄弟约翰和保罗的爱情纠葛中。弗雷德里卡面临与丈夫离婚和争夺里奥的抚养权的官司。在经历长时间的羞辱和斗争后,弗雷德里卡终于与尼格尔离了婚,并争取到里奥的抚养权。小说的另一条主线是裘德·梅森和他的童话《巴别塔:给我们这个时代的孩子们》。弗雷德里卡在帮出版社看稿时读到裘德的《巴别塔》,并促成了这部书的出版。这部童话实际上是一则讽世寓言,讲的是法国大革命的一批幸存者逃至与世隔离的地方建立一个乌托邦式的没有拘束只有自由的理想社会,但结果是自由成了邪恶的通行证,理想国成了噩梦。拜厄特借此说明"巴别塔的倒掉"和"上帝之死"所带来的语言混乱与信仰危机,而人们试图重建巴别塔、重释语言、重整秩序的努力又化为泡影。裘德的书出版后,引起很大的争议,面临被禁的危险,且其本人被拖进一场官司,弗雷德里卡亦深陷其中。裘德的《巴别塔》的文本散落于整部小说中,构成了小说的第三条叙述主线,出现了"书中有书"的情况。

"四部曲"中最后一部小说《吹口哨的女人》(A Whistle Woman,2002)的时间指向 1968 年。罢学风潮中,弗雷德里卡成了电视谈话节目《透过窥视镜》的女主持人。该栏目推出了一系列关于女性与家庭、身体与精神等方面的谈话节目,使弗雷德里卡成为一个小有名气的女主持人,一个名副其实的"吹口哨的女人"。在黑谷农场,一群自称为"灵魂的老虎"的宗教狂热分子在约瑟·拉姆斯登的带领下试图复兴摩尼教。但该教派越来越趋于封闭专制,内部涌动着偏执和暴力。在北约克郡大学,一场"身体与精神"的大型

---

① Richard Todd, *A. S. Byatt*, Plymouth: Northport House, 1997, p.63.

学术会议正在酝酿中；在学校外，"反大学"阵营正伺机发动一场大规模的学生运动。学术会议的召开是小说的高潮，主要人物齐聚北约克郡大学，小说主线交织到一起。"反大学"运动的学生涌进校园，纵火捣乱。在混乱中，弗雷德里卡和生物系教授卢克互生好感，开始交往。马库斯与新来的文学院院长荷德克西亦有了亲密接触，两人生活在一起。黑谷农场在一场大火中化为灰烬，拉姆斯登等三人在大火中被烧死。弗雷德里卡发现自己怀孕，与卢克走到了一起。在《吹口哨的女人》中，语言特别是女性的语言仍是小说关注的主题。小说一开始在阿加莎的童话里提到的"吹着口哨的人"是一群因叛逆而变形的女人，渴望与人交流。"没有人听得懂我们的语言，直到你的到来"，道出了女性被压抑后的自我表达的欲求。弗雷德里卡成为电视女主持人，公开探讨一些甚至让男性反感的女性话题，从一定程度上说是女性掌握了话语权。此外，《巴别塔》中已经触及的宗教和自由的主题在这部小说里得到了进一步的阐释。小说中"灵魂的老虎"教派的自我禁锢和学生运动鼓吹的自我放纵似乎都不是真正的自由，而是非理性。拜厄特对此的批判态度非常明显——"重要的是捍卫理性，反对非理性"。此外，小说借电视谈话节目、学术会议的形式对许多严肃话题进行了深入探讨，但也使小说显得过于自省，评论化、学术化的色彩过浓。

在拜厄特创作的《园中的处女》、《平静的生活》、《巴别塔》和《吹口哨的女人》这庞大的"四部曲"中，牵涉的众多角色将跨越数十年。拜厄特希望自己能像普鲁斯特一样，源源不断地创作出作品，并在创作中有意模仿普鲁斯特的风格，叙述中经常插入各种感想、议论和倒叙。和《太阳的阴影》一样，在"四部曲"中我们也可以看到拜厄特的身影，作品横跨20世纪五六十年代英国学术界和社会生活的各个方面，充分展现了拜厄特作为一名学者型作家的创作天赋，这为其巅峰式的学院派小说《占有》的创作铺平了道路。

第三节　《占有》:学者与研究对象的双向占有

1990 年,拜厄特长达 500 余页的巨著《占有》(*Possession*:*A Romance*)面世,这部小说一经面世即因意蕴丰富、雅俗共赏而获得当年英国文学的最高奖——布克文学奖。《占有》一书奠定了拜厄特在英国文坛的地位,并登上了大洋彼岸美国的畅销书排行榜,且在此排行榜上久居不下。《占有》标志着其小说创作的最高成就,被翻译成法语、德语、日语等 16 种语言,在学术界引起广泛关注。

《占有》讲述了青年学者罗兰·米歇尔与女性主义者莫德·贝利如何揭开维多利亚诗人艾什与拉莫特之间鲜为人知的爱情故事。故事的主角罗兰是位半失业的穷文学博士,和女友威尔住在一套阴暗潮湿的地下室公寓里。他从小迷上了维多利亚诗人 R. H. 艾什(虚构人物,多少有些像罗伯特·勃朗宁)的诗。不过等他拿到博士学位,流行的却是后结构主义、解构分析以及女权主义之类,像他这样老派的"文本分析"学者已经不吃香了。他能找到的最好的工作是在詹姆斯·布莱克埃德教授领导的"艾什研究中心"帮助收集 19 世纪著名诗人艾什的诗歌和生活资料。此外,他还要零星授课,甚至刷盘、洗碗、打零工。就这样尚难以应付日用所需,还要多方依靠做女秘书的威尔的收入。在整理资料的过程中,罗兰在伦敦图书馆意外地发现艾什写给一位不知名的女士的信,信中表达了倾慕之情。凭着学者的敏锐和严谨的治学态度,罗兰觉得这段鲜为人知的隐情具有重大的学术意义,于是擅自拿走了信稿。

罗兰根据信稿中的一些细节大致判断出该信的年代,并开始查阅当时文化人的日记等材料。经过一番紧张的文学考证工作,他终于断定这位情人是女诗人克丽斯贝尔·拉莫特(她似乎是伊丽莎白·巴雷特·勃朗宁和克里斯蒂娜·罗塞蒂的结合体)。他不失时机地赶往林肯大学,会见了专门研究拉莫特的女学者莫德博士。两人一拍即合,决定共同调查这段恋爱故事。二人辗转探寻诗人当年的足迹,从英格兰的林肯到约克郡,从法国的小岛布里坦尼到苏塞克斯的艾什墓地。随着调查的深入,莫德从拉莫特堂妹的日记中获悉,约克郡蜜月之后,有身孕的拉莫特离开艾什去了法国,临分娩前却突然失踪,婴儿也下落不明。罗兰与莫德历经坎坷,找到了艾什妻子爱伦和拉莫特的密友格拉夫的日记,并得知艾什生前曾收到拉莫特的一封来信,但爱伦没有拿给他看,而是把信件放在铁盒里随艾什下葬了,因此,铁盒里的来信便成为揭开谜团的唯一线索。与此同时,艾什手稿潜在的商业价值也吸引着众多像莫蒂默·克罗珀这样的美国学者。于是,真相的查证演变成了一场你争我夺、钩心斗角的学术史料争夺战。在一个暴风雨的晚上,克罗珀等人竟然私自掘墓盗信,企图把珍贵的史料据为己有,幸好被罗兰和莫德等人截获。至此,一切真相大白:拉莫特秘密返回英国姐姐家寄居,并将与艾什所生的女儿梅娅交给姐姐收养,而拉莫特与亲生女儿以姨甥相称。更令人惊讶的是,莫德原来并不是拉莫特的远房亲戚,而是艾什和拉莫特的直系后代,拥有对他们所有作品包括书信的继承权。随着一段尘封的恋情浮出水面,罗兰与莫德之间的关系也发生了微妙的变化,于是作品在历史与现代的两段感情经历中平行展开,将维多利亚时代诗人的精神境界与现代人的心理状态加以对照和比较。故事结尾,这两位当代学者不仅事业出现转机,而且情感世界也掀起了爱情的涟漪。

一、学术体制压力下青年学者的困境

在《占有》中,围绕着对 19 世纪诗人艾什及拉莫特鲜为人知的爱情故事的探究,拜厄特戏谑性地刻画了一大批当代学者,包括莫德·贝利、詹姆斯·布莱克埃德、费格斯·沃尔夫等英国学者以及罗兰·米歇尔、莫蒂默·克罗珀、利奥诺拉·斯特恩等美国学者。在这场文学侦探案和文学遗产争夺战中,当代英语文学学术界的各式人物都粉墨登场了。和布雷德伯里的《向西行》以及洛奇的

《换位》一样,《占有》对当代学者的勾勒充满讽刺和滑稽色彩,突出了英美学者之间的差异:美国学者显得咄咄逼人,英国学者则相对拘谨。然而,与布雷德伯里和洛奇刻画的主人公相比,拜厄特小说中的主人公大多是青年学者。拜厄特通过对青年学者在学术研究过程中表现的学术态度和热情以及所承受的学术压力的描述,从圈内人的角度向我们揭示了学术体制下青年学者所面临的经济上和学术上的困境。

　　主人公罗兰是一个穷困潦倒的文学博士。他临时受雇于艾什研究中心,为书写 19 世纪诗人艾什的传记收集资料。罗兰在学习、生活和工作上遇到的困难体现出学术体制压力下青年学者的普遍困窘。在经济上,由于没有固定工作,罗兰只能依赖他的女友威尔。虽然罗兰一直努力想改变这种窘况,可是在撒切尔夫人缩减教育经费开支的 20 世纪 80 年代,在学校谋取一个职位绝非易事:"系里出现了一个职位空缺,有 600 个人提出了申请。"[1]在学术上,由于罗兰研究的领域是艾什的诗歌,而非时髦的"后学"理论,因此,学术前景也不容乐观。罗兰在收集资料时偶然发现了艾什写给一位不知名女士的两封信,这使他非常高兴。长期以来,艾什留给世人的印象是:"婚姻生活 40 余载,过着平静的、夫妻和睦的生活,是一位人人称颂的好丈夫。"[2]出于对事实真相的渴求和严谨的治学态度,罗兰下定决心把这一段鲜为人知的恋情弄清楚,并相信事实的真相将有助于读者了解艾什真实的情感生活。在探访诗人爱情踪迹的历程中,罗兰以学者严谨的治学态度和锲而不舍的热情搜集、整理大量珍贵的史料,并最终与诗人取得精神上的认同,发表了博士学位论文《艾什诗歌中历史"证据"之考证》,成为诗人诗歌艺术的传承人。在研究历史的过程中,罗兰的生命和生活

---

[1]　A. S. Byatt, *Possession: A Romance*, Beijing: Foreign Language Teaching and Research Press, 2000, p. 18.

[2]　A. S. Byatt, *Possession: A Romance*, Beijing: Foreign Language Teaching and Research Press, 2000, p. 10.

也获得了新的意义。小说结尾,罗兰同时收到三所高校的聘书,而且待遇优厚。更为重要的是,他与莫德也彼此吸引,在两个情感匮乏的现代人之间产生了由衷的爱恋。

在《占有》中,青年学者罗兰还承受着来自学术上的巨大压力。在文学理论盛行的 20 世纪 80 年代,学术界的潜规则就是:只有精通各种文学理论才有可能成功。学院的很多运行机制,特别是出版业都以文学理论作为标准衡量作品的价值。在学术上,罗兰之所以默默无闻、穷困潦倒,显然与他的研究领域不符合学院体制的运行规则有关。罗兰研究的是传统领域,需要投入大量的精力并脚踏实地地进行材料的搜集和整理。而且,在目前的学术体制下,这些领域早已不再是学术研究的重点。像罗兰和莫德这样以执着的精神和求实的态度研究传统领域的学者越来越少了。在这个福柯、德里达、拉康盛行的年代,像费格斯·沃尔夫这样穿梭于学术会议、热衷于卖弄文学理论术语的学者,反而成为学术界的新宠。拜厄特对学术界这种只顾卖弄理论而疏于研究的现象进行了犀利的批判并通过罗兰博士明确地表述了自己的观点:虽然传统研究领域现在并不受欢迎,但"追求连贯和完整的意义是人的本性所求"[1]。针对有些新历史主义学者认为历史是虚构的,所有的历史的叙述都存在偏颇的言论,尽管书写的历史由于种种原因可能会有疏漏,但历史事件本身的真实性是毋庸置疑的。历史的不可还原性并不意味着对历史的探究和再现会因此而变得没有意义。[2]小说中,罗兰和莫德通过对残存史料的分析,借助诗中的蛛丝马迹,将一段感人肺腑的恋情层层演绎出来,进而了解历史,认识世界,最终得到学术界的认可。《占有》所刻画的主人公罗兰这个人物具有很强的现实意义,反映了当代英美学术界普遍存在的问题。

---

[1] A. S. Byatt, *Possession*: *A Romance*, Beijing: Foreign Language Teaching and Research Press, 2000, p. 456.

[2] 参见曹莉:《〈占有〉:历史的真实与文本的愉悦》,载《外国文学研究》2005 年第 6 期。

通过对罗兰的描述,拜厄特揭示了青年学者在经济和学术上的艰难困境,在对罗兰严谨的学术态度和脚踏实地的学术研究进行了肯定的同时,对当时学术界盲目注重文学理论的阐释而忽略传统研究领域的现状进行了犀利的批判。

二、对学术体制的腐败与黑暗的揭露

作为学术"小世界"的一员,拜厄特还通过罗兰的遭遇揭露了学术体制的黑暗。读过美国作家约瑟夫·海勒《第二十二条军规》的读者一定非常熟悉军事官僚统治集团制定的那条荒谬滑稽的"第二十二条军规",它明确规定:"一切精神失常之人都可以不完成规定的任务,立即遣送回国;但它同时又规定,要停止飞行必须由本人提出申请;在危险关头如果你能提出停止的申请,那就证明你还没有疯,你就必须继续执行飞行任务。"[①]在庞大的集团势力压制下,像尤索林这样的小人物无力抗争。同样,在学术界里也存在一个"第二十二条军规"式的悖论:对于像罗兰这样的年轻学者,要想得到学术界的认可,就必须发表作品;而一旦获得了认可,你的学术生涯便一帆风顺,像滚雪球似的发展起来。然而,要想发表作品,被人认可,就必须具备一定的经验和资历。对没有经验和资历的青年学者来说,发表作品可谓是比登天还难,但不能发表和出版作品又意味着他们难以获得必要的资历。而且,罗兰研究的是维多利亚时代著名诗人艾什及其诗作,这一传统领域与时髦的"后学"理论相比,很难在当时的学术界得到重视和认可。"不出版,就出局",这一学术体制给青年学者造成了巨大的压力,阻碍了他们研究的活力和学术的健康发展。身为学术界的一员,拜厄特对学术体制弊端的揭露可谓一针见血、入木三分。

拜厄特以学者的敏锐与细致去观察、思考青年知识分子的境遇,去书写他们的家庭关系、师生关系和同事关系。在拜厄特的笔

---

① 李公昭:《20世纪美国文学导论》,西安交通大学出版社2000年版,第360页。

下,学术界的腐败与黑暗被揭露出来:布莱克埃德教授对罗兰博士学术上的压制与限制、沃尔夫博士与罗兰博士之间为了学术地位而进行的钩心斗角、利奥诺拉教授与莫德博士的纷争、克罗珀教授对学术成果和资料的剽窃与占有等学术界存在的问题清晰可见。身为学术界中的一员,拜厄特以一个学术界内部人士的视角,通过对罗兰博士在学术界境遇的描写,成功地向我们揭示了学术制度的腐败以及青年学者在学术体制下的苦苦求索。

三、占有与拥有的博弈

拜厄特认为文学除了应该表现生活,更应具备丰富的思想内涵,使读者读后获得智慧或哲理方面的启迪。《占有》便是这样一部哲理小说,其标题"*Possession:A Romance*"可谓意蕴深刻。"Possession"可译为"占有"或"拥有",一字之差,意义却迥然不同。另外,拜厄特以"一部罗曼史"作为这部学院派小说的副标题,显然是戏仿了洛奇的《小世界:学者的罗曼史》。如果说洛奇以学术的"小世界"映射校园外的大千世界,那么,拜厄特则通过对两段不同历史时期爱情故事的描述,以当代人的视角阐释了历史和现实中蕴含的深层人性与道德内涵,不仅阐释了恋人间情感和肉体上的占有与拥有关系,而且还揭示了当代学者对过去和历史的占有与反占有的复杂主题。

首先,拜厄特揭示了"占有"在情感和肉体上的体现。情感和肉体的占有在不同人物之间有着不同的体现形式。如果说艾什与拉莫特、罗兰与莫德这两段爱情虽历经磨难,却历久弥坚,最后彼此真正拥有的话,那么,小说中其他人,如布兰奇小姐与拉莫特之间则没有真正的彼此拥有,而只是临时占有。

艾什和拉莫特都有优雅的气质和漂亮的外表,更为重要的是两人都很博学,具有艺术天赋。初次见面时,两人不但在外表上相互吸引,而且在精神上更是一见如故,如知己般亲切。彼此赏识、相互爱慕、拥有共同的语言使艾什与拉莫特坠入爱河,他们之间的爱情是灵与肉的结合。和 19 世纪伟大、热烈的爱情相比,罗兰和莫德不是因为彼此的才华和外表产生了爱情,而是因为彼此都能给对方提供一处心灵得到慰藉、精神不再孤独的情感港湾,两人的相识和相爱使对方都不再空虚、孤独。如果说艾什和拉莫特更加关注艺术追求和交流,那么,罗兰和莫德便更倾向于彼此填补心灵空虚的需要。在这两段爱情故事中,男女主人公都没有过多强调生理方面的满足,而更注重情感与精神方面的交流。因此,他们之间是真正的彼此拥有,而非占有。

　　相比之下,小说中其他人都在情感和肉体的占有上存在这样或那样的问题和障碍,包括布兰奇小姐与拉莫特的近乎同性恋的关系、莫德博士与前男友沃尔夫博士、罗兰博士与前女友威尔、莫德博士与女友利奥莉等等。他们之间并没有真正的彼此拥有,而只是临时占有。限于篇幅,仅以与拉莫特一同试验新生活的布兰奇小姐为例来加以说明。她原是家庭女教师,酷爱画画。在一幢叫"布列塔尼"的小房子里,她与拉莫特按照自己的生活方式去生活。可是拉莫特爱上了艾什,这就构成了对布兰奇的威胁。为了"占有"拉莫特,不让艾什将她夺走,布兰奇偷窃了艾什寄给拉莫特的诗和信,并向艾什的妻子爱伦告发他们的恋情。布兰奇希望爱伦能够迫使拉莫特重新回到自己身边,可是却遭到了拒绝。理想破灭、贫困潦倒的布兰奇在拉莫特外出近一年未归后投河自尽。布兰奇为强烈的占有欲望所驱使,想独自占有拉莫特,却最终丧失理性和良知,反而失去了自己所拥有的一切。艾什不求占有拉莫特,却最终拥有了她。人究竟该不该在世上占有或拥有些什么,又该以怎样的方式来占有或拥有,这个哈姆雷特式的疑惑无疑是拜厄特留给每一位当代读者去认真思考的问题。

　　"占有"的另一方面体现在当代学者对过去和历史的态度上。在《占有》中,许多横跨大洋两岸的当代学者、教授投身于对 19 世纪诗人艾什和拉莫特的研究。值得一提的是,这些学者对过去、历史持有两种迥然不同的态度:一种以美国学者克罗珀教授和英国学者布莱克埃德教授为代表。他们企图占有过去,占有所研究的对象,反过来却在精神上被研究对象占有。另一种是以罗兰和莫德为代表的青年学者。他们怀揣敬畏之心,真心希望获得关于过去的知识和事实的真相,并最终拥有了历史。

美国学者克罗珀(Cropper)如其名字所示,是一个狂热的历史"收割者",他的目的就是千方百计地占有和控制自己的研究对象。① 他凭着手中丰厚的支票本,企图通过搜集各种古器物,如艾什的手表、拐杖等来占有艾什,占有过去。当得知艾什和拉莫特的情书被找到,克罗珀马上赶往乔治爵士家出高价索买这些信件。当得知爱伦将一封重要信件放在铁盒里葬在艾什墓中,他竟然违反法律,买通艾什堂兄的一个直系亲属非法掘开艾什的坟墓以获得拉莫特写给艾什的最后一封信,可见克罗珀占有欲之强。英国教授布莱克埃德在剑桥求学期间师从利维斯,并痴迷于"英国文学的伟大传统"。不幸的是,深受新批评影响的布莱克埃德痴迷于细节的研究,最终使得编写的艾什传记枯燥乏味、毫无新意。正如其名字(Blackadder)所示,布莱克埃德是一个"抹黑的人",他的研究方法只能使现有的研究成果越来越琐屑,越来越模糊。他企图将所有的艾什手稿留在自己设立在大英博物馆地下室的"艾什工厂"里,自己却丧失了精神上的自由,整日被枯燥的研究占有。这些学者满怀渴望,"越来越深地探入过去,却在查究已故艺术家的过程中迷失了自己"②。随着艾什墓的掘开,真相终于大白于天下。布莱克埃德和克罗珀等学者们千辛万苦倾其一生的研究成果被挖掘出来的史料全部推翻。事实上,与其说学者占有了他们的研究对象,不如说研究对象占有了学者,因为在研究的过程中,研究者总是面临被自己的研究对象牵着鼻子走的危险,因而在试图占有过

---

① 参见曹莉:《〈占有〉:历史的真实与文本的愉悦》,载《外国文学研究》2005 年第6 期。

② Carolyn See, "At a Magic Threshold", *Los Angeles times Book Review*, October 28, 1990, p. 13.

去的时候总是被过去占有。身为学术界的一员，拜厄特对自己的同行显然持有一种同情和无奈。拜厄特在《占有》中对这两位学者传记写作的研究方法以及西方的"传记工业"进行了批判与讽刺。然而，拜厄特的讽刺中却有着一种淡淡的无奈和感伤。如果说洛奇小说以大量的讽刺表现了更多的喜剧成分，那么，拜厄特的小说中体现的更多的是同情。读者不禁要问：像克罗珀和布莱克埃德这样的学者将自己的一生倾注在撰写艾什的传记上，意义究竟何在？

　　在对克罗珀教授和布莱克埃德教授进行批判的同时，拜厄特对以罗兰博士和莫德博士为代表的当代青年学者进行了高度赞扬。他们热切希望通过自己的研究，亲身领悟、感知历史，进而了解事实的真相。罗兰在解释偷取艾什的信件的原因时这样说道："我着了魔，我必须知道。"①莫德也不止一次地表达了同样的感受："我想知道过去发生了什么，我想由我自己来发现。"②凭着执着的热情和严谨的治学态度，罗兰和莫德排除了各种阻力，获得了大量的宝贵资料，使得编辑和研究工作有条不紊地进行。罗兰意识到只有当他不再试图占有先人的思想时，他自己的创造力方能得以释放。③ 在小说结尾处，罗兰与莫德通过与传统的联结而获得了身份与文化认同。正是由于有了像罗兰和莫德这样深深钟情于历史并对历史真相孜孜以求的当代学者，历史才得以更真实、更完整地重现本来之面目。而当代学者赋予历史以新的意义的同时，他们的学术、生活乃至爱情也获得了新的意义。罗兰和莫德便在研究过程中获得了启发并真正拥有了历史。

---

　　① A. S. Byatt, *Possession*: *A Romance*, Beijing: Foreign Language Teaching and Research Press, 2000, p. 527.

　　② A. S. Byatt, *Possession*: *A Romance*, Beijing: Foreign Language Teaching and Research Press, 2000, p. 258.

　　③ Merja Polvinen, "Habitable Worlds and Literary Voices: A. S. Byatt's Possession as Self‑Conscious Realism", *Helsinki English Studies*, 2004 (3).

在《占有》中,拜厄特向读者展示了学术界中形形色色的占有,如男人对女人精神与肉体的控制与占有,学者在学术与名利上的争夺与占有,师长对学生研究成果的压制与占有,学者之间学术资料的剽窃与占有,等等。"占有"是小说中最重要的隐喻,只有像罗兰和莫德那样排除私心杂念,真正脚踏实地地工作和研究,方能把握过去,拥有历史。学者如此,普通人又何尝不是这样呢?

四、传统与实验融合的典范

如果说 20 世纪 50 年代的英国第一代学院派小说家金斯利·艾米斯、C. P. 斯诺等强烈抨击以詹姆斯·乔伊斯、弗吉尼亚·伍尔夫为代表的现代派作家,将现代派形式风格上的创新斥为一种通过瞬间的感觉来表达混乱的体验手法的话,那么,以洛奇、布雷德伯里、拜厄特和布鲁克 – 罗斯为代表的英国第二代学院派小说家在对待现实主义与实验小说所持的态度上则成熟得多。洛奇曾经比较系统地对英国现当代文学史和文学批评做出了分析和评论,在其著名的"理论"钟摆中,洛奇指出:"现代主义和现实主义这两个潮流在现代英国文学史上相互交替,如同钟摆的摆锤一样在两个极端中来回摆动。"[①]布雷德伯里认为现实主义与实验主义这两种倾向代表了两极,在某些历史时期,其中一极比较受重视,而在其他时期较为占上风的则是另一极。而且,"在我们这个世纪,两极之间的摇摆比先前要剧烈得多"[②]。拜厄特也反对将写实与实验进行简单的厚此薄彼的二分法,认为传统与创新、真实与虚构并非截然对立。在《心灵的激情》这部批评文集中,拜厄特指出"旧现实

---

① David Lodge, *The Modes of Modern Writing*, London: Edward Arnold Ltd., 1979, p. 52.

② Malcolm Bradbury, *The Novel Today*, Manchester: Manchester University Press, 1977, p. 9.

主义、新实验之间有着一种共生关系"①。《占有》便是这样一部既有传统的脉络,也吸取了后现代主义的实验技巧,将写实与实验巧妙地融合在同一文本中的经典作品。

拜厄特自幼受到传统文化、文学的熏陶,对英国文学的"伟大传统"进行过系统的学习与研究,中世纪、文艺复兴、浪漫主义、维多利亚时代的文学都对拜厄特产生了深远的影响。拜厄特将文学传统的现实主义叙述风格巧妙地融入小说创作中并始终坚持在作品中反映现实,因而她的小说带有明显的现实主义倾向。正如巴克斯顿所说:"尽管《占有》摆出了它后现代的百般姿态,但它首先是一种'直接'叙述,一部现实主义的小说。"②拜厄特把真实生活作为创作素材的主要来源,小说涉及众多真实的历史人物和历史场景。艾什和拉莫特初次相识是在伦敦罗素广场(Russell Square) 30 号克雷布·鲁滨逊家中,艾什与拉莫特的约会地点是在伦敦里斯满公园(Richmond Park)及北约克郡闻名的海边小镇惠特比(Whitby)等地。20 世纪的故事场景也体现了小说创作的真实性。莫德的妇女研究中心是英国林肯大学的一座塔楼,布莱克埃德的"艾什工厂"在大英博物馆的一间地下室里,而罗兰有关艾什和拉莫特的重大发现则发生在典雅古朴的伦敦图书馆:"这里卡莱尔曾经光临,乔治·爱略特曾穿梭在书架之间,罗兰看见了她的黑丝长裙和天鹅绒的裙摆在宗教经典之间飘过,听见她的脚步声有力地踏踩在德国诗人书架间的金属地板上。"③作品中真实的人物和故事场景给人以浓重的历史厚重感,显示出现实主义传统的巨大魅力。

① A. S. Byatt, *Passions of the Mind*: *Selected Writings*, London: Vintage, 1993, p.170.

② Michael J Noble. *Essays on the fiction of A. S. Byatt*: *Imaging the Real*, Westport: Greenwood Press, 2001, p.98.

③ A. S. Byatt, *Possession*: *A Romance*, Beijing: Foreign Language Teaching and Research Press, 2000, p.4.

小说家的批评和批评家的小说

作为一位自觉意识很强的小说家和批评家,拜厄特用小说家的功力来驾驭语言,又以批评家的犀利目光审视自己的语言。因此,拜厄特在选词和谋篇布局时非常谨慎,力求将不同时期的话语和思想融入文本之中,建构一个丰富多彩的文本。拜厄特认为:"一个文本就是一个不同文化话语聚合场。它在政治、意识形态、宗教、心理等方面都与社会现实以及其他文本有着千丝万缕的联系。"[①]拜厄特的作品继承了英国文学的写实传统,但身处后现代语境下,又自觉地运用多种后现代技法。《占有》的实验性主要体现在对文学样式的拼贴、对传统神话的改写和对小说体裁的戏仿上。

首先,《占有》引用了大量的维多利亚时代的文本,包括诗歌、手记、传记、戏剧、学术散文等不同的文学样式,还不时地加进电视媒体形式。正如评论家指出:"《占有》糅合了多种文学样式:侦探故事、罗曼司、校园讽刺、格林童话和挪威神话、后弗洛伊德结构主义谜语以及对爱和占有的哲学探究,充满了杜撰的情书和原创的仿维多利亚诗歌。"[②]其中,诗人创作的诗歌就多达 1600 多行,数量如此之多在英国文学史上实属罕见。除独立的 7 章外,小说其他章节的开头都有一首短诗。这种写作技巧由英国作家沃尔特·司各特首创,并风行于 19 世纪。很多作家模仿这一技巧,尤其是英国女作家乔治·爱略特。它们的重要作用在于暗示或引出相关章节的主题。比如小说第 8 章开篇,拜厄特借拉莫特之名,模仿美国女诗人艾米莉·狄金森的风格创作了一首短诗。小诗描绘了漫天飞雪不分昼夜覆盖万物的情景,"雪"这一意象贯穿整个章节。表现章节主题的另一极好例证当属第 12 章的引头诗。该诗表达了拉莫特在她和女友布兰奇小姐共同维系了 6 年的家破碎后的感受。诗的上节展示给读者的是拉莫特遇到艾什之前与女友温馨和

---

① Olga Kenyon, *A. S. Byatt: Fusing Tradition with Twentieth – Century Experimentation*, Brighton: Harvester Press, 1988: 60.

② P B Parris. *British Novelists since 1960*, Detroit: Gale Research, 1998, p.89.

谐、独立自由的家庭生活,诗的下节则借助房屋破裂的意象寓意拉莫特遇到艾什之后两位女同性恋者友谊或爱情的决裂。此外,情书、日记、评论、传记、脚注、序言和报道等为故事的发展和人物塑造提供了必需的背景资料,从而使读者对所有的人物和事件有了全方位的理解。

其次,在《占有》中,拜厄特还对西方家喻户晓的多部经典童话进行改写,以达到用童话映照历史、反观现实的目的。拜厄特在小说中对格林童话《水晶棺》进行了改写,以此来借喻 19 世纪的拉莫特和 20 世纪的莫德独立自主的生存状态和精神追求。拜厄特坦言:"当我在《占有》中重写这个故事时,我让小裁缝用冰棱杀死了黑衣巫师,格林童话里没有这个情节,我让他在与富家女子结婚时为可能丢失自己的缝纫才艺感到后悔。"①拜厄特进行这样的改写是为了暗指拉莫特在结识艾什之后一方面诗情勃发,情感充实,另一方面又担心堕入情网会导致自由和独立人格的丧失。虽然拉莫特深深地爱恋着艾什,但却一直努力坚守着女性的自主和自尊。这样一个勇于追求真爱,又有独立自主人格的女性形象在英美文学作品中屡见不鲜。勃朗宁夫人的长篇叙事诗《奥罗拉·丽》中的奥罗拉、《简·爱》中的女主人公简、《贵妇画像》中的伊莎贝尔等,都是不甘受男性和婚姻束缚的女性形象。此外,对格林童话《水晶棺》的改写同时暗指了当代女性主义学者莫德的生存状态、性别忧虑和精神追求。为了不使自己的金色长发让男人产生非分之想,莫德常年用一条绿色头巾将其束缚;她的住宅和办公室犹如囚禁公主的高塔,深不可测,拒人于千里之外。无论是 19 世纪的女诗人,还是 20 世纪的当代女学者,都企图使自己的艺术之树常青。正如莫德在故事接近尾声时所说的那样,"我有与她同样的感觉。我设防是因为我必须继续做自己的事情……她的自我占有、她的

---

① A. S. Byatt, *On Histories and Stories*, London: Chatto and Windus, 2000, p.157.

独立自主"①。拜厄特还将王子改写成小裁缝,并反复强调他是一个艺术家,是一个对人生、对世界充满了好奇的艺术家,在钱包、饭碗和水晶钥匙之间毅然选择了非同寻常、通向神奇险境的水晶钥匙。作者这样写道:"好奇心是人类生活中的一个巨大的力量。"②这无疑指涉了当代青年学者罗兰对史实和真相的探求。如果说小裁缝对艺术的钟情和对未知的好奇使他最终赢得了美丽的公主,那么,相貌平平、穷困潦倒的罗兰正是因为有着对历史、对真理的强烈的好奇心,才不遗余力地加入了当代学术界的一场史料大战,他对过去、对知识的执着不但使过去变得有意义,而且也使他像小裁缝那样最终赢得了莫德的心,自己的职业生涯也进入了一个全新的阶段。

此外,《占有》还戏仿了罗曼司、侦探小说等传统体裁,生动形象地讲述了不同时期的两对文学恋人在各自的文学研究过程中所亲历的浪漫之旅。罗曼史题材广泛,内容丰富,包括神话故事、宗教寓言、英雄传奇、宫廷逸事以及各种冒险经历等。英国早期的"罗曼司追求表现骑士精神和浪漫爱情,并致力于两者之间的完美结合"③。拜厄特以"一部罗曼史"作为小说的副标题就明显借用了这一文学形式。维多利亚时代著名诗人艾什和拉莫特的爱情故事显然是一部罗曼史。艾什被拉莫特的博学与优雅所吸引,通过在书信中讨论诗歌,艾什和拉莫特更加彼此爱慕。一个著名诗人爱上了一个漂亮、有才气的女诗人,这是典型的传统罗曼史。然而,在故事的结尾,拜厄特却颠覆了传统罗曼史中的大团圆结局,而是故意为作品设计了一个悲剧性结局。艾什没有与妻子离婚,而拉莫特终生未嫁,孤独地度过了自己的后半生。这一结局显然

① A. S. Byatt, *Possession: A Romance*, Beijing: Foreign Language Teaching and Research Press, 2000, p. 549.

② A. S. Byatt, *Possession: A Romance*, Beijing: Foreign Language Teaching and Research Press, 2000, p. 67.

③ 李维屏:《英国小说艺术史》,上海外语教育出版社 2003 年版,第 30 页。

是对罗曼史体裁的戏仿。

侦探小说是西方通俗文学的一种体裁,主要描写侦探家如何根据一系列线索破解疑案,揭开事件的真相。拜厄特有意在《占有》中对侦探小说进行了戏仿,并声称:"当我应邀评论艾柯的《玫瑰之名》时,我就已经想到了《占有》应该是一部侦探小说,而小说中的侦探就是那些学者。"①小说中两位青年学者为查证真相,破解维多利亚时代诗人艾什鲜为人知的爱情故事,仔细阅读了大量的历史和文学资料,沿着历史的轨迹追本溯源,层层地揭开了整个事实真相。这一过程扑朔迷离,无疑构成了侦探小说的框架。然而,《占有》不是一部传统的侦探小说,而是对侦探小说的颠覆。首先,主要活动并不是围绕谋杀案而展开,而是试图解开两位维多利亚时代诗人间的隐秘恋情。其次,小说中的侦探是一些当代学者而非职业侦探家。正如莫德在小说中所说的那样:"文学评论家天生就是侦探。"②最后,调查的目的并不是要挖出隐藏的罪犯。艾什和拉莫特这两个当事人在小说一开始就被罗兰和莫德发现了,而且艾什与拉莫特之间的秘密并没有完全被文学侦探们发现。拜厄特独具匠心地为小说增设了一个令人又惊又喜的后记。在后记的开头这样写道:"有些事情发生了,却未留下可见的踪迹,无人谈起,无人记录,但如果说随后的事情无动于衷地继续着,仿佛这些事情从未发生过,那就大错特错了。"③实际上,只要读者了解艾什,就会知道他与拉莫特还有一个女儿叫梅娅。通过以上分析可以看出,《占有》颠覆了传统的侦探小说模式,构成了对侦探小说的戏仿。

正如帕里尼所言,《占有》是一部力作,"把英国小说中所有的

---

① A. S. Byatt, *Choices*: *On the Writing of Possession*, http://www. Asbyatt. com/Posses. htm. October 10, 2004.

② A. S. Byatt, *Possession*: *A Romance*, Beijing: Foreign Language Teaching and Research Press, 2000, p.258.

③ A. S. Byatt, *Possession*: *A Romance*, Beijing: Foreign Language Teaching and Research Press, 2000, p.552.

叙述技巧都展示出来供人审视,又时时刻刻给人愉悦感"[1]。拜厄特将不同时期的文本聚合在一起,并与现实相结合,构建了一个开阔、丰富的文化、文学空间。《占有》中对诗歌等传统文学的引用、对经典童话的改写以及对罗曼史、侦探小说等通俗小说体裁的戏仿,无不体现出第二代学院派小说一贯的雅俗共赏,意蕴深刻的传统;对当代学者研究方法的犀利讽刺也继承并发展了英国学院派小说一贯的讽刺传统,使《占有》成为熔传统与现代为一炉的英国学院派小说的典范。

五、拜厄特的历史观

与布雷德伯里的忧患意识和洛奇的讽刺调侃相比,拜厄特的小说展现出一种特有的历史厚重和思想深度。拜厄特的历史情结由来已久,这在她的早期作品《花园中的处女》中已初见端倪。[2] 从《花园中的处女》开始,拜厄特就以当代人的视角冷静地回首历史,在小说中演绎着历史情节,这种笔法在《占有》中已被运用得炉火纯青。《占有》中贯穿着两条主线:关于 19 世纪的叙述以维多利亚时代的英国诗坛为背景,关于 20 世纪的叙述则以 20 世纪西方英美学术界为背景。表面上看《占有》是在重写一段维多利亚时代诗人艾什与拉莫特之间的浪漫爱情故事,实则蕴含着当代人对人类历史的深层次思考。两位当代青年学者通过锲而不舍的调查研究,一层层地将这段感人肺腑的爱情故事演绎出来,使本已被人淡忘了的旧事散发出清新的气息;在探寻的过程中,两位当代学者对待生活、情感、道德和责任的态度也渐渐发生了变化。拜厄特将逝去的维多利亚时代与当代社会这两条线索交织在一起,亦古亦今,现代人探索着过去人的秘密,过去人又以他们独特的方式影响着现

---

① Jay Parini. "Unearthening the Secret Lover", *The New York Times Books Review*, October 21, 1990: pp. 9 – 11.

② 参见程倩:《回归历史之途——析拜厄特〈占有〉的历史叙述策略》,载《国外文学》2003 年第 1 期。

在,仿佛现在发生的一切都在过去人的注视之下、意料之中。如果说英国后现代小说家约翰·福尔斯在《法国中尉的女人》中将过去和现在并置在一起,使读者可以站在 20 世纪价值观念的平台上审视和评价维多利亚时代的社会、道德和传统价值,那么,拜厄特在《占有》中则以独特的历史意识号召人们以史为鉴,在历史语境下审视现在,把握未来,通过将维多利亚时代诗人的精神境界与现代人的心理状态加以对照和比较,阐述了历史对现实生活的不可或缺和重大影响。

艾什与拉莫特的爱情发生在维多利亚时代,那个时代人们相信男女间有真正的爱情,因此,才有艾什与拉莫特的罗曼史。1858年 6 月的一天,艾什被邀请参加著名学者克雷布·鲁滨逊的早餐会。会上,拉莫特优雅的谈吐使艾什顿生爱慕之情,进而请求和她进行通信往来。在艾什与拉莫特优美、文雅的书信中,两人享受着无比的精神愉悦,成为互通心声的知己。艾什不但才华横溢,而且真诚坦率,这些正是拉莫特所欣赏的。在维多利亚时代,女人被看作男人的附属品,不具有和男人同等的社会地位。但拉莫特勇于追求个人价值、不屈服于男权社会、勇敢试验新生活的勇气得到了艾什的理解和尊重。在相爱过程中,两人在精神、心理方面的相通、相融达到了惊人的程度。然而,艾什和拉莫特都是极具智慧的人,深知他们的爱情是不会有结果的:“这段爱,在这个世界上没有生存之地——它,我衰弱的理智告诉我,不能也不会给我们带来任何好处。”[1]但是爱情是一种伟大的力量,道德的理性和社会习俗的枷锁无法阻挡它的爆发。在两人心中,爱情高于一切,不敢追求真爱会使他们的生命黯然失色。最终,爱情的伟大力量使艾什与拉莫特克服了社会阻碍和心中的忧虑,无怨无悔地踏上了爱情之途。为了不使爱情受到外界的干预和破坏,保全他们的个人荣誉和社

---

① A. S. Byatt, *Possession: A Romance*, Beijing: Foreign Language Teaching and Research Press, 2000, p. 211.

会尊严,艾什与拉莫特理智地选择了分手。然而,他们的爱情没有因分手而终结,相反,它以一种更深沉、更伟大的方式延续着。从某种意义上讲,罗兰与莫德的爱情便是艾什与拉莫特的爱情超越时空的延续。

当代学者罗兰与莫德的爱情发生在20世纪80年代。温顺、正直、内向的性格使罗兰很难在竞争激烈的学术界获得一席之地。他的世界没有亲情、友情,更不敢奢望爱情的出现,他认为,"没有任何欲望是生活的最佳状态"①。相比之下,莫德虽事业有成,但也没有爱情和友情。她是个天生丽质、生性敏感的女权主义者。她认为,"如果一个女人稍有姿色的话,那么,男人就会把她当成占有品看待"②。所以为躲避男人的"占有",她选择了远离男人的世界。罗兰和莫德就生活在这样一个空虚、孤独的精神家园里,两人都不相信爱情,更不敢奢望爱情。罗兰不知爱为何物,他与威尔同居却全无真情可言,完全出于欲望的需要和生存的便利。莫德说:"我们被欲望所驱,我们从不说爱情一词,是不是? 我们知道它是一个可疑的意识形态建构。"③在文学先辈那鲜活生动的生命激情面前,当代学者的情感世界显得如此苍白匮乏。在携手调查艾什与拉莫特的恋情过程中,维多利亚时代那段"惊世骇俗"的伟大爱情深深地震撼着他们的心灵,使两人沉睡的爱情信仰开始复苏,彼此的孤独感得到了很大缓解,精神、心灵上都得到了巨大的安慰。在《占有》中,历史总以这样或那样的方式影响着现在,过去的一切都在现在的故事中扮演着不可或缺的角色。随着对维多利亚时代两位诗人恋情调查的深入,两位当代学者也增进了彼此的了解与

---

① A. S. Byatt, *Possession: A Romance*, Beijing: Foreign Language Teaching and Research Press, 2000, p.290.

② A. S. Byatt, *Possession: A Romance*, Beijing: Foreign Language Teaching and Research Press, 2000, p.549.

③ A. S. Byatt, *Possession: A Romance*, Beijing: Foreign Language Teaching and Research Press, 2000, p.290.

共识。在伟大爱情的激励下,罗兰与莫德最终摆脱了孤独、寂寞,二人的生活也翻开了崭新的一页。小说中,莫德渴望保留自己的独立空间,担心自己追求的事业会因为爱情而得不到保障,罗兰对此表示了极大的尊重和理解。

拜厄特在《占有》中将过去与现在的两对男女主人公并置于同一文本中,且有意识地模糊了时代与人物的界限。作者故意使用不明确的代词"他们"或"男人与女人"而不确指某一人物,这样就使读者在潜意识里将两对人物联系在一起:是他们还是他们? 是现在还是过去? 在作者这种有意识的模糊中,过去与现在形成了某种紧密的联系。此外,作者还使用了一些具体的事物,使过去与现在密不可分,如拉莫特的手镯后来戴在了莫德的手上。可以说,没有艾什与拉莫特爱情的激励,罗兰与莫德会继续活在情感荒原中;而没有罗兰与莫德辛勤追寻历史真相之旅,艾什与拉莫特的爱情也会如文物般深埋,不为世人所知。然而,仔细研读作品,读者会发现拜厄特的用意并不在于爱情故事本身。有着深厚历史情结的拜厄特,在两段爱情故事中展现了对历史的深层思索。艾什与拉莫特的爱情虽以分手结束,但两人对此都无怨无悔。他们的爱情故事激发了当代人对爱情的追求和渴望。小说最后,莫德实际上被证明是艾什与拉莫特私生女儿梅娅的直系后代。作者巧妙的设计暗示着当代人与先辈在血缘上的相互认同和精神上的彼此呼应。事实上,先辈艾什与拉莫特伟大的爱情一直鼓励着他们的后人从不相信爱情到最终幸福地结合;而两位当代学者正是从先辈身上获得了力量,这种力量使他们克服了种种心理障碍得以重建爱情信仰,更有意义地生活在后现代社会。拜厄特号召当代人在历史语境下审视现在、把握未来的良苦用意可见一斑。

拜厄特对于后现代思潮中那种将历史完全等同于文本,将历史所指彻底放逐的历史相对主义观点并不认同。她自始至终没有放弃对历史本源与事实真相的执着追求,一直致力于在历史和现实之间找到某种联系,并在《论历史和故事》中多次强调要保持"过去和现在之间的统一性和连续性"①。在将历史与现实相对比的双重叙述模式中,维多利亚时代人们对生活严肃而热情的态度、对情感的坦率与真诚,以及对自我和世界本质的探求,都得到了拜厄特的肯定。通过讲述不同时期的两段爱情故事,拜厄特使历史与现实相互对应,互为参照。历史性的事件在小说中被重新书写,重新阐释并获得了永恒的生命;而现实生活也在历史的观照下获得新的启示,变得更丰富,更有意义。拜厄特以超越历史的深邃眼光洞察现实生活的本质,成功地将逝去的历史和现实生活融为一体,引发了人们对现代文明及历史的深层思考。

六、结语

拜厄特认为:"小说应该像一个宽松的巨袋,可以容纳任何东西。"②事实也确实如此,《占有》犹如一道文学盛宴,雅俗共赏。它首先是一部罗曼史,既描写了维多利亚时代两位诗人爱情的辛酸与痛苦,又书写了当代学者复杂曲折的情感轨迹;它又是一部侦探小说,既有青年学者排除各种阻力,层层揭露真相的神秘与悬念,又有贪心学者违背法律和治学原则黑夜盗墓取信的骇人听闻;它更是一部批评史,既有对当代学者激烈的学术竞争与西方"传记工业"的批判与揭露,又有对新历史主义、女权主义和弗洛伊德心理批评等文学理论的嘲讽和担忧。小说将维多利亚时代叙事与当代叙事巧妙结合在一起,现在与过去、历史与现实、当代学术研究与维多利亚时代文学传统交织在一起,对应与反衬,交错和互动,饱含着作者对情欲与艺术、理性与感性、历史与现实的哲理思考和感悟。可以这样说,拜厄特的《占有》和布雷德伯里的《历史人物》、洛奇的《小世界》以及布鲁克－罗斯的作品一起,代表了英国第二代

---

① A. S. Byatt, *On Histories and Stories: Selected Essays*, Massachusetts: Harvard University Press, 2002, p. 37.

② 瞿世镜、任一鸣编著:《当代英国小说史》,上海译文出版社 2008 年版,第 164 页。

学院派小说的最高成就,并开创了学院派小说的一个崭新时代。

第四节 《传记家的故事》:传记写作内幕的揭露

相对于《花园中的处女》、《巴别塔》、《占有》之类的鸿篇巨帙,《传记家的故事》(*The Biographer's Tale*,2000)的篇幅可谓短小精悍。《传记家的故事》延续了英国学院派小说的传统,并开拓了这一领域,将视野转向了"传记工业"。小说开始,专修后结构主义理论的青年学者纳森因厌倦自己的专业而转向传记写作。在小说结尾,纳森又抛弃了不可信的传记写作,积极投身到现实世界,帮助女友芙拉在一个生态保护项目中为昆虫命名。主人公的前后选择折射出拜厄特对后结构主义理论以及传记产业的揭露和批判。小说涉及很多学术、科学方面的内容,如自然科学、人类历史、文学理论、传记写作等,因其以特殊的视角表现了对当代青年学者学术生涯的关注以及对西方"传记工业"的批判性思考而备受学者和读者的好评。

一、纳森:对后结构主义理论的困惑

小说主人公菲尼亚斯·纳森是一个从事后结构主义理论研究的博士生。然而,在小说的开头,纳森就表现出对文学理论的厌恶:"所有的研讨会都存在着致命的家族相似性,它们都极端地重复,我们发现它们底层有同样的裂痕、缝隙、犯规、瓦解、诱惑和欺骗,无论我们占卜的表面是什么。"[①]纳森顿悟到自己必须拥有"事实"(fact)和"事物"(things),于是开始自觉地抵制理论,抵制虚构的世界:"我喜欢安全的、稳固的盎格鲁撒克逊语言。我避开了谈论'现实'和'非现实'的陷阱,因为我明白后现代主义文学理论可

---

① A. S. Byatt, *The Biographer's Tale*, London: Chatto & Windus, 2000, p. 4.

以描述为一种现实,人们生活在其间。"①在导师奥默罗德·古德教授的建议下,纳森开始研究传记艺术。虽然传记是一种"受轻视的艺术,因为它是有关实物、事实,特别是组织好的事实的艺术"②,然而斯科尔斯撰写的一部关于传奇人物博尔爵士的传记吸引了纳森,他对传记家无所不知的博学和游刃有余的写作才能产生了浓厚的兴趣。于是,纳森萌发了为斯科尔斯立传的念头,希望从研究人物传记中掌握"事实"和"事物"。然而,随着传记写作的深入,纳森单纯的信心,即可以从那个充满了投射、典故和迷宫般难题的世界中发现"事实"的信心,开始动摇了。

怀着追求"事实"的梦想,纳森踏上了探索传主真相之旅。为了掌握大量确凿的信息,他寻寻觅觅,跑图书馆、档案所,走访传主的童年旧居,联系当年出版他传记的出版社。然而,这种侦探式的探寻始终没能解开斯科尔斯的人生之谜。正当一筹莫展时,纳森幸运地得到了一些宝贵的文本资料,有斯科尔斯生前遗漏在某旅馆的三个手稿残篇,他的后裔维拉提供的几鞋盒卡片资料、照片、剪报。资料的内容可谓五花八门:语言、宗教、文学、哲学、心理学,照片成像、环境保护、生物分类,等等。经过对这些林林总总的文本碎片仔细地分类整理,纳森发现它们似乎涉及欧洲历史上三位文化名人,他们分别是最早构想定义生物属种原则并创立统一生命命名系统的 18 世纪瑞典博物学家卡罗勒斯·林奈(Carolus Linnaeus),英国 19 世纪探险家、人类学家和优生学家弗朗西斯·格尔顿爵士(Sir Francis Galton)以及挪威戏剧家亨利克·易卜生(Henrik Ibsen)。令纳森感到困惑的是,这些历史人物的传记充满了大量不实之词。纳森惊奇地发现,那堆杂乱无章的文本碎片实际上正是斯科尔斯当时创作传记的"原始材料"。由此,纳森意外地窥见传记家创作的真相,那就是纯粹的诸多文本的拼贴游戏。纳森的

---

① A. S. Byatt, *The Biographer's Tale*, London: Chatto & Windus, 2000, p. 7.

② A. S. Byatt, *The Biographer's Tale*, London: Chatto & Windus, 2000, p. 7.

传记创作计划虽无果而终，却开始了其别样的事业和人生。小说最后，当和女友维拉沿着先人科考的足迹徜徉在大自然的怀抱时，纳森不仅恢复了自己多年来被理论压抑和排斥的直觉与感受力，还找到了自如运用语言表达自己的美好感觉。

当然，和布雷德伯里、洛奇一样，拜厄特的作品中也不乏对学术界迂腐不堪、不求甚解的学者们的揶揄和嘲讽。如在研讨课上，古德教授"很少献言，只纠正了几个事实性的错误，那是他甚至在看上去快要睡着时注意到的。而对于他的这点干预，谁也没去在意"[1]。此外，拜厄特还挖苦了著名的"后学"理论教授布丘："伽若斯·布丘不喜欢死的语言，对活的又不精通，他是看着译文来研究他的福柯和拉康的，就像他看译文读他的赫拉克利特和安培多克勒一样。"[2]在作者看来，这些当代学者囿于象牙塔内，沉溺于不切实际的理论建构，得出来的不过是些陈腐不堪的臆想，显示出拜厄特对各种理论思潮冲击下学术陷入僵化疲软现状的深切忧虑。如果把英国第二代学院派代表作家布雷德伯里、洛奇、拜厄特和布鲁克-罗斯四人笔下的主人公加以比较，细心的读者会发现一个有趣的特点：布雷德伯里和洛奇笔下的人物，如《吃人是错误的》中的特里斯教授、《向西行》中的沃克教授、《历史人物》中的霍华德教授、《换位》中的史沃娄教授和扎普教授、《小世界》中的金·费舍尔教授和莫尔加纳教授、《想》中的麦信哲教授等，大都是小有成就的知识分子和学者；相比之下，拜厄特则将关注的重点放在青年学者身上，无论是《太阳的阴影》中的青年作家塞尔维利亚、《占有》中的青年学者罗兰博士和莫德博士，还是《传记家的故事》中厌倦后结构主义理论研究而转向传记写作的博士生纳森，拜厄特笔下的主人公大都是年轻学者的代表。和布雷德伯里、洛奇相比，拜厄特显然对学术界中的青年学者着墨更多。通过对青年学者在学术界境

---

①　A. S. Byatt, *The Biographer's Tale*, London：Chatto & Windus, 2000, p.4.

②　A. S. Byatt, *The Biographer's Tale*, London：Chatto & Windus, 2000, p.4.

遇的描写,向我们揭示了学术制度的腐败以及青年学者在学术体制下的苦苦求索。

二、对传记写作的揭露

在主题方面,和《占有》一样,《传记家的故事》渗透了拜厄特对传记写作的深切关注。其实,在《占有》中,拜厄特就已借莫德之口质疑了传记写作的真实性:"你读任何作家的书信集、传记,总觉得有所缺失。"[①]在《传记家的故事》中,这一主题得到了进一步的阐述。

在《占有》的第 3 章开首,拜厄特借艾什之名写了一段极其辛辣的讽刺诗,嘲讽了当时写人物传记的学者们:

在这块阴暗的地方
一只爬行的 Nidhogg
用它乌黑的齿 到处啃着
筑起它的窝 在盘根错节的树根中
卷起身子 贪婪地蚕食着大树的根。[②]

寥寥数语道出作者对那些利欲熏心的传记作家的批评。《占有》中的詹姆斯·布莱克埃德教授和莫蒂默·克罗珀教授就是当代传记家的代表。布莱克埃德思想僵化,他主持的"艾什研究中心"并不能展示历史真相,只是充满功利性的"艾什工厂"。克罗珀显露出强烈的占有欲望,他将学术研究等同于占有史实,实质上是个沽名钓誉的收藏家。如果说拜厄特在《占有》中对以布莱克埃德教授和克罗珀教授为代表的学术界权威加以批判,那么,在《传记

---

① 钱冰:《〈占有〉的悖论:高度的传统和醒目的后现代》,载《外国文学》2005 年第5 期。

② A. S. Byatt, *Possession: A Romance*, Beijing: Foreign Language Teaching and Research Press, 2000, p. 26.

家的故事》中，作者传达出的显然是对当代西方传记工业的关注与批判。

有着深厚历史情结的拜厄特对当代传记写作的不健康发展表示了深切的关注并进行了犀利的嘲讽和批判。传统的传记是对传主一生的经历进行梳理，串连成一部有机统一的历史记录。阅读这样的传记，读者首先会认定该"经历"为实际发生的历史事件，传记只是对这些历史事实的忠实描述和再现。而新历史主义者在怀疑历史"真相"不可能追溯和恢复的同时，把真实发生过的历史事件或存在过的历史人物统统归结为"再现"的形式，即文本。因此，作为"个人历史"的传记也自然成了众多"个人"传记文本的"互文本"，充斥着先前文本的回声。斯科尔斯正是将林奈、格尔顿和易卜生等的人物传记糅合在一起，拼凑出一个新的传记，这种东拼西凑的传记"制作"可谓"弗兰肯斯坦"造人的翻版。在搜集资料的过程中，纳森发现斯科尔斯的传记存在许多与事实不符之处。如在对林奈的描述中记录了他去北欧大漩涡考察的经历，而在"林奈协会"，纳森却被告之那是林奈自己编的一个谎言。由于当年天气的原因，他只是划船去了一个叫诺斯塔德夫地方。如果说林奈有声有色地自编了那套谎言，那么，在纳森看来，斯科尔斯显然对"谎言"做了进一步的加工渲染，使它更具传奇色彩。纳森还发现，斯科尔斯写的格尔顿传记大多沿用的是先前传记家卡尔·皮尔森的材料，他本人根本没对格尔顿做细致的研究和考证。令纳森更加匪夷所思的是，所有那些互不关联的传记碎片都是斯科尔斯尚未完成的一个传记的原始素材。也就是说，斯科尔斯当初进行的所谓传记写作，无非就是对那些"先在"的各种文本进行分类选择，然后把它们混合、剪辑、拼贴，从中"建构"出一个新的传记。至此，笼罩在斯科尔斯笔下的传奇人物博尔爵士头上的神秘光环露出其"虚饰"的本质。正如纳森所怀疑的，这位集多种性格、身份、兴趣、职业，甚至婚姻于一身的维多利亚时代的"超人"，其实是多个"先在"历史人物混合"组装"、精心打造出来的"文本人"，至于那个在历史上真正存在过的"博尔",则早已在传记家忙于文本游戏的手指间滑落,被远远地放逐了。被古德教授奉为"最崇高、最严谨"的传记原来是这样"炮制"出炉的!纳森的这一意外发现无疑击碎了人们对于传记揭示人物真相的传统信念。拜厄特通过《传记家的故事》不仅对后结构主义文学理论进行了嘲讽和批判,而且揭示了西方世界"传记工业"的真实面貌,向传记家及读者敲响了警钟。

三、后结构主义理论的批判

上文提到,第二代学院派作家布雷德伯里、洛奇和拜厄特共同具有的一个显著特征,就是他们既是小说家又是文学批评家。他们精通各种现当代文学理论并在作品中自觉地对理论加以阐释和应用。作为一位学者型作家,拜厄特对新批评主义、形式主义、结构主义、解构主义、新历史主义等理论有很好的理解和掌握,其作品隐含的"理论自觉"已是不争的事实。像《历史人物》、《小世界》和《占有》一样,《传记家的故事》中也包含了对后现代理论的阐释和运用。可以说这是一部将后现代理论思潮作为批评对象,全面揭示与批判其荒谬和局限性的小说。小说将批判的锋芒直接对准了后结构理论将一切归于模糊不定的语言建构,沉溺互文游戏,从而逃避现实关怀的本质。

主人公纳森虽然致力于寻找"事物"和"事实",他的思维却无法摆脱后结构主义文学理论的桎梏,总是自觉不自觉地在思考和实践中应用所学的理论知识:"即使是面对这些材料简洁理性的笔调,我发现也很难把自己根深蒂固的怀疑和质疑的习惯撇开……"[1]在搜集资料过程中,纳森偶然看到一对同性恋男青年所开的旅行社在招聘员工,就去做了兼职。纳森在这里找到了"实物",但他发现,大多数物体都是其他物体的影像:"冰河的照片、旅馆房间的标准化描述。装订起来的书是实物,电脑屏幕也是,但这

---

[1] A. S. Byatt, *The Biographer's Tale*, London: Chatto & Windus, 2000, p.25.

些东西包含着代码,指代其他更物质性、更实在的实物。"①这一发现表明纳森仍然没有摆脱理论的影响,依然喜欢用符号学等理论来理解、解释事物。此外,小说开门见山揭示了后结构主义理论的反人文主义倾向,为全书奠定了批判和反讽的基调。在纳森所在的研究生理论课堂上,布丘教授正在用拉康理论诠释文学文本。然而,正如他的姓氏 Butcher(中文意思为屠夫)所示,他对文学文本的解读充满暴力,其对理论的应用牵强附会,难怪主人公纳森自觉地抵制理论,抵制虚构的世界,希望从研究人物传记中掌握"事物"和"事实"。在《传记家的故事》中,拜厄特还借纳森之口为自己代言,表达对后结构主义理论的反思和批评。纳森发现斯科尔斯的传记是事实和虚构的混合。就连一贯追求真实的纳森所写的传记也不再注重"事物"和"事实",而变成一种虚构和事实混杂的、像用第一人称讲述的自传:"我已经承认我在写作一个故事,它以一种偶然的方式成了一个以第一人称叙述的故事……成了——我不得不承认——一个彻底的以第一人称讲述的故事,一部自传。我讨厌自传。变化不定,不可靠,更糟糕的是,不精确。"②拜厄特从不放弃用自己的语言最大限度地传达真理的可能性。在《传记家的故事》中,拜厄特借纳森之口为自己代言,通过虚构纳森这位当年的后结构主义理论学者参与生物命名活动这一情节,表达对后结构主义思潮的反思和批评。

四、写作特色

在《占有》中,拜厄特以 20 世纪叙事线为基础,引发出 19 世纪维多利亚时代叙事线,又借维多利亚诗人之名戏仿改写了大量童话和寓言故事,构成第三个叙述层次,使得"人类远古时期、维多利

---

① A. S. Byatt, *The Biographer's Tale*, London: Chatto & Windus, 2000, p.130.

② A. S. Byatt, *The Biographer's Tale*, London: Chatto & Windus, 2000, pp.249 – 250.

亚时代和后现代商业社会。三个历史时期共时并置,互为参照,既有精神内核的同构性,又有价值意义的对比性"。① 这一叙事方法在《传记家的故事》中得到了进一步的应用。

在写作技巧上,拜厄特巧妙地采用双重叙事模式,即在现实层面描述现代学者纳森探寻传主斯科尔斯的经历;而在由"文中文"组成的历史层面呈现出传记家斯科尔斯当年留下的创作"痕迹"。两条线索互相映衬,形成反讽性的对照。历史层面的"意外"发现使现实层面主人公探寻事实真相的希望化为泡影,但却揭开了传记写作的内幕。此外,小说中反复使用了大量意象,诸如由各种色块组成的魔方、蕴藏无限排列组合可能的玻璃球、古老的拜占庭镶嵌画、闪烁不定的广告灯饰,还有折射出奇光异彩的万花筒,等等。它们形态各异,却都包含无限变幻的可能,作者以此隐喻传记写作成为纯文本拼贴游戏后的状态,以及由此"创造"出来的那个由无数重重叠叠的人影构成的人脸模糊的"文本人"的模样。

和《占有》中的罗兰一样,在拜厄特的笔下,纳森,这位在后结构主义理论阵营中出逃的青年学者,在探索传记家真相的过程中认真分析史料,从而发现了传记写作的真相,并在探寻历史真相过程中提高了自我认识,最后参加更有现实意义的生态保护项目。《传记家的故事》借电视谈话节目、学术会议的形式对许多严肃话题进行了深入探讨,延续了学院派小说的传统,但同时也正是由于这个原因使小说显得过于自省,评论化、学术化的色彩过浓,令许多读者难以理解。然而,作为又一部以青年学者的学术求索为主题的学院派小说,拜厄特在《传记家的故事》中对学者、专家们的讽刺以及对传记写作黑幕的揭露给读者留下的印象无疑是深刻的。

拜厄特在文学、语言学、史学等方面均具有良好的修养和深厚的功底。她的小说充满了对艺术、社会和人生的深刻思考和独到见解。通过对拜厄特学院派小说的三篇代表作品《太阳的阴影》、

---

① 程倩:《拜厄特小说〈占有〉之原型解读》,载《外国文学评论》2002 年第 3 期。

《占有》和《传记家的故事》的阐释,可以总结出拜厄特学院派小说创作的几个特色:

第一,人物刻画方面,拜厄特笔下的主人公大都是学术体制下苦苦求索的青年知识分子。《太阳的阴影》表现了青年女作家安娜希望摆脱前辈作家的影响、争取独立思维、获得自我解放的强烈渴求;《占有》通过对青年学者罗兰博士所承受的学术压力的描述,揭示了青年学者所面临的学术困境和学术体制的黑暗;《传记家的故事》通过描述纳森探索传主斯科尔斯的真相之旅,揭露了传记写作的黑幕。身为学术界的一员,拜厄特以一个内部人的角度,揭示了青年学者在学术体制压力下的苦苦求索。

第二,主题阐释方面,拜厄特的小说继承并发展了英国学院派小说一贯的讽刺和批判传统,作品中充满了对学术界迂腐不堪、不求甚解现象的揶揄和嘲讽,并揭露了学术体制的腐败与黑暗。在《太阳的阴影》中,拜厄特借安娜这个人物形象批判了英国文学的伟大传统给青年作家造成的影响和焦虑以及批评家对作家创作力的束缚。在《占有》中,拜厄特不仅揭露了学术体制的弊端及其给青年学者造成的巨大压力,而且还以当代人的视角阐释了占有与反占有的深层人性与道德内涵。在《传记家的故事》中,拜厄特对当代传记写作的不健康发展表示了深切的关注,不仅揭示了当代西方传记写作的真实面貌,而且对那些利欲熏心的传记作家进行了犀利的嘲讽和批判。

第三,写作技巧方面,拜厄特善于把真实生活作为创作的主要来源,其作品在很大程度上继承了英国文学的写实传统。《太阳的阴影》以作者在剑桥大学的读书经历为原始素材,读来生动有趣,富有真实感。但身处后现代语境下,拜厄特又自觉地在创作中引入互文、戏仿等后现代写作技巧,《占有》便是这样一部将写实与实验巧妙融合的作品。一方面,作品中真实的人物和故事场景给人以浓重的历史厚重感,显示出现实主义传统的巨大魅力;另一方面,《占有》的实验性主要体现在对文学样式的拼贴、对传统神话的改写和对小说体裁的戏仿上。在《传记家的故事》中,拜厄特巧妙地采用双重叙事模式,当代学者纳森探寻传主斯科尔斯的经历和传记家斯科尔斯当年留下的创作"痕迹"互相映衬,形成反讽性的对照。这些技巧无不彰显出拜厄特娴熟的写作能力和作为一位学院派小说家的深厚功底。

第四,理论阐释方面,拜厄特对文学理论有很好的理解和掌握并在作品中自觉地加以阐释和应用。《太阳的阴影》中探讨了文学理论带给作家的"影响的焦虑"以及作家与批评家的关系;《占有》对学术界盲目注重文学理论而忽略传统研究领域的现状进行了犀利的批判,并表现出对新历史主义、女权主义、弗洛伊德心理批评等理论的嘲讽和担忧;《传记家的故事》将后结构主义理论作为批评对象,全面揭示、批判了其荒谬性和局限性。在批判、嘲讽的背后是拜厄特对各种理论思潮冲击下当代学术陷入僵化疲软现状的深切忧虑。

作为英国第二代学院派小说家的杰出代表,拜厄特在揭露学术体制腐败与黑暗的同时,有意识地把神话、传奇、历史、哲学以及文学理论等内容融入小说,把艺术与现实、历史与今天、理性与感性巧妙地编织在一起,形成了其娴熟又独特的艺术风格,创造性地拓展了学院派小说的话题和领域,与布雷德伯里、洛奇和布鲁克－罗斯一起开创了英国学院派小说的一个崭新时代。

第八章 克里斯蒂·布鲁克-罗斯：当代学院派小说的实验者

克里斯蒂·布鲁克-罗斯(Christine Brooke-rose,1926—),是继多丽丝·莱辛(Doris Lessing,1919—)和艾丽斯·默多克(Iris Murdoch,1919—1999)之后英国又一位出类拔萃的小说家、诗人和评论家,被誉为"20世纪末英国最重要的实验主义小说家"①。布鲁克-罗斯少年时生长在布鲁塞尔,1949年在英国牛津大学萨默维尔学院获得哲学学士学位,1953年获该学院硕士学位。1954年获得伦敦大学哲学博士学位。自1956年至1968年,布鲁克-罗斯作为自由作家在伦敦担任记者和评论员。此后一直旅居法国,1975年后曾在巴黎大学任英国文学教授。她早期的小说创作以现实主义为主,《爱的语言》(*The Language of Love*,1957)、《桑树》(*The Sycamore Tree*,1958)和《昂贵的欺骗》(*The Dear Deceit*,1960)以传统的手法展现英国当时知识分子的人生经历及其爱情故事,反映现代人的生存境况,探讨人存在的价值和意义,在对人生、爱情和情欲的探讨中,体现出了善与爱的主题。《外出》(Outs,1964)是一部科幻小说,含有针对种族主义的斯威夫特式的讽刺成分。故事的叙述通过主人公混乱的思维来展开,由多篇对话构成,以一场假设的原子战争后的大灾难作为故事框架,小说关注的重点不再是人物及人与人的关系,而是物质环境,这其实就是对当时世界

---

① Kathleen Wheeler, *An Introduction to Contemporary Fiction*, London: Polity Press, 1991, p. 27.

上种种无理性盲目冲动的一种描绘。故事内容的叙述与叙述语言的凌乱断续,一方面传达出现代社会中人与人之间不可交流的本质,另一方面也表现出作家受到后现代文学创作语言游戏化的影响,标志着布鲁克－罗斯的创作由传统向后现代转变。20 世纪 60 年代以后,她进行实验小说创作,尤其体现在小说的语言和结构方面。在进行创作实践的实验改革的同时,她还进行系统的理论研究和阐述。80 年代中后期,布鲁克－罗斯执着地进行小说创作的革新,引导着英国实验小说潮流。她的作品被有的评论家称为"形式革新派"小说。

布鲁克－罗斯的《下一个》和"网络四重奏"(Intercom Quartet)是当代英国学院派小说的杰出代表。"网络四重奏"由《合并》(*Amalgamemnon*,1984)、《艾克塞兰多》(*Xorandor*,1986)、《食词者》(*Verbiore*,1990)和《文本的终结》(*Textermination*,1991)组成。她在小说中不仅揭示了当代科技的奇异和隐喻特征,还生动反映了新闻媒体对人们日常生活的影响。此外,她在将电脑人格化的同时,以滑稽却又令人信服的笔调描绘了人类技术革新的敏感性以及当代青少年与电脑之间的微妙关系。显然,布鲁克－罗斯的小说以独特的视角反映了当时英国社会中知识分子较为关注的某些现实问题。

第一节 《下一个》:高科技时代知识青年的困惑与无奈

小说《下一个》(*Next*,1998)体现了当时社会的一个普遍现象:拥有高学历的人不一定会得到与其学历相应的社会地位和待遇。在重视教育的当时社会,作者笔下的主人公大多拥有高等学历,但在经济、科技全球化的今天,即使是拥有高等学历的精英们,也面临失业、流落街头的下场。作品中的人物昆廷曾经在一所享有盛誉的商学院上学,并且还当过一家生产电子门公司的经理,但是当他的公司因技术落后倒闭时,他也免不了流离失所的下场。所以说,小说的创作不单单拘泥于那些陈旧的话题,而是可以更多地表现当代人的内心痛苦,带领读者一起深深地回味当今社会芸芸众生的酸甜苦辣。与其写凄美的爱情故事、扣人心弦的侦探小说,倒不如写真实再现当代人疾苦的现实小说更能吸引读者和评论家的眼球,这正是布鲁克－罗斯在 20 世纪能够蜚声英国文坛的重要原因之一。

在《下一个》中,布鲁克－罗斯借助了很多媒体——电台、报纸、影视等,从中吸取养分来讲述更具有时代感、更贴近当时人们生活的话题。这些媒介作为牵引小说内容的桥梁,使小说在这些媒介层次之上更深层、更具体地表现人物的心理活动。与此同时,这些当时社会的典型代表也更加生动逼真地将一幅现实感极强的图画呈现在读者面前。主人公杰西就对频繁出现在电视中的广告、信息宣传、促销节目大为不满。大量纷繁杂乱的信息充斥着人们的头脑,使人们对这个高速旋转的社会逐渐反感以至于最终麻木。尤其是那些虚假的促销广告,间接地使人们对这个社会丧失了信心。在看到高科技给人类带来痛苦的同时,布鲁克－罗斯充分展示现代高科技还有一层更深的原因,她认为电子革命给小说带来了新的生机:由于电脑的记忆功能远远超过了人类凭借纸笔所能达到的记忆程度,而且人类左脑用于逻辑思考、右脑用于想象思维的协调性还有待进一步开发,所以"电脑革命也许会给人类带来前所未有的改变,促使像传奇中的扁型人物最终变成小说中复杂的圆型人物那样,使人类的思维能力和分析能力再次发生变化,从而使我们创造出在逻辑深层意义上全新的人物维度来"①。她小说中的标新立异之举也正在于此,通过高科技的产物——电脑、网络、电视等改变了人们的生活方式这一点来向读者展现当代青年

---

① Christine Brooke - Rose, *Stories*, *Theories and Things*, Cambridge University Press, 1991, p. 178.

的困惑与无奈。因此,在她的作品中,我们不应忽略电脑等高科技产物在作者创作中的作用。

第二节 《合并》:大学教师在信息时代的混乱意识

布鲁克－罗斯的"网络四重奏"中的第一部小说《合并》,充分体现了作者在后现代主义之后继续探索小说艺术新途径的实验精神。这部作品生动描述了即将被解聘的大学教师米拉·恩克泰在信息时代的混乱意识。面临激烈的竞争,米拉即将被解聘,内心充满了忧郁与苦闷。小说在一定程度上反映了女主人公与其情人、朋友和学生之间的关系以及她打算建立一个养猪场的计划,但这些具有现实主义色彩的生活镜头与米拉对古希腊阿伽门农、卡珊德拉和奥利安等神话典故的兴趣交织一体,使她能不断"玩弄词汇",并创造"一个神秘、奇妙和复杂的候补家庭"。人物在虚拟的世界中感受着友爱与情爱,在虚拟的家庭中体验人生,现实与虚拟生活合而为一。小说是对信息多变的复杂社会的形象展示,同时也隐喻当时社会生活的不确定性,人们在现实生活中价值失落,找不到自己的归属和位置,于是只能在信息与网络世界中寻找安慰。小说运用大量新词语来传达极具科技内容的现代社会生活,作者采用了大量的未来时态、虚拟语气、条件式从句和祈使句来表现小说的主题,从而使小说和叙述显得朦胧晦涩。就此而言,布鲁克－罗斯的语言风格暗示了 20 世纪末社会现实的不确定性。正如她本人在谈论这部小说时所说:"我越是采用将来时态来叙述,便越感到我们始终生活在一种虚假和微型的未来世界中。"①《合并》深刻地揭示了当代信息社会瞬息万变的复杂现实。这部小说的艺术

① Brook－Rose, *The English Novel in History*, 1950－1995, London:Routledge, 1996, p.40.

魅力与其说在于它对小说形式的分解,倒不如说在于它对小说形式自身分解过程的巧妙捕捉与把握。

　　实验主义这个词似乎与布鲁克－罗斯有着不解的渊源,因为她的每一部小说都力求在手法上有所突破,尤其是语言方面。以下将通过时态、文字、词汇三方面来体现她语言上的创新特点。首先是在时态上,小说《合并》虽然只有 140 页,但其时态的运用却使人眼前一亮。她饶有趣味的文字游戏为她贴上了实验主义的标签,其中作者运用了大量的时态和语气——将来时、条件式、祈使等变化来突出社会变化的不确定性。

　　"Tomorrow the Prime Minister will meet the president and they will probably discuss. "①

　　这句话用的都是将来时,说的都是可能发生的事情,可是等到动作发生之后又将等待不确定事件的发生。这种使读者总是置于一种不确定状态的时态用法,深刻揭示了当代信息社会瞬息万变的复杂现实。在文字的处理上,可以更好地体现这种不确定性。

　　在当今社会所谓的人文科学和科技已经逐渐形成了一条战线,与此同时,第一世界和第三世界、男人与女人之间的分歧也越来越明显。可是小说中的叙述者米拉·恩克泰却用她一语双关的独白来消除这些界限,穿梭在当代与古代之间。她利用古希腊神话中的人物,徜徉在其故事中。她有时把自己看作卡珊德拉,那个受到太阳神阿波罗谴责而失去信任、在特洛伊战争失败后被阿伽门农奴役的可怜人。古希腊神话中卡珊德拉与众神的复杂关系一语道破了她在实际生活中游弋于情人、朋友、学生之间的关系。布鲁克－罗斯的高明就在于她的这部不可取代的小说结合了古代文学和当代危机来展现未来的文化危机。

---

　　①　Ellen G. Friedman, "An Interview with Christine Brooke－Rose", *Review of Contemporary Fiction*, Fall 1989, Volume 9, p.3.

第三节 《艾克塞兰多》和《食词者》：人与电脑 网络之间的新型关系

虽然英国文坛跌宕起伏，但布鲁克－罗斯即使年逾古稀仍新作不断。那么，究竟是什么令她才思泉涌？这就来源于现代科技社会的产物——电脑与网络。其实，历史和文学是她的最爱，但是在当今科技与电脑广泛应用的社会里，我们不得不承认科技改变着人们的生活方式乃至思维方式，所以作者在书中借助电脑这个先进科技来描述人们内心的苦痛。

在《艾克塞兰多》和《食词者》中，布鲁克－罗斯揭示了当代人与电脑之间的关系以及对科学知识的态度。《艾克塞兰多》以报道式对话的形式，讲述了孩子通过电脑与人交流的场景。面对以电脑为媒介的交流，叙述者的身份出现了混乱的局面，接受者无法知道叙述者的年龄、性别、职业、爱好等真实情况。传统的人与人交流的模式受到了电子计算机的挑战，同时也带给人类诸多困惑和矛盾。在《艾克塞兰多》中，电脑与人的关系表现得极为密切。其中，英国少年企图通过电脑向外界叙述自己的故事，可是在他们叙述的过程中却发现通过电脑改变了甚至模糊了一些日常生活中的概念，例如成人与孩子、男人与女人以及人类与电脑之间形成的新的关系让人们困惑不解。由于信息技术的出现，计算机改变了人类的时空观念，多媒体和虚拟技术打破了真实和虚幻的界限，人工智能的设想正挑战人类的中心地位。

《食词者》探讨网络交流的虚拟性与虚假性问题。在电脑网络的交流中，人们不断地创造着与自己的生活事实完全不同的词汇，接受者无从知道究竟是谁在讲述故事，更无从知道故事的真实程度。而一旦这种网络的虚拟和虚假被揭穿的时候，就会受到人们的指责。如何看待电脑网络交流中那些虚假故事的"造词者"，反映了先进的科学技术与人类传统价值和伦理观念之间的矛盾。布鲁克－罗斯的实验小说对后现代叙述模式进行了探索,对电脑网络中的叙述真实性问题、人与电脑之间的关系、科学技术革新与文学叙述模式变化的关系、科技的发展对人类思维及其审美观念的影响,以及电脑网络交流中语言表述的特性等,进行了有益的探索和实验。在这两部小说中,作者试图告诉读者,以电脑为标志的科技力量不仅可能主宰人类的生活方式,而且也会使人类不得不从生态平衡的角度来看待词汇。

第四节　《文本的终结》:经典历史人物的时空穿梭

《文本的终结》(*Textermination*,1991)是一部典型的后现代解构主义文本实验物,小说以歌德、奥斯丁、司各特等知名作家作品中的主人公为主要人物,让他们奇特地联系组合在一起,探讨当今社会政治及生活和人生,充满了滑稽和幽默。在《文本的终结》中,布鲁克－罗斯别出心裁地创作了一部滑稽和充满闹剧的"小说的小说"(a novel of novels)。在小说中,她巧妙地将来自不同国家的文坛巨匠的作品中的人物穿插在一起,幽默地使他们置于当今社会中。如小说中奥斯丁笔下的埃玛在参加一个文学研讨会时遭到了恐怖分子的袭击。同时书中还讽刺了西方昏暗的政坛,作家、学者、评论家一同在政坛争斗,为了各自的利益时而争风吃醋,时而又苟且言和。小说中布鲁克－罗斯借助各国文化中的共体来证明世界,尤其是西方世界的混乱无序。毫无疑问,无论古今文化,还是各个国家的文化,布鲁克－罗斯都把它们游刃有余地应用于自己的小说创作中,让读者穿越时间、地点的界限,更清晰地了解当今社会的现状。布鲁克－罗斯仿佛在向读者暗示,无论小说怎样改变自己的形式,也永远无法摆脱政治的影响。布鲁克－罗斯的小说在写作技巧方面进行了大胆的实践,同时她的作品对后现代网络时代的诸多话题,如科技发展与人类思维、电脑网络的语言表述、语言叙述真实性等进行了有益的探索。

布鲁克－罗斯是 20 世纪末英国实验主义小说的杰出代表,她的作品中故事情节和人物塑造不再占有重要位置,而是充斥了文字游戏以及各种书面文本的任意组合。她以小说的形式和全新的视角,对电子计算机及网络给人类生活与文学创作带来的变化及矛盾进行了思考,对科技语言与人文语言相融合下的后现代文本写作的语言形式进行了探索,不仅反映了电台、报纸、影视等媒体对当代社会的影响,而且还揭示了电脑和网络等信息技术对人类的挑战。除小说以外,布鲁克－罗斯的评论文章也享誉英国文坛。这些评论作品主要有《隐喻语法》(1968)及分析庞德作品的评论。对于小说理论,布鲁克－罗斯有其独到的见解。她认为任何小说都居于现实主义的范畴,其中自然包括那些荒诞离奇的、充满自反意识或无意识的"后现代主义小说"。在布鲁克－罗斯看来,虽然许多后现代主义小说展现的是令人难以置信的图景,但是它们(在技巧层面上)用现实主义的手段再现了当代人类的状况。因为当代西方世界的现实已经变得难以阐释,荒诞变成了现实,所以再现荒诞就是模仿现实。长年旅居国外虽然在一定程度上影响了布鲁克－罗斯在英国当代文坛的地位,但她在两种文化鸿沟间所发挥的桥梁作用是不可忽视的。和布雷德伯里、洛奇、拜厄特一样,布鲁克－罗斯也是一位学者型小说家,她的创作题材和小说理论将对 21 世纪的英国学院派小说家产生深远的影响。

结语：英国学院派小说总结

二战之后，英国大学不再是少数贵族子弟悠闲读书的地方，而是由代表各个阶层的人员组成，这使得大学成为整个社会的缩影。与此同时，大学文凭也成为普通民众进入上层社会的敲门砖。20世纪50年代初，第一批中下阶层出身的大学生毕业后由于缺乏有力的家庭背景，无法跻身于上流社会，不免感到愤慨。他们自认为怀才不遇，被社会冷落，通过写小说或戏剧来表达对于社会现状和传统观念的强烈不满，于是出现了以约翰·韦恩、金斯利·艾米斯和约翰·布莱恩等为代表的英国第一代学院派小说家。与20世纪50—60年代的情形相比，70—80年代的英国可谓保守主义当道的年代。保守主义决心匡正前几十年政治方向的迷失、经济增长的疲弱、工人罢工的肆虐以及连续不断的货币危机。首相撒切尔夫人更是意志坚强、勇气过人，在其推行的右翼的经济和社会政策中大刀阔斧地实施了一系列改革举措，如减少税收、裁减政府机构、大幅度削减教育经费等。经济、技术的发展和社会经济结构的转变导致了社会生活和文化风貌的深刻变化，高耸入云的写字楼拔地而起，装修豪华的购物中心比比皆是，科技公园和跨国公司也如雨后春笋般涌现出来。然而，与经济繁荣形成鲜明对照的是文化教育的衰落。教育经费的大幅度削减把大学生进一步推向市场，使本已经陷入困境的高等教育改革举步维艰。在金钱压倒知识的社会气氛中，知识分子几乎一边倒地成为"撒切尔主义"的反对派。一大批以发生在当代大学校园和学术界的种种现象为背景、揭露学术体制的阴暗、反映文化思潮和学术界变迁的第二代英国学院派小说随之出现。

第一节　第二代学院派小说特点总结

　　学院派小说的兴起,是高等教育逐步普及和读者文化水平提高的必然结果。和第一代学院派小说家相比,第二代学院派小说家马尔科姆·布雷德伯里、戴维·洛奇、安·苏·拜厄特和克里斯蒂·布鲁克－罗斯作品的思想深度和艺术手法更为突出,对学者文人和学院生活的讽刺挖苦也更为痛快。如果说第一代学院派小说家以他们的愤怒和大声疾呼为主要特征,那么,第二代学院派小说家在作品的主题揭示、创作技巧、理论批判、文化冲突与融合等方面的影响和贡献都要远远超过第一代学院派小说家。

一、主题揭示

　　西方的人文主义传统、知识分子的历史使命感,使布雷德伯里、洛奇、拜厄特和布鲁克－罗斯的作品有着深层的哲理性和批判性。这四位学者都集多重身份于一身:大学教授、小说家和批评家。布雷德伯里先后就读于莱斯特大学、伦敦大学、曼彻斯特大学,分别获文学学士和硕士学位。1959 年,在曼彻斯特大学攻读美国文学博士学位并开始小说创作。1961 年,布雷德伯里到伯明翰大学英语系任教,与戴维·洛奇相识相知,并被洛奇称为"我文学生涯中的孪生兄弟"。布雷德伯里的学院派小说可以说是最近几十年来欧洲社会生活和文化变迁的缩影。他把自己所写的《吃人是错误的》、《向西行》和《历史人物》这三部小说分别看作是"严肃的五十年代"、"动摇的六十年代"和"颓丧的七十年代"的产物。洛奇 1967 年荣获伯明翰大学哲学博士学位,1976 年获伯明翰大学现代英国文学教授职称。他的小说多以知识分子为主人公,以大学或学术界为背景,语言轻松明快,故事雅俗共赏而又不乏深意,往往从意想不到的角度描写人性、文化冲突和婚姻家庭等带有普遍性的主题。洛奇的作品主要描写了一批活跃于高校和批评界的学者、教授。他们参加各种学术会议，名义上是为了学术交流，实际上却是为了观光旅游、追名逐利、寻欢作乐。在洛奇的笔下，学术的小世界折射出了整个外部世界的喧嚣与骚动。同样，拜厄特是活跃在当代英国文坛的著名学院派小说家和文学评论家。拜厄特在剑桥大学师从著名的文学评论家弗·雷·利维斯（F. R. Leavis），专攻英国文学，1987 年获布雷德福大学文学博士学位。拜厄特经常到世界各地讲学、交流，在学术界享有很高的知名度，被誉为"全球性的小说家"。她以高超的叙述技巧将深邃的思想、广博的知识、复杂的人物、多样的文体融合起来，描绘出一幅幅当代学院的风情图。布鲁克－罗斯 1949 年在英国牛津大学萨默维尔学院获得哲学学士学位，1953 年获硕士学位。1954 年获得伦敦大学哲学博士学位。自 1975 年后曾在巴黎大学任英国文学教授。作为小说家的学者，他们都有自己的理论见解，都有专门著作问世；作为学者的小说家，他们在具体的小说创作中自觉运用理论观念，具有浓郁的学院气息。从表面上看，这些学院派小说记录了校园内发生的各种逸事，描述了校园内外知识分子的世相与百态，如对西方大学校园的学生骚乱和暴动事件的描述等，实际上却包含了 20 世纪 70—80 年代整个英国社会文化的发展过程和精神风貌，反映了变动的社会现实与历史、文化的变迁，揭露了整个西方社会价值观念的堕落与道德信仰体系的崩溃和缺失。

二、创作技巧

第一代学院派小说家大都遵循现实主义写实传统，强烈抨击以乔伊斯和伍尔夫为代表的现代派作家，将现代派形式风格上的创新斥为一种通过瞬间的感觉来表达混乱的体验手法，有评论家据此将第一代学院派小说家的作品视为英国 19 世纪批判现实主义的回归。相对而言，虽然布雷德伯里、洛奇、拜厄特和布鲁克－罗斯在人物刻画、情节安排、环境和细节的设置上也沿袭了英国现实主义的创作传统,然而经过20世纪60年代轰轰烈烈的实验主义的洗礼,英国第二代学院派小说则以兼容并蓄为主要特征,具有写实和实验相互融合的特点。布雷德伯里认为现实主义与实验主义这两种倾向代表了两极,在某些历史时期,其中一极比较受重视,而在其他时期较为占上风的则是另一极。洛奇从英国文学发展史的角度来研究文学的内部运动,系统深入地分析了英国现当代文学史和文学批评,揭示了文学本体运动的内在逻辑并提出了著名的"钟摆"理论,即现代主义和现实主义这两个潮流在现代英国文学史上相互交替,如同钟摆的摆锤一样在两个极端之间来回摆动。洛奇既没有落入传统的窠臼,也没有囿于实验技巧,而是在写实和实验之间寻求着妥协与调和。洛奇的小说从不排斥英国现实主义小说传统,尤其是在讽刺性与喜剧性方面,但是由于受文学大气候和文学批评的影响,他的小说也夹杂着非现实主义的实验因素。在他的小说中,传统与实验交融,现代与"后现代"混杂。拜厄特也反对将写实与实验进行简单的厚此薄彼的二分法,认为传统与创新、真实与虚构并非截然对立。在《心灵的激情》这部批评文集中,拜厄特指出旧现实主义与新实验之间有着一种共生关系。在20世纪的现代主义和后现代主义的作家大都标榜自己与传统现实主义的反叛与决裂时,布雷德伯里、洛奇和拜厄特一方面充分继承并遵循现实主义的基本原则,另一方面又大胆地采用后现代实验主义写作手法。第二代学院派小说家的成功实践也预示了当代英国小说创作的发展趋势:兼容并蓄,在写实与实验的对话中探索新的发展道路。

三、理论批判

20世纪后半期,在耶鲁大学、芝加哥大学、霍普金斯大学、剑桥大学等西方各个大学校园中,随着新批评主义被摈弃,各种非实证的或带有更明显的意识形态色彩的文学理论,如神话原型批评、接受反应批评、解构主义批评、女权主义批评、新马克思主义批评、新历史主义批评、后殖民主义批评、生态批评等蜂拥而起,其交替速度之快令人目不暇接。在这样一个"批评的年代",当代文学批评的蓬勃发展吸引了众多专家、学者的目光,同时也给英国第二代学院派小说家带来了巨大的机遇和挑战。集教授、小说家和批评家三者于一身的布雷德伯里、洛奇、拜厄特和布鲁克－罗斯对批评理论具有深入的理解和把握,在小说中对理论的探讨更加系统、更加具有理论思辨的力度。他们自觉地在创作中融合了大量的批评话语,表现出强烈的批评意识,把当代批评所倡导的观念融入小说人物的话语之中,他们的小说也成为小说创作与批评实践相结合的经典范本。布雷德伯里的《历史人物》中的霍华德·柯克和他的妻子芭芭拉谈论了"人物"概念的界定和缺席,《克里米纳博士》对解构理论进行了戏仿。洛奇的《换位》中莫里斯·扎普频繁使用着批评话语,如死亡和再生的原型理论、历史循环理论,以及弗莱的有关文学模式的理论。《小世界》更是刻画了众多的批评理论家:自由人文主义者史沃娄、结构主义者登普塞和塔迪厄、接受主义理论家冯·托皮兹、马克思主义理论家莫尔加纳以及后结构主义批评家扎普。他们所谈论的话题充满了学术气息和批评的味道。拜厄特的小说也体现了智慧之果的魔力:她的很多小说都明显贯穿着她对批评的实践和应用。她的《太阳的阴影》探讨了批评家和小说家之间的关系,以及后辈所感受到的"影响的焦虑"。同样,《占有》中也刻画了一批批评家型人物:喜欢文本分析的罗兰·米歇尔和莫德·贝利、热衷于拉康式精神分析的费格斯·沃尔夫、狂热的女权主义者利奥诺拉·斯特恩以及痴迷于作者生平的莫蒂默·克罗珀等。布雷德伯里、洛奇和拜厄特等当代英国学院派作家的创作实践表明,批评和创作是在一种动态的互动关系中共同发展的。批评通过小说话语可以得到更广泛的传播;小说通过融合批评可以丰富自己,谋求发展。但批评对小说也有负面影响:当小说承载了过多批评和理论的重量,它们就失去了自己的特色,失去了部分读者。布雷德伯里、洛奇和拜厄特都在不同程度上意识到了这个问题,在小说中借主要人物或叙述者表达了对批评的抵制。因此,批评和创作的关系呈现出一种共生、互助同时对抗的复杂关系。事实上,布雷德伯里、洛奇、拜厄特和布鲁克－罗斯在学院派小说中对批评的探讨具有理论思辨的力度,他们从另一个角度评价、审视着批评的发展,一方面抵制了批评理论中过于激进的观点,另一方面又将一些过于晦涩的理论通俗化,这种批评中有创作、创作中有批评的文体也预示了英国小说创作和文艺批评发展相融合的新趋势。

四、文化冲突与融合

布雷德伯里、洛奇、拜厄特和布鲁克－罗斯共同关心的一个主题是不同价值观念之间的差异和碰撞,包括学术界和非学术界、英国和美国、激进与保守、革新与传统、现在与过去、历史与现实等等。在《向西行》中,布雷德伯里通过对自私、工于心计的美国人弗罗列克和天真、没见过世面的英国人沃克的描绘,颠覆了詹姆斯"世故的欧洲人和天真的美国人"的主题,不仅使英美两国学术界及文化的对比更加鲜明,而且使作品在互文中丰富了内涵和张力。小说通过主人公的经历不仅反映了校园内知识分子的世相与百态,而且还对英美两国学术界及文化的差异与冲突加以风趣的对比。"校园三部曲"《换位》、《小世界》和《好工作》是洛奇的代表作。在"校园三部曲"中,洛奇以其轻松幽默、充满机智的语言不仅表现了知识分子的世相和百态,还揭示了不同文化价值观念的冲突与融合。《换位》表现了英美两国文化的冲突与融合,《小世界》融合了高雅文化与大众文化,而《好工作》则突出了校园文化与工业文化的对立与融合。和布雷德伯里的《向西行》以及洛奇的《换位》一样,拜厄特在《占有》和《传记家的故事》中对当代学者进行了讽刺和滑稽的勾勒,突出了英美学者之间的差异:美国学者显得咄咄逼人,英国学者则相对拘谨。总之,英国的第二代学院派小说家在更广阔、更深刻的文化语境下寻求了不同文化价值观念的相互理解与沟通,他们的小说也成为雅俗共赏的典范、学院派小说中的精品,既使普通读者感到愉悦,又令学者文人掩卷深思。

大学校园是整个社会的一个缩影,而作为知识的拥有者、生成者和传播者的知识分子是最敏感的一个社会群体。布雷德伯里、洛奇、拜厄特和布鲁克－罗斯以校园为题材,以知识分子为主要人物,在作品中从微观到宏观,以学术的"小世界"反映校园外的大千世界,揭示学术界的阴暗,展示了文人、学者们的劣根性,反思了整个当代文明的危机和所有当代人面临的困境。他们的小说尽管有实验的痕迹,但仍闪烁着现实主义的光芒。作为英国第二代学院派小说家的代表,布雷德伯里、洛奇、拜厄特和布鲁克－罗斯拓展了小说创作的话题和领域,共同开创了英国学院派小说的一个新时代。

第二节　第一代与第二代学院派小说比较

第二次世界大战以后,随着资本主义进入加速发展阶段,社会对于高等教育的要求日益迫切。于是,为了适应战后国际科技和经济剧烈竞争的形势,英美等许多资本主义国家出现了高等教育的"大爆炸"局面,不但原有的老牌高等学府得到扩充和修缮,政府更是通过多种渠道和手段兴建了一大批各类大学。进入 20 世纪 70 年代,英美等国的教育体制得到了进一步改善,大学数量几乎倍增,学校招生的规模日益扩大,上大学已经不仅仅是社会精英们的特权,高等教育开始逐步向寻常家庭的孩子普及。在这种情况下,英国从前的大学毕业后即可进入上层社会的状况发生了显著的变化,大学文凭已经不再是进入上层社会的敲门砖。这使得不少虽毕业于名校,却因出身社会中下层,缺乏有力家庭背景的新一代大学毕业生无法如愿跻身上流社会。于是,那种压抑在他们心中的挫折感和愤怒的情绪在一些颇有文学才华的学生中表现出来。这其中主要以金斯利·艾米斯的《幸运的吉姆》、约翰·韦恩的《大学后的漂泊》和约翰·布莱恩的《顶层的房间》等作品为代表。他们的作品塑造了一群出身贫寒、穷困潦倒的青年知识分子,这些人都曾接受过高等教育,胸怀大志却怀才不遇,仅仅由于传统的社会等级观念而无法进入上流社会,因为遭到冷落而产生了反叛心理。这批愤世嫉俗的新一代大学才子构成了英国的第一代学院派小说家。

自从 20 世纪 60 年代"愤怒青年"派退潮以来,战后第二代学院派小说家登上了英国文坛。他们的代表人物是东英吉利大学美国文学教授马尔科姆·布雷德伯里,伯明翰大学英国文学荣誉教授戴维·洛奇,集学者、评论家、作家多重身份于一身的伦敦大学教授拜厄特以及巴黎大学英国文学教授克里斯蒂·布鲁克–罗斯。英国小说家、文学批评家、剧作家马尔科姆·布雷德伯里在英国东英吉利大学任教长达 25 年,长期在学院生活使他对描绘校园生活驾轻就熟,其长篇小说《吃人是错误的》、《向西行》、《历史人物》、《兑换率》和《克里米纳博士》都反映了知识分子在大学校园中的经历和生活,从侧面讽刺了实际生活中知识分子对物质和名利的狂热追求。戴维·洛奇也是一位长期在大学校园中生活的学者型作家。使洛奇作为一名学院派小说家名声大振的作品是他的"校园三部曲"——《换位》、《小世界》和《好工作》。与第一代学院派小说家相同的是,他们的作品都对年轻的知识分子和学者的个人生活给予了高度关注。英国小说的讽刺传统可谓源远流长,每当社会动荡、各种怀疑思潮和失望情绪蔓延之日,便是讽刺文学兴起之时。第一代、第二代学院派小说家们继承并发展了英国这一"最古老、最富于挑战性、最值得玩味的文学传统"。学院派小说的讽刺手法尽管有温婉型与谴责型之差别,但其讽刺手法业已成为该体裁的重要特征之一。然而通过两代学院派小说家的对比不难发现,英国的两代学院派小说无论从题材上、作品风格上,还是表现手法上都存在着极大的差异。这种差异主要体现在他们作品中对知识分子的塑造、创作手法以及技巧等方面。

一、人物塑造方面

第一代学院派小说家的作品塑造了一群出身贫寒、穷困潦倒的青年知识分子,这些人都曾接受过高等教育,胸怀大志却怀才不遇,仅仅由于传统的社会等级观念而无法进入上流社会,因为遭到冷落而产生了反叛心理,用玩世不恭的态度和消极反抗的方式来对抗社会,包括大学校园的现行体制。第一代学院派小说家作品中倾向于表现的是青年知识分子在融入社会时所遇到的不公正待遇,表达了积郁在他们胸中的某种愤懑的情感和无能为力的失落感。读者在小说中所体会到的更多的是一种对知识分子面对无奈的社会现实的同情和怜悯的态度。这个时期的学院派小说揭露了英国传统教育制度中的种种弊端,批判了社会体制和传统的等级观念。《幸运的吉姆》是一部喜剧式作品,其闹剧式的喜剧随处可见。吉姆想保住自己好不容易得来的大学讲师位子,极力巴结讨好别人,却出尽洋相,闹出许多笑话。他不喜欢自己所学的专业,却拼尽全力去获得大学文凭;他讨厌教授历史,却为续聘而低三下四地去讨好同事和上司;他极其反感道貌岸然、弄虚作假的系主任,却又不得不去千方百计取悦于他,在应邀参加系主任的乡间别墅聚会中,因喝得酩酊大醉忘记熄灭烟蒂而烧毁了主人家的被褥;他绞尽脑汁好不容易写出论文,却被别人剽窃;当他为续聘好不容易获得一次在全校公开讲演的机会时,却因饮酒过度而满口说胡话以至醉倒在讲台上。那种来自英国中下阶层新一代青年的愤怒和怨恨情绪,正是通过这种幽默和闹剧的喜剧形式表现出来,那种笑剧式的反抗获得了读者的普遍喜爱。《幸运的吉姆》被认为是20世纪最有趣的小说之一,而使其成为最有趣的小说之一的最重要的一点就是作者对语言的把握。他的语言诙谐,然而笑声背后是讽刺的隐痛。《幸运的吉姆》正是用滑稽的讽刺笔触揭露了英国大学里的特权和伪善,讽刺、抨击了"福利国家"和中产阶级的虚假做作。以校园学者生活为题材的作家金斯利·艾米斯深受"愤怒的青年"的影响,他的《幸运的吉姆》出色地继承了现实主义叙述手法并成功地运用了讽刺喜剧手法,表现出一种冷峻的幽默格调。

第二代学院派小说家多处在较为稳定的 20 世纪七八十年代,英国经济这时已经进入了一段相对繁荣的时期,人们生活较为富裕,而且科学技术的迅猛发展改变了人们在许多方面的生活方式。学者们不再是整天泡在图书馆里低头沉思的孤独者,不再是清心寡欲、不求富贵的书呆子,他们开始学着利用一切知识特权和现代化技术手段为自己创造各种追名逐利的机会。洛奇和布雷德伯里二人身处象牙塔内部,深知内里的肮脏和混乱,感受到了精英们的困惑和危机。他们目睹学院里的教授已经不再从纷繁的现实世界隐退,而是过多地投身于世俗世界。驱使着这些人行为的不是对学术问题的好奇和喜爱,而是对金钱、物质享受、显赫名声以及高级职位的渴望。艾米斯表现方式上的喜剧性和道德上的严肃性,被第二代学院派小说家布雷德伯里借鉴在他的多部作品中。他的小说表面上充满谐趣和喜剧色彩,但却隐含着严肃的道德、哲理内涵。布雷德伯里的《历史人物》一书所描绘的主人公柯克虽然整天将马克思、弗洛伊德以及各类社会历史词语挂在嘴边,可实际上,历史只不过是他为自己谋取各种私利的借口,他的言语和行为恰恰是与其背道而驰的。他煽动和利用学生的激进情绪向学校施压以保住自己的职位,以自由和解放为借口勾引学校的女教师,与朋友的妻子通奸,还把女学生用作家庭保姆。他顺应各种社会激进思潮,自诩为一个站在时代潮流前沿的历史人物,而他这么做的目的无非是为了使自己在学校更有威望,获得更多的个人利益。戴维·洛奇虽然不像战后其他学院派小说家那样有着强烈的批判倾向,其讽刺手法较为温和,但对追名逐利、放纵情欲的学者生活的揭露态度是掩盖不了的。在洛奇的《小世界》中,"寻找圣杯"是贯穿了整部小说的主题,"这圣杯可能是学院的职位或更好的职位,丰厚的薪水或更丰厚的薪水,有名望的出版社或更有名望的出版社,奖项或更高的奖项,女人或更多的女人,地位或更高的地位"。

过去那种整天沉浸在学术研究的氛围中、生活上一贫如洗、性格上孤高自傲的学者形象已经完全不存在了,如今的他们整天乘坐着喷气式飞机来往于世界各地,繁忙地参加各种学术会议,使用时髦的词语到处演讲。他们丧失了知识分子应有的清高气质,开始沦为物质享受的奴隶,因而遭到了这些学院派作家的批评。但洛奇的小说并无"愤怒"或"愤世嫉俗"的色彩。在《占有》中,拜厄特戏谑性地刻画了一大批当代学者,包括莫德·贝利、詹姆斯·布莱克埃德、费格斯·沃尔夫等英国学者以及罗兰·米歇尔、莫蒂默·克罗珀、利奥诺拉·斯特恩等美国学者。和布雷德伯里的《向西行》以及洛奇的《换位》一样,《占有》对当代学者的勾勒充满了讽刺和滑稽色彩,突出了英美学者之间的差异:美国学者显得咄咄逼人,英国学者则相对拘谨。然而,与布雷德伯里和洛奇刻画的主人公相比,拜厄特小说中的主人公大多是青年学者。拜厄特通过对青年学者在学术研究过程中表现的学术态度和热情以及所承受的学术压力的描述,从圈内人的角度向我们揭示了学术体制下青年学者所面临的经济上和学术上的困境。

二、创作手法和技巧方面

第一代学院派小说家的作品一般是写实的,他们大部分是效法英国爱德华时期或更早的维多利亚时期小说的传统,而排斥 20 世纪 20 年代兴起的一些像乔伊斯和伍尔夫等实验性作家的创作尝试,因而使他们的作品在当时的文学潮流中显得格外醒目和与众不同,有人将他们的作品评论为是英国 19 世纪批判现实主义写作手法的回归,将他们看作是英国继狄更斯、萨克雷之后的又一批将英国现实主义传统发扬光大的作家。他们作品中的叙述手法平实自然,语言简单而不加修饰,非常贴近日常生活。第一代学院派作家摒弃实验小说的创作手法,引领了一场"回归传统"的创作潮流,他们抒发怨愤,抨击时弊,以严肃的态度讨论社会问题与道德问题,形成了一股风靡于 20 世纪 50 年代、具有明显现实主义倾向的文学潮流。第一代学院派小说家的作品结构清晰,故事情节完整,语言通俗易懂、直截了当。这些作家拒绝现代主义文学的荒诞、脱离现实社会、语言矫揉造作和异化以及所谓的对情节和人物的漠视。他们反对实验小说,认为乔伊斯的《芬尼根的苏醒》和伍尔夫的作品晦涩难懂,使普通读者望而却步。他们十分注重主题和题材的新颖而对作品的结构和形式的创新却缺乏热情。因此,他们虽然使 20 世纪 50 年代成为当代英国文学的繁荣时期,但对小说的发展却没有起到更大的作用。

以布雷德伯里、洛奇、拜厄特和布鲁克 - 罗斯为代表的第二代英国学院派小说家却具有与众不同的艺术风格。他们继承了英国喜剧小说的传统,在现实主义的叙述框架之中,蕴含着逗人的幽默和辛辣的反讽。相对而言,虽然布雷德伯里、洛奇、拜厄特和布鲁克 - 罗斯在小说的人物、情节、环境和细节的设置上也沿袭了英国现实主义的创作传统,但是他们都在这一基础上进行了大胆创新,并在写作中时时注意将自己的文学观点融会于作品中。洛奇本人曾经说过:"我本人是个学院派批评家,精通所有术语和分析手段。因为同样的原因,我是个自觉意识很强的小说家。在我创作时,我对自己文本的要求,与我在批评其他作家的文本时所提出的要求完全相同。小说的每一部分,每一个事件、人物,甚至每个单词,都必须服从整个文本的统一构思。"①作为研究、讲授现代主义和后现代主义小说理论的专家,他们对于一切现代、后现代的写作技巧都了如指掌,在必要之时,毫不犹豫地将戏拟、象征、拼贴、复调叙述、开放结尾、话语对比等技巧得心应手地运用,既丰富了小说的艺术表现手段,又拓展了作品的思想容量和深度。正因为如此,读者才会在《小世界》中发现如戏仿、反讽、互文、复调、狂欢化处理、拼贴、开放式结尾等如此多的后现代主义写作技巧,并引发关于这部小

① 戴维·洛奇:《小世界——学者罗曼司》,罗贻荣译,重庆出版社 1992 年版,导言第 7 页。

说到底是一部现实主义作品,还是后现代主义作品的讨论。同样,布雷德伯里也在其关于小说理论的著作中提出写实与实验可以并行不悖,提倡内容与形式的高度结合,要求小说的创作不但要注重大众服务的功能,同时还不能忽视其审美功能。在《历史人物》这本书中,布雷德伯里采用了单一人物视角的叙述方式,并在通篇以现在时态为主导讲述故事的发展,还将戏剧作品所使用的那种整段的对话形式置于小说中,颠倒了小说中前景与背景的位置,取消了正面主人公,并对历史进行了嘲讽。拜厄特并不主张把小说作为纯粹讨论哲理的阵地,也不主张小说只表现某种狭隘、单纯的观点。她认为小说不应该只容纳一种简单的观点,无论这种观点是作者的还是人物的。思想仅仅是小说所要表现的一个方面,小说应该像一个宽松的巨袋,可以容纳任何东西。总之,这些写作手法和作品主题上的改变表明了第二代学院派小说并不是对第一代作品的简单复制和回归。布雷德伯里、洛奇、拜厄特和布鲁克-罗斯不像某些法国、美国作家那样刻意标新立异,而是特别关注形式和主题之间的平衡,兼顾形式的创新和叙事的清晰完整,使作品具有较高的可读性,为广大读者所喜闻乐见。布雷德伯里是一位语言大师,他在小说中玩语言游戏,通过语言进行一些形式实验;他也是一位喜剧大师,谐趣之中充满讽刺与幽默。他的小说以校园为题材,却反映了校园外的大千世界,揭示了人类现实中的许多真实。尽管有实验的痕迹,但是他的小说仍然闪烁着现实主义的光芒。洛奇本人曾谦虚地称自己是一位非常优秀的次要小说家,但客观地说,他的校园题材与兼容并蓄的叙事手法已经成为战后英国小说的一个重要支脉和变奏,他也因此成为当代英国文坛不可忽视的重要小说家。布雷德伯里和洛奇不仅在小说创作方面,而且在学术研究方面都取得了令人瞩目的成就。他们俩都是学术界的知名学者,尤其是洛奇,他的学术著作《小说的语言》、《现代写作方式》、《运用结构主义》和《巴赫金之后》等,在小说批评理论方面有着重大建树。可以肯定,他们俩的影响和贡献要远远超过第一代学院派小说家。

第一、二代学院派小说家都十分关注社会中的知识分子问题。20世纪50年代的知识分子在进入上层社会时遇到了诸多阻力,于是,他们开始学着变得圆滑世故,使用一切手段力求获得自认为本该属于自己的社会权力和地位,但他们在这么做的同时仍然保持了一份难得的社会良知,所以常常被自我矛盾的思想所困扰,内心深处时时会感觉到不安。也正因为如此,英国的第一代学院派小说家在人物刻画方面给读者留下的感觉经常是同情有余而批判不足。而第二代学院派小说家在知识分子的批判问题上却丝毫不留情面,这是由于那个时代的知识分子对名和利的追求已经达到了一种相当狂热的程度。洛奇、布雷德伯里、拜厄特和布鲁克－罗斯等人身处象牙塔内部,深知内里的肮脏和混乱,感受到了精英们的困惑和危机。他们目睹学院里的教授已经不再从纷繁的现实世界隐退,而是过多地投身于世俗世界。驱使着这些人一切行为的不是对学术问题的好奇和喜爱,而是对金钱、物质享受、显赫名声以及高级职位的渴望。知识分子在人们心目中的形象被彻底颠覆,开始向下跌落。有感于此,新的学院派小说家寄希望于能通过手中的笔帮助某些过分追名逐利的人自省,唤起学者自身的觉悟,以重塑知识分子的形象。

第三节　当代其他学院派小说家
及学院派小说的发展趋势

当代英国文坛异彩纷呈,现实主义与实验主义交错重叠,妇女作家和少数族裔作家异军突起,英国文学呈多元化发展趋势。20世纪的英国文坛上学院派小说异军突起并生机勃勃,而今已成为不容忽视的小说文体,它对20世纪的英国小说艺术呈绚丽多彩的态势起到了推动作用,并对大洋彼岸的美国产生了重要影响。这一时期的学院派小说家的杰出代表还有迈克尔·弗雷恩、汤姆·夏普等。

一、迈克尔·弗雷恩:幽默风趣的哲理小说家

迈克尔·弗雷恩(Michael Frayn,1933—)是英国著名小说家、戏剧家、翻译家,出生在伦敦郊区,母亲曾是一位才华横溢的小提琴家,父亲做建材公司销售。在少年时代,弗雷恩便立志做一名作家。在陆军服兵役期间,他担任俄语翻译,并在1957年毕业于剑桥大学伊马纽学院伦理学专业。大学毕业后,他开始了写作生涯,成为《曼彻斯特卫报》(*Manchester Guardian*)和《观察家》(*The Observer*)的专栏作家。他著作甚丰,其作品以幽默风趣的风格著称,在看似轻松诙谐的文字下,常会有富含哲学思想的问题值得探讨。早期以每年一部作品的惊人速度创作了小说《锡匠》(*The Tin Men*,1965)、《俄文翻译》(*The Russian Interpreter*,1966)、《直到早晨过去》(*Towards the End of the Morning*,1967)和《隐秘至极的私生活》(*A Very Private Life*,1968)。随后,弗雷恩的创作速度逐渐放缓,小说的思想深度和写作技巧显著提高,也获得学术界和读者的一致好评。他的小说《登陆太阳》(*Landing on the Sun*,1991)获得《星期日快报》年度图书奖。《勇往直前》(*Headlong*,1999)讲述了一位年轻的艺术史学家在偶然发现一幅失踪的勃鲁盖尔(*Pieter Bruegel*)名作后不顾一切探寻其秘密的故事,融艺术史及学术探索为一体,获1999年布克小说纪念奖。《间谍》(*Spies*,2002)获惠特布莱德小说奖和英联邦作家奖。

《窍门儿》(*The Trick of It*,1989)是弗雷恩创作的唯一一部围绕学术生活展开的学院派小说。主人公是个无名氏,在伦敦附近某大学教授英语,三十来岁,将全部精力用于研究一位当代女作家的作品上,从某种程度上讲,他所掌握的情况比女作家对自己了解的还要多。女作家年龄比他稍长几岁,其姓名也未交代,只用其名字首字母缩略式 JL 或者 Mrs. M 称呼。

1. 无名氏教授的良苦用心

小说开篇,主人公三次邀请女作家到大学演讲,结果都被婉言

谢绝了,理由是从来没有演讲过。为此,他颇费心机地以学生的名义邀请她,称她的作品启发了学生们对一些根本问题的深层次思考,引起一场史无前例的学术性的探讨。① 女作家欣然接受邀请后,主人公却又犹豫不决,前顾后盼。他太了解这位女作家了,在过去的十多年中,他一直致力于研究这位女作家并讲授她的 9 部长篇小说和 27 部短篇小说。他对女作家的作品十分熟悉,因为早在 11 年前他就在加拿大的安大略省(Ontario)专门讲授她的作品,作品的名字都以字母缩写的形式列出,如 TBAD、TSR、FDDS 等。② 他知道女作家的身高,他知道她在十二岁或者十七岁时的长相,他甚至清楚接站时女作家将穿着什么样的外衣、什么颜色的皮鞋,等等。出乎意料的是,女作家演讲后,主人公护送女作家回家,竟睡在了女作家的那张非常不舒服的单人床上。后来主人公放弃了大学的教职,和女作家结婚并居住在一个僻静的乡间别墅。教授原以为自己会作为小说中的人物出现在女作家的后期创作中,结果令他无法忍受的是,JL 原来偏爱从别人的杂乱生活中找寻灵感。不久,他的妻子便把目光集中在教授的不中用的母亲身上。随着故事的发展,教授和女作家在小说创作方面逐渐产生了分歧,后者的创作受到很大影响,遂远赴阿布扎比酋长国的阿布扎比大学任教。(阿布扎比酋长国是阿联酋七个酋长国中最大的酋长国)教授把这些事件都通过书信的形式告诉了侨居澳大利亚的学友。他希望学友能够妥善保存好这些信件,以便于他完成梦寐以求的学术著作"*JL:A Critical Study*"③。

2. 评论家与研究对象的关系问题

学者与研究对象的结合无疑引出了这部小说的深刻主题,即评论家与研究对象的关系问题。如果说安·苏·拜厄特在《占有》

---

① Michael Frayn, *The Trick of It*, New York：Viking Penguin, 1989, p. 5.
② Michael Frayn, The Trick of It, New York：Viking Penguin, 1989, p. 7.
③ Michael Frayn, *The Trick of I*t, New York：Viking Penguin, 1989, p. 10.

中揭示了当代学者对过去和历史的占有与反占有的复杂主题,那么,《窍门儿》中主人公对女作家既满怀迷恋又心存疑虑的关系,则探讨了学者与研究对象的关系。一方面,他为能与研究对象有如此亲密的关系而沾沾自喜,这种夫妻关系确实有助于更深入地了解研究对象;另一方面,主人公对女作家的文学天赋既崇拜又嫉妒,并莫名其妙地感到愤怒:"一想起她还在伦敦若无其事地写啊画的我就恨不得对着月亮吼叫。我只想知道她是不是哪怕有一会儿功夫抬起头来,回到现实……"①主人公担心女作家会把他们的关系作为素材写进新的作品中,歪曲这种关系并公开发表,以至于自己无法进行客观、理性的分析。他抱怨女作家把现实编成故事:"她们这些人就这样。她们添油加醋,对真人真事进行加工——她们编造谎言。"②主人公尽管和女作家结了婚,但他只拥有她的肉体,并不能控制对方的创作想象,这使教授怒不可遏,不得不写信告知他的学友:"我妻子的最后一部作品是不真实的。"③主人公企图自己获取小说创作技巧的"窍门儿",但一切均告徒劳。主人公和女作家的这种冲突关系实际上引出了一个深刻的主题,即评论与创作是两种截然不同的能力,两者之间存在着不可调和的冲突。学院派代表作家马尔科姆·布雷德伯里在《星期日泰晤士报》撰文指出,《窍门儿》是一部关于谁能拥有一位现存作家的创作活力的小说,它有趣、生动,结构缜密,极具智慧,此书妙趣横生,饱含喜悦。小说贯穿始终的是关于学者和研究对象之间关系的严肃性追问,给读者以回味和反思的无限可能。

3. 学院派小说创作技巧的全新尝试:书信体

《窍门儿》这部小说的另一个值得称赞之处是它为学院派小说的创作开辟了一条新的途径,即以书信形式进行学院派小说创作。

① Michael Frayn, *The Trick of It*, New York: Viking Penguin, 1989, p. 39.
② Michael Frayn, *The Trick of It*, New York: Viking Penguin, 1989, p. 39.
③ Michael Frayn, *The Trick of It*, New York: Viking Penguin, 1989, p. 106.

实际上，书信体形式在 18 世纪特别盛行，塞缪尔·理查逊(Samuel Richardson)的长篇书信体小说《帕米拉》(*Pamela*,1741)和《克拉莉莎》(*Clarissa*,1747)更是被誉为欧洲小说史上的里程碑。作家卢梭(Jean - Jacques Rousseau)和歌德(Goethe)在他的影响下同样进行了书信体小说的创作，相继出版了《新爱洛依丝》(*The New Heloise*,1761)和《少年维特之烦恼》(*The Sorrows of Young Werther*,1774)，并把这一新型体裁推向高峰。在当代英国文学中，这种文学体裁的小说作品已不多见，但正如迈克尔·弗雷恩的《窍门儿》一书中所展示的，这一体裁不仅尚未绝迹，而且还值得好好保存。书信体小说中故事情节的展开、环境心理的描绘和人物形象的塑造，都是通过一封封书信的形式来实现的。由于采用的是第一人称叙述视角，因此形象生动，使人感到亲切，富有真实感。书信体小说可以有多个通信者，因而可以对同一事件采取不同的视角，获得不同的解释。此外，写信总是发给某个特定的收信人的，收信人可能做出的反应总是对信中的话语产生影响，使之在修辞上更加复杂，更能产生趣味，也更趋明白。弗雷恩的《窍门儿》就运用了这种体裁的优越性，将主人公的性格特征巧妙地展示出来。他爱慕虚荣，性情急躁，刚愎自用，这些在他频繁地自我预测或想象澳大利亚朋友会对他的话有何反应中表现出来，比如"谢谢，你不必关照"[①]。有时，这些书信读起来像戏剧中的独白，我们只能听见一面之词，对另一面的话只能做些推测："什么？我的短裤是紫红色的？当然不是紫红色！你难道一点儿不了解我的爱好？"[②]此处的风格接近口语体，但又不无自然地容纳了有意安排的书面语，如："她笔下的一个乖戾古怪、过于敏感的女主人公看见那个自以为是的年轻学者的紫红色短裤后，正古怪地顺路边跑着呢。"[③]如果说该句形容词、副词

---

① Michael Frayn, *The Trick of It*, New York: Viking Penguin, 1989, p.39.
② Michael Frayn, *The Trick of It*, New York: Viking Penguin, 1989, p.39.
③ Michael Frayn, *The Trick of It*, New York: Viking Penguin, 1989, p.39.

充塞得太多，显得冗长臃肿，那也是弗雷恩有意安排的。作者既要叙述者生动地传达出他身在悲惨处境的喜剧效果，但又不能赋予他文思敏捷、能言善文的特点，因为一旦让他能言善文，就有悖于他一心要掌握"窍门儿"的无能形象了。

《窍门儿》发表后佳评如潮。《卫报》称《窍门儿》不仅笔调轻快，而且深刻锐利，主题极具哲理和文学性，迈克尔·弗雷恩是创作严肃性喜剧作品的大师。安东尼·伯吉斯（Anthony Burgess）对这部小说的写作技巧给予高度评价，认为迈克尔·弗雷恩用一种喜剧技巧展现了一个并不好笑的主题。弗雷恩也是一位非常优秀的剧作家，已创作 13 部剧作，其中《哥本哈根》（Copenhagen, 1998）由英国皇家国立剧院在伦敦首演，并连获普利策、托尼两项大奖，在欧美引起广泛轰动，这股势头被评论界称为"哥本哈根现象"。弗雷恩还翻译了契诃夫的一系列剧作，如《樱桃园》（1978）、《三姐妹》（1983）、《万尼亚舅舅》（1988），还有契诃夫的第一部未命名剧作以及四部独幕剧《烟草之恶》、《天鹅曲》、《熊》和《求婚》，等等。作为一个深刻关爱人类整体命运与未来的作家，迈克尔·弗雷恩的作品经常以幽默的笔触透示出鲜明的科学人伦色彩，可见剑桥大学的伦理学学习对其创作的深刻影响。广泛而成功的创作奠定了弗雷恩在英国当代文学界中的地位。

二、汤姆·夏普：20 世纪 70 年代学院派小说家的杰出代表

20 世纪 70 年代的"学院小说"反映了该时期迅速扩张的高等教育界的那种学术抱负和学术压力。汤姆·夏普（Tom Sharpe, 1928—）被证明是这一时期最活跃的幽默小说家之一。夏普的作品深受读者喜爱，其中有好几部都是描写工学院讲师亨利·威尔特的。夏普出生于伦敦，在剑桥大学彭布罗克学院读书。彭布罗克学院是剑桥的诗人角，是出诗人最多的学院，足够编一部自己的诗选，其中的诗人有埃德蒙·斯宾塞、理查德·克拉肖、托马斯·格雷、

克利斯托弗·斯马特、特德·休斯等。在英国海军服兵役后,夏普于1951年移居到南非。1963—1972年,他成为剑桥艺术与工业学院历史学讲师,这段经历也促成了他最著名的《威尔特》系列小说。

1.《威尔特》:技术学院讲师的尴尬

夏普的《威尔特》(*Wilt*,1976)取材于当时的一所技术学院,该学院现已成为大学。该书以优美的笔调记录了教师超越其能力来教育学生的细枝末节。小说的主人公名叫亨利·威尔特,是英国南部东英格里安工艺学院选修班的助理讲师,负责给一些对文学不感兴趣的建筑专业的学生讲授文学。他想获得提升,计划落空后,经过各种波折,与体格强壮、情感冷漠、爱唠叨又做作的伊娃结了婚。伊娃有一个校友叫萨莉,这个女人及其作为商业银行家的丈夫休对伊娃别有企图。婚后的生活使威尔特陷入了窘境,妻子的盛气凌人和恶语中伤使得他几度想要谋杀妻子。一天晚上,他带狗散步时,偶然遇到警官弗林特,两人发生了一些误会和不快。3个星期后,一个女人的尸体被埋在一个建筑工地的水泥下,亨利的汽车也在附近被毁。由于伊娃失踪,弗林特传讯了威尔特。威尔特承认与此案有关,经验不足的弗林特也相信威尔特便是真正的杀人凶手。但弗林特的上级却看出了破绽,决定将威尔特立刻释放。几经周折,最后真相大白。不久,弗林特被迫辞职,威尔特被改判为自卫。总之,汤姆·夏普在《威尔特》及其续集《威尔特的选择》(*The Wilt Alternative*,1979)、《极度兴奋的威尔特》(*Wilt on High*,1984)和《威尔特行不通》(*Wilt in Nowhere*,2004)中对威尔特讲师的善良意图百般挑剔。而夏普的另一部专著《威尔特的继承》(*Wilt in Inheritance*)也于2010年和读者见面了。

2.《波特豪斯学院的学者》:剑桥学院及其属员内部的摩擦

如果说金斯利·艾米斯的《幸运的吉姆》喜剧性地叙述了一个自称激进派的讲师吉姆·狄克逊想方设法抵制一个地方大学的文化,表现出十足的自满自足的文化特征的话,那么,在《波特豪斯学院的学者》(*Porterhouse Blue*,1974)中,夏普则不加夸张地扫除了腐败的剑桥学院及其属员内部未解决的摩擦。《波特豪斯学院的学者》出版后好评如潮,1987年马尔科姆·布雷德伯里将这部小说改编成电视连续剧在英国第四频道连续播放,更是使该作品家喻户晓。作品的续集《格兰切斯特·格林德》(*Grantchester Grind*,1995)也是一部杰出的校园讽刺小说。夏普曾经就读于彭布罗克学院,但小酒店的形象很像波特豪斯学院。剑桥最古老的学院波特豪斯学院由一位本笃会教徒艾利主教休·德·巴尔夏姆创建于1284年。伟大的名字像学院栅栏的镀金铜尖一样包围着波特豪斯学院。在此学习过的有向我们预言地球会热死的开尔文勋爵,电影明星詹姆斯·梅森,不幸的托利派政治家、又名波利的迈克尔·波蒂略,伊丽莎白时代谱写了优美动人的琉特曲的诗人托马斯·坎皮恩,还有工程师弗兰克·惠特尔,学生时代他就为他的喷气式发动机申请了专利。波特豪斯学院是剑桥最小的学院,只有250名学生,但它的影响却是伟大无比,出了许多了不起的毕业生。但自汤姆·夏普的校园讽刺作品诞生以来,波特豪斯学院就受到"看门人学院"形象的损害,不过这不是平白无故的。夏普的校园讽刺作品《波特豪斯学院的学者》是一部笑剧而不是长篇小说。读者们被那些被捉弄的教员、不受欢迎的改革派校长和乖僻的门卫负责人逗得哈哈大笑。夏普让门卫负责人斯库利翁这个角色永垂不朽:"斯库利翁,他像只徽章动物站在学院大门旁。"[①]更有趣的是,绝大多数的学院派小说描写的是牛津大学,而不是剑桥大学,尽管作者以剑桥人居多,如图书奖女得主佩内洛普·菲茨杰拉德、安·苏·拜厄特和玛格丽特·德拉布尔,抒情诗人汤姆·冈恩、杰弗里·希尔、约翰·霍洛韦、迈克尔·霍夫曼,小说家塞巴斯蒂安·福克斯、罗伯特·哈里斯、尼克·霍恩比、格雷厄姆·斯威夫特、霍华德·雅各布森,以及艾伦·博顿等。总之,讽刺小说也并不都严肃得使

---

① Tom Sharpe, *Porterhouse Blue*, London: Martin Secker and Warburg, 1974, p.145.

人感到阴郁和沉重。伊夫林·沃的《旧地重游》是大学里最不受欢迎的小说，因为它淋漓尽致地刻画了那些享受特权的、上等阶级家庭的大学生的古怪行为。艾米斯在《幸运的吉姆》中深刻地揭露了一些地区的大学及大学老师是何等的不合格。马尔科姆·布雷德伯里则在《历史人物》中可怖地描述了用纳税者的钱来推行激进运动的后果。相较之下，夏普的《波特豪斯学院的学者》则给读者一种和风细雨般的感觉。

由于西方经济发达国家的大学普及率很高，社会各个阶层的人都有机会进入大学校园，因此，学院几乎可以看作是整个社会的缩影；而透过英国两代学院派小说，我们也有机会了解到英国这个老牌的资本主义国家在二战后的发展历程以及整个社会的变迁。在这里我们清楚地看到了英国在工业化道路上所遇到的文化矛盾，看到了后工业时代所带来的商业文化或者说庸俗的"假文化"和"反文化"给英国的校园文化造成的严重的损害。哈佛大学教授丹尼尔·贝尔将这种文化矛盾的产生归咎于社会缺乏一个根深蒂固的道德信仰体系，认为这是"对于这个社会生存的最深刻挑战"①。因此，在注重物质文明建设的同时，人类精神层次上的健康的道德信仰体系同样不可缺少。因此，作为反映人类社会生活的一面镜子，学院派小说在英国一定会有更为广阔的发展前景。本书所涉及的学院派小说家主要有杰弗里·乔叟、托马斯·哈代、马克斯·比尔博姆、伊夫林·沃、奥尔德斯·赫胥黎、菲利普·拉金、金斯利·艾米斯、约翰·韦恩、约翰·布莱恩、马尔科姆·布雷德伯里、戴维·洛奇和安·苏·拜厄特等。在他们的作品中，作家都展现了学院生活，我们期待着英国学院派第三代小说家迈克尔·弗雷恩、霍华德·雅各布森和汤姆·夏普的出现，为我们展现更为广阔的学院生活图景。

---

① 转引自瞿世镜主编：《当代英国小说》，外语教学与研究出版社1998年版，第416页。

参考文献

中文部分：

[1]阿尼克斯特. 英国文学史纲[M]. 戴馏龄,等,译. 北京:人民文学出版社,1959.

[2]爱·摩·福斯特. 小说面面观[M]. 苏炳文,译.广州:花城出版社,1984.

[3]爱德华·W. 萨义德.知识分子论[M]. 单德兴,译.北京:三联书店,2002.

[4]艾弗·埃文斯.英国文学简史[M]. 蔡文显,译.北京:人民文学出版社,1984.

[5]C. P. 斯诺. 院长[M]. 张健,等,译. 北京:人民文学出版社,2007.

[6]戴维·洛奇. 换位[M]. 张楠,译. 上海:上海译文出版社,2007.

[7]戴维·洛奇.小说的艺术[M]. 王峻岩,等,译. 北京:作家出版社,1997.

[8]戴维·洛奇.好工作[M]. 蒲隆,译. 上海:上海译文出版社,2007.

[9]戴维·洛奇. 小世界[M]. 王家湘,译. 上海:上海译文出版社,2007.

[10]王潮. 后现代主义的突破——外国后现代主义理论[M]. 兰州:敦煌文艺出版社,1996.

[11]查尔斯·狄更斯.大卫·科波菲尔[M].汪婉萍,译注.北京:商务印书馆,1986.

[12]高继海.伊夫林·沃小说艺术[M].开封:河南大学出版社,1997.

[13]高继海.英国小说名家名著评析[M].北京:中国社会科学出版社,2006.

[14]哈罗德·布鲁姆.影响的焦虑:一种诗歌理论[M].徐文博,译.南京:江苏教育出版社,2005.

[15]何怀远.欧洲社会历史观:从古希腊到马克思[M].济南:黄河出版社,1991.

[16]亨利·菲尔丁.弃儿汤姆·琼斯的历史[M].萧乾,李从弼,译.北京:人民文学出版社,1984.

[17]亨利·菲尔丁.阿米莉亚[M].吴辉,译.南京:译林出版社,2004.

[18]侯维瑞.现代英国小说史[M].上海:上海外语教育出版社,1985.

[19]侯维瑞.英国文学通史[M].上海:上海外语教育出版社,1999.

[20]侯维瑞,李维屏.英国小说史[M].南京:译林出版社,2005.

[21]金斯利·艾米斯.幸运的吉姆[M].谭理,译.南京:译林出版社,2008.

[22]李公昭.20世纪美国文学导论[M].西安:西安交通大学出版社,2000.

[23]李维屏.英国小说艺术史[M].上海:上海外语教育出版社,2003.

[24]刘永.牛津人的辉煌[M].延吉:延边大学出版社,2001.

[25]刘炳善.英国文学简史[M].郑州:河南人民出版社,2006.

[26]罗贻荣.走向对话[M].北京:中国社会科学出版社,2006.

[27]陆建德.现代主义之后:写实与实验[M].北京:中国社会科

学出版社,1997.

[28] 马克·柯里. 后现代叙事理论[M]. 宁一中, 译. 北京:北京大学出版社, 2003.

[29] 马凌. 后现代主义中的学院派小说家[M]. 天津:天津人民出版社,2004.

[30] 马新国. 西方文论史[M]. 北京:高等教育出版社,2002.

[31] 钱青. 马尔科姆·布拉德伯里[M]//陆建德. 现代主义之后:写实与实验. 北京:中国社会科学出版社,1997.

[32] 乔纳森·斯威夫特. 格列佛游记[M]. 杨昊成, 译. 南京:译林出版社,1995.

[33] 孙宜学. 西方文化的异类:"紫红色十年"的 30 位名人肖像[M]. 上海:上海人民出版社,2008.

[34] 王宁. 二十世纪西方文学比较研究[M]. 北京:人民文学出版社,2000.

[35] 王守仁, 何宁. 20 世纪英国文学史[M]. 北京:北京大学出版社,2006.

[36] 伍蠡甫, 蒋孔阳. 西方文论选:上卷[M]. 上海:上海译文出版社,1979.

[37] 休谟. 人性论[M]. 关文运, 译. 北京:商务印书馆,1980.

[38] 阮炜. 20 世纪英国小说史[M]. 青岛:青岛出版社,2004.

[39] 约翰·韦恩. 打死父亲[M]. 刘凯芳, 译. 南京:译林出版社,1998.

[40] 彼得·扎格尔. 牛津——历史和文化[M]. 朱刘华, 译. 北京:中信出版社,2005.

[41] 张和龙. 战后英国小说[M]. 上海:上海外语教育出版社,2004.

[42] 瞿世镜, 任一鸣. 当代英国小说史[M]. 上海:上海译文出版社,2008.

[43] 朱刚. 二十世纪西方文论[M]. 北京:北京大学出版社,2006.

[44] 张中载. 一部"反文化"小说——《幸运的吉姆》[J]. 外国文学,1998(1):56 – 59.

[45] 赵隆勷. 论伊夫林·沃的《旧地重游》[J]. 外国文学,1988(5):85 – 87.

[46] 曹莉.《占有》:历史的真实与文本的愉悦[J]. 外国文学研究,2005(6): 75 – 84.

[47] 程倩. 回归历史之途——析拜厄特《占有》的历史叙述策略[J]. 国外文学, 2003(1):74 – 81.

[48] 罗贻荣. "英国状况"小说新篇——评戴维·洛奇的《美好的工作》[J]. 国外文学,2002(3):117 – 123.

[49] 欧荣. 戴维·洛奇小说批评理论再探[J]. 当代外国文学,2007 (1):53 – 59.

[50] 钱冰.《占有》的悖论:高度的传统和醒目的后现代[J]. 外国文学,2005 (5):77 – 81.

[51] 宋艳芳. 穿梭在身份之网中——评布雷德伯里的《兑换率》[J]. 外国文学,2009(4):16 – 22.

[52] 宋艳芳. 解构与背叛的迷宫:布雷德伯里的《克里米纳博士》[J]. 国外文学,2008(2):98 – 103.

[53] 宋艳芳. 占有之惑,《占有》之迷[J]. 当代外国文学,2004 (4):67 – 72.

[54] 程倩. 拜厄特小说《占有》之原型解读[J]. 外国文学评论,2002 (3):68 – 73.

[55] 张中载. 当代英国文学论文集[C]. 北京:外语教学与研究出版社,1996.

英文部分:

[1] ALLEN WALTER. Tradition and dream [M]. London:Littlehampton Book Services Ltd. , 1964.

[2] JANE AUSTEN. Pride and prejudice[M]. New Jersey: Watermill Press, 1981.

[3] MIKHAIL BAKHTIN. Problems of Dostoevsky's poetics[M]. Minneapolis: University of Minneapolis Press, 1984.

[4] MAX BEERBOHM. Zuleika dobson [M]. London: Penguin Books Ltd. , 1961.

[5] BERNARD BERGONZI. David lodge[M]. Plymouth: Northcote House, 1995.

[6] MARK BOSCO. Academic novels as satire: critical studies of an emerging genre[M]. New York: The Edwin Mellen Press Ltd. , 2007.

[7] MALCOLM BRADBURY. Stepping westward[M]. London: The Anchor Press, Ltd. , 1979.

[8] MALCOLM BRADBURY. The history man[M]. New York: Penguin Books, 1985.

[9] MALCOLM BRADBURY. Possibilities[M]. London: Oxford University Press, 1973.

[10] MALCOLM BRADBURY. The novel today[M]. Manchester: Manchester University Press, 1977.

[11] MALCOLM BRADBURY. Rates of exchange [M]. London: Secker & Warburg, 1983.

[12] MALCOLM BRADBURY. Doctor criminale[M]. New York: Viking, 1992.

[13] BROOK - ROSE. The english novel in history, 1950 - 1995 [M]. London: Routledge, 1996.

[14] A S BYATT. Possession: a romance[M]. Beijing: Foreign Language Teaching and Research Press, 2000.

[15] A S BYATT. On histories and stories: selected essays [M]. Massachusetts: Harvard University Press, 2002.

[16] A S BYATT. The biographer's tale[M]. London: Chatto & Windus, 2000.

[17] A S BYATT. The shadow of the sun[M]. New York and London: Huarcourt, Inc., 1992.

[18] A S BYATT. Passions of the mind: selected writings[M]. London: Vintage, 1993.

[19] JANE CAMPELL. A S Byatt and the heliotropic imagination [M]. Canada: Wilfrid Laurier University Press, 2004.

[20] IAN CARTER. Ancient cultures of conceit: british university fiction in the post-war years[M]. NY: Routledge Chapman & Hall, 1990.

[21] G S FRASER. The modern writers and his world[M]. London: Penguin, 1955.

[22] MICHAEL FRAYN. The trick of it[M]. New York: Viking Penguin, 1989.

[23] KARL FREDERICK R, MARVIN MAGALANER. A reader's guide to great twentieth-century English novels[M]. New York: Octagon Books, 1984.

[24] DAVID GALENS. Literary movements for students[M]. New York: The Gale Group, 2002.

[25] ANDRZEJ GASIOREK. Post-war british fiction: realism and after[M]. London: Edward Arnold, 1995.

[26] STEPHEN JAY GREENBLATT. Three modern satirists: waugh, orwell and huxley[M]. New York: Yale University Press, 1965.

[27] THOMAS HARDY. Tess of the d'Urbervilles[M]. Beijing: The Commercial Press, 1996.

[28] THOMAS HARDY. Jude the obscure[M]. Washington: Seven Treasures Publication, 2008.

［29］ PAUL HARVEY. The oxford companion to english literature ［M］. London：Oxford, 1978.

［30］ JEFFREY HEATH. The picturesque prison：evelyn waugh and his writing［M］. London：Mcgill – Queen's UP, 1982.

［31］ ROBERT HEWISON. The picturesque hero in european fiction ［M］. Madison：University of Wisconsin Press, 1977.

［32］ CHRISTOPHER HOLLIS. Evelyn waugh［M］. London：Longman, 1971.

［33］ FREDRICK R KARL. A reader's guide to the contemporary english novel［M］. New York：Syracuse UP, 1970.

［34］ KATHLEEN COYNE KELLY. A. S. Byatt［M］. New York：Twayne Publishers, 1996.

［35］ OLGA KENYON. A S Byatt：fusing tradition with twentieth – century experimentation［M］. Brighton：Harvester Press, 1988.

［36］ CALVIN W LANE. Evelyn waugh［M］. Boston：Twayne Publishers, 1981.

［37］ ERIC LINKLATER. The art of adventure［M］. London：Macmillan, 1947.

［38］ DAVID LODGE. After Bakhtin［M］. London：Edward Arnold, 1990.

［39］ DAVID LODGE. Language of fiction［M］. New York：Columbia University Press, 1966.

［40］ DAVID LODGE. The modes of modern writing［M］. London：Edward Arnold Ltd. , 1979.

［41］ DAVID LODGE. Small world：an academic romance［M］. New York：Macmillan, 1986.

［42］ DAVID LODGE. Consciousness and the novel［M］. Cambridge：Harvard University Press, 2002.

［43］ ROBERT MORACE. The dialogic novel of malcolm bradbury

and david lodge[M]. Southern Illinois University Press, 1989.

[44] MICHAL J NOBLE. Westport[M]. Connecticut and London: Greenwood Press, 2001.

[45] RUBIN RABINOVITZ. The reaction against experiment in the English novel 1950—1960[M]. New York & London: Columbia University Press, 1967.

[46] JANICE ROSSEN. The university in modern fiction: when power is academic[M]. New York: St. Martin's Press, 1993.

[47] DALE SALWAK. John wain[M]. Boston: Twayne Publishers, 1981.

[48] ANDREW SANDERS. The short oxford history of English literature[M]. London: Oxford University Press, 1994.

[49] MONA SCHEUERMAN. Social protest in the 18th – century English novel [M]. Columbus: Ohio State University Press, 1985.

[50] TOM SHARPE. Porterhouse blue[M]. London: Martin Secker and Warburg, 1974.

[51] ELAINE SHOWALTER. Faculty towers: the academic novel and its discontents [M]. Philadelphia: University of Pennsylvania Press, 2005.

[52] MARTIN STANNARD. Evelyn waugh: the critical heritage[M]. London: Routledge & Kegan Paul, 1984.

[53] RANDALL STEVENSON. The british novel since the thirties: an introduction[M]. Athens: The University of Georgia Press, 1986.

[54] JOHN WAIN. Hurry on down[M]. London: Penguin, 1960.

[55] DONALD WATT. Aldous huxley: the critical heritage [M]. London: Routledge, 1975.

[56] KATHLEEN WHEELER. An introduction to contemporary fiction[M]. London: Polity Press, 1991.

［57］KENNETH WOMACK. Postwar academic fiction: satire, ethics, community［M］. New York: Macmillan Press, Ltd. , 2002.

［58］MALCOLM BRADBURY. No, not bloomsbury［M］. London: Deutsch, 1987.

［59］ANGELA HAGUE. Picaresque structure and the angry young novel［J］. Twentieth Century Literature, 1986, 32(2):209.

［60］DAVID LODGE. The novelist at the crossroads and other essays on fiction and criticism［J］. Routledge & Kegan Paul, 1971.

［61］JULIAN REES. Revision of rates of exchange by malcolm bradbury［J］. Literary Review, May, 1983.

［62］FREDERICK J HOFFMAN. Aldous huxley and novel of ideas ［J］. College English, 1946(3).

［63］CAROLYN SEE. At a magic threshold［N］. Los Angeles times Book Review, 1990 – 10 – 28.

［64］A S BYATT. Choices: on the writing of possession［OL］. http://www. Asbyatt. com/Posses. htm. October 10, 2004.